國家社會科學基金重大項目（18ZDA248）
「十四五」國家重點圖書出版規劃項目
國家出版基金資助項目

東亞唐詩選本叢刊

查清華　主編

第一輯　七

国家出版基金项目
NATIONAL PUBLICATION FOUNDATION

中原出版傳媒集團
中原傳媒股份公司
大象出版社
·鄭州·

圖書在版編目(CIP)數據

東亞唐詩選本叢刊. 第一輯. 七 / 查清華主編. —
鄭州 : 大象出版社, 2023. 8
ISBN 978-7-5711-1812-9

Ⅰ. ①東… Ⅱ. ①查… Ⅲ. ①唐詩-詩歌研究-叢刊
Ⅳ. ①I207. 227. 42-55

中國國家版本館 CIP 數據核字(2023)第 085566 號

東亞唐詩選本叢刊 第一輯 七

出版人 汪林中
項目策劃 張前進 郭一凡
項目統籌 李建平 王軍敏
責任編輯 曲 静
責任校對 安德華 趙 芝 張紹納
裝幀設計 王莉娟
出版發行 大象出版社
鄭州市鄭東新區祥盛街27號 郵編450016
印 刷 北京匯林印務有限公司
版 次 2023年8月第1版第1次印刷
開 本 720mm×1020mm 1/16 27印張
字 數 292千字
定 價 108.00元

前言

《東亞唐詩選本叢刊》（第一輯）十册，選入日本江户、明治時代學者注解評釋的唐詩選本十二種：《三體詩備考大成》《唐詩集注》《唐詩解頤》《唐詩選夷考》《唐詩兒訓》《唐詩絶句解》《唐詩通解》《通俗唐詩解》《唐詩句解》《唐詩選講釋》《三體詩評釋》《唐詩正聲箋注》。

這些選本具有一定的代表性。南宋周弼選編的《三體唐詩》不僅流行於元明時期，成書不久亦即傳入日本，因便於讀者學習漢詩創作法則而深受歡迎，遂產生多種新的注解評釋本。熊谷立閑（？—1695）《三體詩備考大成》、野口寧齋（1867—1905）《三體詩評釋》均在此基礎上集注增評。明初，高棅編《唐詩正聲》，在明代影響深遠，《明史·文苑傳》稱：「其所選《唐詩品彙》《唐詩正聲》，終明之世，館閣宗之。」東夢亭（1796—1849）撰《唐詩正聲箋注》，菅晉帥《序》曰：「夫詩規於唐，而此則其正統宗派，足以救時體之冗雜。」明後期，李攀龍編《古今詩删》，並作《唐詩選序》，自豪地宣稱「唐詩盡于此」。該書一度成爲明代格調詩派的範型選本，傳入日本後，受到古文辭學派推崇，服元喬於享保九年（1724）校訂《唐詩選》，即係從該書截取而單行的唐詩部分，此舉居功至偉，以至「海内户誦家傳，以爲模範準繩」。宇士新（1698—1745）、竺顯常（1719—1801）《唐詩集注》，竺顯常《唐詩解頤》，千葉玄之（1727—1792）《唐詩選講釋》，新井白蛾（1725—1792）《唐詩兒訓》《唐詩絶句解》，入江南溟（1682—1769）《唐詩句解》，莫不以服元喬所訂《唐詩選》爲宗，對其進行注解講釋。至明末清初，著名文學批評家金聖歎作

《貫華堂選批唐才子詩》《唱經堂杜詩解》，葛西因是（1764—1823）《通俗唐詩解》所選詩目即多與此二書相重合，其解説也多襲用金氏評語。各選本之間淵源有自，顯示了清晰的理論脉絡和學術統緒，便於我們把握古代日本詩學觀念與學術思潮的變遷。尤其像熊谷立閑《三體詩備考大成》這樣集大成式的選注本，簡册浩瀚，材料富贍，引用了不少國内已佚或罕見之古籍，具有較高的文獻價值。

上述諸書編撰者均爲日本精研漢學的著名儒學家和詩人，編撰《唐詩通解》的皆川淇園（1734—1807）、編撰《唐詩選夷考》的平賀晋民（1721—1792）亦然。他們不僅學殖深厚、創作經驗豐富，還持有異域文化視野，使得這些選本具有獨特的詩學批評和文學理論價值，從而拓展了唐詩的美學藴涵和文化意義。諸人廣參中國自唐至清各代學者對唐詩的選編、注解和評釋，立足於自己的價值取向、美學宗趣，博觀約取，集注彙評，考辨糾謬，發明新意。附著於選本的序跋、凡例、小引及評解，集中體現出接受者對詩作的審美體驗與理性解讀，注重發掘每首詩潛藏的生命意趣、文化信息、風格特徵及典型法則。

這些選本不僅具有較高的學術價值和文化意義，還因其具有蒙學、普及等性質，大都在日本傳播廣泛，影響深遠，極大促進了唐詩在日本的傳播，推進了東亞文明的建設。諸編撰者爲擴大讀者群體，在詩歌選擇、編排體例、語言形式等方面做了大量努力。首先，詩歌選擇名篇佳作。其次，編排格式上，正文、夾注、眉批、尾注、分隔符、字號等的使用錯落有致，標示分明。再次，或在漢文旁添加和訓，方便不諳漢語的日本讀者誦習；或如《唐詩兒訓》《唐詩絶句解》《通俗唐詩解》《唐詩選講釋》《三體詩評釋》等五種選本，除原詩爲漢文外，注解、評釋多用江户時期和文；或如《三體詩評釋》，適時引用日本古代俳句、短歌來與所點評的唐詩相互印證；或如《唐詩選講釋》，在講解官職、計量單位、風俗、名物等語詞時，常以日本相近物事類比。諸如此類的努力直接促成了唐詩的普及，也推進了社會文明的建設，恰如《唐詩兒訓序》所稱：「今爲此訓之易解，户讀家誦，天下從此言詩者益多，更添昭代文明之和氣焉。」

叢刊在整理時，主要做了斷句標點、校勘、和文漢譯的工作，體例上儘量沿用原書格式，保留舊貌，並在每種選本前撰有《整理説明》一篇，簡要介紹編撰者生平著述、時代背景、書名、卷數、編排體例、基本内容、主要特點、學術價值及版本情況等。

本項目的整理研究對象，固爲東亞各國友好交流的歷史文化資源。歷史川流不息，東亞各國人民之間的友誼亦綿延不絶。本輯的編撰，得到日本學界諸多學者的大力支持，也得到日本國立國會圖書館、公文書館、御茶水女子大學、京都大學圖書館、早稻田大學圖書館等機構的無私幫助，讓我們真正領悟到「山川異域，風月同天」的文化意味，在此謹致謝忱。

《東亞唐詩選本叢刊》（第一輯）是國家社科基金重大項目「東亞唐詩學文獻整理與研究」之子項目階段性成果，又幸獲「十四五」國家重點圖書出版規劃項目、國家出版基金資助項目支持，感謝諸位專家的信任和鼓勵，感謝大象出版社各位編輯的艱辛付出。

本團隊各位同人不辭辛勞，通力合作，除書中所列編委及整理者，尚有郁婷婷、徐梅、張波協助校對。克服資料獲取的不便及古日文解讀的困難，歷數年終得第一輯付梓，斷不敢以「校書如掃塵」自寬，但因筆者水平所限，疏誤自然難免，祈請讀者諸君不吝賜教，以便日後修訂再版。

查清華

二〇二三年五月於上海師範大學唐詩學研究中心

目録

⊛

唐詩句解

［日］入江南溟 編撰

唐詩句解

[日]入江南溟 編撰

姚華 姚驕桐 整理

整理說明

入江南溟（1682–1769，一説1678–1765），名忠囿，字子園，號南溟、滄浪居士，江户中期儒學家、漢學家，師從日本漢學大家荻生徂徠，著有《唐詩句解》《大學養老篇》《南溟詩集》等。《唐詩句解》爲其所編寫的一部唐詩注本，全書十一卷，依詩體編排，分别爲五言絶句、七言絶句、五言律（上下）、七言律（上下）、五言排律（上下）、五言古與七言古（上下）。五言絶句前有成島錦江（鳴鳳卿）、慧寂大默所作兩篇序文。五言絶句與五言律前又各有入江南溟所作《附言》一篇，説明其編寫注釋的背景與意圖。作者在《絶句附言》中稱：「姑及絶句，諸體欲繼出，未脱稿。」似説明絶句部分最先成書，完稿時間早於其他諸體。此書今存版本爲享保二十年（1735）序刊本，滄浪居藏刻，京都大學圖書館、哈佛燕京圖書館等皆有收藏。從刻風來看，絶、律、古不同部分可能并非刊於同時。

入江南溟終生未仕，于江户開設私塾講學，門生衆多。《唐詩句解》的編寫即有爲門生講授唐詩之意圖：「余解乃欲授從遊之徒，以爲捷徑，而終階唐人宫墻。」（《絶句附言》）而在解釋具體詩歌時，《句解》一書有其特殊的針對性，即意圖糾正當時流行于日本的唐詩選本《唐詩訓解》一書之訛誤。託名李攀龍、袁宏道所編的《唐詩訓解》是《唐詩選》一書進入日本的最早形式，在江户初期頗爲流行。然《訓解》選詩不依《唐詩選》原貌，注釋則多取於唐汝詢《唐詩解》等書，舛誤頗多。享保九年（1724），服部元喬校訂本《唐詩選》問世，明確了《唐詩訓解》爲僞託之作，隨後《唐詩選》一書在日本風靡起來。《唐詩句解》即在這一背景下編寫而成，入江南溟在《絶句附言》中稱：「坊間所行《訓解》者，全取之《解》。其詩則《選》而次序錯置，亂雜無章，其所注非蛇足則枝拇，鄙言杜撰居半。其謬不啻千里，但其詩則滄溟之《選》，是以千里必究。」明確表達了想要糾正《唐詩訓解》訛誤，還原《唐詩選》面貌的編寫意圖。故《唐詩句解》在詩歌分體、選篇及排列次序上皆同于《唐詩選》，具體注釋中則頻頻可見針對《唐詩訓解》《唐詩解》等註解的質疑與批評。在此意義上，《唐詩句解》可以視作是《唐詩選》的一個日本註本，組成并呼應了江户時期推尊《唐詩選》的文化潮流。

作爲荻生徂徠的弟子，入江南溟在詩學思想上秉承了徂徠學派「詩必盛唐」的主張，推崇唐詩之「興趣」。這一思想也反映在他的詩歌註解上，故其雖爲唐詩作註，却又認爲解釋是有限度的，無法真正傳達唐詩的「興趣」，唐詩實「不可解」：「唐詩在興趣，神采飛動，豈解之所盡乎？」（《絶句附言》）入江南溟認爲理解唐詩重在體悟，注釋只是爲理解詩意指出一條道路，却不能代替閱讀者真正的感受。如《唐詩訓解》等對詩句進行過於繁瑣、鑿實的解釋，反而會「以辭害意」，成爲詩之「厄」。值得注意的是，在具體的解詩過程中，入江南溟對不同詩體採用了不同的注釋方式。注釋絶句重在呈現詩歌的情感與言外之意，不對制度、典故等作過於繁複的説明，以免限制對詩意的理解：「地名、官爵，其關乎詩者附，不則芟焉。寧失乎疏，不失乎煩，要害於詩也。至典實事迹亦復然，讀者勿以疏漏而論焉。」（《絶句附言》）但在註解律詩時，入江南溟却稱「律詩有徵事故而解初明矣者」，故「事實可證，不厭煩碎，詳悉具列」（《律詩附言》），在詩末附以大量「考證」以助理解詩意。這兩种態度看似矛盾，實則與不同詩體的特性相契合，從側面反映出作者對唐詩藝術特質的理解。在具體的注釋中，作者對詩歌進行逐字解説、逐句串講，辨析細緻，解説詳盡。在對詩意的理解上，入江南溟能在舊注之外，提出自己的認識與意見。此外，《句解》所引唐詩文本還保存了一些不見於中國典籍的詩歌异文，具有一定的文獻學價值。

作爲江户時期的唐詩推廣讀物之一，《唐詩句解》一書在一定程度上糾正了《唐詩訓解》在注釋中的問題，呼應了彼時《唐詩選》接受、研究的時代風氣，推動了唐詩學在日本的發展，對考察唐詩的跨文化傳播具有一定的意義。

目録

七言絶句

五言律　下

七言律　下　……　二五九

五言排律　下 …… 三二五

五言古 …… 三五四

七言古　上……三七三

七言古　下

唐詩句解叙

唐詩之無解，非無解也，專于解也則鑿矣，其如興象何？詩之爲教，得之言，沃之心，不始藉于解。古云乎爾：詩言志，歌永言，聲依永，律和聲也。故諷焉誦焉，弦歌咏嘆焉，胥之入而得焉耳。自聲之亡矣，詩亦屢變，變極爲唐。其聲亦亡矣，解之不可已也，企而及之也。夫解詩也，猶解牛乎？句，辟節也；章，辟骼也。批大郤，導大窾，游刃有餘地，則所解千牛而目無全矣。解詩之道，解解，不解不解。字徵于義，句參于意，章覆于事，迹求于人，事本于志，趣歸于雅，始可與言解也已。乃網惡乎解而期于無解，此之謂大當解詩之道乎？後進於解，不煩則謳，但其官不止而神已行，投大骱，擊大節，謋然缺刃，不因其固然，乃釋刀曰「吁，唐詩無解也」，猶尚不害。不得于解者，嘷囈呻呼，偶爾中窾，則謂猪膏棘軸可以馳世也。技至方穿窮矣，又從爲之辭，豈其舊也哉？子園之《句解》，簡而潔，約而博，經史膏腴，所燭可知也。若乃入有間而恢恢乎，所謂庖丁之所爲邪？然匪其志也。子園之言曰：「大丈夫何以此雕蟲爲？蠶之績，蟹之匡，范而冠，蟬而緌，彼尚爾，吾豈無爾哉？」蓋欲有爲也。嗚呼！子園豈弟君子，材識兼至，令之端章甫，相于大國，用射隼高墉之上，則觀解之全哉，果知其曰「所好道也，進于技矣」者。

東都圖書府主事芙蓉道人錦江鳴鳳卿子陽甫序

唐詩句解序

江子園，余方外友也。締交有年矣，居相去咫尺，往來談笑，不舍晝夜，何其奇遇也。蓋友者存乎調，調合則尚友，伯牙之於琴，子期之喜可知也。子園於余亦調合也，臭蘭可知也。子園刻意於斯文，三十年一日矣，左提右挈，進退逢其原。雖然，不遇于諸侯，且不與獨監也，徒授業鄉里兒，何其落魄不遇，與相如异也。居恒默默不得志，竟致慨於名山大川。千古知己之難，其如此而已，豈啻子園而然乎？有是哉！太史公致慨於名山大川也，而其人與骨已朽，唯其言在耳。雖學者載籍極博也，不朽盛事是已。否則，藉令博聞强識，其人等於土石，何有于後世。夫不朽事，非斯文而何？其每相會抃舞斯文者，豈不愉快乎？其所友，僅僅可屈指數，荷洲、天門，余寂耳。荷洲善與人交，初好客也，買山築亭，亭後植竹若干，名曰「竹所」。其所友皆盛德也，余亦獲與寓目焉。荷洲法門千城，法鼓震驚百里，傲睨海内。天門隱居放言，好能詩，其人渾厚如玉。此二師，誠當代高僧，葆光自晦，昧者不知之。子園其爲人磊落，緼奇氣，文益高矣、深矣，固雖不遇也，高尚其事，致慨於後世者，非邪？其每聚首竹所，豪飲盡石，酒間搤腕稱説，不知席之前動，商量千古，睥睨海内，此誠真俗一知己，遊于形骸之外者也，可謂相視莫逆。荷洲杜門謝客，天門老矣，於是乎竹林會寥寥。亡何，得一知己，姓嗚，名鳳卿，字子陽，號錦江，亦傾蓋如故。初猶間，相得驩，恨晚也。其人悲歌慷慨，擊節于斯文，激説高論，爵躍不輟，遂相與爲友。二三兄弟，每相會，亦各言其志也已矣，不亦愉快乎。子園近著《唐詩句解》，句經往，解緯隨，興觀群怨之用大備焉。唐人之妙境，可階之以升也。此舉於子園不屑，以爲近玩也。雖然，是亦不朽事而已，知己喜可知也。前有荷洲、天門，後有子陽，何必致慨於名山大川乎？是吾心也。子陽爲之序焉，余亦并序焉。

享保乙卯夏五月

東都聞成精舍沙門律師慧寂大默書于曇華室

絶句附言

余作《唐詩句解》，爲除厄。厄者何?解也。解也則仲言爲備。叔世靡弱，貴煩忌簡，輿誦依解，坐此。嚴儀卿氏標示大乘，高廷禮氏簡拔雅正，滄溟氏崛起，收二家勝，攬擷盡矣，高華明秀。《選》也精，便蕃帥從，千古一色。三氏苟不爲之解，豈難乎解也，爲不可解也。仲言之有《解》，言之不可以已也乎，實三氏之罪人，可謂一厄。而坊間所行《訓解》者，全取之《解》。其詩則《選》而次序錯置、亂雜無章，其所注非蛇足則枝拇，鄙言杜撰居半。其謬不啻千里，但其詩則滄溟之《選》，是以千里必究。寒鄉十襲，家當拱璧，然菅蒯綴絲麻，羔袖飾狐裘，粃糠眯目，濫惡可醜，此余竊所嘆，所以不可以已也。

《訓解》援引冗雜繁蕪，要無關乎詩，蓋涉獵搜索，眩曜是務，鈎措大利者，非邪?宜芟夷藴崇，務去其本根。苟不芟柞蓁塞，奚得正路?余解不出援引，其於不可已乎間注焉。

地名、官爵，其關乎詩者附，不則芟焉。寧失乎疏，不失乎煩，要害於詩也。至典實事迹亦復然，讀者勿以疏漏而論焉。

編次依《選》，蓋爲除厄。姑及五七言絶句者，特爲厄之甚，請論其一二：太白詩《行路難》爲《蜀道難》，王昌齡詩《離別難》爲《別離詞》，《九曲》爲《河曲》，《峨眉山月歌》不辨地理……他不可枚舉。故姑及絶句，諸體欲繼出，未脱稿。

余解要在解字句，不務爲煩，訛謬盡辨。間改解，亦頗洗鴆。絶句特出于情，解者紛紛，奚定於一？今皆是正。仲言落理，解隨禪意，贅旒居多，亦皆删焉。欲使其整麗簡易，沙汰以極，至得于全璧，存其人矣。

先入爲主，古人遺戒。今人務解詩，不知参詩，乃先解後詩，顛末錯謬。既已不知先後，奚得入於道？夫唐詩在興趣，神采飛動，豈解之所盡乎？解一錮，許多臭味不能得之言意外，先入爲主故也。

辭達而已矣，可以爲模範。仲言《解》得寸失尺，不得于達也。近世講帷下説詩，亦惟是物，懸河瀉水，務辨駁，往往稱解頤語鼎來。然唐詩豈口舌之所盡？不如筆之以傳説。余解乃欲授從遊之徒，以爲捷徑，而終階唐人宫墻。而亦管窺，才見一斑，至全豹則具眼或得之。

江忠囿

五言絶句

題袁氏別業　　賀知章

袁氏，袁素不相識之人，故稱氏。

主人不相識，偶坐爲林泉。偶坐，謂對坐，見《禮記》。言我素與主人不相識，林泉勾引我，因得對坐。**莫謾愁酤酒，**言林泉之美如此，雖則憂勞，酤酒而莫謾此興也。「愁」與「憂」不同，詩語緩，故通用之。**囊中自有錢。**我囊中不空，可以當酒價，蓋作調謔詞以稱林泉。而不謂幸有錢，而謂「自」，非下「自」字不雅。古辭：「有錢始作人。」

夜送趙縱　　楊炯

趙氏連城璧，因姓用趙璧故事。趙惠文王時，得楚和氏璧，秦昭王聞之，願以十五城請易璧，於是有「連城」名。此句以趙氏璧而比趙縱才。**由來天下傳**。趙氏璧天下所共傳，復説璧以比才。《訓解》曰「趙縱名聞天下久」者，非。「天下傳」三字本于藺相如語。**送君**指趙縱。**還舊府**，舊府，舊國府也，「舊府東山有餘妓[一]」可並見。而此特不知指何舊府，趙故鄉蓋舊府乎？**明月滿前川**。鄒陽書：明月珠，夜光玉。借明月復比趙德輝，而照題「夜送」。

【校勘記】

[一]有餘妓：《全唐詩》卷三百十七《重送卢三十一起居》作「餘妓在」。

易水送別[一]　　駱賓王

此地指易水。**別燕丹**，易水因燕太子丹與荊軻別之地而生感慨，故曰此則荊軻別燕丹地。**壯士**指荆軻。**髮衝**衝突。**冠**。昔日荆軻入秦，怒髮衝冠。二句直序荆軻事。**昔時人**復指荆軻。**已没**，荆軻已没，復無荆軻，此事遂爲昔時耳。**今日水**易水。**猶寒**。易水至今日而凛凛，則荆軻尚可作也。賓王有俠氣，説到身上。《易水歌》：風蕭蕭易水寒。「水尚寒」三字本於此。

按賓王義烏人，武后時數上疏言事，得罪，貶臨海丞。鞅鞅不得志，弃官去。文明中，徐敬業起兵欲反，投之，乃作檄傳天下，暴斥武后罪，後亡命，不知所之云。則賓王俠氣可見，此詩亦發乎憤者也。

【校勘記】

［一］易水送别：《全唐詩》卷七十九作《於易水送人》。

贈喬侍御［一］　　陳子昂

漢庭榮與寵同。**巧宦**，《汲黯傳》：「司馬安文深巧善宦。」○《閑居賦》：司馬安四至九卿，而良史題之以巧宦之目。**雲閣**謂閣高如雲也。《東京賦》賦：「結雲閣，冠南山」。《訓解》作「雲臺」，非。**薄邊功**。二句言朝廷寵巧宦者，是以巧宦在雲閣，而薄弃在邊而建功者。蓋借漢事以見唐衰。**可憐**哀憐。**驄馬**驄，青白雜毛。**使**，驄馬御使桓典故事，見《訓解》。藉以比喬侍御。**白首爲誰雄**。至白首而尚雄，所謂老益壯之意。《訓解》曰：「白首淪落，非拙於用世也[二]。」此說非。蓋侍御謂淪落而可乎？且「非拙於用世也」頗蛇足。此直言勤王之心至老而尚雄，然無識者，哀焉耳。

【校勘記】

[一]贈喬侍御：《全唐詩》卷八十四作《題祀山烽樹贈喬十二侍御》。

[二]於用：底本誤作「用於」，據《唐詩訓解》卷六改。後文同。

子夜春歌

郭振

《訓解》作「吴歌」。《樂府古題要解》曰：晉有女子曰子夜所造，聲至哀。晉武帝太元中，琅琊王軻家有鬼歌之，後人依四時行樂之詞作《子夜四時歌》，吴聲也。

陌頭楊柳枝，已被春風吹。二句謂春色闌，而起下思夫之意。**妾心正**指楊柳春風被吹時。**斷絶**，楊柳動春心，故作斷絶思。吴筠詩：「春草可攬結，妾心正斷絶。」〇古詩：「肝腸斷絶。」**君**指夫。**懷**抱。**那得知**。君之懷抱之事難得知，恐有他心。

南樓望　盧僎

眺望。

去國故國。**三巴遠**，盧僎蓋巴人。**登樓萬里春**。登樓而望故鄉，則春色萬里，望愈遠。**傷心江上**樓蓋臨江。**客**，來往旅客。**不是故鄉人**。所見他鄉人來往，己獨自煢煢，無可慰心者。

汾上驚秋　蘇頲[一]

晉列有臨汾、汾西二縣。汾出太原，入河。

北風吹白雲，漢武《秋風辭》：「秋風起兮白雲飛。」**萬里**去已萬里。**渡河汾**。又「浮樓船兮渡汾河」。二句用漢武之語。○言客游至汾上，初逢北風吹白雲之候，已去鄉萬里而獨渡河汾，蓋寫旅途寂寞。**心緒**心中悲感紛如緒。**逢搖落**，逢木葉催落日。**秋聲不可聞**。不堪聞。

○按此詩時事不可考。《訓解》曰「失意在汾上」，未審。愚謂此悲秋，適在汾上而賦之，題曰「驚秋」可以見。又按《世說》載，蘇頲年五歲，常過其父，方誦庾信《枯樹賦》[二]，避「談」字（乃客諱），因易其韻曰：

「昔年移柳，依依漢陰。今看摇落，悽愴江潯。樹猶如此，人何以任？」皆嘆异之云。此詩頗有《枯樹賦》意，豈自幼所誦，適發於此乎？

【校勘記】

［一］底本脱作者名，據《全唐詩》卷七十四補。

［二］庾：底本訛作「虞」，據《庾子山集》卷一改。

蜀道後期　張説

客心争日月，旅客心争光陰，言白駒易過，勤王之心汲汲，祇恐至洛之不疾也。**來往豫期程**［一］。豫限行程。**秋風不相待**，寄恨秋風，託興之微言。**先至洛陽城**。言我欲先秋而至洛，而秋風先我而至，何不相待乎？蓋勤王之心汲汲，故秋風先我至洛亦可恨也。

〇按《訓解》解一句而爲「忠信之心，與日月争光」，蓋依《屈原傳》而云爾。然詩直曰「客心」，則旅客心，而非忠信也。予則謂旅客心汲汲争光陰，是以預限期程，祇恨秋風之不相待而先至洛也。蓋謂蜀道行路難也，題曰《蜀道後期》可見，讀者詳之。

【校勘記】

［一］豫：《全唐詩》卷八十九作「預」。

照鏡看白髮[一]　張九齡

宿昔青雲志，謂出身之志，蓋出身初欲達身青雲上也。《訓解》作「伯仲伊、吕之意」，然青雲士、青雲器俱謂宦達，則仲言可謂不知類也。**蹉跎白髮年**。《晋書》：周處曰：「年以蹉跎。」語本於此。言昔則青雲志，今則白髮年，人生之盛衰，慨然爲感。「青雲」「白髮」相睨，撰成雅語。**誰知明鏡裏**，向明鏡裏。**形影自相憐**。言顧形則衰朽，照影則白髮，形影相顧而哀之，故曰「相憐」。而形尚矍鑠，則有欲復爲之用之意，此則所以照鏡看白髮也，而人不知我志，故曰「誰知」。

同洛陽李少府觀永樂公主入蕃　孫逖

同，同賦。《舊唐書·契丹傳》：開元三年，其首領李失活率種落内附。封失活爲松漠郡王。明年，失活入朝，封宗室外甥女楊氏爲永樂公主以妻之。

邊地鶯花少，年來年來，謂春來，與「寒盡不知年」之「年」同。**未覺新**。不知新年。**美人**指公主。**天上落**，三字樂府語。之下國，故云爾。**龍塞**邊地名。**始應春**。此句照「鶯花少」句，言因公主之至，而彼鶯花少地始逢鶯花春也。此詩全諷開元天子有拓邊之志而寵夷狄之太過矣。

静夜思　李白

床前「床」作卧床而見。**看月光**，看月影而未看月，有夢初醒態。**疑是地上霜**。静夜群動息滅，月影凝而不動，宛如地上霜。二句説静夜。**舉頭望山月**，舉頭則山上望月，於是知向之地上霜全是月影。**低頭**低垂愁思貌。**思故鄉**。二句言望山月之頃忽起鄉思，不堪望之而低頭爲思耳。二句説「思」字，而「舉頭」「低頭」有終夜輾轉反側意。

怨情　李白

美人「美人」指女官，與「美人天上落」之「美人」不同，彼則稱之詞耳。**捲珠簾**，捲簾者，開簾也。**深**

坐愁人恐人見之，故雖捲簾亦深坐。**顰**顰戚。**蛾眉**。**但見淚痕濕**，頰面見淚痕。**不知**他人不知。**心**美人心中。**恨誰**。顏面見淚痕，分明是愁人，愁雖見顏面而不言，所以爲深怨。而宫女之怨蓋在君王也，所以不能言也。

秋浦歌　　李白

泗州有秋浦縣，李白謫居時作。

白髮三千丈，緣愁似個長。一之句自驚詞，二之句解之。言我白髮則須三千丈，人豈如此長者乎？而我白髮緣愁而生，非緣衰老，則覺如此長亦宜。「似個」讀作如此。**不知明鏡裏，何處得秋霜**。此言黑髮俄頃變白也。「不知」猶曰不解，怪之詞。明鏡裏平時未嘗有之，俄得秋霜來，秋霜自何處而入鏡中乎？謂「三千丈」，謂「秋霜」，皆託興詞。

獨坐敬亭山　　李白

宣州宣縣有敬亭山，李白詩有「敬亭白雲氣，秀色連蒼梧。下映雙溪水，如天落鏡湖」等句，其勝絶可想。

衆鳥高飛盡，孤雲獨去閑。一鳥不鳴，片雲特去而閑閑，最不堪閑寂之時也。**相看**猶曰相對。山與白相看。**兩**山與白。**不厭**，山自不動，白亦無出山之意。**祇有敬亭山**。异他山之可厭，蓋稱敬亭清幽之詞。○按《訓解》一、二因有「去」「盡」字而以爲「似鳥、雲厭山」也，拘「去」「盡」字甚。一、二祇言清幽閑閑狀也。

見京兆韋參軍量移東陽　李白

《唐書·地理志》：婺州東陽郡有唐陽縣。日南，本秦象郡也。《通典》曰：「地在日之南，所謂『開北户以向日』者也。」

潮水還循還歸東海。**歸海，流人却到吴**。東陽者，吴之邊境。起句以潮水而爲興，遂言流人亦隨潮水而到吴。此句《解》不分明，讀者詳之。**相逢問**問慰。**愁苦，泪盡日南珠**。別泪如珠，蓋日南有泪珠，鮫人所流之珠也，因以興別泪。言慰問邊土愁苦，則雖身未至於日南而愁泪已作日南珠，泪爲之盡也。此注《訓解》誤。

臨高臺[一]　王維

漢樂府鼓吹《鐃歌十八曲》有《臨高臺》。○《樂府解題》云：右古詩，大略言：「臨高臺，下有清水清且寒。江有香草目以蘭，黃鵠高飛離哉翻。關弓射鵠，令吾主萬年。」若齊謝朓「千里常思歸」，但言臨望傷情而已。

相送臨高臺，言賦《臨高臺》以送，讀作「臨於高臺」者，非。**川原杳**杳渺。**何極**。望行人所去而傷行路邈。**日暮飛鳥還**，相望至日暮。**行人去**取路。**不息**。至日暮而行人役役不息，想像邈至而不露情態，別恨在其中。按謝朓《臨高臺》語意粗似，曰：「千里常思歸，登臺臨綺翼。才見孤鳥還，未辨連山極。四面動春風，朝夜起寒色。誰知倦遊者，嗟此故鄉憶。」

【校勘記】

[一]臨高臺：《全唐詩》卷一百二十八作《臨高臺送黎拾遺》。

班婕妤

王維

本三首，此其二。〇《漢書・外戚傳》：孝成帝班婕妤，帝初即位選入後宮。始爲少使，俄而大幸，爲婕妤，居增成舍。其後趙飛燕姊弟從自微賤興，踰越禮制，寖盛於前。班婕妤失寵。趙氏姊弟驕妒，婕妤恐久見危，求共養太后于長信宮，上許焉。婕妤作賦自傷悼云。

怪來妝閣閉，妝飾處。「怪」者，婕妤自怪不幸也，作「人怪之」，非。**朝下**謂罷朝。**不相迎**。無迎行幸。**總向春園裏**，富麗處謂之春園。〇金輿向他春色處而不至我。**花間語笑聲**。獨聞他語笑聲耳。

〇按《訓解》太誤，蓋通三首而考之，初得其解。第一首曰：「宮殿生秋草，君王恩幸疏。那堪聞鳳吹，門外度金輿。」第二曰「怪來妝閣閉」云云。蓋此詩謂初秋游幸之時乎，故第一首曰因恩幸疏而宮庭生秋草，此時聞鳳吹，則金輿近輦，何以堪聞之？第二首曰獨自怪閉妝閣不相迎者，何不幸乎！於是聞輦車聲則總向他春色繁華中，而語笑喧嘩益不堪聞之云。故下三首曰：「玉窗螢影度，金殿人聲斷。」正謂他語笑之聲斷也。仲言《解》作「婕妤自語笑」者，當謂「語笑」，不可謂「語笑聲」也。

雜詩　王維

本集《雜詩》五首，二首古詩，三首絶句，錯雜爲章，故題曰《雜詩》。

已見寒梅發，復聞啼鳥聲。愁心視春草，畏向玉階生。本集五首，此在其終。上二首言女子惠心才藝，爲人見寵。下三首遂言憶江南家鄉之意。故第四首曰：「君自故鄉來，應知故鄉事。來時綺窗前，寒梅開花未？」終答之曰「已見寒梅發」云云。曰「已」、曰「復」，故鄉之人答之詞。「愁心視春草」已下，女子自云。此女蓋生於江南，住於洛陽者乎？蓋通五首視之，以女子才藝王維自比。玉階，本集作「階前」，此作「玉階」則當作宫詞看。然依本集解之，則謂故鄉梅已發，復聞啼鳥聲矣，而我未能歸，日日恐春草之生而侵階。何也？則暮春猶未歸也。翻用《楚辭》「王孫遊兮不歸，春草生兮萋萋」語。讀者不生意見，味興趣而可，此讀唐詩法也。

鹿柴　王維

柴，去聲，與砦同。《説文》：「藩落也。」《廣韻》：「柴，羊栖宿處。」按「鹿柴」謂鹿宿所也。

空山不見人，謂無人也。**但聞人語響。**「人語」即人聲，《子夜歌》「中宵無人語」是也。但猶徒徒聞人聲響于虛谷耳，復不見人之意。**返景入深林，復照青苔上**。幽趣愜人意。蓋明滅變化，山中趣。○《訓解》以禪意解，不可從。

竹里館　王維

獨坐幽篁裏，賞幽篁趣而彈琴而酬之，彈罷不足，復長嘯自適。**彈琴復長嘯**。**深林人**世人。**不知**，深林趣，世人無知者也。**明月來相照**。惟明月來往照我耳，無人問我也。○《訓解》云：「結句說會意，亦禪意。」不可從。

長信草　崔國輔

按班婕妤退居東宮，賦曰「奉共養於東宮兮，托長信之末流」云云，其下曰：「華殿塵兮玉階苔，中庭萋兮綠草生。」長信草蓋本於此與？婕妤已見。

長信宮中草，年年愁處生。此寄怨於草也，言長信宮中草年年生人所愁處。何也？全似遮行幸路。**時**春時。**侵**侵謂草沒履迹。**珠履迹**，「珠履」見《春申君傳》，借比御履。按婕妤賦曰：「俯視兮丹墀，思君兮履綦。」蓋「珠履迹」本於此。言已無行幸，則見御履迹尚可慰心，而草侵履迹不可見，是以爲深怨。**不使玉階行**。草遂上玉階，則履迹益不視，最爲怨恨。

少年行[一]　崔國輔

遺却遺忘。**珊瑚鞭**，**白馬驕**「驕」者，馬驕行也。**不行**。馬雖欲進，按轡不行。**章臺**娼妓街。**折楊柳**，《事文類聚》：漢張敞居走馬街，有柳塘，時謂之章臺柳。○「折楊柳」者，比戲妓女。**春日路傍情**。詩意謂少年行樂之日，白馬驕行，忽入章臺街而馬不行，便遺却把鞭枉然踟躕者，何也？見章臺柳而生春心而欲一折之，况春日可憐乎。路傍草次之契，却勝於有期約，是以情好益厚。

【校勘記】

[一]少年行：《全唐詩》卷二十四作《長樂少年行》。

送朱大入秦　孟浩然

遊人五陵去，五陵豪俠聚居，朱大固俠客，故作五陵遊。**寶劍**我有寶劍。**值千金**。謂劍貴。**分手**

分手之時。**脱**解脱。**相贈，平生**「平生」即生平也，謂先時也。**一片心**。言平生感意氣之深，一心不忘，今臨别贈千金劍，此是己一片心，非謂「片心」。蓋俠者之不去身者，劍也，此贈足以表平生一心也。「一」字重，「片」字輕。仲言爲「非劍足重也」，復本文所無也，不可從。

春曉　孟浩然

春眠春來眠多。**不覺曉**，不知向曉。**處處聞啼鳥**。眠中聞啼鳥，則知已曉，而且聞且眠，春曉態。**夜來風雨聲**，已下二句寫眠中思，言昨夜聞風雨聲。**花落**想因風雨而花應落。**知**不知。**多少**。不知園間落幾花，祇恐落盡無餘矣。思不及他事而先及花，是春曉態，是妙境。

洛陽訪袁拾遺不遇　孟浩然

洛陽訪才子，才子，指袁。《西征賦》：賈生洛陽才子。此句本於此。**江嶺**南方地名。**作流人**。袁已謫江嶺。**聞説梅花早**，江嶺梅特早開。**何如此地**洛陽。**春**。二句洛陽、江嶺相對説，言邊境之春孰與洛陽春？縱雖梅花早，謫處春何如洛陽春？此句自「洛陽訪才子」來，且以春色優劣而悲遠謫，言無怨尤，可以見詩人忠厚語也。

洛陽道[一]　儲光羲

《解》云：詩云「五陵」，當作長安道。然五陵借用，謂豪貴所在，不可拘。

大道直如髮，言大道不狹斜。梁元帝《洛陽道》詩：「洛陽開大道，城北達城西。」**春日佳氣多**。王氣蔥蔥，异他都會。**五陵貴公子**，漢時移豪貴於五陵，故多貴公子。**雙雙**公子翩翩往來。**鳴玉珂**。言公子華胄雙雙來往，奇服炫耀，蓋見洛陽驕奢。《訓解》作《賦洛陽道獻吕四郎中》，則言公子華胄繁榮而暗含吕郎中沉下僚之恨。○《通典》：鵰入海化爲玳，可爲馬勒，謂之珂。《説文》：珂，石次玉者。《爾雅》：貝大者謂之珂，黄黑色，其骨可以飾馬勒，故曰玉珂。

【校勘記】

[一]洛陽道：《全唐詩》卷一百三十九作《洛陽道五首獻吕四郎中》，此詩爲其三。

長安道　儲光羲

鳴鞭過酒肆，酒肆中鳴鞭走馬，欲當萬人之觀。**袨服**美服。**遊倡門**。不向酒肆則倡門。**百萬錢**。**一時盡**，蕩子不愛財。**含情**財盡而索寞，有悔心態。**無片言**。雖有悔心而片言不及之，此真蕩子態。

關山月　儲光羲

《樂府解題》：《關山月》，傷別離也。相和曲有《度關山》，亦類此。

一雁過連營，陳宫也。**繁霜**《詩》：「正月繁霜。」**覆**掩也。**古城**。二句言邊地愁慘景。**胡笳在何處**，當此愁慘之夜而胡人吹笳，不見其人而遥相聞。**半夜起邊聲**。李陵《答蘇武書》：「胡笳互動，牧馬悲鳴，吟嘯成群，邊聲四起」云云，邊聲悲可想。此言笳聲亮亮，響于邊庭，而邊聲並起，况半夜蕭條之時，不堪聞之乎。傷別離在其中。

送郭司倉

王昌齡

映門淮水緑，留騎主人心。於淮水上而餞别者，因春色佳而欲留郭也，則稱淮水緑而留騎，主人傷别心可以見也。**明月隨良掾**，掾，官屬也，良掾指司倉。言惟明月隨君而行。此句寫行者之思。**春潮夜夜深**。别後春潮夜夜深時憶今之别。此句寫居者思。○按此詩蓋人在淮水上餞郭，昌齡在傍而送之，故稱「主人」，不然則稱「主人」者無謂。

答武陵田太守

王昌齡

答，答謝。

仗劍二字見《史記·聶政傳》。**行千里**，《史記》：「鄭莊行千里，不齎糧。」言我久爲太守食客，今將辭去，而所賴一劍，横行千里。**微軀**謙辭。**敢一言**。雖微賤軀，敢以一言答謝。**曾**與嘗同。**爲大梁客**，大梁，魏都。信陵君，魏執政者，仁而下士。以大梁客而自比，以信陵君而比太守。**不負信陵恩**。「不負」者，言己爲太守見知，則苟爲污辱行而不負知己也。「恩」者，謂知己遇，非謂恩惠。○《史記·魏世家》：

惠王三十一年，秦將商君破魏，魏都大梁。又《信陵君傳》：公子無忌者，安釐王异母弟也。安釐王即位，封公子爲信陵君。公子爲人仁而下士，致食客三千人。

孟城坳　　裴迪

坳，埡道。○於王維輞川別業而同賦。迪與王同時，其詩自輞川倡和外無傳。

結廬古城即孟城。**下，時**時時。**登古城上**。「下」與「上」相睨。**古城**三疊「古」字，是重字法。**非疇昔**，名則曰古城，而异古時。○《左傳》注：「疇昔猶前日。」然此詩則謂古昔也。**今人自來往**。人世變代而不見古人，説所以「非疇昔」也。

鹿柴　　裴迪

日夕見寒山，便爲獨往客。二句言日夕到鹿柴，則寒山凉冷，一對之而不覺爲獨往客。司馬彪曰：「獨往任自然，不復顧世也。」**不知松林事，但有麏麚迹**。二字八字句，言此中或有幽人與我同志者也，而林下未嘗見一人也，是以松林事但空有麏麚迹，我不知松林中如是寂寞也。

復愁　杜甫

萬國指天下。**尚戎馬**，天下亂久矣，戎馬縱横未止。**故園今若何**？想故國之狀，於今荒凉，爲如何？**昔歸相識少**，此句反復爲愁，言昔暫歸時相識者多喪亡。**早已戰場多**。故園爲戰場也比他國爲多，何也？則安禄山先寇長安、洛陽故也，後杜甫流落於南方。此詩思昔悲今，反復爲愁，題曰《復愁》可以見。

絶句　杜甫

絶句無定説，粗見於《詩藪》，但「絶妙」説近是。此詩蓋漫興，姑以《絶句》爲題。

江碧鳥逾白，白鳥之白，映碧而倍白。**山青花欲然**。紅花之紅，著青而如然。**今春看又過**，**何日是歸年**。恐終無歸年也。

長干行[一]　崔顥

《樂府遺聲》：都邑三十四曲之中有《長干行》。長干，地名也。《一統志》：金陵五里有山岡，其間平居，民庶雜居。有大長干、小長干，並地名。江東謂山岡爲干。**君**商婦稱賈客。**家住何處**，是淫奔之詩，商婦見賈客而戲之詞。**妾**自稱。**住**與家同。**在横塘**。是誨淫之詞。〇《吳都賦》：「横塘查下，邑屋隆誇。長干延屬，飛甍舛互。」然則長干、横塘風流可想。**停船暫借問，或恐是同鄉**。商婦問他舟賈客鄉里，以同鄉爲幸，故暫問之，頃或思同鄉，以「或恐」二字寫之。

【校勘記】

[一]長干行：《全唐詩》卷一百三十作《長干曲四首》，此詩爲其一。

咏史　高適

古事見《范雎傳》。

尚有綈袍《索隱》曰：「綈，厚繒也，音啼。」《正義》曰：「今之粗袍也」。袍，衣有著之异名也。**贈**，言於今尚有如須賈憐范叔寒，取綈袍而贈之者。蓋高適身上有之，故曰「尚有」。**應憐**哀。**范叔寒**。謂貧賤。**不知天下士**，惟非稱國士也，彼則天下士也。**猶作布衣看**。賈不知雎之天下士也，雎入秦而爲相後，猶以布衣而見之也，淺矣。「猶」字關雎身上，與上「尚」字异。蓋適始貧賤，終宦達，當時必有以布衣而看之者。適字達夫，少拓落，不拘小節，耻預常科，隱迹博徒云，其志可以見。

田家春望　　高適

出門何所見？無所見，言田家寂寞。**春色滿平蕪**。江淹詩：「青滿平地蕪。」言所見春色已。○以蔓草比群小用事者，非也。且以二句比天下寥寥無人，亦非。二句衹説春望。**可嘆無知己**，上二句説春望，忽入嘆息，以身在田家而遂無知己。**高陽一酒徒**。昔酈生以酒徒而見沛公，雖則以儒生不見，可也。我則不能以酒徒而見知也，則遂真酒徒已，知己者謂不遭遇也，以酈生自比可以見。蓋隱博徒時作乎？

行軍九日思長安故園　　岑參

强欲登高去，助字。○登高故事出《續齊諧記》。**無人送酒來**。助字。○刺史王弘九日送酒於淵明故事。**遥憐故園菊**，**應傍戰場開**。雖軍中乎，思及故園菊，此詩人風流語可以見也。參嘗放情山水，故常懷逸念。云行軍鞍馬之中，强思九日興，幽致何如乎。

見渭水思秦川[一]　岑參

《三秦記》：「長安正南秦嶺，嶺根水流爲秦川[二]。」

渭水東流去，何時到雍州？惟渭水東流到雍，我則何時到雍州？**憑添兩行泪，寄向故園流**。所憑惟此一水達故園耳，餘無可達者，因添行泪而欲寄故園也。無聊之甚也。

【校勘記】

[一]見渭水思秦川：《全唐詩》卷二百一作《西過渭州見渭水思秦川》。

[二]根：底本訛作「限」，據《文選》卷十改。

登鸛鵲樓　王之涣

白日依山盡，黃河入海流。**欲窮千里目，更上一層樓**。言白日之滅没、黃河末流已盡乎目中矣，樓之大觀可以止也。蓋欲窮天下之大觀而故上此樓，則果一大快哉！「更上」者，猶曰故上。仲言解爲

「更上高處」，泥「更」字甚。白日之没、黄河之流既已窮千里，何別有千里目乎？蓋「一層樓」直指鸛鵲樓也，鸛鵲樓中非別有一層樓。

終南望餘雪　祖詠

終南山。**陰嶺**北嶺。**秀**，秀出。**積雪浮雲端**。浮雲端，見餘雪。**林表**林外。**明霽色，城中增暮寒**。長安林外雖霽日，城中暮寒特甚，終南含餘雪故也。此祖詠及第作也，事見《世説》。

罷相作　李適之

避賢《漢書・翟方進傳》：「上無惻怛濟世之功，下無推讓避賢之效。」**初罷相，樂聖**謂酒清者。《魏志》：時禁酒。尚書郎徐邈私飲酒，校事趙達問以曹事，邈曰：「中聖人。」達白之太祖，太祖怒。鮮于輔進曰：「平時酒客謂酒清者爲聖人，濁者爲賢人。」**且銜杯**。言罷相之初，銜杯倍平時也，「初」字、「且」字可見。**爲問門前客，今朝**罷相日。**幾個來**。恐不多也。蓋世之輕薄如是，不足怪也。

《本事詩》：開元末，宰相李適之疏直坦夷，時譽甚美。李林甫惡之，排誣罷免。朝客來，雖知無罪，謁問甚稀。適之意憤，日飲醇酎，且爲詩云云。林甫愈怒，遂不免。

奉送五叔入京兼寄綦毋三　李頎

陰雲即愁雲。**帶殘日，悵別此何時**。言陰雲殘日消散之中，送叔于此時乎，悵別异平時。因曰「此何時」，猶謂此日何日。仲言《解》不分明。**欲望黃山道，無由見所思**。陰雲隱黃山，無由見所思。綦毋三蓋在黃山，「所思」指綦毋三。

左掖梨花　丘爲

左掖：杜詩注：唐宣政殿左右有中書、門下二省。掖，省中左右掖門也。

冷艷清冷豐艷，寫梨花色。**全欺雪**，梨花之寒冷欺雪色。**餘香**香氣有餘。**乍入衣**。二句説梨花。**春風且**辭字。**莫定，吹向玉階飛**。言春風吹散梨花而無定所，猶且吹送到玉階也者，以其在左掖中也。丘爲累不第，因羡梨花在左掖耳。○按丘爲初累舉不第，歸山讀書數年。天寶初，劉單榜進士。王維甚稱許之，嘗與唱和云。蓋此時所作與？後累宦太子右庶子，時年八十餘。

九日陪元魯山登北城留別[一]　蕭穎士

綿連滍川回，滍川在魯山，魯山屬南陽府。**杳渺鴉路深**。鴉路在南陽府。滍川、鴉路蓋蕭歸路所經，故望之而悲歸路邈矣。二句起動歸心句。**彭澤**以淵明比元德秀。秀時魯山令。**興不淺**，用庾亮語。**臨風**向故國風。**動歸心**。言九日宴，元德秀雖則稱興不淺乎，我則動歸心耳。○《唐書·卓行傳》：元德秀，字紫芝，河南人。家貧，求爲魯山令。歲滿，笥餘一縑，駕柴車去。天下高其行，不名，謂之元魯山。

【校勘記】

[一]九日陪元魯山登北城留別：《全唐詩》卷一百五十四作《重陽日陪元魯山德秀登北城矚對新霽因以贈別》。

平蕃曲二首　劉長卿

仲言《解》備。平蕃子凱歌。

渺渺戍烟戍樓烽烟。**孤**，烽烟漸漸孤寂，終不見烽烟舉。**茫茫塞草枯**。塞下已寧，無戎馬往來，祇見枯草已。**隴頭**隴山。**那用閉**，不用閉固隴山。**萬里不防胡**。自是無萬里長征事。

其二

絶漠大軍還，絶漠，直度沙漠而還，寫大軍還勢。**平沙獨成閑**。戍處不多設，獨戍足，而見閑暇無爲。**空徒同**。**留一片石，萬古在燕山**。銘功片石而還。片石足以畏胡人也，何用戍兵？曰「燕山」者，用後漢竇憲事，見《訓解》。

逢俠者　錢起

燕趙悲歌士，壯士感歌，慷慨悲壯，故曰悲歌。燕趙古多慷慨悲歌士。**相逢劇孟家**。《漢書》：「劇孟以俠顯。」言此俠者元燕趙悲歌徒，是以其所相會亦俠者家也。**寸心**謂錢起有俠氣。**言**言談。**不盡，前路日將斜**。言世態薄情，無可與談者，因欲與俠者語也，則已向落日，不能與之言也。蓋「前路」比行年，「日斜」者比遲暮年，而謂非復爲俠之年也。錢起非俠者，憤憤不平之餘，欲與俠者語也。

江行無題　錢起

仲文自秦中歷楚入吳，作《江行》百篇。

咫尺愁風雨，風雨晦暝，咫尺不可行。仲言《解》以咫尺爲「匡廬近」，非也。**匡廬不可登**。不能登也，因風雨而不能登。**祇疑**已不能登，則疑思而爲遺恨也。**雲霧窟**，雲霧岩窟足以爲隱處。**猶有六朝僧**。如惠遠、道林修潔之僧猶有在矣。○此詩江行之頃望匡廬而咏之，豈曆楚入吳時之作乎？《解》曰「江行每以風雨爲憂」者，「每」字不通。又曰「六朝之僧當有存者」，亦非，蓋借六朝而謂當時之人也。

秋夜寄丘二十二員外　韋應物

懷君屬秋夜，當秋夜而懷君异于平時。**散步咏凉天**。嘯咏於凉天。**山空**謂山中無人，蓋丘員外退居於千山中乎？**松子落**，説山中秋夜幽興。**幽人**指員外。**應未眠**。言秋夜凄凉，山中閑寂可想，因言山中閑閑無一點聲，但松子落聲響枕而驚眠耳。

聽江笛送陸侍御　　韋應物

江笛，江上笛聲。

遠聽江上笛，臨觴一送君。言臨離杯時忽聽江上笛，則笛聲悲益深。此詩全謂笛聲悲，而别情在其中。**還愁獨宿夜**，别後無友。**更向郡齋聞**。臨觴而聽，特可以哀，而還添一段愁者，當别後獨宿夜而聽之益不堪，况更在郡齋之僻陋而聽之乎？仲言《解》臨觴之聞爲不如獨宿之聞者，失「還」字義，非却字不通，讀者詳諸。

聞雁　　韋應物

故園眇何處，歸思方悠哉。故園眇遠則歸思亦悠遠，蓋含無歸日意。**淮南秋雨夜，高齋聞雁來**。言淮南之僻陋，高齋之閑寂，秋雨雁聲，歸思交集，是以不堪情耳。淮南屬滁州，韋時刺滁，蓋有厭滁之意也。

答李瀚　韋應物

林中觀易罷，助字。○玩《易》辭，隱者常也。**溪上對鷗閑**。對鷗，謂忘機。二句言李瀚退隱楚中，忘懷於得失，或林中觀《易》，或溪上對鷗。**楚俗饒詞客，何人最往還**。言楚中元自屈原、宋玉之徒以詞賦而名者，今尚有在，何人與君往來乎？可以羨也。而是爲以自足，則掉去而勿復回頭世上也，是所以答之也。

婕妤怨　皇甫冉

婕妤事已見。

花枝出秀出。**建章**，宫。**鳳管發昭陽**。宫。**借問承恩**寵。**者**，身不能至建章、昭陽，則空望之耳。**雙蛾幾許長**。言掃幾許娥眉，而恩寵之長亦如是乎？因思我恩寵中道斷者，以掃娥眉之不巧也。

題竹林寺　朱放

歲月人間促，促，迫也，謂歲月無幾。**烟霞此地**竹林寺。**多**。風色异。**殷勤**殷勤看過。**竹林寺**，廬山。**更**復。**得幾回過**。經過也。○此詩因愛烟霞而嘆我生有涯。按朱放結廬剡溪、鏡湖之間，排青紫念，漁釣山水，江浙之士服其高義。依此，則每往來竹林寺而侶烟霞者可知也。因嘆吾生有涯，每來殷勤看過。注曰「因遊寺而起憂生之嘆」者，非。且「同『花落』詩讖」云，朱放豈有希夷之横死乎？可謂不知類者也。

秋日　耿湋

返照入閭巷，陋巷寂寂，人自不堪，落日時最甚。**憂來誰共語**？憂者，謂身在陋巷，無可共語者也。**古道少人行**，來往亦絶。**秋風動禾黍**。寫田舍秋日態。○此詩寫身在陋巷，送秋日寂寞態。評云：「祇言落日秋風，便見無人。」

和張僕射塞下曲　盧綸

月黑月色暗黑，乃含雪意。**雁飛高**，暗夜雁聲高聞，寫欲雪狀。**單于**匈奴君號。**夜遁逃**。知乘暗夜而匈奴遠遁逃。**欲將輕騎**不用大軍役北，用短兵。**逐，大雪滿弓刀**。大雪俄下，寒苦隨，指不堪取弓刀。

別盧秦卿　司空曙

知有前期前期，謂再會。**在，難分此夜中**。豫知後會有期而無那此夜難分。**無將故人**司空曙自稱。**酒，不及石尤風**。言行舟遇逆風則住，故人置酒則不住，是將故人酒而不及石尤風。石尤風，逆風也，《唐詩品彙》題下注引洪容齋《隨筆》[一]，《訓解》亦取《品彙》，可並考。

【校勘記】

[一]齋，底本脱，據《唐詩品彙》卷四十二補。

幽州[一]　李益

征戍在桑乾，爲戍客而在住桑乾久。**年年薊水寒**。年年對薊水，寒苦不能歸。**殷勤驛西路，此去**自此。**向長安**。驛路西直達長安路上，因殷勤望之耳，歸意切可知焉。蓋李益從軍十年，運籌決勝尤其所長，往往鞍馬間作文，横槊賦詩，故多激厲悲離之作云。此詩所云復爾。

【校勘記】

[一]幽州：《全唐詩》卷二百八十三作《幽州賦詩見意時佐劉幕》（一作《題太原落漠驛西堠》）。

三閭廟　戴叔倫

屈原，三閭大夫。

沅湘流不盡，沅湘流無盡，以興屈子怨無盡。注爲「屈子怨沅湘之水非所流而去者[二]」，俗意甚也。**屈子怨何深**。屈子怨恨之深何可量。**日暮**日暮感最切。**秋風起，蕭蕭楓樹林**。二句寫無涯怨恨，趣在言外，不可强解。仲言濫作解曰「楓樹蕭蕭，非其怨耶」，殆非知詩者也。

【校勘記】

［一］屈子怨沅湘之水非所流而去者：《唐詩訓解》卷六作「屈子之怨非沅湘所能流而去者」。

思君恩　　令狐楚

此宫詞，以思慕恩寵爲題。

小苑苑名。《蕭望之傳》：「署小苑東門候。」**鶯歌歇**，**長門**宫名。孝武陳皇后無子，退居長門宫，借用比失寵居。**蝶舞多**。二句言春色已闌，而寫望幸之情。**眼**前。**看春又去**，年年看過春去。**翠輦不曾過**。此詩雖言長門，非謂失寵而居之者，蓋借長門而寫居處寂寞。言初無寵，年年空過，是以思慕慰寵久矣。題曰《思君恩》，詩曰「翠輦不曾過」，可以見。

登柳州峨山［一］　　柳宗元

荒山山中荒蕪。**秋日午**，午時。**獨上**雖午時，無人登。**意悠悠**。思無極也。**如何**怪之詞。**望鄉**

處，欲望鄉處。**西北是融州**。欲一望故鄉，則峨山宜望鄉處，而西北惟見融州耳，嘆失登臨素志也。

【校勘記】

〔一〕峨：底本訛作「蛾」，據《全唐詩》卷三百五十二改，後文同。

秋風引　劉禹錫

何處秋風至，秋風之至，人不覺之。**蕭蕭**説秋風。**送雁群**。雁群乘秋風來。**朝來**今朝。**入庭樹**，秋風終入庭樹。**孤客最先聞**。庭樹未摇落，最先聞秋風者孤客，易感秋故也。

羣路感懷　吕温

馬嘶白日暮，疲馬向暮而頻嘶。**劍鳴**秋風響腰間劍。**秋氣來**。殺氣肅然來，含股栗意。**我心渺無際**，非惟悲行路渺焉，我心渺無所依泊。**河上**地名。**空**徒同。**徘徊**。《思舊賦》：「心徘徊以躊躇。」全賦窮途感也。

古别離　孟郊

欲别臨别時。**牽郎**指夫。**衣**，離别之切在。離别因不能止，遂盡言。**郎今到**與去同。**何處**？言離别人之所必有，但欲知所往處而無爲意也。**不恨歸來遲，莫向臨邛去**。向臨邛，卓文君事。言恐因新愛而弃我去。

尋隱者不遇　賈島

松下問童子，一之句問之，二之句答之。**言**童子答言。**師采藥去**。爲采藥出。**祇在**賈島自云。**此山中**，不出此山中。**雲深**言山之幽邃。**不知處**。不知去處。○此詩自爲問答體。

宫中題　文宗皇帝

文宗時，宫中兵起，帝失駕御，諸臣秉權。事見《文宗紀》及《通鑑》。

輦路行幸路。**生秋草**，寂寞態。〇無行幸，故輦路草不掃，寂寂如秋。**上林苑**。**花滿枝**。春色如舊。**憑高**憑高處而望之。**何限意**，與「無限意」同。**無復侍臣知**。近臣不復知我愁恨。蓋天子恐權臣，不敢言，故侍臣亦無知。

勸酒　于武陵

勸君金屈卮，滿酌不須辭。二句勸酒辭。**花發多風雨，人生足別離**。復勸酒詞。〇花發則多風雨，人生則足別離，所謂興之體也。言人生多別離，勸酒難再。眼前纔開發則散風雨，是足以知人生無常，然則今日相會宜勸酒也。

秋日湖上　薛瑩

落日五湖遊，落日時爲五湖遊。五湖，太湖別名，即洞庭。**烟波處處愁**。落日景象，夕烟泛波，暗淡摧愁。**浮沉千古事**，一句説愁。自古遊此者或遁世而隱，或見謫淪落，浮沉事自古多。注爲「世事變」，非。**誰與問東流**。千古事祇問東流耳，而無同志者，則誰與問乎？

題慈恩塔　　荆叔

漢國山河在，秦陵草樹深。漢國、秦陵錯綜語。言秦、漢園陵在長安，而今皆滅亡，無遺所，空望山河草樹耳。**暮雲千里色**，千里爲暮雲愁慘色。**無處不傷心**。處處皆傷心，感人事盛衰故也。《容齋五筆》云：慈恩寺有荆叔一絶，字極小而端勁，爲感人。其詞旨意高遠，不知爲何時人，必唐世詩流所作也。○按此詩全盛時音，其爲盛唐人無疑，詩意全感盛衰無常。仲言疑之，何也？

伊州歌二首　　蓋嘉運

商調曲。○《樂府集》曰：開元年西凉節度使蓋嘉運所進也。蓋嘉運，《品彙》：「無名氏。」

聞道黄花戍，唐置黄花戍。**頻年**年年。**不解兵**。不解圍也。二句言我夫之役兵年年不解，故知不能歸。**可憐閨裹月，偏照漢家營**。言夫不歸，空閨寂寞，身不能至彼，則惟憐閨閣裹月偏應照漢營耳。無聊之甚也。

其二[一]

打起黄鶯兒，打起，俗語，驚黄鶯兒眠也。「兒」者，似駡言。**莫教枝上啼。啼時驚妾夢，不得到遼西**。不能身至，祇賴夢魂相交耳。此詩四句一意格。

【校勘記】

[一]《伊州歌》其二，《全唐詩》卷七百六十八係金昌緒名下，題《春怨》，註曰：「一作《伊州歌》。」

哥舒歌　西鄙人

哥舒，案《通鑒》：王忠嗣以部將哥舒翰爲大斗軍副使，翰父祖本突騎施別部酋長[一]。注：哥舒，復姓，本突騎施別部號，後因爲氏焉。

北斗七星高，謂夜深也。**哥舒夜帶刀**。雖中夜刀猶不脱，蓋謂兵備嚴密。**至今**至哥舒死後。**窺牧馬，不敢過臨洮**。言吐蕃雖窺我邊垂而恐哥舒，不敢過。臨洮郡屬隴右道。

【校勘記】

［一］父祖：底本脱，據《資治通鑒·唐紀》補。

答人　太上隱者

偶偶然。**來松樹下，高枕**高卧世外。**石頭眠**。枕石亦晏眠。**山中無曆日，**無記日。**寒盡**冬去。**不知年**。不知春來。

七言絶句

蜀中九日　王勃

《唐書·藝文傳》：沛王召勃署府修撰。時諸王鬥鷄，勃戲爲文檄英王鷄。高宗怒曰：是且交構之漸也。斥出府。勃既廢，客劍南，登山曠望，賦詩見情云。

九月九日佳節，起登高興。**望鄉臺**，臺名「望鄉」，起鄉思一也。**他席**他筵席。**他鄉**他鄉國。**送客杯**。所見他席、他鄉，起思二也。他鄉亦有送客而酌離杯者，起鄉思三也。《訓解》爲勃在客中送客，非也。

人情吾情也。**已**含久意。**厭南中**郡名，在蜀。**苦**，南中僻地，愁苦多。**鴻雁那從北地來**。二句有情、無情相對結。人情已厭南中如是，鴻雁何意北地來乎？怪而問之辭。

渡湘江　杜審言

遲日春日曰遲日。**園林悲**悲感。**昔遊**，按審言先是坐事貶吉州司户，今又坐張易之事貶峰州，是以再渡湘江，因曰「悲昔遊」。遊者，宦遊。**今春花鳥作邊愁**。即「花濺泪」「鳥驚心」之意。二句言渡湘江之感，照題。**獨憐**獨自憐。**京國人南竄**，上五字，下二字。京在北。竄，驅逐也。**不似湘江水北流**。言北人而不能向北而皈，自羡湘江之北流。

贈蘇綰書記　杜審言

《唐書·百官志》：元帥、節度使有掌書記一人。

知君書記本翩翩，審言謂：君爲書記，本翩翩秀俊，任職不足以爲憂。**爲許**才翩翩，故命爲書記。許，謂敕許也。**從戎**軍。**赴朔邊**。《爾雅》曰：「朔，北方也。」注曰：「朔，盡也。北方萬物盡，故言朔也。」《毛傳》：「北方大名皆言朔方。」**紅粉樓中**室家所居。**應計日**，應待歸。**燕支山下莫經年**。山出紅藍，閼氏（謂狄妻爲閼氏）爲飾。「紅粉樓」「燕支山」相對而爲流麗語也。室家應計日而待，莫淹留於北邊也。其謂「紅粉」「燕支」，妝點語耳。蓋全篇意縮雖志功名，應思室家離別情，此人情所不免耳。然志功名者必不懷室家，因以室家感之。是與「勿向臨邛去」不同，彼自夫妻而言之，此自朋友而言之，則豈與彼同意乎？且《訓解》云「燕支多美女，故以室家感之」，太非，燕支山豈所置美女乎？《唐詩解》引《北邊備對》曰：「删丹縣有焉支山。説者曰閼氏也。今之燕脂也。此山産紅藍，可爲燕脂，而閼氏資以爲飾，故失之則婦女無顔色。」

戲贈趙使君美人　杜審言

美人，稱之詞。

紅粉顔色。**青娥**娥眉。**映**映照。**楚雲**，暗含巫山神女之事。**桃花馬**馬名。**上石榴裙**。二句寫靚妝。**羅敷**因趙使君美人，用羅敷事。**獨向東方去**，羅敷辭東方千餘騎，此藉以言其榮。**謾**謾猶戲。**學他家**指昔趙王。**作使君**。審言戲之曰：君有羅敷美貌，則我自效趙王而欲姑戲美人。蓋稱之辭。○《洛中説异》：大宛進汗血馬，一名紅叱撥，二曰紫叱撥，又有桃花叱撥。梁元帝詩：「芙蓉爲帶石榴裙。」○蕭士贇《太白詩》注：呼趙王爲使君者，猶今言使頭也。○崔豹《古今注》：《陌上桑》者，出秦氏女子。秦氏，邯鄲人，有女羅敷，爲邑人千乘王仁妻。王仁後爲趙王家令。羅敷出，採桑於陌上。趙王登臺見而悦之，因置酒，欲奪焉。羅敷善彈箏，乃作《陌上桑》之歌自明焉。其辭曰：「使君自有婦，羅敷自有夫。」

邙山　沈佺期

在河南府。

北邙山上列墳塋，萬古千秋對洛城。北邙、洛城相對言。**城中**洛陽城中。**日夕歌鐘起，山上**北邙山上。**惟聞松柏聲。**二句言盛時無幾，歌鐘變爲松柏聲。蓋北邙、洛城相對而結，雙關句法。按此詩非咏邙山，但悲人生無常也。唐樂有《北邙行》，言人死葬北邙，此詩亦《北邙行》之類已。

送司馬道士游天台　宋之問

《唐書》：司馬承禎，字子微，洛州人。○天台，真謂之桐柏，高無極，中有洞天，號金庭宮，即王子晉之所處。唐司馬承禎居焉，賜名崇道觀。

羽客楊素詩：「臨風望羽客。」羽客，飛仙也。**笙歌此地違**，違，去也。道士與此地相違，去而隱天台也，不能復聞笙歌也。違猶「先王違世」之違，又太夫去國曰違者，違，去而不返之謂也。**離筵數處**朝士送之者多，故曰「數處」。**白雲飛**。去，但見白雲。**蓬萊闕下**天子及諸臣。**長相憶**，《古樂府》「上有加餐食，下有長相憶」云。**桐柏山**《雲笈七籤》：天台赤城山，高一萬八千丈。洞周回五百里，名上清玉平之天，即桐柏王真人所理[一]。**頭去不歸**。稱道士隱操。

【校勘記】

[一]王：底本訛作「玉」，據《雲笈七籤》卷五改。

銅雀臺　　劉廷琦

魏武帝銅雀臺，在臨漳。此懷古詩也。《銅雀臺》《銅雀妓》，皆樂府相和歌辭平調曲。

銅臺宮觀宮墻樓觀。**委**委任。**灰塵**，灰，燒灰。塵，塵芥。樓觀經世久而無主，則罹兵火、埋塵芥，徒任灰塵耳。**魏主園陵漳水濱**。臨漳水濱而思昔時園陵故址。**即今西望**今我西望墓田。**猶堪思**，思，相思之思，含悲思之意。**況復當時歌舞人**。因今憶昔。○結句用《魏武遺令》（書名），事見《訓解》。三、四言今猶西望園陵故址且不堪悲之，況當時歌舞人自臺上望之乎，何以堪？

送梁六[一]　張説

巴陵一望洞庭秋，日見孤峰水上浮。二句言別後相望。**聞道神仙不可接，**接見。**心隨湖水共悠悠。**二句言別後思。○《解》：「梁六無考，疑皈隱於洞庭者」，是也。○言自巴陵而一望之，洞庭秋水孤峰浮漂在目中，此其戀戀目所見物已，亦「望美人天一方」意。而梁六皈隱洞庭，因以仙期之。蓋神仙不與人間相接，則無由相見。但戀君之心不離洞庭中，隨湖水而悠悠耳。《訓解》俚語多，故改解。

【校勘記】

[一]送梁六：《全唐詩》卷八十九作《送梁六自洞庭山作》。

涼州詞　王翰

葡萄美酒夜光杯，二美備。**欲飲**欲飲宴。**琵琶馬上催。**有彈琵琶侑酒人而益催飲。**醉臥沙場君**指彈琵琶人。《訓解》曰「指同儕」，不可從。**莫笑，**笑者，嗤笑也。**古來征戰幾人回。**言古來戰士生而皈者幾人乎？所謂「戰城南，死郭北」者，必矣。然則今日身尚在，豈可不豪飲乎？

清平調詞三首　李白

題下注詳見《訓解》。蓋此詩賦玄宗與貴妃歡宴于沉香亭。《清平調》，房中樂也，以此詩賦閨房之歡樂，故題《清平調》。

雲想想像。**衣裳花想容**，容貌。〇《訓解》曰「玄宗思武妃」，非。蓋思得貴妃也。**春風拂檻露華**露光也。**濃**。春風和適，露華濃厚，不堪春心。**若非群玉山頭見**，**會**必也。**向瑶臺月下逢**。若向群玉山頭仙女之所在而索之，亦未見此美人，則必向瑶臺月下而逢者。暗指貴妃曾爲壽王妃之時嬿婉之情好，蓋比壽王與貴妃合歡之處也。瑶臺者，《楚辭》：「望瑶臺之偃蹇兮，見有娀之佚女。」《吕氏春秋》：「有娀氏有二佚女，爲之九成之臺，飲食必以鼓。鼓，樂也。」《通鑒》：武惠妃薨，後宮無當意者。或言壽王妃楊氏之美，上見而悦之，乃令妃自以其意乞爲女官，號太真。更爲壽王娶郎將韋昭訓女，潛内太真宮中。不期歲，寵遇如惠妃，宮中號曰「娘子」，凡儀體皆如皇后，至是册爲貴妃。

其二

一枝濃艷一枝异衆花，以比貴妃寵。**露凝香**，一枝凝露香。**雲雨巫山枉斷腸**。蕭注曰：「《高唐賦序》謂巫山神女嘗薦先王之枕席，《後序》曰襄王復夢遇焉。此云枉斷腸者，亦譏其曾爲壽王妃，使壽王而未能忘情，是枉斷腸矣。」此説頗鑿，且以「斷腸」爲愁腸，説不穩貼，而「枉」字失意義。《解》以「枉斷腸」屬襄王，以爲襄王雲雨之夢徒勞無益。此訓「枉」爲「徒」，「枉」字固有訓爲「徒」者，然此詩全賦貴妃初入宮而得寵之事，無傍可爽入襄王之事理，因訓「枉」字直作枉駕、枉顧之「枉」而看爲是。「雲雨巫山」，借神女之故事而比貴妃與玄宗情好，是知貴妃入宮之初情好未熟，則不可褻慢，作不能已之態，是以爲枉斷腸思耳。「斷腸」非愁腸，謂難堪思也，猶斷腸花之斷腸也，可以見。蓋貴妃爲雲雨之情好亦未褻，則枉作斷腸之思，却惱殺君王。此句謂貴妃入宮之初。**借問**誠問古昔之美人可以比貴妃者。**漢宮**衆御之盛無如漢時者。**誰得似，可憐**「可憐」非愛憐，猶可憐女之可憐，謂嬋娟姿也。連讀爲是。**飛燕**漢孝成帝趙皇后，長安人，學歌舞，號曰飛燕。召入宮，後立爲皇后。**倚新妝**。倚，賴也。言雖飛燕之美，而賴妝飾則稍可似也。飛燕自微賤起而專寵，以比貴妃，有諷意。然《訓解》曰：「太白醉中應詔，飛燕譏貴妃微賤，想不到此。」按帝欲得白爲樂章，召入而白已醉，左右以水頮面，稍解，援筆成文云。則白固醉，雖然，白豈到無心肝乎？此詩有諷意，「飛燕譏貴妃微賤」之說亦可。

其三

名花牡丹。**傾國**貴妃。**兩相歡**，花與艷妻交鬥麗，對之則無不相歡賞。**常**一作「長」。**得君王帶笑看**。君王之于衆御喜怒無常，惟貴妃與花專寵，故雖有不豫色，强帶了笑顔而看焉。**解**解屬貴妃，貴妃能解事之人。**釋**與消同。**春風無限恨**，花因風而散，人得寵而移。但消釋春風散花恨者，貴妃能解事故也。**沉香亭北倚闌干**。倚闌干，媚於君之態也。貴妃自知寵易衰，因作媚態而固寵，貴妃能解事故也。

客中行　李白

蘭陵縣名。**美酒鬱金香**，鬱金香草，煮之和酒，酒特香烈。**玉椀盛來琥珀光**。光猶色。玉椀盛美酒，凝如琥珀色。〇二句謂盛宴。**但使主人能醉客**，**不知何處是他鄉**。玉椀、美酒二美備，雖然，若主人非酒客，則何醉？但主人能勸酒，人所以忘他鄉也。蓋此李白赴謫居客中而無怨尤語，實得詩人指。然使酒以忘他鄉者，則難忘故也。

峨眉山月歌　李白

本集注：峨眉山在嘉州峨眉縣羅目鎮。○《一統志》：峨眉山在眉州城南二百里，連岡叠嶂，延袤三百餘里，至此突起。三峰對峙，宛若峨眉。

峨眉山月半輪秋，衹是雖半輪秋可賞之意。**影入平羌**平羌江，在雅州城北。羌夷入寇，諸葛亮于此平之，因名。**江水流**。**夜**中夜。**發清溪**清溪縣，唐置，宋省入内江，今屬成都府。**向三峽**，巫峽在巫山縣東三十里，與西陵峽、歸峽並稱三峽，連山七百里，略無斷處。自非亭午、夜分，不見日月。**思君**指月。**不見下渝州**。太白佳境，味在言外。○秦滅蜀，置巴郡，唐初爲渝州。○此注《訓解》太誤，蓋爲「在峨眉山中而觀月」，則「發清溪」語不穩。何也？則按地理，清溪去峨眉遠，非在峨眉山中也，平羌江亦非在峨眉山下，是知爲「在峨眉山中而望月」者非也。且「半輪秋」謂初月。《訓解》云：「山嶮，不見全，衹漏半輪影也。」峨眉固雖險，豈有巧作半輪之理乎？「發清溪」之「發」與發夕之「發」同。余則謂李白蓋在清溪而遥望峨眉山月，乃月影入平羌江，清冷至骨，於是乎不堪情。夜發清溪而向三峽，險而不可睹，思之不能已，遂下渝州而睹之云。李白元愛山之人，故賦峨眉山月之可憐耳。然思之不已，詩人忠情之至在其中。而此詩太白妙境，凄婉感人，深可意解，不可以辭而求焉。

上皇西巡南京歌二首　　李白

上皇，天寶十五載，太子即位于靈武，尊帝爲上皇天帝。西巡，自秦入蜀爲西；巡，巡狩。南京，升蜀都爲南京。

誰道君王行路難，樂府有《行路難》。**六龍**六馬。**西幸**蔡邕云：「天子車馬所至，民臣以爲僥倖，故曰幸。」**萬人歡**。**地轉**轉變。**錦江**濯錦江在蜀。**成渭水**，渭水在長安。**天回玉壘**山名，在蜀。**作長安**。玉壘却作長安之山。蓋長安形勝地，山川圍繞，蜀中亦似長安。言轉回天地即成長安形勝，蜀中山川護君王爾。《訓解》云：「太白嘗作《蜀道難》憂之，至是而乘輿無恙，喜而作歌。」此説因蕭士贇，而作《蜀道難》之事，諸説紛紛，詳見本集注。余則以孟棨説爲正。孟棨《本事詩》云：太白自蜀詣京師，賀監知章聞其名，首訪之，請所作文，出《蜀道難》以示之。然則天寶初載之事，而非西巡時。士贇疑孟棨説者，以天寶初四郊無警也。然作直賦蜀道險之説，穩當而可。仲言復説《行路難》而爲《蜀道難》者，可謂强解也。

其二

劍閣在蜀。**重關**重者，謂關閉固。**蜀北門，上皇**玄宗。**歸馬如雲**歸馬多如雲。**屯**。屯聚。**少帝**

肅宗。**長安開紫極**，謂肅宗即位。**雙懸日月**比玄宗、肅宗。**照乾坤**。二首共祝詞，而人主蒙塵於外，非盛世，有諷意。○按《通鑑》：天寶十五年六月，哥舒翰與賊戰，大敗，賊遂入關，帝奔蜀。幸蜀之策，楊國忠首唱之。而次于馬嵬誅楊國忠及楊貴妃，士皆呼「萬歲」，於是始整部伍爲行計。將士皆曰：「國忠將吏皆在蜀，不可往。」於是帝至扶風。士卒流言不遜，不能制。諭將士，而後得入蜀云。帝之行路難可以知。前首曰「誰道」者，指將士匈匈也。

聞王昌齡左遷龍標尉遥有此寄

李白

龍標，縣名。遥望寄思。○王昌齡，開元十五年授汜水尉，又中宏辭，遷校書郎，後以不護細行貶龍標尉。

楊花落盡子規啼，聞說龍標過五溪。五溪在武陵，蠻夷所居。○言楊花落之時，子規來啼，愁慘不可言。而白在謫所，則愁特甚。況聞昌齡左遷龍標尉而過五溪僻邑，則何以堪之？**我寄愁心與明月**，折「寄與」二字而用之也。解紛紛，不可從，直明月中寄與愁心也。**隨風直到夜郎西**。夜郎，李白謫所，西者即龍標。言我愁心隨風吹到龍標也。

黃鶴樓送孟浩然之廣陵　李白

廣陵，揚州。

故人指浩然。**西辭黃鶴樓**，「辭」字見不忍去之意。**烟花三月下楊州**。烟花輕縹，有舟搖搖，輕颺之態。**孤帆遠影碧空盡**，「孤」「遠」見眺望之貌。**唯見長江天際流**。三、四謂别後眺望，别恨在其中。

陪族叔刑部侍郎曄及中書舍人賈至游洞庭湖　李白

洞庭西望楚江分，齊賢曰：「時帝在西京，故曰西望也。楚江分者，有秦楚之隔也。」此説鑿。仲言爲「西望京師」，稍有義，而爲「戀主之意」，則同齊注共爲屈原眷顧京國而繫意懷王之類，似太拘。蓋衹是咏洞庭眺望之空曠耳。解者落理，解不可從。**水盡南天不見雲**。南方到水欲盡頭，衹見水西至楚，南至長沙，汗漫無限。**日落**日已落。**長沙秋色遠**，秋色幽遠。**不知何處吊湘君**。落日蒼茫，秋色幽遠，不見湘君廟。亦言洞庭空曠。○按賈至詩「白雲明月吊湘娥」，故白答之曰「不知何處吊湘君」，蓋相唱和者爾，是以題及「中書舍人賈至游洞庭湖」云。《訓解》云：「湘君不得從舜，有類逐臣，故思吊之。」此説太非。

湘君之事何與逐臣相關乎？蓋吊湘君廟者，洞庭湖中名迹故也。湘君事見《訓解》。

望天門山　　李白

天門中斷楚江開，碧水東流至北回。二句言景。**兩岸青山相對出，**秀出。**孤帆一片日邊**日邊，指長安。**來。**全篇紀行。〇天門山在當塗西南，二山夾大江，東曰博望，西曰梁山，對峙如門，又名東梁山、西梁山。此紀行詩，象天門形勢。蓋博望、梁山之二山夾大江，其形如門，因名天門。兩山中間斷絕，中開楚江，其水碧色，東流北回，其兩岸青山秀出，形勢如此。而一片孤帆飄飄，身上過此嶮岨來，況遥自日邊下乎？漂泊生涯不言而自至。

早發白帝城　　李白

朝辭白帝白帝城，在蜀。**彩雲間，**舟從彩雲間而下。**千里江陵一日還。**迅速。**兩岸猿聲**「聲」謂響兩岸。**鳴不住，**欲聞猿聲，舟不暫住。曰「聲」、曰「鳴」，可見唐人語不拘束。**輕舟已過萬重山。**瞬息之頃，過萬重山。

○按《丹鉛録·論地志》引《荆州記》，其下記三峽水急云「朝發白帝，暮到江陵，其間千二百里」云云，此詩本於此。

秋下荆門　李白

乘舟而下。

霜落霜已落。**荆門江樹空**，江樹葉落。**布帆無恙**晋顧愷之至破塚，遭風，與殷仲堪箋曰：「地名破塚，真破塚而出。行人安穩，布帆無恙。」言雖放逐之餘，幸不遇風波。**挂秋風**。**此行**指下荆門。**不爲鱸魚鱠**，昇張翰，事見《訓解》。**自愛名山**愛山之不可已，自有此行。仲言曰：「欲以蓴鱸自高乎。」頗蛇足。**入剡中**。剡隷會稽，多名山水。

蘇臺覽古　李白

舊苑桂苑。**荒臺**姑蘇臺。**楊柳新**，雖遺迹荒蕪，楊柳復新。**菱歌**采菱歌。**清唱**歌曲有清唱、繁音。**不勝春**。舊苑春色非昔，惟有采菱人而歌聲清唱，故不堪春。**祇今惟有西江月**，地名。三字樂府語轉化來。○昔時物惟江月。**曾**與嘗同。**照吴王宫裏人**。謂西施。

越中懷古　李白

越王勾踐破吴歸，序事。此句如讀史，然以勃率起得，乃足見越王凱旋之榮。**義士還家盡錦衣**。言諸士誇榮。**宫女如花滿春殿**，言越王繁榮。春殿，富麗處。**祇今惟有鷓鴣飛**。一句言目前寂寞而吊古。○三句序事，述昔時繁華，至結句則説向之許多盛事遂成空華。

與史郎中欽聽黄鶴樓上吹笛　李白

一初同。**爲遷客去長沙**，**西望長安不見家**。不見家鄉。**黄鶴樓中吹玉笛**，**江城**城非城郭，聚居處謂之城。**五月落梅花**。《落梅花》，笛中曲。《折楊柳》《梅花落》，其辭並亡。言五月有梅花翩翩趣，不堪情也，雖左遷之身而暫忘旅愁也。《解》曰：「今於五月聽之，旅思所生也。」余謂一、二句已説旅思，三、四祇謂落梅花趣難堪，非謂生旅思，讀者詳焉。

春夜洛城聞笛　李白

誰家玉笛暗飛聲，「不知誰家，故曰『暗』」，此直解字耳。實「暗飛聲」三字能寫笛聲趣，可意解，不可以辭而求之。《解》：「不見其人而聞其聲，故曰『暗』。」俗注不可從。**散入**與和同。**春風滿洛城**。説聲。**此夜**指春夜。**曲中聞**分明聞之，蓋自「滿」字來。**折柳**，離別曲。**何人不起故園情**。不言我，言「何人」，情愈至。

春宮曲　王昌齡

昨夜風開露井無屋曰露井，與露床同。**桃**，昨夜風暖，而井桃已開。**未央前殿**未央，漢宮殿。天子宴于未央之前殿。**月輪高**。月輪高則夜已深。**平陽歌舞新承寵**，謳者衛子夫，事平陽公主家，武帝幸之，立爲后。以比新愛專寵。**簾外春寒賜錦袍**。此句自「月輪高」來。月輪已高，則宴至夜深，夜已深，則春尚寒時。如衛子夫者，新邀入宮，天子恐其弱質不堪寒，特有錦袍賜，蓋諷君王專色。《訓解》爲「失寵者羨得寵者詞」，全本文所無，可謂蛇足，且不貼「春宮」題，不可從。

西宫春怨　王昌齡

西宫夜静言無人聲。**百花香**，中夜閑静，諸花香氣襲人特甚。**欲捲珠簾春恨長**。欲捲，欲捲簾而不能卷也。承上句，言香氣已達簾中，欲捲簾而賞之，則衹恐不堪春恨之長，是以不敢捲簾而却坐簾中也。**斜**横斜。**抱雲和**琴名。言衹抱之，不堪彈。**深見月**，深者，淺之反，謂不作等閑看也，猶深長之「深」。仲言《解》：「簾既不捲，色從傍出，故云『斜』。宫殿陰深，月不易看，故云『深』。」此説太非。大抵此注俗意多，不可從。**朧朧樹色隱昭陽**。昭陽，君王所在，戀戀不能忘，因欲弃月而一見之。月樹朧朧隱映，昭陽或見或隱，殆不堪情。此句全從「深見月」來，復説春怨。

西宫秋怨　王昌齡

芙蓉不及美人妝，上四字下三字句，自賴美妝詞。**水殿**水中殿，緣芙蓉而言。**風來珠翠香**。珠翠謂帳飾，此謂美人獨居珠翠中也。此句似無緊要而風流婉麗，全妝點美人妝已。仲言《解》鑿，不知唐詩故也。**却恨**忽入恨。**含情**怨情。**掩秋扇**，藏也。**空懸明月待君王**。《長門賦》：「懸明月以照。」此句本於此。明月以自比。此言美人未見寵，猶秋扇見弃捐，則懶看秋扇，於是乎掩藏秋扇，徒懸明月美貌而以待君王來幸，亦却爲恨。此句作二字、十二字而看，「却恨」二字繳下十二字。掩者，與「高歌一曲掩明鏡」之「掩」同。或弃而恨之，或怨而不尤，渾厚之至也。

長信秋詞

王昌齡

真成梁簡文帝詩：「真成恨不已。」**薄命久尋思**，曹植有《妾薄命》篇，薄命謂女子不幸。**夢見君王覺後疑**。**火照西宮知夜飲**，**分明複道**複道，閣道也。**奉恩**恩寵。**時**。《秋詞》三首，此其三。蓋第一首言怨耳，第二首曰「玉顔不及寒鴉色，猶帶昭陽日影來」。此嘆薄命之詞，而下起「久尋思」句，而疑非真薄命，蓋人窮則迷，故以真爲假，以假爲真，因言我豈真竟於薄命乎？是以尋思久之，錯成夢，覺後疑非夢，而身在西宮，則非近前。時見昭陽火燭照西宮，而知君王夜飲未了。却思我亦闕夜飲，于複道奉恩時分明歷歷如在目，而何成空夢乎？此詩反復爲情。《訓解》以三、四遂爲夢中事，則至「火照西宮」句則窮。如《訓解》云，則可謂火照昭陽也，不可謂照西宮也。讀者詳焉。

青樓曲　　王昌齡

白馬金鞍謂盛飾。**從武皇**，從遊幸也。明皇行事類漢武，故稱武皇。此青樓少婦望夫婿之詞，意謂從遊幸者多，我夫婿特盛飾。**旌旗十萬**謂遊幸盛。**宿長楊**。宫。**樓頭**即青樓。**少婦鳴筝坐**，青樓女流趣。**遥見**目送之謂。**飛塵**車馬飛塵。**入建章**。此賦玄宗全盛。天子事遊幸，專好色，青樓婦亦各有夫婿，是以望天子遊幸而目送夫婿也。○按《訓解》甚粗，不足辨。此詩本二首，並考則得其旨趣。

閨怨　　王昌齡

閨中少婦不知愁，謂別愁。**春日凝妝**別後猶不异平時。**上翠樓**。**忽見**目觸之意。**陌頭**路頭。**楊柳色**，楊柳元斷腸物。**悔教夫婿覓封侯**。此詩言少婦未經事則不知苦辛。此少婦易前期而別夫，而目觸楊柳摇蕩而生悔心，曰爲覓封侯而別夫，於今噬臍不及，其怨可知焉。蓋悔心觸楊柳而生，楊柳斷腸青，丈夫猶不堪，况女流乎？觸之而不關涉者，非鐵腸，固無憂人也。見楊柳生悔心，不啻風流語，固有由，唐人妙趣可見也。

出塞行　王昌齡

曲名。

白草原頭望京師，自原頭而望之。**黃河水流無盡時**。衹見黃河渺茫。**秋天**秋色暗淡。**曠野**原野廣漠。**行人**往來。**絶**，**馬首東**《左傳》字。**來**助字。**知是誰**。欲東馬首而歸而不能，誰能東歸者乎？仲言曰：「馬首東者誰乎？大都皆狄虜。」太非。蓋時有東歸者，因羡之詞。

從軍行三首　王昌齡

王僧虔《樂録》：相和歌平調七曲有《從軍行》。

烽火城置烽火所。**西百尺樓**，戍樓。**黃昏獨坐**戍至黃昏，最不堪。**海風秋**。對青海秋，是自不堪。**更**添一層説愁。**吹羌笛關山月**，曲名。《關山月》起鄉思，是最不堪。**無那金閨**指室家，借用《别賦》之語。江淹《别賦》：金閨諸彥。**萬里愁**。《關山曲》起鄉思，是以萬里思閨中人，而無那别愁。

其二

青海卑禾海謂之青海，匈奴地無水，非曰湖海。**長雲**雲聳起，謂之長雲。《蕪城賦》：真如長雲[一]。**暗雪山**，青海雲起，接雪山。**孤城**即烽火城。**遥望玉門關**。思「生入玉關」之意。**黄沙**匈奴地平沙漠漠，故曰「黄沙」。**百戰穿金甲**，金甲穿破。**不破樓蘭終不還**。雖然，樓蘭王不破則終無還日，蓋以將非其人也，此句已含後首意。

【校勘記】

［一］真如：《藝文類聚》卷六十三作「矗似」。

其三

秦時明月漢時關，萬里長征人未還。起句錯綜語，以明月屬秦，以關屬漢，交互而言之，要謂秦漢以來征人不休也。言秦漢以來征人過關者幾人乎，而無生入玉關者。至今長征不休，睹明月臨關，猶秦漢象已，征人之苦可想。《訓解》俗意甚，不可從。**但使龍城飛將在，不教胡馬度陰山**。陰山在北邊。○此句承「不破樓蘭遂不還」句而言之，言若使飛將軍李廣存在于龍城，則胡馬不能過陰山也。蓋匈奴畏之，不用戰而畏伏也。龍城見《漢書・武帝紀》：「匈奴單于祭天大會，諸國名其處爲龍城。」據是，則龍城匈奴大集處也。《訓解》引「姑臧城有龍形」而以龍城飛將爲誤用，可謂臆說。

梁苑　王昌齡

梁園秋竹古時烟，城外風悲欲暮天。秋竹如烟，是則古物已，他無一存者，荒廢可見。惟悲風凜凜向暮天，最悲傷。**萬乘旌旗**四字即見梁王全盛。**何處在，平臺賓客有誰憐**。平臺賓客今則亡，縱今有之，時無梁王，則有誰憐之乎？暗嘆今之諸王無憐才者。蓋言不遇也，故借梁園而以爲題。

芙蓉樓送辛漸　王昌齡

芙蓉樓，《一統志》：「芙蓉樓在鎮江府城上西北隅，與萬歲樓相對。」

寒雨連江雨色不分江水，故曰「連江」。**夜**夜中。**入吳，平明送客**客即辛漸也。昌齡已見左遷途中，暫相逢即相別，無聊愈甚。**楚山孤**。辛漸經楚赴京，別後獨目送楚山孤寂。**洛陽親友**親友即知己者，唐人語緩故也。**如**辭。**相問**，訪問也。爲「問行藏者」，非。**一片冰心**清如冰，《白頭吟》。**在玉壺**。言我形貌枯槁，祇一片冰心在耳。無聊可知焉。《訓解》云：「倘親友問我行藏，當言心如冰冷，日就清虛，不復爲宦情所牽矣。」由此説，則以遷謫而不爲意，自負於身察察，發下憤者也，恐非昌齡渾厚口氣。況唐人遷謫詩無怨尤言乎，可以見其誤。

送薛大赴安陸　　王昌齡

津頭即渡口也。**雲雨暗湘山**，言津頭雲雨晦冥，望湘山不見。**遷客**昌齡自言。**離憂**《楚詞》：「思公子兮徒離憂。」**楚地顔**。猶曰楚顔，蓋愁見於顔也。楚地暗淡，色見於外，故曰「楚地顔」。**遥送**目送也，非送別之送。**扁舟**見孤寂。**安陸郡**，**天邊**非謂天涯，蓋謂高處也。**何處穆陵關**。○表于天邊者穆陵關，蓋安陸之沖道也。是以平時掌上看，而今日雲雨暗黑，目送之不可見。別愁特甚。

送別魏二[一]　　王昌齡

醉別江樓于江樓而送別也。**橘柚香**，香氣勸酒。**江風引雨入船涼**。冷涼也，此句可見。別時微雨蕭蕭，不忍別。而相送乘船之時，江風忽起，引雨脚而入船，冷涼至骨，別酒忽醒。謂無限別意。**憶**臨別而思之。**君遥在**猶曰坐。**湘山月，愁聽清猿**屬引清絶，故曰清猿。**夢裏長**。湘山月夜孤寂，君獨愁聽清猿，則必夢我，而夢亦應難醒也。「夢裏長」者，別恨入夢長也。

【校勘記】

[一]送別魏三：《全唐詩》卷一百四十三作《送魏二》。

盧溪別人　王昌齡

盧溪，縣名。

武陵溪口盧溪，縣名。武陵，水名。俱屬辰州。**駐扁舟**，駐舟惜別。**溪水**武陵溪水。**隨君向北流**。惟溪水隨君，無人送之者。**行**與去同。**到荊門上三峽**，言去到著荊門，則必應上三峽，而此處猿聲多。**莫將**與於同。**孤月對猿愁**。言於孤月夜勿對猿愁，若對之，則奈別愁何？此等語於今爲套語，然昌齡造之，則不可輕焉。

重別李評事　　王昌齡

重别者，戀戀不可已。「再爲别筵」，仲言《解》鑿。

莫道秋江離别難，舟船明日是長安。吴姬緩舞留君醉，隨意青楓白露寒。《離别難》，唐新樂送别曲。一句言離别。離别已逼，則勿道説離别難。莫道，猶謂勿唱，蓋明日乘船則長安路上人，是以使吴姬緩舞而勸酒，以暫忘别情也。隨意，猶曰任他，縱青楓露寒而及深更，勿復問也。《訓解》杜撰甚，因改解。

少年行　　王維

出身《史記》字，言初致身於宦也。**仕漢**不游于諸侯而初仕王家也。**羽林郎**，宿衛士，天子隨身軍曰羽林軍。**初隨驃騎**霍去病之事。**戰漁陽**。初者，謂出身初。霍去病，漢將，借用之。云從將軍屢戰。**孰知不向邊庭苦，縱死猶聞俠骨香。**三、四言出身以來屢有戰功，而至今日無紀功，則知勤王之無益。然不向邊庭苦而能任之者，獨以惜名耳。縱徒戰死，而立俠于此世，終令俠骨不朽也。是少年意氣，壯也矣。

九月九日憶山中兄弟[一]　王維

山中，《品彙》作「山東」爲是。兄弟，謂從兄從弟。

獨在异鄉爲异客，爲异客，含終不歸意。「异客」見《左傳》。**每逢**客中迎佳節。**佳節**即重陽。**倍**相思倍平時。**思親**。親族。**遥知**懸斷之詞。**兄弟**從兄從弟。**登高處**，九日故事，登高而爲宴。**遍插茱萸**絳囊盛茱萸，懸之臂除災，九日故事。**少一人**。一人，王維自言。遍插者，遍見他人插茱萸去，兄弟廣聚，惟我兄弟族人當恨欠一人耳。

【校勘記】

[一]九月九日憶山中兄弟：《全唐詩》卷一百二十八作《九月九日憶山東兄弟》。

與盧員外象過崔處士興宗林亭　王維

緑樹重陰樹陰重重。**蓋四鄰**，寫林亭幽況，樹木鬱茂。**青苔日厚**門庭無履迹故也。**自**然。**無塵**。

俗塵不侵，謂林亭潔。**科頭箕踞**傲居也，伸兩足而蹲踞，則如箕形。**長松下**，倚憑長松。**白眼看他**自他之他。**世上人**。二句寫崔興宗簡傲。

送韋評事　王維

欲逐將軍逐猶逐隊之逐，評事隸將軍，因謂「逐將軍」。**取右賢**，匈奴有左右賢王，要謂欲虜首魁也。此曰「右賢」，取葉韻。**沙場走馬向居延**。城名。二句連讀，蓋欲獵取匈奴魁首而沙場走馬直向，即見此時意氣揚揚，不可撓屈。**遥知**懸斷詞。**漢使蕭關外**，**愁見孤城落日邊**。蕭關外，匈奴地耳。韋已到彼地，則孤城落日愁慘之景象一見之，向之英氣頓屈撓。蓋人情所不免，雖韋鐵腸，不堪。蓋韋初赴邊塞，故有此言也乎？

送沈子福之江南[一]　王維

楊柳渡頭行客稀，楊柳頭宜爲别，而渡頭客稀，謂僻地。**罟師**漁人。**蕩槳向臨圻**。圻，與垠同，岸也。獨有罟師而向臨圻而入也，亦言寂寞。**唯有相思似春色，江南江北送君歸**。言春色之所至，江南江北濃，至相思亦如是，自南自北隨君而相送而歸耳。「歸」字無意義。

【校勘記】

［一］送沈子福之江南：《全唐詩》卷一百二十八作《送沈子歸江東》。

春思二首　賈至

樂府。

草色青青柳色黃，色色相鬥。**桃花歷亂**爛漫明媚貌。**李花香**。花花相爭。**東風不爲吹愁去**，東風之時，百花開坼，萬物解涣。但不解散者，我愁耳。寄恨東風。**春日偏能惹恨長**。春日之長，不能消日，却能惹恨。「偏能」者，謂春日行樂時，己獨有怨恨也。

其二

紅粉當壚紅粉女賣酒態，用卓文君事。**弱柳垂**，垂柳嫋嫋映酒壚，風流態。**金花臘酒解酴醾**。金花，稱酒。酴醾，酒名。解，開酒也。臘酒，經臘酒熟。**笙歌日暮**吹笙發歌，至日暮不已。**能留客**，紅粉色、金花酒，二美能留客。**醉殺**助字。**長安輕薄兒**。言長安中輕薄少年無不醉于此者，蓋言行樂盛。

○按此二首仲言解云「謫居於楚中作之」，恐非。蓋第一首言艷陽富麗之景，非楚中象。而第二首直賦長安繁華，若曰自楚中而想像之，則無一言及想像者。蓋因有「惹恨」字而云爾。然爲春恨而看之，明白無疑，何由得爲謫居恨？《訓解》誤明矣。

西亭春望　賈至

日長風暖長夏。**柳青青**，新緑鬱茂。**北雁**北歸。**歸飛入窅冥**。《老子》字面。雁已入窅冥，去而不復見。**岳陽城上聞吹笛**，**能使春心**即爲春情而看。**滿洞庭**。此詩一、二言長夏之時，洞庭寂寞耳。從前解，有「雁」字則説鄉信，泥甚。三、四言當此夏日寂寞境而聞吹笛，忽使春心滿洞庭。我平時以憂心而對之，今日堪起春心者，非感吹笛而何？所以題曰《西亭春望》也矣。

初至巴陵與李十二白同泛洞庭湖[一]　賈至

楓岸紛紛落葉多，**洞庭秋水晚來波**。「洞庭波兮木葉下」，蓋楚詞妙境，此詩翻用，寫幽興。言洞庭狀至晚而特幽，楓葉紛紛，與水波相鬥。**乘興輕舟無近遠**，任去留。**白雲明月吊湘娥**。雲白月明，不覺吊湘娥，亦言幽興耳。《訓解》説「吊湘娥」爲「逐臣托興，微意」者，蓋欲深其語而却淺。且湘君何關逐臣之事？可謂杜撰也。

【校勘記】

［一］初至巴陵與李十二白同泛洞庭湖：《全唐詩》卷二百三十五作《初至巴陵與李十二白裴九同泛洞庭湖三首》，此詩爲其二。

送李侍郎赴常州　賈至

雪晴雲散北風寒，雪後。**楚水吴山道路難**。道路險惡。**今日送君須盡醉，明朝相憶路漫漫**。三、四「今日」「明朝」相對結，言今日須醉，明朝相憶此酒而難再，以道路漫漫故也。蓋勸别酒詞。

岳陽樓重宴别王八員外貶長沙　賈至

長沙，郡名。

江路東連千里潮，《訓解》云「江潮相通，彼此之音連」，非也。此言自岳陽樓東望也，則江潮千里，汗漫空曠，寂寥甚。**青雲北望紫微遥**。紫微謂京師，北望京師，青雲遥隔。**莫道巴陵**岳陽樓之所在。**湖水闊**，巴陵有洞庭湖。**長沙南畔**界也。**更蕭條**。言勿謂巴陵湖水空闊寂寞也，自此以往長沙南界蕭條特甚，君謫長沙何以堪。

封大夫破播仙凱歌二首[一]　岑參

封大夫，封常清。播仙，蓋吐蕃屬國乎。此時傍二十餘國附吐蕃，貢獻不入，以高仙芝討之，仙芝署常清爲判官，天寶六載之事。凱歌，凱旋。

漢將借漢比今。**承恩**恩命。**西指**吐蕃。**破戎**，**捷書先奏**報勝曰捷，飛捷而奏破戎。**未央宮**。**天子預開麟閣**漢國畫功臣于麒麟閣。**待**，言天子重封常清功，欲圖畫之，故開閣而待。**祇今誰數貳師功**。貳師將軍功，比封常清則不足數焉。○李廣利女弟李夫人有寵，太初元年以廣利爲貳師將軍而至貳師城，封大夫所征地同，故引用貳師事。貳師城在敦煌宛城。

【校勘記】

[一]封大夫破播仙凱歌二首：《全唐詩》卷二百一作《獻封大夫破播仙凱歌六首》。

其二

日落落日時。**轅門**以車爲陳，轅相向爲門。**鼓角鳴**，鼓譟而角聲相雜。**千群面縛出蕃城**。面縛，縛其手於後，唯見其面也，戎虜出蕃城而降也。**洗兵**洗兵器械。**魚海**縣名。**雲迎陣**，陣中閑閑，雲迎陣隊。**秣馬龍堆**堆沙似龍形，匈奴地名。**月照營**。初見月照營，言軍中閑暇。○按此詩第一首言京師，蓋是天子重邊將而有禮也。後者言邊地，蓋軍收者，將得其人也。

苜蓿烽寄家人[一]　岑參

苜蓿烽，置烽火所，在塞上。

苜蓿烽邊逢立春，**胡蘆河上淚沾巾**。苜蓿、胡蘆，邊地而又逢立春。此道無驛亭，因烽火爲記里。胡蘆亦水名。身已獨至斯，邊塞何堪。**閨中**指妻。**祇是空**空，徒同。**相憶**，**不見沙場愁殺人**。此説「淚沾巾」句，言至苜蓿之邊而窮途殆甚，是以我立胡蘆河上，淚沾巾衣，獨謂閨中人徒當相思邊土蕭條，但身未經沙場，則何知如是窮途愁殺人乎？縱正思之，亦徒愁耳。此我立河上淚濕巾者爾。此等作常調多，是特深一層。○《丹鉛録》引《三藏西域記》曰：塞上無驛亭，止以烽火爲識。苜蓿烽其一也。

【校勘記】

[一]苜蓿烽寄家人：《全唐詩》卷二百一作《題苜蓿峰寄家人》。

玉關寄長安李主簿　岑參

東去長安萬里餘，故人那惜一行書。言祇一行書報平安而足，故人何所惜？惟是萬里程，音信難通故耳。**玉關西望腸堪斷，**東望長安已相去萬里餘，自此以往不知幾里程，是以自玉關而西望則殆不堪。**況復明朝是歲除。**凡唐人作絶句，結句多出意外。如此結，不言西望而悲歲除，如不承上句。而人之所難道全在結句，不然，此常調耳。

逢入京使　岑參

故園東望長安。**路漫漫，**道路長。**雙袖龍鍾**難進貌。**泪不乾。**言偶逢入京使，因而望故園，而特悲路程漫漫。忽泪下，雙袖不乾，是以不能進。**馬上**言旅途。**相逢無紙筆**，**憑**依賴。**君傳語報平安**。途中無紙筆，衹賴君傳語耳，使故鄉之人報告平安矣。遠路衹報「平安」二字而足矣，是以殷勤囑傳語。

磧中作　岑參

沙磧也。水渚有石者曰磧。《訓解》作「水中有石」，誤。又虜中沙漠亦曰磧。又吴楚謂之瀨，中國謂之磧。

走馬西來欲到天，參初從常清而赴西時作乎？「到天」者，甚言之，蓋悲遠征辭。**辭家見月兩回圓**。此言每見月思鄉，久旅遠行中言，一種風流，實唐人之語也。**今夜不知何處宿**，磧中故也。**平沙萬里絶人烟**。貼起句，「欲到天」之處，故人烟斷絶。〇《訓解》此詩爲「參獨行而到西域」者，以有「西來到天」句而言之，泥甚。且獨行無聊，何有走馬翩翩之態乎？蓋「西來」者，西出玉關也。「欲到天」者，極遠行而言之。按參累佐戎幕，往來鞍馬烽塵之間十餘歲，極征行離別情，城障塞堡無不經行云。「苜蓿」以下諸作可以見焉。然則惟從常清而遠征時作已，《訓解》誤甚。

虢州後亭送李判官使赴晋絳得秋字　岑參

亭，驛亭也。

西原驛路挂城頭，驛路漸漸險峻，如挂在城頭。**客散江亭雨未休。**到客退散而雨未休，悲行路艱苦。**君去試看汾水上，**汾水，漢武帝賦《秋風辭》處。**白雲**《秋風辭》：「秋風起兮白雲飛。」**猶似漢時秋。**言君到晋絳則宜吊古迹，汾水蓋漢武之古迹，今日惟白雲在。洞觀千古，彼亦一時也，可以慨然。參每放情山水，懷逸念云，然則幽意見於詩者爾。《訓解》爲「憐判官失意而慰之詞」者，鑿不可從。

送人還京[一]　岑參

匹馬西來天外還[二]，「天外」亦謂遠地，即「欲到天」之「天」也。**揚鞭祇共鳥争飛。**一揚鞭則迅如鳥，豈一鞭之所及乎，蓋非馬之壯，吾之歸意逼故也。**送君九月交河北，**君還，吾住。**雪裏題詩泪滿衣。**九月見雪，言邊土艱苦。

【校勘記】

［一］送人還京：《全唐詩》卷二百一作《送崔子還京》。

［二］來：《全唐詩》卷二百一作「從」。還：《全唐詩》卷二百一作「歸」。

赴北庭度隴思家

岑參

北庭，地名。隴，山。家，家鄉。

西向輪臺西域名。**萬里餘，也知鄉信日應疏。隴山鸚鵡能言語，爲報家人數寄書。**鸚鵡，能言鳥，則不能不囑殷勤：若家鄉之人過隴山，爲我報之，勿使鄉信斷。蓋隴山多鸚鵡，因云爾。

酒泉太守席上醉後作

岑參

酒泉，郡名。席，筵席。

酒泉太守能劍舞，軍中宜劍舞，邊地匆騷擾，是以能劍舞。蓋稱太守辭。**高堂置酒**言宴。**夜擊鼓。**擊鼓，《詩經》字面，言盛宴。**胡笳一曲斷人腸，**終一曲，人腸斷絶，酒頓醒。**坐客相看**悲感之極，不能言，愁意眼中來。**泪如雨**。不覺雙泪下如雨者，非泣泪多，俄頃泪下如暴雨驟至。此詩「劍舞」「擊鼓」言歡樂，而「胡笳一曲」忽入邊愁，蓋謂笳之感而以見邊愁易腸。

送劉判官赴磧西　岑參

火山五月人行少，炎熱，故人行少。**看君馬去疾如鳥**。意氣揚揚，寫判官急於功名之態。**都使**都護府。**行營太白**山名。**西，角聲一動胡天曉**。言都護行營太白山西，判官至彼地而初聞曉角，則向來鐵腸何得不撓乎？與王維「愁見孤城落日邊」同意。

山房春事　岑參

梁園梁孝王好營宫室苑囿，王日與宫人賓客弋釣其中。**日暮亂飛鴉**，來訪梁園則已日暮，祇見亂飛鴉耳。**極目蕭條三兩家**。**庭樹不知人去盡**，昔人去盡。**春來**每春來。**還發舊時花**。此言有情訪昔時繁華而悲今時蕭條。但庭樹無情，不知無人見之者，每春來發花也，不減昔時，倍爲可憐。按此詩非直詠梁園，蓋當時諸王或權貴有失勢者，而參嘗遊之，故借梁園詠之。題曰《山房春事》可以見，不然題《梁苑》可。

寄孫山人　儲光羲

新林浦。**二月孤舟還**，《訓解》云儲光羲「孤舟自新林還」，非。蓋言有孤舟而過新林者，不知誰舟，下含「借問」句。**水滿清江花滿山**。**借問故園隱君子，時時來往住人間**。言孤舟而過新林者，果孫山人也，則借問山人何時時孤舟來往，疑山人猶住人間乎？設疑詞以諷之，戒山人不遂隱操。

贈花卿　杜甫

錦城蜀城。**絲管日紛紛**，言多。**半入江風半入雲**。絲管聲入江風，徹雲衢。**此曲祇應天上有**，此曲由來天上所有。**人間能得幾回聞**？按《訓解》引揚升庵説，爲「諷花敬定僭禮樂[一]」。然《詩藪》爲「贈歌者花卿詩」，則稱歌者詞，而其説穩當，予則以《詩藪》爲是。

【校勘記】

[一] 花敬定：底本誤作「花定卿」，據《杜詩詳註》卷十改。

重贈鄭煉　杜甫

鄭子將行罷使臣，鄭子嘗出爲使臣，今罷去而歸鄉也。將行者，欲歸鄉也。**囊無一物獻尊親**。言鄭子清素不貪，罷官歸日無一物。**江山路遠羈離日**，赴旅途日。**裘馬誰爲感激人**。裘馬指貴人。今貴官無感激鄭子清素者，可見世之趨利欲也。

奉和嚴武軍城早秋[一]　杜甫

軍城，屯聚所。

秋風嫋嫋風動貌。**動高旌**，**玉帳**將軍帳，見《訓解》。**分弓射虜營**。秋風動旌，軍中象。且秋者，出兵時也，因於帳下分弓諸士，而下射虜令。**已收滴博**城名。**雲間**城在雲間。**戍**，戍卒。**欲奪蓬婆雪外城**。言先是已收入滴博城戍兵，乘此兵勢則欲奪取蓬婆雪外城，嚴武軍城兵備勢如此。而謂「雲間」、謂「雪外」，見早秋邊塞凄冷。

【校勘記】

［一］奉和嚴武軍城早秋：《全唐詩》卷二百二十八作《奉和嚴大夫軍城早秋》。

解悶　杜甫

解散鬱悶也。

一辭故國十經秋，故園長安。**每見秋瓜憶故丘**。故里。此句《訓解》云：長安以有東陵侯名瓜，而感秋瓜而憶故園。此或然。每見秋瓜，憶故鄉臭味而暫遣悶。**今日南湖**地名。**采薇蕨**，今日無瓜，則惟采蕨。《詩》：「采薇采薇，薇亦作止。曰歸曰歸，歲亦莫止。」**何人爲覓鄭瓜州**。言何人爲我覓得以瓜爲號者而使遣悶乎？蓋金陵有瓜州，鄭審嘗居焉，公在夔而近焉，且公善鄭審，故云爾。《訓解》辨鄭審處所，然不足拘。評爲「詞人風流佚蕩態」，可據。

書堂飲既夜復邀李尚書下馬月下賦　杜甫

飲，宴也。夜，夜深人歸。邀李尚書，偶因尚書來而邀之。

湖月林風相與清，殘尊下馬復同傾。幸殘尊有尚書下馬復同傾。**久拚野鶴如雙鬢，**不謂雙鬢如野鶴，是倒裝法。**遮莫鄰鷄下五更。**久拚者，我衰老極，無復愛風月傾酒意，徒久拚于白髮而悲老耳。今夜因君來而杯酒以忘平生愁，則勿問鄰鷄過五更也，須一任催曉矣。

塞下曲二首　常建

玉帛朝回望帝京[一]**，**言烏孫已服王化，故以玉帛朝。朝退之日，猶戀戀望京師。**烏孫**匈奴王號。**歸去不稱王。**弃僭號。**天涯静**静謐。**處**以下謂遥望烏孫國。**無征戰，**言四夷静平。**兵氣**謂祲氛。**銷爲日月光。**不障日月光。〇此詩言四夷賓服，在德不在兵也。

【校勘記】

[一]京：《全唐詩》卷一百四十四作「鄉」。

其二

北海陰風動地來，天地陰晦，邊風震動，兵象也。**明君**即王昭君事。**祠上望龍堆。**匈奴地名也。

特言明君者，即見戎狄難和，古今一轍。**髑髏皆是長城**地名。**卒**，髑髏全長城兵卒戰死者屍。**日暮沙場飛作灰**。死骨作塵灰，飛揚於陰風。○此首言兵者兇器，與上首一正一反，可以警人主也。《訓解》以前首爲「明皇盛時事」，後首爲「譏晚年恣邊功」也，或然。

送宇文六　常建

花映垂楊漢水清，花紅柳緑，盛春象，故漢水特清澄。**微風林裏一枝輕**。即柳枝，一枝受微風而輕。**即今**臨別時。**江北**漢江北。**還如此**，如此清麗。**愁殺江南離別情**。此臨漢江送別也，故云江北光景如此，而別人別情异平時。《訓解》注與本文不合，不可從。

三日尋李九莊　常建

三日，三月三日。莊，山莊。

雨歇楊林東渡頭，**永和**晋紀年號，是歲羲之宴會稽蘭亭。**三日蕩輕舟**。憶得今日王羲之宴蘭亭日也，此時尋李九亦有趣，故謂「永和三日」。**故人**李九。**家在桃花岸**，**直到門前溪水流**。言初尋李九莊，則家在桃花岸而門臨溪水流，而弃舟而直入門，風流不可言。此蓋賦實景也。

九曲詞　　高適

九曲，河西地名，在吐蕃。《訓解》云「九曲未詳，以河流九曲爲名」，非。

鐵騎軍馬。**橫行鐵嶺頭**，地名。「鐵騎」「鐵嶺」，重字有法。**西看邏逤取封侯**。邏逤，吐蕃地名。看，窺之也。言西窺邏逤僻遠地，而建邊功以取封侯也。此注《訓解》誤。**青海祇今將飲馬**，言因戰功而清寧。**黃河不用更防秋**。言邊境晏然，於今將飲馬而休息，是以黃河防秋兵不足用之，况青海僻遠乎？此時非清寧而云爾者，正見將非其人，特恩苟安也。蓋悲無忠臣，而適忠意自見。匈奴乘秋而出，故曰「防秋」。

除夜作　　高適

旅館寒寒寂。**燈獨不眠**，對寒燈不眠，异他人眠多。**客心何事轉凄然**。不知關何事，旅客心益凄然。**故鄉今夜思千里**，想得今夜屬除夜，特思千里故鄉。**霜鬢明朝又一年**。説倍凄然由。

塞上聞吹笛　高適

雲净胡天牧馬還[一]，胡天今夜清明，是以胡兒牧馬還。**月明羌笛戍樓間**。吹送羌笛，響戍樓間。

借問梅花曲名。**何處落**，拆「梅花落」而用之，笛聲輕縹似落梅。**風吹一夜滿關山**。笛聲滿關山。

○結句言笛聲滿而見鄉心滿。

【校勘記】

[一]雲：《全唐詩》卷二百一十四作「雪」。

別董大　高適

《訓解》爲「董庭蘭」，是也。此蓋董大失勢去京師時送之。

十里黃雲欲雪，雲爲黃色也。**白日曛**，曛，餘光。**北風吹雁**吹散雁群，含離群意。**雪紛紛**。多貌。

雪中爲別，言別意甚。**莫愁**慰之詞。**前路**非前程，謂自是以往也。**無知己，天下誰人**與何人同。**不識**

君。言君才藝易知，自是以往應有知己，況君才藝固天下之人所知也。蓋董大善琴，名於天下，故曰「天下」，不然「天下」字無落著。仲言杜撰，不知爲之解，可笑。此詩全房琯失勢，董大去京時之詩也。按董庭蘭爲房琯門客，房琯性高簡，國家多難而不以職事爲意，日與劉秩、李揖高譚釋老，或聽門客董庭蘭鼓琴，庭蘭因是大招權利，御史劾之云。然則房琯失勢時，庭蘭蓋去京，故高適慰之送別也。

送杜十四之江南　孟浩然

荆吴相接吴楚相接近。**水爲鄉**，吴楚俱水國。**君去**君去日。**春江**春江特水溢。**正淼茫**。**日暮孤舟何處泊，天涯一望斷人腸**。三、四言別後悵望，蓋天涯一望則盡在淼茫中，是以斷人腸已。《訓解》：「吴楚水鄉，而吴江更險，故送杜入吴而憂之。」頗蛇足，亦本文所無。

寄韓鵬　李頎

爲政《論語》字面。**心閑**謂政不煩多。**物自閑**，物，事也。心不煩多，事物自然閑寂。**朝看飛鳥暮飛還**。一郡無訟諍，故朝暮見飛鳥往還，樂之。**寄書**寄書稱之。**河上**韓鵬蓋令河上。**神明宰**，即稱韓詞。**羨**羨其德如神。**爾**指韓。**城頭姑射山**。姑射山蓋近河上。○按《莊子》:「藐姑射之山有神人居焉,肌膚如冰雪,綽約若處子。其神凝,使物不疵癘而年穀熟。」蓋結句用《莊子》事比韓無爲化,韓蓋老莊徒乎?

九日　　崔國輔

江邊楓落菊花黄,楓則落,菊則開,乃見節物代謝,年光移。**少長登高**謂與少長相携而登高也。少長者,猶曰童子、冠者。**一望鄉**。我則一望鄉已,無所樂。**九日陶家雖載酒**,九日陶淵明在菊叢中,刺史王弘送酒事,以比此日有送酒興。**三年楚客已沾裳**。國輔貶竟陵司馬,因曰「楚客」,蓋「陶家」國輔自言。天寶間,國輔坐王鉷近親,貶竟陵司馬。初至竟陵,與處士陸鴻漸遊,三歲,交情至厚。此詩陶家載酒事豈謂鴻漸乎?按王鉷權寵日盛,領二十餘使。宅旁爲使院,文案盈積,吏求署一字,累日不得前。雖李林甫亦畏避之。後坐與弟户部郎中銲同反逆,鉷賜自盡,銲杖死於朝堂云,見《通鑒》。國輔因王鉷事而失勢,則其恨可知矣。

題長安主人壁　　張謂

譏貶詩，故不題名氏，惟曰主人。題者，題書也。

世人結交固結交誼。**須**用也。**黃金**，世人，謂一世人，猶曰舉世。蓋言賄賂苞苴行也。**黃金不多交不深**。**縱令然諾暫相許**，黃金不多則所交淺，故暫相許容，竟難賴。**終是悠悠行路心**。猶悠悠行路人，精神不相接。

送人使河源〔一〕　　張謂

河源在玉門、陽關外。

故人行役《詩經》字面。**向邊州**，邊州即河源，言行役之邈而悲之。**匹馬今朝**今朝，謂臨別際。**不少留**。**長路關山**謂跋涉勞。**何日盡**，何日行盡乎？**滿堂絲竹爲君愁**。愁者，謂絲竹聲愁也。長路關乎心，是以滿堂絲管爲愁聲也。

【校勘記】

［一］送人使河源：《全唐詩》卷一百九十七作《送盧舉使河源》。

涼州詞　王之渙

黃河遠上黃河則東流，我則西向，與黃河相逆而漸上。**白雲間**，涼州險峻，在雲間。**一片孤城萬仞山**。孤城在山中。而謂「一片」，謂「孤城」，不厭重複，唐人語不拘拘。**羌笛何須怨**謂怨聲。**楊柳**，曲名。**春光不度玉門關**。春光不度則楊柳不生，笛中何爲吹《楊柳怨》聲乎？全謂涼州險惡而無春色，哀之。

九日送別　王之渙

薊庭燕地。**蕭瑟**僻地無往來意。**故人稀，何處登高且**辭。**送歸**。九日，登高日也，故欲登高極歡而送歸，何山能堪送歸乎？**今日暫**少間。**同芳菊酒，明朝應作斷蓬飛**。「明朝」「今日」相對，「芳菊」

「斷蓬」相睨，蓋今日則歡樂，明日則悲腸，以「芳菊酒」「斷蓬飛」而寫之。斷蓬者，蓬斷根而飛也。

洛陽客舍逢祖詠留宴　蔡希寂

綿綿漏鼓報時鼓也。《訓解》作「鐘漏」。**洛陽城**，洛陽城中鼓聲綿綿相連，蓋謂洛陽繁華。**客舍貧居絶**絶少。**送迎**。送迎，猶奔走。貧居，故不爲客主禮。**逢君**逢猶會。偶逢君訪來。**貰酒**貧家酒常不有，由君至而故貰之。**因成醉**，因飲君酒而我亦爲醉，則我醉因君來訪。**醉後焉知世上情**。忘俗情，是酒德。非酒，忘世上乎？蓋勸酒語。

少年行　吴象之

承恩天子恩命。**借獵**借，辭，無意義。**小平津**，小平津，天子獵場乎。少年好獵，常游中貴人，是以天子許獵平津。**使氣**《史記》字。**常游中貴人**。貴人一擲千金，則己亦一擲，欲意氣不屈，故常非使氣不能。**一擲千金渾**渾身。**是膽**，膽氣大，是以能擲千金。**家**少年家。**無四壁**謂貧家也。**不知貧**。言少年膽氣大，故不知其貧，意氣不屈貴人也。《訓解》作「家徒四壁」，則本《司馬相如傳》「四壁立」，蓋謂無財也。

江南行　張潮

茨菰葉爛別西灣，蓮子子，助字。**花開猶未還。**茨菰，江南有之，生水田中。言去年茨菰葉爛時別夫，而至今年蓮開而夫未還。西灣，離別處，是以常目在之，不能暫忘。**妾夢不離江上水，**即西灣別處，夢猶不忘。**人傳郎在鳳凰山。**言妾臨江上別處而待歸久，忽有人而傳言之曰：「郎今已在鳳凰山矣。」向之期歸意徒然耳，是以爽然自失。其言「鳳凰山」者，蓋以鳳凰和鳴比夫妻，而含郎有他心而不歸意，不然何以特謂「鳳凰山」乎？《訓解》爲代内而作，故曰「鳳凰山，己所遊之山也，適遊此山而作」云，太非。何也？則《江南行》題詠耳。蓋張題《江南行》而傷夫妻世離之際，非關己之身上也。《訓解》窘「鳳凰山」解，故誤解爾。

軍城早秋　嚴武

軍城，屯聚所謂之軍城。

昨夜秋風入漢關，在匈奴境。先説早秋。**朔雲邊雪滿西山**。在蜀。秋風一入漢關之日，朔邊雲雪滿西山。蓋非雲雪滿，寇盜滿也。**更催飛將**李廣事，借用。**追驕虜**，秋戎入寇之時，兵備异乎時，故曰「更催飛將」。**莫遣沙場匹馬還**。此嚴兵備令之詞，欲令殲戎兵而無還騎也。嚴武鎮蜀，故自言征吐蕃之志。

春行寄興　李華

宜陽河南地。**城下草萋萋**，言春色好。**澗水**山夾水曰澗。**東流復向西**。或東流，或西流，春水取次流。**芳樹**即花樹。**無人**無人見之。**花自落**，「自」字含徒開落意。**春山一路鳥空啼**。「一路」非謂小路，蓋春山別有一條路而鳥聲頻啼，而無人聽之者，故曰「空啼」。此詩《訓解》云「禄山亂後人物凋殘」，此或然。然「芳樹無人」言「無看花人也」，非，謂人民亡滅也。《訓解》作「寂寥無人」，則似言凋殘無孑遺也。仲言動以經學而看詩，故多此失。

重送裴郎中貶吉州　劉長卿

猿啼客散暮江頭，猿聲向暮而多。**人自傷心水自流**。評云：「兩『自』字，有情、無情之別。」**同作**

逐臣至德中，長卿出爲轉運使判官，觀察使吳仲孺誣奏，非罪系姑蘇獄，久之，貶潘州南巴尉。會有爲辯之者，量移睦州司馬，終隨州刺史云。此蓋爲南巴尉時作與？**君**裴郎中。**更遠**，貶所更遠。**青山萬里一孤舟**。評云：「『孤舟』上加『一』字，而益覺舟之清素。」愚謂「一孤舟」者，謂孤舟之外無伴之者也，蓋哀舟行孤寂已。

送李判官之潤州行營　劉長卿

營，陣營。

萬里辭家事鼓鼙，騎鼓謂之鼙。事鼓鼙者，專務軍事也。**金陵驛路**潤州必經金陵道中。**楚雲西**。楚天行盡處即潤州，故曰「楚雲西」。**江春不肯留行客**，言我自欲留行客，而江上春似不肯留。**草色青青送馬蹄**。江上青青色，益進馬蹄，説「江春不肯留」句。評：「江春不留，草色又送。」二句爲兩事，恐非。

歸雁　錢起

瀟湘何事等閑等閑，猶曰無心，「等閑平地起波瀾」「心中萬事如等閑」之類可以見。**回**，是錢起在瀟湘而作。言瀟湘景如是，雁宜栖宿，何不顧而歸乎？此無心而歸也，故曰「等閑回」。**水碧沙明兩岸苔**。説瀟湘景。**二十五弦彈夜月，不勝清怨却飛來**。言彼瀟湘側有湘靈，乃以二十五弦琴乘月而彈之，不勝其清怨，雁却飛來矣。「來」字蓋助字。不顧瀟湘景去，故曰「却飛」。一説我若以二十五弦彈之，則歸雁不堪感而却復飛來。然前説爲是。○錢起初從計吏，至京口客舍，月夜閑步，聞户外有行吟哦聲，曰：「曲終人不見，江上數峰青。」凡再三往來。起遽從之，無所見矣。嘗怪之。及就試粉闈，詩題乃《湘靈鼓瑟》，起輒就，即以鬼謡十字爲落句。主文李暐深嘉美，擊節吟咏久之，曰：「是必有神助之耳。」此作殆謂是乎？

登樓寄王卿

韋應物

賦登樓而以寄王卿也。《解》似作登樓而思王卿，讀者審諸。

踏閣攀林恨不同，閣在林中，故曰「攀」。獨恨與王卿不同。**楚雲滄海思**離思。**無窮**。各天一方，離思何窮。**數家砧杵秋山下**，孤村僅數家。**一郡荆蓁寒雨中**。村家僅數家，則一郡荆蓁耳。况寒雨凄凉，益不堪寂。○此詩三、四賦登樓孤寂，後對法。

酬柳郎中春日歸楊州南國見別之作[一]　　韋應物

柳郎中嘗歸楊州，與應物相會于南國，爲別時有賦。應物後刺史滁州，滁州鄰楊州，因思昔遊而寄之。南國謂廣陵也。

廣陵即題之「南國」。**三月**照題「春日」。**花正開**，謂花盛。**花裏**在花裏宴。**逢君醉一回**。**南北相過殊不遠**，**暮潮歸去早潮來**。潮水相通，而音問朝暮達。

【校勘記】

[一]酬柳郎中春日歸楊州南國見別之作：《全唐詩》卷一百九十作《酬柳郎中春日歸揚州南郭見別之作》。

送魏十六還蘇州　　皇甫冉

秋夜沈沈夜深意。**此**指秋夜。**送君**，**陰蟲切切**蟲聲頻鳴也。**不堪聞**。**歸舟**魏舟行而歸。**明日**

毗陵道，毗陵蓋赴姑蘇道中，皇甫冉相送歸舟於毗陵道。**回首**冉回首。**姑蘇是白雲**。別後祇見白雲。三、四臨別想像詞。

曾山送別　皇甫冉

送之曾山人。

凄凄遊子漂泊人。**苦飄蓬**，言無定所。〇遊子飄零，凄凄如蓬，任風而飄。**明月清樽祇暫同**。月下同傾亦祇暫時，言漂泊人不少留。《訓解》：「惜其飲之難再。」亦蛇足。**南望千山如黛色**，遠山鬱蒼如青黛，蓋望別路渺茫而悲之。**愁**愁見。**君客路在其中**。千山中跋涉，勞可思。「在其中」三字經語，裁用之。

寒食　韓翃

清明前二日謂之寒食。《三體詩注》引唐《輦下歲時記》云：「清明日，取榆柳之火以賜近臣也。」

春城無處不飛花，謂三月景象，城中盡飛花。**寒食**寒食之日。**東風**清明之時節，東風多。**御柳**官柳。**斜**。官柳枝長，故帶風而斜，亦暮春之景。**日暮漢宮傳蠟燭**，寒食之日，至日暮而自宮中寫傳燭火而賜諸臣。按清明改火賜之，蓋古制也。日暮傳蠟燭之事，蓋唐制乎？**青烟**蠟燭青烟。**散**分散。**入五侯家**。燭火先賜五侯者，貴寵之也。五侯指近臣。後漢桓帝之時，宦者五人同時爲侯，世稱五侯，借指當時貴臣。《三體詩注》：「唐自肅、代，宦者盛秉權，與漢衰亂同。此詩借漢之事刺唐。」此説似有理，然詩人之本旨不可知，則不可强解也。直爲説唐之風麗亦可。且韓翃以此詩擢知制誥，德宗時時稱之云，則韓翃賦在下而羡貴寵之意，未可知也。《三體詩注》太拘，不可從。

送客知鄂州　韓翃

客，蓋客于韓翃人也。

江口地名，在楚。**千家帶楚雲**，別時景。**江花亂點**亂點，亂飛。**雪**花似雪。**紛紛**。**春風落日誰相見**，「落日」貼「帶楚雲」，「春風」貼「亂點」，別後雖對此景象，誰共相見？**青翰舟**鄂君所乘舟也。**中有鄂君**。此詩客韓翃之人知鄂州，于楚地爲別。鄂君，楚王弟子晳也，泛舟於新波中，越人擁楫而歌之，罄交歡之事，見《説苑》，蓋楚之故事也。韓翃偶在楚中而送知鄂州人，故一、二句言楚中景象，而以鄂君而比知鄂州人，而賦別時已春末而難別意。三、四句言當此春風落日時，誰共相見乎？惟有青翰舟中之鄂君耳。

而今相别，别後誰共慰此寂寞也？鄂君之事見《説苑》，可考。

宿石邑山中　韓翃

浮雲不共此山齊，山高矣，故浮雲却在山下。**山靄蒼蒼**蒼蒼，雲暗黑色。**望轉迷**。不辨東西。**曉月暫飛千樹裏**，山氣蒼茫，千樹蔭蔽，故雖夜分，不見月，秖睹曉月没於山也，暫飛千樹裏耳。**秋河**天河。**隔在數峰西**。月已没矣，但見數峰西秋河皎皎，隔峰而在矣。二句言宿石邑曉時趣。《訓解》此二句爲「復賦山之高」者，非。

送劉侍郎　李端

幾人同入謝宣城，《南史》：謝朓爲宣城太守，世稱謝宣城。劉侍郎蓋守宣城乎，故比之。**未及酬恩隔死生**。侍郎蓋守宣城而不遇，罷去。平時所寄食之客幾人乎，然見侍郎失勢而未及報恩而散去，雖同世而在也，猶隔死生。二句譏世之薄情而悲侍郎失勢。**唯**與獨同。**有夜猿知客**客，旅客，指劉侍郎云。**恨**，與愁同。**嶧陽**山名。**溪路第三聲**。言侍郎不遇，無人悲之者，獨夜猿知之耳。何也？則侍郎過嶧陽之溪路，彼爲三聲啼者，非爲侍郎悲乎？三聲者，謂猿聲之極耳。全篇言世態之炎凉難賴而慰侍郎不遇詞也。

楓橋夜泊　張繼

楓橋在蘇州，有楓橋寺，繫此詩於後云。

月落烏啼霜滿天，此詩全篇倒裝，故一之句先言曉天，而後及通宵之事。此句有忽驚曉天之意。**江楓漁火**江楓之邊，見漁火。**對愁眠**。時眠時醒，謂之「愁眠」。「對」者，含漁火燃，愁眠相惱之意。寫夜泊趣。**姑蘇**山名。**城**城謂聚落。**外寒山寺，夜半鐘聲到客船**。二句通宵之事，言霜夜寒寂不能眠，聽半夜鐘聲而認以爲夜半也。暫時忽到「月落烏啼霜滿天」，何也？則霜夜侵旅愁而不寢，雖秋夜之長，猶短夜也。按《三體詩》所注作：「認曉鐘而覺夜半鐘乎？故云『夜半』者，狀其太早。」然「夜半鐘」解不穩當。因作倒裝而解爲是。起句先言驚曉天之狀，而後三句及通宵之事，故夜半鐘却在結句。

聽角思歸　顧況

故園黄葉滿青苔，一句説因思歸切而忽夢故園，則黄葉青苔，荒凉已甚。此句作「想像故園」者，非。

夢後城頭曉角哀。至曉而夢初覺，城頭尚聽胡角哀引。**此夜斷腸人不見**，「人不見」者，謂無人也。**起行殘月影徘徊**。殘月中已起行，則影亦起行，衹與影徘徊耳，無人問我也。無聊亦甚矣。

宿昭應　顧況

驪山，改會昌縣。曰昭應，或言玄元皇帝降于華清宮之朝元閣故也。

武帝借武帝諷玄宗。**祈靈**神靈。**太乙壇**，祠太乙星壇。**新豐**在驪山。**樹色繞**圍同。**千官**。官人所居，列樹繞官府。二句言昔時。**那知今夜長生殿**，**獨**與特同。**閉空山**謂無人。**月影寒**。寒，荒涼意。二句言目前寂寥。而特言長生殿者，乃有長生名而無長生實也。蓋謂祈靈之無益。

湖中　顧況

青草湖在嶽州。顧況，姑蘇人。此詩在湖中作。

青草湖邊湖名。**日色低**，謂落日。**黄茅瘴裏鷓鴣啼**。秋夏水涸時，青草、黄茅生焉，而瘴氣厲風多。蓋謂風土惡。**丈夫**自謂。**飄蕩**謂零落。**今如此**，言昔志宦達而竟不遇，以丈夫不遂志，漂泊如此。

一曲長歌楚水西。憤憤之餘，放歌自適。○顧况，德宗時爲秘書郎，素善於李泌，遂師事之，得其服氣之法，能終日不食。及泌相，自謂當得達宦，久之，遷著作郎。及泌卒，作《海鷗詠》誚貴權，貶饒州司户。全家去，隱茅山云。其豪放可見。「丈夫飄蕩」語，發乎憤者也。

夜發袁江寄李穎川劉侍郎[一]　戴叔倫

時二公流貶在乎此。

半夜回舟入楚鄉，月明山水共蒼蒼。楚色慘澹，况山水映月色，益不堪。**孤猿**猿聲孤寂。**更叫**寫猿聲響。**秋風裏，不是**辭。**愁人亦斷腸**。我非愁人，亦不堪聞之，况君愁人乎。

【校勘記】

[一]夜發袁江寄李穎川劉侍郎：《全唐詩》卷二百七十四作《夜發袁江寄李潁川劉侍御》。

寄楊侍御　包何

一官一官，小官也，《莊子》「夫知效一官，行比一鄉」是也。**何幸得同時**，與楊侍御同時而在。**十載**

無媒侍御無媒我而達官。**獨見遺**。選舉者多而我獨不達，全由侍御無媒我也。**今日**言老衰日。**無論腰下組**，組，謂印綬。今日初見，綬如舊，而論官達已晚矣，衰老何益。**請君**指侍御。**看取**取，助字。**鬢邊絲**。言我已老矣，因請侍御看鬢如絲而憐焉。

汴河曲　　李益

隋煬帝引河達于淮海，謂之御河。河畔築道、樹柳，名曰隋堤。此歌亡隋之詞也。

汴水汴河，隋堤之所在。**東流無限春**，是獨不變物。**隋家宮闕已成塵**。灰塵，言人世變改。**行人**旅客。**莫上長堤望**，隋帝植柳，在汴河故道。**風起楊花愁殺人**。隋帝好游幸江都，而遂不還，亡矣。是以一見柳色者，必興懷古情。而無風猶可堪，風一起而飄揚也，堪愁殺人。故曰「行人勿上長堤望」也。

聽曉角　　李益

邊霜昨夜墮關榆，曉望關榆，初驚霜降。**吹角當城**當城在代郡。吹角於當城也。**片月孤**。**無涯塞鴻飛不度**[一]，鴻不堪角聲哀，是以不能度關。**秋風吹入小單于**。《小單于》，曲名。況秋風吹入《小單于》曲乎？益不堪。《訓解》作「入我營中」者，非。

【校勘記】

［一］涯：《全唐詩》卷二百八十三作「限」。

夜上受降城聞笛　李益

回樂峰地名。**前沙似雪**，遠眺之，月影似雪。**受降城**城名。景龍二年三月，朔方總管張仁願築三受降城，中城南直朔方，西城南直靈武，東城南直榆林，其地皆大磧也。**外月如霜**。近見之，月影如霜。**不知何處吹蘆管**，蘆管，笳也。**一夜征人盡望鄉**。今夜凛凛月夜，笛聲高亮，是以征人無不起鄉思者。此詩一、二説望，三、四説意。

從軍北征　李益

天山雪後海風青海風。**寒**，寒冽。天山一曰雪山，冬夏有雪，是以天山之雪後，寒冽异他山。**橫笛**

偏吹行路難。《行路難》，曲名。言天山雪後行路不易，况横笛偏吹此曲，是所以不堪聞也。**磧裏征人三十萬，一時**猶曰此時。**回首月中看**。言雪後月明中回顧天山寒冽，益哀行路難也。《解》作「看吹笛人」，非。又作「望故鄉」，非。

楊柳枝詞　劉禹錫

煬帝行宫行幸所在，曰行宫。**汴水濱**，行宫曾在汴水濱。**數株楊柳不勝春**。彼汴水濱，楊柳不減昔，嫋嫋不堪春色。**晚來風起花如雪**，楊花飄揚如雪，堪可賞。**飛入宫墻不見人**。楊花入宫墻亦如昔時，而但無人耳。「不見人」者，無人也。《訓解》載胡濟鼎説，是也。此全嘆煬帝全盛一時也。

與歌者何戡　劉禹錫

《解》：「樂工也。」謝注爲「妓」。

二十餘年别帝京，謝云：劉貶召還，又忤宰相，被黜十年，再召還，蓋前後二十餘年也。而謂「别帝京」者，特無知己可戀，祇戀戀帝京已。**重**重召還。**聞天樂**天上樂。**不勝情**。久不聞而聞之，所以不勝情也。**舊人**舊知己。**唯有何戡在**，舊識多亡，祇有何戡在。**更與**相與。**殷勤**反復歌之意。**唱渭城**。即餞別常調，王維詩也。舊人喪亡，無識昔年別離情者，惟有一樂工何戡識之，因追憶昔年別時情而唱《渭城》。蓋謂二十餘年而還京，則人物變改，世態薄情，知己無存者也。此詩亦有譏諷。

浪淘沙詞　劉禹錫

以浪淘搖沙石而感動戍婦思爲題。此首似《江南行》。

鸚鵡洲在楚。**頭浪颭**《說文》：「颭，風吹浪動也。」**沙**，寫浪淘沙趣。**青樓**女子所居，總稱青樓。**春望日將斜**。思夫歸而不堪，日日春望遣愁。**銜泥燕子**燕祇知銜泥耳。**爭歸舍**，燕之無知而不忘舊所巢舍。**獨自**异燕，「自」字可見。**狂夫不憶家**。不憶家室也。蓋欲忘愁，則燕歸夫不歸，愁恨益甚。

自朗州至京戲贈看花諸君[一]　劉禹錫

紫陌紅塵拂面來，一句言京師繁華，往來紛紛，紅塵撲面。**無人不道看花回**。來往盡看花人。二句言禹錫回京日，繁華盛于昔時也。**玄都觀裏**道士所居。**桃千樹**，道士所植。**盡是劉郎**自稱。**去後**

栽。此桃樹劉郎去後所植，本未嘗有之，暫時變改，京師事豪奢可惡，蓋譏當時多變態也。按禹錫貞元九年進士，時王叔文得幸，禹錫與之交，嘗稱其有宰相器，朝廷大議多引禹錫及柳宗元與議禁中。憲宗立，叔文貶斥朗州司馬。始，坐叔文貶者，雖赦不原。宰相哀其才且困，將澡用之，諫官奏罷之。久之，召還，欲任南省郎，而作《玄都觀看花君子》詩，語譏忿，當路不喜，又謫守播州。稍内遷，易連州。後又至京，游玄都詠詩，且言：「始謫十年，還輦下，道士種桃，其盛如霞。又十四年而無一存者，唯兔葵燕麥動摇春風耳。」聞者益薄其行云。

【校勘記】

［一］自朗州至京戲贈看花諸君：《全唐詩》卷三百六十五作《元和十一年自朗州召至京戲贈看花諸君子》。

涼州詞　張籍

本匈奴地，玄宗時拓邊，改武威郡。

鳳林關裏水東流，東流不變。**白草**邊地草白。**黃榆**榆木，關之所植。**六十秋**。玄宗自開涼州已六十秋，秋色如舊，地陷於虜。**邊將**守邊將士。**皆承主**人主。**恩澤**，**無人**一人。**解**知解。**道**道說。**取**

涼州。諸將徒承主恩耳，無知涼州復爲虜見陷者，若知之，則復涼州可也。

十五夜望月[一]　王建

中庭庭中也。**地白**月影。**樹栖鴉**，謂夜已深。**冷露無聲濕桂花**。非冷露之無聲，蓋人已回，静夜無一點聲，而露濕桂花。復言夜深。**今夜**指十五夜。**月明**月明夜故。**人盡望，不知秋思在誰家**。三、四言我秋思多，故至人去夜深看月，誰家與我同秋思乎？《訓解》云「感秋者恐無如我耳」，俚俗甚。

【校勘記】

［一］十五夜望月：《全唐詩》卷三百一作《十五夜望月寄杜郎中》。

送盧起居[一]　武元衡

盧，氏。

相如司馬相如。**擁傳**相如馳傳至蜀，諭邛、筰之君長，事見《漢書》。以相如比起居。**有光輝**，相如爲天子使至蜀，蜀人以爲榮，故有光輝云。**何事闌干**泪流從横貌。**泪**别泪。**濕衣**。起居已有相如榮寵，而功成，今日歸鄉，則何事至泪濕衣乎？**舊府**舊國。**東山**晋謝安高卧東山，每遊賞，携妓以往。**餘妓在**，東山猶餘妓女在矣，蓋盧起居有謝安風流，故云爾。**重將歌舞送君歸**。歸鄉也。《訓解》以作「送盧起居失意」，太非。且曰：「昔曾奉使稱榮，今豈以失意爲意哉。」夫哀失意者，人之常情也，而以不哀失意而説之，太非人情，不可從。蓋一句叙昔之榮寵而言功成歸，則何别泪沾衣之有？幸東山餘妓在，重學謝安遊以送君也。

【校勘記】

[一]送盧起居：《全唐詩》卷三百十七作《重送盧三十一起居》。

嘉陵驛[一]　武元衡

嘉陵道，蓋入蜀之道也。驛，驛亭。

悠悠二字含山川眺望。**風旆**驛亭旆旌飄風。**繞山川**，**山驛**山上驛。**空濛**暗淡意。**雨作烟**。山中常雨，見行路難。**路半嘉陵**未行盡嘉陵道。**頭已白**，勞旅途，白鬢俄生。**蜀門西更上青天**。西望則蜀門入青天，益覺登涉煩。此詩全賦蜀道之難。

【校勘記】

［一］嘉陵驛：《全唐詩》卷三百十七作《題嘉陵驛》。

漢苑行　　張仲素

回雁高飛太液池，漢時池名，鳥雁滿其中。**新花低發上林枝。**春已深矣，上林苑中花至低處盡開發。低，高低之低。**年光到處皆堪賞，**人間中，年光所到皆無不可賞者。**春色人間總未知。**惟漢苑春色非尋常所知，豈人間中物乎？蓋稱漢苑詞。此注《訓解》舉兩說，共非。《漢苑行》二首，此其一，而第二首說宮中景色。

塞下曲二首　　張仲素

三三回。**戍漁陽**地名。**再**往還再三。**渡遼，**遼水。**騂弓**《詩經》字。**在臂劍橫腰。**武備不離身。

匈奴似欲知名姓，即將士姓名。「似」字有窺我態。**休傍陰山更射雕**。先是，我記認匈奴能射雕者而生得之，如李廣故事。前將今復來，汝勿窺陰山也。李廣故事見《訓解》。

其二

朔雪飄飄開雁門，雁門在代州。言開雁門，侵雪而戰。**平沙歷亂卷蓬根**。風吹平沙，蓬根飄轉。言軍中象。**功名恥計擒生數**，以生獲多少而誇功名，却是恥。**直斬樓蘭**王名。**報國恩**。非斬樓蘭王，則雖擒獲多無益，奚在報國恩。

秋閨思　張仲素

碧窗斜月藹深輝，閨窗映月，光輝特藹然，對之不堪情。**愁聽寒螿泪濕衣**。**夢裏分明見關塞**，身未至關塞，夢中分明是關塞，故曰「見」。**不知何路向金微**。山名，即天所在。○言關塞路多，不知從何路而到金微，則夢中迷路耳。身已不能至，惟賴一夢往來，而夢亦難賴，則空相思耳。

郡中即事　羊士諤

紅衣謂蓮。**落盡暗香殘**，花盡，殘香有，故曰「暗香」。**葉上秋光白露寒**。白露映秋光。○二句悲秋詞。**越女**越採蓮女多。**含情**含惜花愁情。**已無限**，太甚意。**莫教長袖**越女袖。**倚闌干**。勿使近我闌干。○此詩蓋士諤近亡愛妾而哀之乎？故越女惜花之愁關於我耳。

登樓　羊士諤

槐柳蕭疏槐柳即南陌所植，而摇落蕭疏，不可見。**繞郡城，夜添山雨作江聲**。言昨夜山雨漲流，江聲特甚，故曰「作江聲」。夜者，當作昨夜而看。聽此滔滔江聲，寂寥益甚。**秋風南陌無車馬**，僻地，故無車馬來往，祇秋風吹南陌耳。**獨上高樓故國情**。高樓無友，自起故國之戀。

酬浩初上人欲登仙人山見貽　柳宗元

仙人山，在柳州。

珠樹珠樹者，稱仙境之樹。**玲瓏**虚明貌。**隔翠微**，山氣之輕縹謂之翠微，此「翠微」蓋指山也。言遥隔越翠微而望仙人山珠樹也。**病來方外**《莊子》：「孔子曰：『彼游方之外者也。』」此「方外」指僧家。**事多違**。言我平時隨浩初上人而遊，以卧病而游方外之事多相違。**仙山**即仙人山。**不屬分符客**，漢時分符與郡主，宗元守柳州，故自云「分符客」。客，猶曰人。此言山號「仙人」，則元非俗態之人所遊，是以知仙山元不付屬分符而奔走仕途人。**一任凌空錫杖飛**。言如彼仙山，則當一任不羈絆於世而飛錫凌空而去之人。上人欲登仙山而誘引宗元乎？故云爾。

題延平劍潭　歐陽詹

延平，地名。劍潭，劍之所淪没謂之劍潭，豐城之劍之故事，見《訓解》。

想像精靈欲見難，雖念劍之精靈，一没不還，於今欲見難。**通津一去**一没去。**水漫漫**。浩流貌，衹見漫流耳。**空餘千載凌霜色**，劍没在水底，故水光异他潭，有凛然凌霜色。然徒餘凌霜色，無由得劍。**長與澄潭白日寒**。劍光與澄潭映，白日凛凛，故云「白日寒」。此詩全賦劍潭而自比，才德不用於世，如劍没潭也。

聞白樂天左降江州司馬　元稹

殘燈無焰無光焰。**影幢幢**，殘燈明滅。幢幢，不明貌。**此夕聞君**指樂天。**謫**貶謫。**九江**。江州，秦時爲九江郡。言聞君遠謫，不能寐，徹夜獨對殘燈。**垂死病中驚起坐**，我年已近死，况老病相侵。雖然，聞之驚悸，自卧處起而坐。此句寫相思邈至。**暗風吹雨入寒窗**。暗夜風雨愁慘，而入寒窗之時冷凉透骨，殆不堪。○按元和元年，樂天拜翰林學士，歷左拾遺。時盗殺宰相，京師洶洶。居易首上疏，請亟捕賊。有嫌其出位，怒。俄有言「居易母墮井死而賦《新井篇》，言既浮華，行不可用」，貶江州司馬云。

胡渭州　張祜

曲名，述邊戎行旅之懷。

亭亭高貌。**孤月照行舟，寂寂長江萬里流**。二句寫旅途愁慘之景。**鄉國不知何處是**，何處全是鄉國。**雲山漫漫**雲山隔鄉國。漫漫，長貌。**使人愁**。此詩平平説去而語意渾然，盛時音也。「亭亭」「寂寂」「漫漫」，不厭重復，歌曲體也。《訓解》以「踏襲《黄鶴樓》」語駁之，然此詩全篇調合，故雖用《黄鶴樓》語，如出其口也。仲言駁之，不知調故也。

雨霖鈴　張祜

明皇所製曲。〇帝幸蜀，入狹斜谷，屬霖雨彌旬，于棧道中聞鈴聲與山相應。帝既悼貴妃，因採其聲爲《雨霖鈴》曲以寄恨。樂工張徽從，帝以其曲授之。洎至德中，復幸華清宮，令張徽奏此曲，不覺悽愴流涕。詳見《品彙》題下注。

雨霖鈴夜却歸秦，秦謂長安。〇此明皇晏駕後憶昔詞。上四字、下三字，倒裝爲句，言追憶明皇自蜀却回秦而奏《雨霖鈴》夜也，猶曰「却歸秦奏《雨霖鈴》夜」。**猶是張徽一曲新**。明皇自教張徽，而張徽奏之則新於舊所製。新者，曲聲新添悲也。**長説**明皇晏駕後，張徽向人而長説。**上皇**玄宗。**垂泪教，月明南内**興慶宮。**更無人**。聞上皇曾垂泪教之，則最不堪悲，况南内月明，中更無人乎？無人者，謂貴妃已不在，上皇亦亡矣。

虢國夫人　張祜

作《集靈臺》，非。

虢國夫人貴妃姊，並承恩寵。**承主恩**，人主被寵。**平明騎馬入宫門**。每朝，好騎馬。**却嫌脂**胭脂。**粉**紅粉。**汙顔色**，麗質不借脂粉自負，玄髮素顔鑒人。**淡掃蛾眉**淡妝却好。**朝至尊**。此直賦實事，而諷意在其中。蓋好騎馬、嫌脂粉，勃卒女流又爲一種風流，寵之。〇按貴妃姊三人皆有才色，上呼之爲姨，出入宫掖，並承恩澤，一堂之費動逾千萬。虢國尤爲豪蕩。

渡桑乾　　賈島

河名，在并州。

客舍并州已十霜，經十年。**歸心日夜憶咸陽**。長安。**無端更渡**不能住并州，又去渡桑乾。**桑乾水，却望并州是故鄉**。言「却望并州」者，非戀并州，亦復望故鄉而已，何與并州有情乎？「是」字可如是看。〇《訓解》載王敬美説，可據。謝説頗俗意。

成德樂　　王表

趙女乘春上畫樓，春色起，人自不得不登樓。**一聲歌發**乘春，不覺歌聲發。**滿庭秋**。聽者不堪，感歌聲蕭瑟，滿庭似秋。**無端**非啻一曲，循環歌之。**更唱《關山月**[一]**》**，別離曲。**不是征人亦泪流**。

全篇説樂德。

【校勘記】

[一]月：《全唐詩》卷二百八十一作「曲」。

漢宮詞　李商隱

全篇明武帝愚。

青雀即青鳥。**西飛竟不回**，此言西王母再不來。《漢武故事》：七月七日，上齋居乾承殿，忽有青鳥西來，集殿前。上問東方朔，朔曰：「此西王母欲來也。」有頃，王母至。及去，許帝以三年後復來。後竟不來。**君王**武帝。**長在集靈臺**。待王母久矣，言武帝愚。**侍臣最有相如渴**，司馬相如有消渴病。**不賜金莖**武帝作銅露盤，承天露，和玉屑服之。銅盤一曰金莖。**露一杯**。言金莖露若得長生，則何近賜相如而不驗之乎？又言愚之甚而諷之。

夜雨寄北　李商隱

君問歸期未有期，巴山夜雨漲秋池。寫今夜蕭條。**何**何時。**當共**共君。**剪西窗燭，**何時北歸，相共西窗剪燭，談今夜蕭條。**却話巴山夜雨時。**今夜夜雨愁意，却當作歸後茗話助。

寄令狐郎中　李商隱

令狐，姓。郎中，官。

嵩山[一]嵩山，商隱所居。**秦樹**令狐郎中在京。秦樹，謂京。**久離居，**離群索居。**雙鯉**謂書劄也。古樂府：「尺素如殘雪，結成雙鯉魚。」**迢迢**道里迢迢，雙鯉書不達。**一紙書。休問梁園**漢梁孝王賓客司馬相如、枚乘、鄒陽、莊忌俱爲名[二]，借比商隱曾遊諸侯。**舊賓客，茂陵秋雨病相如。**此商隱以相如自比。言雙鯉久不達矣，則郎中不知己零落狀，應以梁園賓客而問之。我已抱疴如相如，以病免官，居茂陵耳，必勿以梁園賓客問之。蓋謂不遇。《訓解》爲「自負言」，非。

【校勘記】

[一]山：《全唐詩》卷五百三十九作「雲」。

[二]莊：底本誤作「勝」，據《史記·司馬相如列傳》改。

秋思

許渾

琪樹西風枕簟有獨居伴枕簟意。**秋**，西風吹樹，初秋候。**楚雲湘水憶同遊**。楚雲，巫山神女事。湘水，娥皇女英幽契事，見《韓詩内傳》。借以言少時與朋友遊倡家時。《韓詩内傳》曰：「鄭交甫遵彼漢皋臺下，遇二女，與言曰：『願請子之佩。』二女與交甫，交甫受而懷之，超然而去。十步循探之，即亡矣。回顧二女，亦即亡矣。」**高歌一曲掩明鏡，昨日少年今白頭**。言追憶少時遊，而恐明鏡照白頭，於是掩藏之。因高歌一曲，暫爲少年時態，真如昨，何昨少年而今至白頭乎？蓋言年光移瞬息而惜老年之詞也。

江樓書感[一]

趙嘏

獨上高樓思[二]與意同。**渺然**，所思無涯。**月光如水**清虚。**水連天**。水天一色。**同來玩月**憶去年秋興。**人何處**？：別後在何處。**風景依稀**依者，依依。稀者，髣髴意。謂宛然相似。**似去年**。風色似去年，而去年之人不在。照題「書感」。

【校勘記】

［一］江樓書感：《全唐詩》卷五百五十作《江樓舊感》。

［二］高：《全唐詩》卷五百五十作「江」。

楊柳枝　　温庭筠

是白氏《楊柳枝》類，全賦妓女。《訓解》誤，解不可從。

館娃宮吴人謂美女爲娃，因西施宮名「館娃」。**外鄴城**地名。**西，遠映征帆近拂堤**。柳色遠近遍。**繫得王孫歸意切，不關春草緑萋萋**。《楚辭》：「王孫游兮不歸，春草生兮萋萋。」此言古王孫不歸由春草緑，今則柳色繫得之不歸，蓋以柳色比妓女而言吴地風流。王孫者，貴之詞，謂韓信微賤，呼王孫是也。此言王孫者，謂征途人也。

折楊柳枝詞[一]　段成式

枝枝交影柳至暮春，枝茂影多。**鎖長門**，長門，失寵者所居。○楊柳枝枝，空鎖長門，無人見之者，以柳比宫女。**嫩色**新柳色。**曾**嘗同。**沾雨露恩**。新柳沾雨露，比初入宫時。**鳳輦不來**無來幸。**春欲盡，空**徒同。**流**流者，轉枝鶯聲。《選》作「留」。**鶯語**獨居聽鶯語耳，無人相語。**到黄昏**。

【校勘記】

[一]折楊柳枝詞：《全唐詩》卷五百八十四作《折楊柳七首》，此詩爲其一。

宫怨　司馬禮

柳色參差長短相交。**掩畫樓**，女子所居。○參差柳枝茂，掩映畫樓，宫中暗暗，至春深。**曉鶯啼送滿宫愁**。曉來鶯頻啼而無人聞之，滿宫却送愁聲來。**年年花落無人見**，無人憐之者。**空逐春泉**「逐」與隨同。**出御溝**。以落花没御溝比容貌摧落，徒到老。

宴邊將　張喬

一曲凉州曲名。**金石**樂器。**清**，清令。**邊風**風爲邊聲。**蕭殺動江城**。因奏邊樂，邊風起，城市忽作邊庭狀，故曰「動」。**坐中有老沙場客**，壯年者尚可堪，老將何堪聞之？**横笛休吹塞上聲**。《凉州》一曲猶難堪，况《塞上曲》，何以堪之？須休吹之也。全篇憐邊將老，苦於沙場詞。

退朝望終南山　李拯

謝注「此復長安後車駕還京作」云，蓋謂黄巢亂也。○僖宗時黄巢爲亂，朱全忠、李克用等討之。光啓三年三月，車駕至京師，京師荆棘滿城，狐兔縱横，上凄然不樂。時朝廷號令所及，惟河西、山南、劍南、嶺南數十州而已云云。李拯作蓋謂此乎？又《訓解》：「時襄王熅僭僞位，逼拯僞官。拯不忍，吟此見意」云，此蓋還京後田令孜專權，李克用等請誅之[二]，田令孜刼上如寶鷄，後入散關。朱玫奉熅，權監軍國事，還京師云。《訓解》云「僭僞位」，是也。

紫宸殿名。**朝罷**朝儀罷，各退食。**綴鵷鸞**，綴，列也。鵷，鷺。鸞，鳳。比百官行列。此句言退朝狀。**丹鳳樓前駐馬看**。丹鳳門樓前。○李拯獨駐馬看。**唯有終南山色在**，終南在洛陽。**晴明**天晴日。**依舊滿長安**。惟山色滿長安耳，人物不似舊時盛。言亂後世態蕭散而哀時危。

【校勘記】

［一］克：底本誤作「國」，據《舊唐書·僖宗本紀》改。

華清宮　崔魯

草遮回磴山路。**絶鳴鑾**，和鑾聲絶，謂無行幸。**雲樹深深碧殿寒**。碧殿荒凉，雲蔽樹深。深，幽邃。**明月自來還自去**，「自」字寫無心狀。舊物去盡，但明月來往。**更**與重同。**無人倚玉欄干**。評所謂「空宮寂寞如此，昔日倚闌人何在」，蓋貴妃與明皇嘗倚欄而誓之事，見《訓解》。

古别離　韋莊

晴烟晴日之烟霞。**漠漠**烟霞掩映。**柳毿毿**，動摇貌。一句言春色可憐，而含結句意。**不那**當此春色爲別，故曰「不那」。**離情酒**謂宴。**半酣**。餞別人多歸，故曰「半酣」。**更**上二句之所言已不堪別，更言臨別之愁。**把玉鞭雲外**寫遍別時態。**指**，自指示之。**斷腸**難堪意。**春色在江南**。他春色可憐，惟斷腸者，在江南春色耳。此句承起句而言。

宮詞

李建勳

宮門長平常意。**閉舞衣閑**，久不近前，是以舞衣無用，故曰「閑」。**略識君王鬢便斑**。略，大略也。言大略知君王高年，鬢髮斑白，而無愛歌舞心也。**却羨**固不羨出宮，於今無所恃，則不能不羨出宮者，故曰「却羨」。**落花春不管**，落花不能管束春色，各辭枝。**御溝流得到人間**。人間謂民間，出《後漢·王昌傳》。○按《本事詩》：顧況在洛，乘間與一二詩友游苑中，流水上得大梧葉，題詩云：「一入深宮裏，年年不見春。聊題一片葉，寄與有情人。」況明日行上流，亦題云：「愁見鶯啼柳絮飛，上陽宮女斷腸時。君王不禁東流水，葉上題詩寄與誰？」後十餘日，有客來苑中，又于水上得詩以示況，曰：「一葉題詩出禁城，誰人酬和獨含情。自嗟不及波中葉，蕩漾乘春取次行。」又明皇代，以楊妃、虢國寵盛，宮娥皆衰悴，不願備掖庭。嘗書落葉，隨御溝水流出，云：「舊寵悲秋扇，新恩寄早春。聊題一片葉，將寄接流人。」顧況聞而和之。既達聖聽，遣出禁内人。又《雲溪友議》：盧渥舍人偶臨御溝，見紅葉上有詩云：「流水何太急，深宮盡日閑。殷勤謝紅葉，好去到人間。」以此考之，唐時欲出禁内女多矣，或羨落花，或羨紅葉，又一種風流，故此詩及之。然《訓解》以「不似少伯渾厚風」詆之，太不辨時事者也，不可從。

水調歌　張子容

《樂苑》曰：「《水調》，商調曲。」舊説隋煬帝幸江都所製。曲成奏之，聲韻怨切。王令言聞而謂其弟子曰：「但有去聲而無回韻，帝不返矣。」後竟如其言。按唐曲凡十一叠，前五叠爲歌，後六叠爲入破。其歌第五叠五言，調聲最爲怨切。今選其七言五首於下云。此其第一叠也。

平沙落日大荒西，大荒謂遠裔。**隴上**隴山。**明星高復低**。嚴兵備，終夜不寢，故至明星高復低。**孤山**孤山寨。**幾處看烽火**，看來皆烽火。**戰士連營候鼓鼙**。言連營戰士看烽火而知寇來，故終夜候伺鼓聲，嚴兵備。蓋謂人民苦征戰也。

涼州歌第二叠　張子容

《樂苑》曰：「《涼州》，宫調曲。開元中，西涼府都督郭知運所進也。」〇《樂府雜録》曰：「《涼州曲》本在正宫調中，有大遍、小遍。至貞元初，康昆侖翻入琵琶玉宸宫調。初進曲在玉宸殿，故有此名。合諸樂即黄鐘宫也。」○張固《幽閑鼓吹》曰：段和尚善琵琶，自製《西涼州》。後傳康昆侖，即宫調《涼州》也，亦謂之《新涼州》云。郭茂倩所載前二疊爲歌，後三疊爲排遍。

朔風吹葉鴈門郡名。**秋**，鴈門秋來朔風鳴葉，匈奴乘秋來狀。**萬里烟**烽烟。**塵**馬塵。**昏**昏黑。**戍樓**。**征馬長思**長思者，謂思歸之長。《解》作「思青海戰」，太誤。「長相思」，樂府語，可以證。蓋征人苦戰久矣，故謂長思歸。**青海**地名。**上**，**胡笳夜聽隴山**地名。**頭**。胡笳近聞，可見胡虜滿。

水鼓子第一曲　　張子容

《樂府》作近代曲。

雕弓畫弓，《詩》「敦弓」，與雕同。**白羽**矢名，《家語》：「白羽之矢」；《國語》：「白羽之矰。」**獵初回**，戍兵帶弓矢而獵回之初。**薄夜**薄夜，迫夜也，猶謂迫夕。**牛羊復下來**。土人驅牛羊而下山來，言邊土閑暇。**夢水**地名。**河邊秋草合**，久無征戰，故馬蹄不侵秋草，秋草四合。**黑山**在沙漠。地名。**峰外陣雲開**。謂無戰氣也。○全篇言邊庭清寧，戍兵閑暇，事遊獵耳。

雜詩　　陳祐

《品彙》云：載《才調集》。

無定河地名，在邊地。**邊暮笛聲，赫連臺畔**晋時赫連勃勃所築，在黄河邊。**旅人情**。無定河入黄河，赫連臺亦在黄河側，是以遥聽河邊笛，臺畔旅人不堪情。**函關歸路千餘里**，回顧歸路渺漠，而催歸意。**一夕秋風白髮生**。一夕之頃，白髮頓生，全因歸意切也。

初過漢江　　無名氏

初至襄陽過漢江時賦之。

襄陽好向峴亭峴山驛亭。**看**，襄陽多名迹，峴山特爲名，故曰好看。**人物蕭條**人物零落，不似昔。**屬歲闌**。非但人物蕭條，歲亦暮矣。説所以蕭條，而下含風雪句。**爲報習家多置酒**，襄陽有習家池，漢襄陽侯習郁池臺古迹，晋山簡爲置酒處，因爲名迹。言襄陽人物蕭蕭不足看，惟習家池宜置酒。「爲報」者，報告友人而宴習家也。**夜來風雪過江寒**。説「爲報」之二字。〇按此詩全篇謂襄陽暴政。蓋峴山，羊祜碑所在。羊祜仁惠人，當時無斯人，故曰「人物蕭條」。「風雪」比暴政。襄陽守于迪輩頗多暴政，豈謂此類乎？全篇有下馬先問峴山碑意。

胡笳曲　無名氏

月朗清朗。**星稀**月朗，故無星彩。**霜滿野**，霜滿野者，謂夜深，非謂月影如霜。**氈車**單于車。**夜深夜**。**宿**竊宿。**陰山**地名。**下**。欲襲我。**漢家自失李將軍**，李廣，漢名將，借比唐家將。李廣從衛青將軍伐匈奴，出東道，失道後期，大將急責。廣耻對簿，自刎。此言「失李將軍」，豈謂哥舒翰戰死乎？**單于**匈奴天子號。**公然**不憚月夜而近我營，故曰「公然」。**來牧馬**。無將可畏，故輕我來牧。此詩不言胡笳。「蓋胡兵近襲，故有此笳聲，因題曰《胡笳曲》」，此注非。此直寫胡笳調，故曰《胡笳曲》。

塞上曲二首　王烈

紅顏歲歲老金微，地名。**砂磧年年卧鐵衣**。少時征戍在金微，年年經沙磧，戰苦，無脱戎衣之暇，紅顏却老蒼。「年年」「歲歲」者，見經年久矣。**白草城中**非城名，蓋胡地草皆白。城者，屯聚所，總指邊庭詞。**春不入**，謂春色不至地。**黄花戍**在北平。**上雁長飛**。塞上無鶯花，春色不入來，但見黄花戍上回雁長飛去，而知春矣。言邊土寒苦，厭久戍意。

其二

孤城夕對戍樓閑，夕暮自閑寂。**回合青冥萬仞山**。高山圍繞，回合青冥，日光不見，蓋言險惡。**明鏡不須生白髮，風沙自解老紅顔**。言不須照鏡而知白髮生，日日被風沙，則紅顔之老可知焉。又厭久戍之詞，二首最爲酸楚。

邊詞　張敬忠

謂邊地苦寒。

五原塞名。**春色舊來遲**，惟非今時春色來遲，舊時已遲。**二月垂楊未挂絲**。**即今河畔冰開日**，冰初解日。**正是長安花落時**。「開」「落」二字相睨。邊地冰開日，正當長安暮春落花時。邊地則冰開，長安則落花，遲速、美惡何如？蓋在邊土而賦之。

九日宴　張諤

秋葉風吹黃秋色染木葉。**颯颯，晴雲日照白**雲色。**鱗鱗**。雲鱗次貌。二句拆「黃葉」而置上下，拆「白雲」置上下，風吹故颯颯，日照故鱗鱗，晚秋狀。**歸來得問茱萸女，今日登高**九日興。**醉幾人**。此詩蓋張諤賦客中九日乎？故不與宴，而憶他人宴也。因歸來問賣茱萸女，而羨醉人多也。賣茱萸，九日故事。

西施石　樓穎

西施微賤時習女禮處。

西施昔日猶曰昔年。**浣紗津，石上**西施浣紗時所坐石。**青苔思殺人**。此石西施所坐，則不能作等閑看，堪思殺。**一去**去猶向，詩語緩。仲言作「用字誤」，恐難從。**姑蘇**西施獻吳王。**不復返**，無復如西施者。**岸傍桃李爲誰春**。此處桃李年年爲春，蓋爲西施浣紗迹故也，而無西施，桃李徒爲春已。

和李秀才邊庭四時怨・秋　盧弼

元四首，此節二首。

八月霜飛柳遍黃，邊地秋早。**蓬根吹斷雁南翔**。二句説秋色。**隴頭流水**隴水在隴山。《隴水歌》曰：「隴頭流水，鳴聲嗚咽。」則水聲如咽，所以征人悲之也。**關山月**，別離曲。**泣**西役過隴山，莫不回首悲泣，見《秦中記》，「泣」字蓋本於此。**上龍堆**邊庭有白龍堆沙。**望故鄉**。言當此時聞《隴水歌》《關山曲》，豈可堪乎？不覺揮泪上龍堆望故鄉耳。

和李秀才邊庭四時怨・冬　盧弼

朔風吹雪透刀瘢，鬥傷爲瘡痏，雪透刀痕。**飲馬長城窟更寒**。秦時築長城防胡，而遺迹有岩窟，雪中飲泉窟，言征人苦。**夜半火來**烽火。**知有敵**，見烽火而知寇來襲。**一時**悉一軍出，無後時者，故曰「一時」。**齊**齊力。**保**保護。**賀蘭山**。山名。蓋先是取賀蘭山，今夜風雪中，胡人襲而奪之，故保護。又言征人苦戰。

宿疏陂驛　王周

秋染棠梨葉半紅，「紅」自「染」字來，秋色染成紅葉。**荆州東望草平空**。平者，平蕪、平莽之平。東望渺漠，原野接空。**誰知孤宦**孤者，孤臣之孤，謂無賴人也。**天涯意**，宦游於天涯，無所賴意。**微雨蕭蕭古驛中**。古道驛亭微雨中，無可慰心者。

塞下曲　釋皎然

寒塞無因見落梅，塞上寒苦，何因見落梅乎？**胡人吹入笛聲**《梅花落》曲。**來**。聞笛聲，憐之耳。**勞勞亭上春應度**，勞勞亭在金陵，送別處。**夜夜城**城名。**南戰未回**。「夜夜城」「勞勞亭」相對，言故鄉勞勞亭春應度，我則在夜夜城南而事戰，無迎春色，時憐笛中梅花耳。蓋借《梅花落》而寫征戰苦，故題曰《塞下曲》。

宴城東莊　崔敏童

一年又過《選》作「始有」，意同。**一年春**，言光陰易移。**百歲**《莊子》：「上壽百歲。」**曾**乃同。**無百歲人**。無得上壽人。**能向花前幾回醉**，人生無幾，對花而醉亦幾回？**十千沽酒莫辭貧**。漢時金一斤爲錢十千，十千爲美田價，則知此謂酒價貴也。莫辭貧，猶曰勿言貧。

奉和同前　崔惠童

一月主人笑歡笑。**幾回**，問主人之詞，語本《莊子》，見《訓解》。**相逢相值**逢，遇也，值亦同。皆謂邂逅相見而爲興詞。**且銜杯**。**眼**眼前。**看春色如流水**，歲月如流，去而不復還。**今日殘花昨日開**。開花如昨日，而今日已殘花，應見春色易衰如是，人生亦然。蓋爲喚醒語勸酒。

僧院[一]　釋靈一

虎溪借虎溪寫山之幽。**閑月引相過**，閑月勾引我，不覺過此境。**帶雪**山中，故春雪未消。**松枝挂**

薜蘿。薜蘿施古松，山中自然趣。**無限青山行欲盡，白雲深處老僧多**。行盡青山，白雲深處忽有僧院，老僧多住。避世境，真僧院也。老僧，稱高德人詞。

【校勘記】

［一］僧院：《全唐詩》卷八百九作《題僧院》。

律詩附言

《訓解》五七言律，章數、次列同于《選》。而其引證，五律采之《選》，七律采之《解》，餖飣蕪詞而欲觀美焉，以眩于十目，叢脞不可揀擇。初學徒至廢粱肉、味海錯，則贋作弊不爲不少。因除却外蘉、外揵，使人專向諸内，坦坦然就直道。而事實可證，不厭煩碎，詳悉具列，四隅必舉，蓋便不以三隅反者。

律詩有徵事故而解初明矣者。張巡《聞笛》、高適《薊北還》，徵其事，當觀忠烈赫赫溢于詩者。且如沈佺期《再入道場紀事》，則「南方歸去」四字解者紛紛，全無徵故也。此類間有焉，因附「考證」于後。

南土之木，不擇而自美。唐詩之爲良材也，固矣。于鱗氏之爲匠石也，良物不遺，南土遂空。或云綦毋潛《龍興寺》、王昌齡《萬歲樓》格調卑下，《選》不精。然矗矗良材無擁腫卷曲病，與彼樗散樸樕不中規矩者迥别，但少乏棟梁姿，而温雅一色，興象不局，恢恢乎有餘地，則竟不失爲南山中物，於《選》亦何疑？于鱗氏曰：「與其奇也，寧拙。」是爲于鱗氏也，是爲于鱗氏《選》也。仲言動云于鱗《選》之無謂，予亦云仲言云無謂亦復無謂。

江忠囿

五言律　上

野望　　王績

東皋薄暮望，王績居東皋，自號東皋子。**徙倚**遷徙而倚立也。**欲何依**。欲何依，謂無所依。依，倚也，見《國語》註。二句言自東皋望野，暮夕最愁慘蕭瑟，是以或遷徙移步，或倚憑佇立，而無所依親。**樹樹皆秋色**，秋色，言搖落狀。此句說「欲何依」句。**山山惟落暉**。此句貼起句「薄暮」，「惟」字含落暉之外無所見意。二句說野望。**牧人驅**驅逐。**犢返**，往返。**獵馬帶禽**馱所獲禽于馬。**歸**。牧人、獵者向家而返歸，共謂薄暮狀，而有暮歸急取路之態。**相顧無相識**，忽入本意，言顧念世上無一知己者。相識，知己者也。**長歌**謂歌聲長也。**懷采薇**。思采薇人也。懷者，謂戀戀難忘也。七、八句不貽野望，別出本意。然《訓解》云「牧人、獵騎誰爲我相識者」，太非。「相識」者謂知己也，知己豈在牧人、獵者之輩乎？可以見其誤矣。且「相顧」者，非顧見牧人、獵騎，謂顧念世上也。蓋王績念世無知己而不能已，欲同于伯夷採薇之志，故長歌《採薇》而戀戀其人也。結句别出本意。大抵讀律詩之法與讀絶句不同，先分句而可分明起、結、二聯相照應處。如此詩，起句二句含中間二聯意，二聯承起句二句言，而七、八入本意。然起句有突然起者，有徒序事者，不可概論也。

考證：按績字無功，隋大業末舉高第，除秘書正字。不樂在朝，辭，復授揚州六合縣丞，以嗜酒妨政，時天下亂，遂托病，輕舟夜遁，嘆曰：「網羅在天，吾將安之！」乃還故鄉。至唐武德中，詔徵，以前朝官待詔門下省。績弟謂績曰：「待詔可樂否？」曰：「待詔奉薄，但良醖三升，差可戀耳。」待詔江國公聞之曰：「三升良醖，未足以絆王先生。」特判日給一斗。時人呼爲「斗酒學士」。貞觀初，以病罷歸。詩結句曰「長歌懷采薇」，可以證矣。

從軍行　　楊炯

樂府題，借以諷時事。

烽火照西京，長安曰西京。邊方有亂，舉火相告，曰烽火。一句謂邊寇近逼。**心中自不平**。不平，不快也。言楊炯書生而雖不關兵革之事，見烽火則起不平，嘆憂亂故也，故下「自」字。**牙璋**《説文》：「半圭曰璋。」〇按古有璋玉、璋瓚，玉以禮神及朝聘爲瑞，瓚以祼宗廟，牙璋以起發軍旅。**辭鳳闕**，將軍賜牙璋而退宫闕也。**鐵騎**甲馬。**繞**圍繞。**龍城**。匈奴城名，或謂屯聚所也。**雪暗凋**凋落。**旗畫**，**風多雜**雜亂。**鼓聲**。二句言戰鬥狀。風雪中雖旗畫凋落，戰鬥未止。况雪中風聲多而雜亂鼓聲，故鼓聲稀而難聞，則兵卒苦進退。**寧爲百夫長**，隊長。**勝作一書生**。「一書生」猶鯫生，與「高陽一酒徒」之「一」不同。二句爲憤激詞，蓋嘆不遇也。言天子貴邊功，賤書生，故雖百夫長猶勝爲鯫生也。百夫長、千夫長，謂小隊長也。

考證：高宗永隆元年，以裴行儉爲定襄道大總管討突厥，平之。初，上謂裴行儉曰：「卿文武兼資，今授卿二職。」乃除禮部尚書、右衛大將軍，爲定襄道行軍大總管云。據是，此時天子重邊功，以行儉前後建功，特重禮焉。楊炯初授校書郎，永隆之年充崇文館學士。此詩蓋永隆之際所作乎？故頗諷天子重邊將，而有「一書生」嘆。且據《才子傳》「楊炯恃才憑傲，每耻朝士矯飾，呼爲麒麟楦。或問之，曰：『今假弄麒麟戲者，必刻畫其形覆驢上，宛然异物。及去其皮，還是驢耳！』聞者甚不平，故爲時所忌」云，可以見其爲人也。此詩諷意淺露，乃比下太白《塞下曲》諷時事之温厚，則圭角稍露，蓋初唐氣象未正大，且炯之爲人苛刻故爾。

杜少府之任蜀州　　王勃

杜，氏。少府，官。任，任職。

城闕蜀城門闕。**輔**輔佐。**三秦**，關中曰三秦。項羽王秦，三降將于關中，故曰三秦。蜀之襟領也。輔者，蜀城以三秦形勝地而爲輔也。《博物志》曰：「地以名山爲輔佐。」「輔」字本于此。**風烟望五津**。言蜀中有五津阻隔，而限風烟而相望。五津名見《訓解》。二句皆言蜀中要害地，而見杜少府重任也。《訓解》作「望別路風烟，惜別」者，非。**與君**指杜。**離別意**，惜離別意。**同是宦遊人**。與君俱宦遊人，則去任固難定。杜今暫之任蜀，他日復去在何處？是以惜離別意同深。**海內存知己**，存知己者，非謂知己之人存在，蓋存知己交也。存者，猶不忘，謂不變知己交也。**天涯**謂遠地。**若比鄰**。五家曰比，比亦鄰也。二句一意，言知己交不忘，則縱隔天涯而住，猶在比鄰。**無爲**《詩經》字面。**在岐路，兒女共沾巾**。岐路，所分別地。在者，含躊躇意。無爲者，謂無所爲念，猶不耐念。結句承後對二句意而言，蓋少府之任要害地，志願足矣，則雖隔天涯而住，知己不忘，猶在比鄰。雖則丈夫志如此，然臨別離時，踟蹰岐路，不覺泪沾衣巾爲兒女態也，不能忍而堪之，故曰「無爲」。《詩》曰：「寤寐無爲，涕泗滂沱。」《疏》解「無爲」作「寤寐中更無所爲念」。《訓解》云：「豈可臨岐而效女子之沾巾乎！」如此説解「無爲」，猶曰無爲兒女子之態也。然「無爲」本于《詩經》，則解不穩，語意亦不妥貼，讀者審諸。

晚次樂鄉縣　陳子昂

縣在荆州江陵之地，襄州襄陽郡。

故鄉杳杳渺。**無際**，無際限。**日暮且**辭○無意義。**孤征**。「孤征」非己獨赴征途，「孤」猶「孤宦天涯意」之「孤」，謂無所賴也。此時子昂從武攸宜征伐，武攸宜非名將[一]，且此征伐有不合子昂意者，此曰「孤征」，下曰「此時恨」，皆述懷詞也。**川原迷舊國，道路入邊城**。《訓解》以舊國爲「所經過國」，曰「故鄉」「舊國」語若重疊，且解「迷」字爲「迷失舊國所經」，甚妄説。舊國，古國也，與故鄉何同？二句言征途之所經古國邊城，故川原舊矣，徑路難尋，而前程行入邊，所以迷路也。《訓解》説不可從。**野戍**置戍人所。**荒烟斷**，戍所人少，炊烟荒廢。斷者，斷續之斷，謂戍烟斷而還連，非斷絶。**深山古木平**。行入深山，古木平鋪。二句説舊國。**如何此時恨，噭噭**叫同。**夜猿鳴**。二句言何將此時怨恨切而堪聞夜猿聲乎？如何者，無如何也。

考證：《訓解》云：「按子昂嘗爲武攸宜參軍從征契丹[二]，此在道而懷鄉也。」某案《訓解》爲「征契丹時作」者固是，然此詩作「述懷鄉之意耳」，則太粗，蓋不考事實之誤矣。中宗嗣聖十三年秋九月，周免囚奴，遣武攸宜將之以伐契丹，陳子昂爲總管武攸宜參謀，上疏曰：「制免天下罪人及募諸色奴充兵討擊契丹，此乃捷急之計，非天子之兵。況當今天下忠臣勇士萬分未用其一。契丹小孽，假命待誅，何勞免罪贖奴，損國大體邪？」據是，討契丹之舉有不合子昂本意，且悲時世岌岌，有罷官而還鄉意，故起句發思鄉意。果聖曆初解官還鄉云，則不二年而罷官歸也。此詩多苦征途而思鄉意者，全發於不平也，可以爲證。

【校勘記】

[一]攸：底本脱，據《新唐書·陳子昂傳》補。

[二]武攸宜：底本訛作「武誼」，據《唐詩訓解》卷三改。

春夜別友人　　陳子昂

此詩蓋子昂留別友人詩也。

銀燭《訓解》引「燭銀」注，全見《丹鉛録》。銀燭者，燭有清光而如銀也。**吐清烟**，吐者，吐納之吐，烟光之盛發如含物而吐出。**金尊對綺筵**。筵席。○「金」「綺」者，稱之云。對猶敵。金尊美、綺筵盛相等也，二句稱盛筵。**離堂思琴瑟**，**別路繞**繚繞。**山川**。思猶戀。二句言於離堂奏琴以慰別離。然別路邈矣，山川繚繞，思再會復在何年？是以戀戀于琴瑟，不能遽去也。**明月隱高樹**，隱與没同。**長河**天河。**没**沉同。**曉天**。**悠悠洛陽去**，「悠悠」非別路邈矣，在洛陽而悠悠過年意。「去」字輕看爲是。**此會**友人會。**在何年**。二句言子昂去洛陽悠悠過年月，則再會在何年也。

考證：評云：後聯二句似秋景，予謂據後聯，「春夜」當作「秋夜」，蓋傳寫所誤乎？「明月」「長河」豈春夜象乎？案光宅元年，子昂有詣闕上書，武后奇其才，遂拜麟臺正字，累遷拾遺云。據是，此詩子昂去鄉而初入洛時所作乎？故諸友寵送之。因一、二句言盛宴，且題稱「友人」而不題名者，則諸友贈之，不可指名故也。

送別崔著作東征［一］

陳子昂

崔著作，崔融。

金天秋天。**方肅殺，白露始專征**。七月白露初降日，專征伐，見《月令》。**王師非樂戰，之子**指崔。**慎佳兵**。佳兵者，《老子》語。二句言佳兵非王所樂以戒崔，而非戒崔以含諷時王意。**海氣侵南部**，南方部落。**邊風掃北平**。郡名。二句一意，言青海戰氣、邊庭陰風侵擾南部、北平，而宜不用戰而一掃也。**莫賣盧龍塞，歸**歸日。**邀**取。**麟閣名**。「麟閣」注見絶句。○二句全勿事變詐而建功也，蓋言撥亂之道在德不在戰，而戒之。《訓解》甚誤。「賣盧龍塞」，事見《通鑑》，可以審之。盧龍，幽州屬郡名，北方水多黑色，故曰盧龍郡，北人謂黑爲盧，水爲龍，盧龍即黑水也。

考證：盧龍出烏桓之道，蓋崔融所征地同，故用田疇賣盧龍之事。《通鑑》曰：曹操將擊烏桓。初，袁紹數遣使召田疇，疇皆拒之。然每忿烏桓多殺其本郡冠蓋，意欲討之而力未能。至是操遣使辟之，疇即至，隨軍次無終。時方水雨，而濱海洿下，濘滯不通，虜亦遮守蹊要，軍不得進。疇曰：「此道秋夏有水，淺不通車馬，深不載舟船，爲難久矣。舊北平郡治在平岡，道出盧龍，達于柳城。自建武以來，陷壞斷絶，尚有微徑。若回軍，從盧龍口越白檀之險，出空虚之地，路近而便，掩其不備，蹋頓可不戰而禽也。」操令疇將其衆爲鄉導，上徐無山，塹山堙谷五百餘里，經白檀，歷平岡，涉鮮卑庭，東指柳城。未至二百里，虜乃知之。尚、熙與蹋頓等將數萬騎逆軍。八月，操登白狼山，卒與虜遇，縱兵擊之，虜衆大崩，斬蹋頓降者二十餘萬云云。既還，科問前諫者[二]，皆厚賞之，曰：「孤前行，乘危以徼幸，不可以爲常。諸君之諫，萬安之計，是以相賞，後勿難言之。」封田疇爲亭侯。疇曰：「吾始爲劉公報仇，率衆遁逃，志義不立，反以爲利，非本志也。」固讓不受。後操復欲封之。疇上疏陳誠，以死自誓。操使疇所善夏侯惇喻之。疇曰：「負義逃竄之人耳，蒙恩全活，爲幸多矣，豈可賣盧龍之塞以易賞禄哉！必不得已，請效死，刎首於前。」言未卒，泣涕横流。惇以白操，操知不可屈，乃拜議郎。

【校勘記】

［一］送別崔著作東征：《全唐詩》卷八十四作《送著作佐郎崔融等從梁王東征》。

［二］科：底本訛作「許」，據《資治通鑑·漢紀》改。

蓬萊三殿侍宴奉敕咏終南山[一]　杜審言

三殿，注于下。

北斗掛城邊，長安城上直北斗。掛者，本作挂，《增韻》：「挂物也。」城邊，謂城隅。**南山倚**倚者，如人倚凴。**殿前**。蓬萊殿前。**雲標**雲末。**金闕**宫闕。**迴**，迴者，迴迴，言雲間金闕往往在。**樹杪**梢同。**玉堂懸**。與「掛」不同，懸，懸絕也。樹外玉堂遥高。**半嶺通**交通。**佳氣**，帝居氣。佳氣、山氣交通于半嶺也，嶺與殿相對故也。**中峰繞瑞烟**。中與「半」不同，中，滿也，非中央之中。言佳氣交通嶺上，滿峰皆起瑞烟。**小臣**自言謙辭。**持**非把手，心持之也。**獻壽**，欲獻南山壽也。「獻」上含「欲」字。**長此戴堯天**。此句不接上句，別起意，言長仰天子仁德也。戴，仰也。《史記》曰堯之爲君「其仁如天」，「堯天」本于此。

考證：說者不知三殿說，漫說，可謂疏漏之甚，因訂其誤以便後學。《訓解》引大明宫内紫宸[二]、蓬萊、含元等殿爲三殿，太非。按唐宣政殿是爲正衙，而垂拱直其北，紫宸乃在東偏，則紫宸屬宣政殿。又杜詩注云「貞觀間營永安宫，後改爲大明宫，又改名蓬萊宫。咸亨初，改蓬萊宫爲含元殿」云，可見大明、蓬萊、含元等名异而實一也。據是，《訓解》可謂妄説。且《通鑑》曰：「太后始御紫宸。」則紫宸正衙，視朝之所，非内殿侍宴之所，乃以紫宸足三殿，可謂杜撰。考《通鑒》：「貞觀八年十月，營大明宫以爲上皇清暑之所。」《一統志》云：「大明宫在西安府治東北五里，唐東内也。後改曰蓬萊，又改曰大明。」據是，蓬萊清暑殿則宜爲宴。或説三殿蓬萊、拾翠、紫微也，學士直院者，故詔從翰林經三殿而出云，是或然。是知審言被許出入于三殿，因侍宴，故題稱「蓬萊三殿」以見其榮寵。不然，題「侍宴蓬萊」可也。又按《唐詩解》引《南部新書》：「大明宫中有麟德殿，其殿三面，亦以三殿爲名。」然前説近是。

【校勘記】

[一]蓬萊三殿侍宴奉敕咏終南山：《全唐詩》卷六十二作《蓬萊三殿侍宴奉敕咏終南山應制》。

[二]宸：底本訛作「震」，據《唐詩訓解》卷三改。

和晉陵陸丞早春遊望　杜審言

晉陵，地名。陸丞，《訓解》作「陸丞相」，「相」疑衍字。

獨有宦遊人，遊歷仕宦人也。**偏驚物**萬物。**候**時候。**新**。言驚節物變改者，特惟宦遊人。**雲霞**寫早春曙色。**出**湧出。**海曙**，**梅柳度江**指揚子江。**春**。**淑**美同。**氣催黃鳥**，出幽谷、移喬木意。**晴光**春光晴明。**轉綠蘋**。蘋藻。**忽聞歌古調**，指陸丞詩。**歸思欲沾巾**。衣巾。

考證：《唐詩解》曰：「『出』『度』『催』『轉』，沈約所謂蜂腰，然不足爲詩病。若以虚字解，『曙』『春』便不復成語。」按「曙」「春」二字讀爲虚字，然不如爲實字之正整。予則從《解》。

和康五望月有懷［一］　杜審言

康，氏。五，兄弟次序。懷，感懷。

明月高秋深秋。**迥**，深秋夜永，故曰「迥」。**愁人**指康五。**獨夜看**。獨處夜也。**暫**暫時。**將弓並曲**，反曲也，弦月暫時並曲如弓。**翻**猶翻手之翻，謂變也。**與扇俱團**。忽爲滿月，如團扇。二句言秋光易移也。**露濯清輝**光輝。**苦**，露冷如濯清輝凝，益寒苦。**風飄**風吹起。**素影**月影。**寒**。月影動揺生寒，拆「苦寒」，互言之。**羅衣**一初同。**此**指月。**鑒**，鑒，《説文》：「從金，監聲。」《廣韻》：「明也，又照也。」此鑒者，羅衣被照于月也。「鑒」訓「視」者，非。**頓**忽同。**使別離難**。難堪別離思。

【校勘記】

［一］和康五望月有懷：《全唐詩》卷六十二作《和康五庭芝望月有懷》。

送崔融　杜審言

君王指中宗。**行出**出宮。**將，書記**崔融時爲書記。**遠從征**。從征伐。**祖帳**祖，送行之祭。帳，酒宴之幔。**連河闕**，地名。一句言送別之盛。**軍麾**麾，旌麾也，所以指麾之旌也。**動**傾動。**洛城**。一句言軍威。君王自出征，故洛陽城中人傾動仰之。**旌旗朝朔氣**，朔氣浮于旌旗。**笳吹**去聲。**夜邊聲**。胡笳響塞。二句言邊庭之狀。**坐覺烟塵**烽烟、馬塵。**掃，秋風古北平**。地名，言此行君王親征，王者無敵，必掃盡烟塵，復于古北平郡也。

考證：《通鑑》：「中宗嗣聖十五年，周武氏以帝爲皇太子、河北道元帥，狄仁傑副之，以討默啜」云云，又曰：「命太子爲河北道元帥以討突厥。先是，募人月餘，不滿千人，聞太子爲帥，未數幾盈五萬」云。

扈從登封途中作　宋之問

封，封禪也。

帳殿《舊唐書》：「御帳殿受朝賀。」蓋行幸時幄帟爲殿。**鬱**盛貌。**崔嵬**，《詩經》字，高峻貌。**仙遊**

稱之詞。**實壯哉**。**曉雲連幕捲**，山雲連接帳幕，曉來同捲收。言山中象也。**夜火雜星回**。山高峻接天，故夜火與星雜聚。**谷暗千騎出**[一]，谷暗者，千騎出谷中故也。**山鳴萬乘來**。山鳴動者，萬乘轟聲也。而《解》爲「暗用嵩呼語」，武帝元封元年，帝親登嵩高，御史官屬在廟旁，咸聞呼「萬歲」三是也。此詩賦封禪事，「山鳴」二字爲「呼萬歲」之意亦可。**扈**從。**遊良**辭。**可賦，終乏掞天才**。我無揚雄才，故可賦而不能，因曰「終乏」。「掞天」見《蜀都賦》：「揚雄含章而挺生。幽思絢道德，摛藻掞天庭[二]」。

考證：《通鑒》：乾封元年朔，祀昊天上帝于泰山南。明日，登泰山，封玉牒，藏之石䃔（石篋也）。又明日，降禪于社首，祭皇地祇。上初獻畢，執事者皆趨下。宦者執帷，皇后升壇亞獻，帷帟皆以錦綉爲之。赦天下，改元。

【校勘記】

[一]騎：《全唐詩》卷五十二作「旗」。

[二]庭：底本脱，據《藝文類聚》卷六十一補。

送沙門弘景道俊玄奘還荆州應制　宋之問

沙門，僧稱。《唐詩解》云：「弘景道俊無考。《舊唐書·方術傳》：僧玄奘，姓陳氏，博涉經論。貞觀初，遊西域。經百餘國，悉解其國之語。貞觀十九年，歸至京師，住慈恩寺，翻譯諸經。以京城人衆，乃奏請逐静翻譯，高宗敕移於宜君山。此云荆州，未詳。」

三乘《選》作「一乘」，今從《解》。**歸净域**，清净區域。三乘者，聲聞、緣覺、菩薩乘，比三僧所乘車。**萬騎**羽林士也。天子從羽林萬騎親餞。中宗景龍元年改羽林千騎爲萬騎。《訓解》引《東都賦》「萬騎紛紜」語，太非。**餞通莊**。六達之道謂之莊。**就日離亭近**，三僧於離亭謁天子，故曰「就日近」，稱寵送。**彌天**僧行圓滿曰彌天。**別路長**。**荆南**荆州之南。**旋**周旋，與徘徊同。**杖鉢**，錫杖、衣鉢。言持杖鉢去，暫遊荆南。**渭北**渭水，在長安。**限**與隔同。**津梁**。言又關河限而音問難通。**何日紆**《說文》：「紆，縈也。縈，收拳也。」蓋證真果，紆收于身也。**真果，還來入帝鄉**。指長安。言何日三僧共證菩提而入帝鄉也，蓋言再會難期而惜別。

長寧公主東莊侍宴[一]

李嶠

長寧公主，中宗女。

別業臨下見青甸，故曰「臨」。**青甸**，東郊。**鳴鑾**稱車。**降紫霄**。稱九霄。**長筵**長，稱筵席詞，謂盛宴也。**鵷鷺**鵷者，鳳屬。《唐書》：「簉羽鵷鷺。」比百官之象也。**集**，**仙管**稱簫管。**鳳凰調**。調，和也。簫爲鳳鳴，雌雄相和，稱公主夫妻歡洽。**樹接**連同。**南山**終南山。**近**，含獻南山壽之意。**烟**水烟。**含北渚遥**。《楚辭》：「帝子降於北渚。」湘水之流謂之北渚。此句言庭前浚池水烟深故，如含畜北渚宛在其中也，本「帝子降於北渚」語。**承恩**恩命。**咸已醉**，「已醉」與既醉同。《詩》：「既醉以酒，既飽以德。」**戀賞**戀戀賞玩，不能辭宴。**未還鑣**。鑣，馬銜也。

考證：《唐書·公主傳》：長寧公主，韋庶人所生，下嫁楊慎交。造第西京，右屬都城，左頫大道，築山浚池。帝及后數臨幸，置酒賦詩。

【校勘記】

[一]長寧公主東莊侍宴：《全唐詩》卷五十八作《侍宴長寧公主東莊應制》。

恩敕麗正殿書院賜宴應制得林字[一]　張説

東壁圖書府，東壁二星主文籍，言此書院天下圖書藏府也。秘書省謂之東壁。**西園**魏陳思王曹植西園而與諸才子夜遊，以比玄宗集諸賢于書院賦詩。**翰墨林**。翰墨爲林之意。一句言此書院惟非藏書之府，集諸子或賦詩，翰墨爲林，如陳思王遊西園之故事。稱玄宗好文。**誦詩聞國政，講易見天心**。一句言在此書院而所聞見無非道義者。《詩》以觀政，故誦《詩》則預聞國政仁恩。講《易》則見天地生生。言玄宗優好學而國政和平，仁恩如天地也。**位竊和羹重**，《書・説命》：「若作和羹，爾爲鹽梅。」借寵傅説事以自比，言説位卑，而寵之如和羹鹽梅臣，蓋謂知己遇也。**恩叨醉酒深**。《詩・既醉》篇：「既醉以酒，既飽以德。」德，恩也。此句本于此。《既醉》歌太平也。「醉酒深」三字照「賜宴」二字。**載**則同。**歌春興曲**，載字承上。言玄宗好學仁恩如上所言，則宜乘興發歌曲也。春興曲，指所賦詩，非曲名。**情竭爲知音**。知音，伯牙子期之故事，借以比詩調。玄宗善詩人，故云爾。

考證：《通鑑》：上置麗正書院，聚文學士，或修書，或侍講。以張説爲使，有司供給優學。中書舍人陸堅以爲無益徒費，欲奏罷之。説曰：「自古帝王於無事之時，莫不崇宫室，廣聲色。今天子獨延禮文儒，發揮典籍，所益大，所損者微。陸子之言何不達。」〇《唐書・張説傳》：召説與禮官學士置酒集仙殿，曰：「朕今與賢者樂于此，當遂爲集賢殿。」乃下制改麗正書院爲集賢殿書院，而授説院學士。

【校勘記】

［一］恩敕麗正殿書院賜宴應制得林字：《全唐詩》卷八十七作《恩制賜食於麗正殿書院宴賦得林字》。

還至端州驛前與高六別處　張説

端州，屬嶺南。還至端州驛，句。别處，先與高六同至是而爲别之處也。

舊館舊爲别之處。**分江**地名。**口，凄然**凄凉。**望落暉**。含悲哀意。**相逢**前是相逢之時。**傳旅食，**言初貶時與高六同到此驛，途中相傳旅食共食。傳，轉也，與换同。**臨别换征衣**。旅衣也，言自此驛分散异謫所，因脱征衣而相换别，别後欲見之爲記念也。**昔記山川是，**記昔時之事，惟山川如疇昔。**今傷人代非**。今日來見，則高六已死，不在世上，故曰「非」。世作「代」，詩語寬故。**往來皆此路，**指端州驛。**生死不同歸**。己歸，高不歸。

幽州夜飲　張説

宴也。

凉風吹吹送。**夜雨，蕭瑟**寒凉貌，見《楚辭》。**動寒林**。二句言幽州夜雨趣，不堪寂寥。**正**當此時。**有高堂宴，能忘遲暮心**。遲暮謂老年，《楚辭》字。言正有高堂宴，亦難忘遲暮愁心也。「有」字句中眼，有宴猶難忘，况平時乎？說出守邊，故云爾。**軍中宜劍舞**，不忘武備。**塞上重笳**胡笳。**音**。重，謂愁聲，笳聲不輕飄，響塞故也。**不作邊城將，誰知恩遇**天子值遇。**深**。言劍舞胡笳所樂，雖然，不作邊將則誰豫此榮寵乎？說出守邊，可謂不遇，而云爾者，蓋爲反辭以述己不遇。

宿雲門寺閣　孫逖

《一統志》：在浙江紹興雲門山，晋王獻之居。此嘗有五色祥雲，詔建寺，號雲門。

香閣謂佛寺。**東山下，烟花象**景象。**外幽**。言此地人間興象外，别有一段幽邃，烟花特美。**懸燈**佛燈。**千嶂夕**，千嶂分，佛燈照夕。**卷幔**帳。**五湖秋**。五湖秋色在目前。**畫壁餘鴻雁**，閣古矣，壁畫只餘鴻雁。**紗窗宿斗牛**。閣高矣，斗牛宿于此。**更疑天路近**，登天路。**夢與白雲遊**。南齊褚伯玉故事。《南齊·高逸傳》：褚伯玉居瀑布山三十餘年，隔絶人物。王僧達爲吴郡，苦禮致之，伯玉不得已[二]，停郡信宿而退。王僧達答丘珍孫書曰：「褚伯玉先生從白雲遊舊矣。」

【校勘記】

［一］已：底本訛作「乞」，據《南齊書·褚伯玉傳》改。

幸蜀西至劍門

玄宗皇帝

玄宗巡幸蜀，至劍門賦焉，事粗見《訓解》。

劍閣劍閣門，蜀中襟口。**橫雲**橫架于雲上。**峻，鑾輿出狩回**。帝避亂于蜀，故託巡狩而言之。**翠屏**峻險如屏。**千仞**高千仞。**合**，山山相合，如屏。**丹嶂**山之高峻者謂之嶂。《增韻》：「山峰如屏障者。」**五丁開**。《輿地廣記》：昔秦伐蜀，不知道，作五石牛，以金置牛尾下，言能糞金，欲以遺蜀。蜀王負力而貪，乃令五丁開道引之，秦因滅蜀，謂之石牛道。五丁，五人丁男。開者，辟。開山之迹今尚在。**灌木縈**纏縈。**旗轉**，言雜木纏旗，難行，故轉路而行。**仙雲拂馬來**。**乘時**《易》：「時乘六龍御天。」謂治天下也。**方在德**，用劍閣銘語。**嗟**美嘆。**爾**指孟陽。**勒**刻也。**銘才**。言在德不恃險者，當乘時而治天下也，因嗟嘆孟陽語。蓋玄宗悔悟，意在言外。

事實：《晉書》：張載，字孟陽，博學有文章。太康初，至蜀省父，道經劍閣。載以蜀人恃險好亂，因著銘以作誡。益州刺史張敏見而奇之，乃表上其文，武帝遣使鐫于劍閣山焉。其辭曰：「昔在武侯，中流而喜。河山之固，見屈吴起……興實由德，險亦難恃……覆車之軌，無或重迹。勒銘山阿，敢告梁益。」

塞下曲　李白

樂府題。

塞虜乘秋下，匈奴至秋，馬肥弓勁，則入塞。下者，入塞也。**天兵**《長楊賦》：「天兵四臨，幽都先加。」**出漢家**。天兵征虜。**將軍分虎竹**，分符賜將軍。虎竹者，兵符也。**戰士卧**衽金草意。**龍沙**。匈奴地名。**邊月隨弓影**，邊月追隨弓影而相照。**胡霜拂劍花**。花，光。拂，《說文》：「過擊也。」言胡霜擊拂劍光也。**玉關**玉門關。**殊未入**，本班超「但願生入玉門關」語，言邊寇如此，人人苦征戰，生入玉門殊不可知。殊，絶也。殊有訓「必」者，《韓信傳》：「軍皆殊死」，注：「必也。」有訓「异」者，《孟子》：「非天之降才爾殊〔一〕」，注：「异也。」是殊當訓「絶」，蓋絶無入玉關之念也。**少婦莫長嗟**。言少婦當無長嗟也，莫訓「勿」。以玉關未可入而思及少婦之長嗟。

【校勘記】

〔一〕天之：底本脱，據《孟子·告子章句上》補。

秋思　李白

樂府戍婦詞也。

燕支匈奴山名。**黃葉落**，想像詞，言黃葉應落時。**妾望**方此時，遥相望。**自登臺**。不得不登，故曰「自」。**海上**青海上。**碧雲斷**，碧雲斷絶，只慘淡色耳。作「音問絶」者，未審。**單于**匈奴君號。**秋色來**。乘秋色來。**胡兵沙塞合**，圍合。**漢使玉關回**。道路不通故也。**征客無歸日**，**空**徒同。**悲蕙**香草。**草摧**。摧殘。言我夫應無歸日，徒悲容貌衰老耳。蕙草比容貌。此詩言夫妻暌離之極而以述征伐之苦，而辭不迫切，渾厚如玉，盛唐口氣，可以爲模範也。

送友人　李白

青山横北郭，白水繞東城。爲别地山水美，北郭則青山縱横，東城則白水繚繞，「青」「白」相睨而以寫其景色。**此地一爲别**，於此佳麗地而爲别，特難别。**孤蓬萬里征**。如孤蓬隨風而轉，不知所之。二句言再會難期。**浮雲遊子**漂泊人。**意**，無定所也。**落日故人**自稱。**情**。惜落日情深。**揮手**分手。**自茲**

去，蕭蕭班馬鳴。班，别也。《左傳》：有班馬聲。馬離群而相嘶也。「蕭蕭馬鳴」，《詩經》字面。

送友人入蜀

李白

見説蠶叢路，《蜀王本紀》曰：蜀王之先名蠶叢、柏濩、魚鳧、蒲澤、開明，是時人民椎髻哤言，不曉文字。從開明上到蠶叢，積三萬四千歲。**崎嶇**險也。**不易行**。**山從人面起**，險山突然起于面前，言登涉難。**雲傍馬頭生**。漸入雲際故也。**芳樹籠秦棧**，路險，架木而渡。**春流繞蜀城**。二句亦言險。《訓解》以「芳樹」「春流」爲「慰其意」，非。《圖經》：「棧道連空，極天下之至險」云云，且《蜀道難》注引《郡國志》云：「褒城縣北口曰斜，南口曰褒，長四百七十里，同爲一谷，兩谷高峻，褒水所流」云云，「春流」亦謂此乎？然則棧道之谷流達蜀城而繚繞也，亦謂至險。**升沈**人間盛衰。**應已定**，天命有定。**不必問君平**。漢嚴君平賣卜于成都。因言人間浮沉自有定，何必須問嚴君平卜而定焉。蓋友人不遇而漂泊于蜀中乎，故全篇言蜀中行路難而嘆友人所之窮途，終言天命有定以慰其意。太白蜀人，固嘗蜀中艱難，故曰「見説」。結句與杜詩「憑將百錢卜，漂泊問君平」相反。《訓解》爲「矯俗語」者，非。

秋登宣城謝朓北樓　李白

宣城，地名。謝朓，南齊人，爲宣城内史。北樓，謝朓建，在府治北。

江城如畫裏，山曉望晴空。二句言北樓曉望，城如在畫里，而空霄晴明。**兩水**《一統志》：「雙溪在寧城下，二水合流。」**夾明鏡**，雙溪折地分流，如夾明鏡。**雙橋**《一統志》：「鳳凰橋在府城東南泰和門外，濟川橋在府東陽德門外，並隋開皇中立。」**落彩虹**。橋斜如落虹。**人烟**人家炊烟。**寒橘柚，秋色老梧桐**。二句言晚秋蕭散，照題「秋」字。言梧桐葉落，秋色特衰老，但人烟中見橘柚亦寒冷耳。**誰念北樓上，臨風懷**思慕。**謝公**。李白好古之人，謝朓後無謝朓，所以思慕之也。世人無好古之意，誰念我登樓之所思乎？蓋言無同懷之人也。

臨洞庭　孟浩然

湖在岳州。

八月湖水平，秋水漲。**涵虚**水清，涵蓄太虚于水底。**混太清**。天也，水勢混同于天。**氣蒸雲夢**

澤，雲與夢二澤相連，雲氣蒸，升於澤中。**波撼岳陽城**。頹波打城而如搖動。二句寫洞庭空曠壯觀。**欲濟無舟楫**，觀洞庭險而難濟，感世路艱難。**端居**《卓氏藻林[一]》曰：「端居，猶安居。」孟終初志，不仕，故云。**恥聖明**。聖明朝而不仕，可恥之甚。**坐觀垂釣者，徒有羨魚情**。此句與張衡《歸田賦》「無明略以佐時，徒臨川以羨魚」意同，蓋言無其才而徒羨仕宦之無益也。《訓解》引董仲舒「臨淵羨魚不如退結網」語者，頗不切當。《訓解》又云：「孟初不欲仕，臨湖而有此嘆者，豈孟本意也乎？」其説不足辨，不可從。

考證：《岳陽風土記》：「孟浩然《洞庭》詩『波撼岳陽城』，蓋城據湖東北[二]，湖面百里，常多西南風[三]，夏秋水漲，濤聲喧如萬鼓，晝夜不息。」

【校勘記】

[一]藻：底本誤作「叢」，據《卓氏藻林》改。

[二]城、湖：底本脱，據《岳陽風土記》補。

[三]西：底本誤作「東」，據《岳陽風土記》改。

題義公禪房[一]　孟浩然

義公習禪寂，習，閑習之習。禪寂，《訓解》引《維摩經》「一心禪寂，攝諸亂惡」，蓋謂入禪定也。**結**

宇屋寓。**依**倚也。**空林**。習静，故不厭無人境。**户外一峰秀**，孤峰當户。**階前衆壑深**。階臨壑谷而危。**夕陽連雨足**，山中陰晴异。**空翠落庭陰**。山頂蒼翠照中庭陰暗處，故曰「落」。此句貼「一峰秀」。《訓解》爲「空翠滿庭」，粗。**看取蓮花净，方知**解也。**不染心**。熟看蓮華净而方知義公不染心。

【校勘記】

［一］題義公禪房：《全唐詩》卷一百六十作《題大禹寺義公禪房》。

終南山

王維

太乙終南别號。**近天都**，《關中記》：終南一名中南，在天之中，居都之南。故曰「近天都」。**連山到海隅**。至東海側隅而皆終南山夤緣，謂山之廣。**白雲迴望合，青靄入看無**。言四顧則白雲四合，不見山。前面則山靄，入看而白雲無。**分野中峰變**，《訓解》注「中峰」：「北爲雍，爲井鬼，其南則爲梁、爲荆，爲翼軫。」蓋謂中峰分星宿而跨諸州也，亦見山之廣。**陰晴衆壑殊**。殊，异也。**欲投**託也。**人處宿**，**隔水問樵夫**。隔水問者，有遥相呼態，寫山中之幽邃。

考證：《雍録》曰：「終南山横亘關中南面，西起秦、隴，東徹藍田，凡雍、岐、郿、鄠、長安、萬年，相去且八百里，而連綿峙據其南者[一]，皆此之一山也。」秦詩曰：「終南何有，有條有梅。」毛氏曰：「終南，周之名山中南也，中南即終南也。」又武功縣有太一山、垂山。《漢志》引古文而曰：「太壹者，終南也。」又《關中記》：「終南，南山之總名，太一山之别名。」

【校勘記】

[一]其南：底本脱，據《雍録·南山》補。

過香積寺

王維

《雍録》曰：「寺在長安子午谷正北微西。」

不知香積寺，數里入雲峰。言我未知此中有寺也，偶入雲峰數里。起句突然起，得見偶過之意。**古木無人徑，**徑，小路。無人徑，無來往路。**深山何處鐘。**忽聽鐘聲而知有寺，言幽深之趣。**泉聲咽危石，**寫至寺景。水聲如悲咽，碎于危石故也。**日色冷青松。薄暮空潭**潭底虚明。**曲，**隈。**安禪**安居而入禪定。**制**制斷。**毒龍。**喻慾心。王維奉佛人，故欲逃禪也。

登辨覺寺　王維

竹徑從初地，蓮峰出化城。佛寺也，初從竹徑而入，到蓮峰而見寺，故云「出化城」。出者，猶曰現。「化城」之事見《訓解》，可並考。「初地」者，用初地菩薩之事，則暗含悟入，經位階而至佛心意。本集注引《華嚴經》：「長者論：初地菩薩見自身真如佛性，名見道位。」**窗中三楚盡，**分楚爲西楚、東楚、南楚。**林外**《訓解》作「上」，非。**九江**即洞庭。**平。**九江水平。二句上方大觀。**嫩草承趺坐，**趺坐，禪坐。草柔軟，宜承足趺。**長松響梵聲。**經聲。**空居法雲外，觀世得無生。**言法雲覆世界，而此地出世界之外，故曰「法雲外」。「空居」者，謂徒暫居住亦得無生悟也。「無生」者，《華嚴經》：一切法無來無生。

考證：《唐詩解》曰：「寺無考。」按詩中云「蓮峰」，則疑在華山之頂，復云「楚」「九江」，則又當在荆、吴間也。

送平淡然判官　王維

不識陽關道，新始同。**從定遠侯。**後漢班超封定遠侯，比時主將。**黄雲**《説文》：「黄，土之色也。」**斷春色，畫角起邊愁。瀚海**北方沙磧，群鳥解羽于此。**經年別**，悲久別。**交河**出天山，其水分流。**出塞流**。言出塞則交河分流，行路難進，況窮瀚海遠地，應經年別。**須令外國使**，謂虜使。**知飲月支**大宛西有月支國。**頭**。言以邊愁不可摧折英氣，虜使若窺我，則可以示威也。翻用匈奴破月支王而以其頭爲飲器之事，見《訓解》。

送劉司直赴安西　　王維

劉，氏。司直，官。

絶域絶遠國，指安西。**陽關道**，言安西絶遠國，出陽關而赴之。**胡沙**作「烟」，非。**與塞塵**。此外無所見。**三春時有雁**，春末偶有雁。**萬里少行人**。**苜蓿隨天馬，蒲萄逐漢臣**。苜蓿、蒲萄、天馬，共大宛名產。言必當令西域服從，名產隨逐來。大宛在西域，安西亦在西域，故用大宛之事。《前漢書·西域傳》：「大宛左右以蒲萄爲酒……俗嗜酒，馬嗜苜蓿。……多善馬，馬汗血，言其先天馬子也。」師古曰：「大宛有高山，其上有馬不可得，因取五色母馬置其下，與集，生馬皆汗血，因號曰天馬子云。」**當令外國懼，不敢覓和親**。結句同前首，謂示威于外國也。疑此時外國强大，而或有建和親議者，故數言示威外國之事以激之乎？

送邢桂州　　王維

邢，氏。桂州，邢時守桂州。

鐃小鉦也。《周禮》注：「如鈴，無舌，有秉。」軍法：卒長執鐃。**吹**笛籥類。**喧京口**，地名。**風波下洞庭**。言自京口發船時壯行裝，鐃吹喧喧，破風波而下洞庭也。**赭**火赤貌。**圻**赭圻，吴所置屯所。**將虚字**，無意義。**赤岸**，山名。洞庭之交，過赭圻赤岸山。**擊汰**《楚辭》字。汰，水波也。**復揚舲**。擊汰，汰復揚舲，有「舟摇摇以輕颺」之態。**日落江湖白**，潮色。**潮來天地青**。潮來者，潮之滿也。天地青，映潮故也。以「赭」「赤」「青」「白」而寫洞庭景。**明珠歸合浦**，**應逐使臣星**。用使星之事，見《訓解》。言合浦珠應逐使星歸也，言邢廉潔。漢之合浦，唐之桂州，故云爾。

使至塞上　　王維

單車李陵書：足下昔以單車使，入萬乘虜。**欲問邊**，天子命使問邊事。**屬國**官名，屬國都尉，主蠻夷降者。王維時爲屬國。**過居延**。城在陝西甘州。**征蓬**征途如蓬轉。**出漢塞**，離漢地。**歸雁入胡**

天。寫北雁入胡。**大漠孤烟直，長河落日圓**。寫胡地渺漠景。**蕭關逢候騎**，斥候騎士。**都護**官名，並護南北二道，故謂都護。**在燕然**。山名，言燕然者，蓋用後漢竇憲大破北單于，登燕然山而勒功之事。此時王維蓋聞破匈奴之捷，故云爾。

考證：按《雍録》曰：「蕭關在原州高平縣東南三十里。漢文帝時匈奴入蕭關，即此也。神龍三年於隋它樓縣置蕭關縣，特取古關名之，非漢蕭關地也。」

觀獵

王維

風勁角弓鳴，遥聞弓弦也。角弓，以獸角而製之弓，非筋角之角。**將軍獵渭城**。長安側。二句言聞獵響而知將軍田獵也。**草枯鷹眼疾，雪盡馬蹄輕**。二句寫冬獵趣。**忽過新豐市**，將軍歸路之所經過。**還歸細柳營**。將軍屯所。**回看射雕處**，謂匈奴地，匈奴善射雕，故云爾。**千里暮雲平**。邊塞無警，將軍閑暇而能遊獵。借觀獵而言太平象。

考證：按《雍録》辨細柳所在曰：「萬年縣東北三十里有細柳營，相傳云亞夫屯軍處，今按亞夫屯在咸陽西南二十里。又曰：細柳原在長安縣西北十三里，非亞夫營也。又曰：細柳倉在咸陽縣西南十五里，漢舊倉，周亞夫次細柳，即此是也[一]。」

【校勘記】

［一］此：底本脱，據《雍録·細柳棘門霸上圖》補。

五言律　下

送張子尉南海　岑參

子，人之嘉稱。尉，小官也，尉安也，從上按下也。

不擇南州尉，《莊子》：「夫事其親者，不擇地而安之，孝之至也。」**高堂有老親**。張子爲親禄仕，故不擇僻地小官。**樓臺蜃氣結爲樓**。**重**猶「重笳音」之「重」。**蜃**大蛤也。**氣，邑里雜**雜居。**鮫人**。鮫人見《南都賦》：從水中出，寄寓人家，賣綃。二句言土風异。**海暗三山雨，花明五嶺春**。海氣暗催三山雨，花光明爲五嶺春，一片雨，一片晴，謂風景异。三山、五嶺，共在南中。**此鄉**海南。**多寶玉，慎勿厭清貧**。多寶貨則人易變操，因戒張子之詞。

寄左省杜拾遺

岑參

左省，《舊唐書·職官志》：門下省，龍朔中改爲東臺，故稱左省。杜拾遺，肅宗立，杜甫奔行在，上謁，拜左拾遺。

聯步岑與杜同朝。**趨**行而張足曰趨。謂急趨而行，敬也。**丹陛，分曹**杜爲拾遺，岑爲補闕，分署左右，故曰「分曹」。曹，署也。**限紫薇**。中書省植紫薇花，唐制。**曉隨天仗**唐制，殿下兵衛曰仗。**入，暮惹御香歸**。言隨例逐隊而朝，而已無一事補益。**白髮悲**感同。**花落，**自傷衰老而奉職之無補，故每看落花有感。**青雲羨鳥飛**。杜尚壯，則達青雲上，猶鳥高飛。**聖朝無闕事，自覺諫書稀**。實非無闕事，言不行，故默而已。然云爾者，則反語以傷奉職無益，且以激杜。

登總持閣

岑參

高閣逼諸天，諸天，佛語。**登臨近日邊**。指長安。**晴開萬井樹，**《漢書·刑法志》：「一同百里，提封萬井。」**愁看五陵烟**。五陵，漢時諸陵。感代之變態，故曰「愁看」。**檻外低秦嶺，**指南山。**窗中小**

渭川。四句説登臨。**早**謂少壯時。**知清净理，常願奉金仙**。佛者金色，故曰「金仙」。言一登臨之頃已有所得，因嘆悟入之晚矣。

送劉評事充朔方判官賦得征馬嘶　高適

劉，氏。評事，官。充，當也。征馬嘶，樂府。

征馬向邊州，蕭蕭嘶未休。向邊州故也。《詩》：「蕭蕭馬鳴。」**思深常帶別**，征馬常別人，故別思深。**聲**馬聲。**斷**凄斷。**爲兼秋**。二句説征馬嘶。**歧路**臨別處。**風將遠**，嘶風聲，行相遠。**關山月共愁**。**贈君**我賦《征馬嘶》相贈。**自此去**，君亦自此處而别去。**何日大刀頭**。大刀有環，取義于「還」字，出古樂府，言還歸何日。

送鄭侍御謫閩中　高適

鄭，氏。侍御，官。閩中，閩越。

謫去君[一]指鄭。**無**勿。**恨**，一句慰侍御遠謫。**閩中我舊過**。經過。**大都**略同。**秋雁少，只是**

夜猿多。雁少，無所慰心；猿多，催旅愁耳。言南中旅途愁慘。**東路雲山合，南天瘴癘**南海多癘風瘴氣。癘者，四時之不和病，瘴亦癘也。**和**。言東南雖雲山，合乎王化之所，及瘴癘氣已融合，而行路無恙。東、南互而言之。**自**自然。**當逢雨露**，比恩澤。言鄭必當被召反。**行矣**句。**愼風波**。言無以遠謫而爲意，宜行去矣。但南方多水，宜愼風波也，餘不足憂之。

【校勘記】

［一］去：底本誤作「居」，據《全唐詩》卷二百十四改。

使青夷軍入居庸　高適

軍，屯聚所。居庸，塞名。

匹馬行將夕，征途去行去。**轉難**。征途至夕暮而益難進。一句言行路難。**不知邊地別**，風氣异中土。**祇訝**疑怪。**客衣單**。行入邊地而不知寒苦之异，却怪我客衣之薄。**溪冷泉聲苦**，苦寒。**山空木葉落**。**木葉乾**。乾枯。**莫言關塞**塞，邊界也。**極**，勿言此地苦寒至極。**雨雪**《詩經》字。**尚漫漫**。自是以往入居庸境，則雨雪漫漫，行路難進。蓋至青夷軍而入居庸日賦之乎？

自薊北歸　高適

薊北，幽州。禄山亂，哥舒翰敗，適佐翰，故賦敗軍之憤。

驅馬敗走。**薊門北，北風邊馬哀**。邊馬哀鳴，關于我也。叠「北」字、「馬」字，敗走之中率意作，不覺重復乎？却爲妙。**蒼茫遠山口，豁達胡天開**。**五將**漢宣帝時使五將出塞，借比當時將。**已深入**，深入塞，是將之失計。**前軍止半迴**。戰死多。**誰憐不得意**，時適佐翰守潼關，監軍諸將不恤軍務，敗走，故曰「不得意」。**長劍獨歸來**。徒帶長劍而已，不能爲之用而空歸來。

考證：《唐書·高適傳》曰：適，字達夫，滄州渤海人。少落魄，不治生事。客梁、宋間，宋州刺史張九皋奇之，舉有道科中第，調封丘尉，不得志，去。客河西，河西節度使哥舒翰表爲左驍衛兵曹參軍，掌書記。禄山亂，召翰討賊，即拜適左拾遺，轉監察御史，佐翰守潼關。翰敗，帝問群臣策安出，適請竭禁藏募死士抗賊，未爲晚，不省。天子西幸，適走間道及帝於河池[一]，因言：翰忠義有素，而病奪其明，乃至荒踣。監軍諸將不恤軍務，以倡優蒲簺相娛樂，其敗固宜。又一二中人監軍更用事，是能取勝哉？臣數爲楊國忠言之，不肯聽。故陛下有今日行，未足深耻。帝頷之云云[二]。據是，適走間道及帝于河時作乎？而適忠憤見于詩者可以證。

【校勘記】

［一］池：底本訛作「地」，據《新唐書·高適傳》改。

［二］領：底本訛作「領」，據《新唐書·高適傳》改。

醉後贈張九旭　高適

世上漫相識，此翁殊不然。言世上交態輕薄，其稱相識者亦漫耳。旭固任真人，故其爲知己交亦真。因下言旭之真。**興來書自聖，**旭善書，然興來便書，不必勉書，但任真。**醉後語尤顛。**顛，狂也。因醉，狂態益甚。**白髮老閑事，青雲在目前。**二句言旭不羈。青雲，謂達官。在目前者，謂仕宦之易達。言旭之才，青雲之路易達而非所欲，但以閑散而至老年。**牀頭一壺酒，能更幾回眠。**結句照題「醉後」二字，言適喜就旭之床頭而屢得醉眠，蓋旭以相識能遇之故爾。《訓解》曰「思飲床頭酒而不能久卧」，不知何言，不可從。

登兗州城樓　杜甫

杜閑爲兗州司馬，子美省覲，故詩有「趨庭」語。《訓解》曰「天寶初客東都作」，是也。

東郡兗州，漢東郡。**趨庭**《論語》字。**日**，謂省父日。**南樓縱目初**。言因省父東郡而初得大觀名迹。**浮雲連海**東海。**岱**，岱山。**平野入青徐**。二句言樓之大觀，言遠之連接海、岱，近之跨青、徐二州。**孤**危嶮意。**嶂秦碑**《史記》：秦始皇東遊，上鄒嶧山，刻石頌功德。**在**，存在于今。**荒**荒凉。**城魯殿**兗州，魯所都，漢以封共王，共王好宫室。**餘**。宫殿不全存而遺址尚在，故曰「餘」。**從來多古意**，**臨**登臨。**眺**眺望。**獨躊躇**。與徘徊同。言我多懷古意，故登臨之頃戀戀不能去。

房兵曹胡馬[一]　杜甫

房，氏。兵曹，官。

胡馬大宛名，以産于大宛稱名。**鋒稜**骨相如劍鋒威稜。**瘦骨清**[二]。謂不凡。**竹批**字書：「批，手擊之也。」「批」猶批鱗之「批」。言馬之雙耳峻如削筩，故觸之則如竹批。《馬經》：「耳欲鋭而小，如削筒。」此句本于此。然「批」爲「削」者，非。**雙耳峻，風入**馳時生風。**四蹄輕。所向無空闊**，廣遠也，千里駿不事廣遠。**真堪託**依託。**死生**。乘之則堪依託死生。**驍騰**謂壯健。**有如此，萬里可橫行**。可以橫行匈奴地而顯奇勳，然不爲之用，空老耳。全譬兵曹有俊才，不爲國家用也。

【校勘記】

［一］房兵曹胡馬：《全唐詩》卷二百二十四作《房兵曹胡馬詩》。

［二］清：《全唐詩》卷二百二十四作「成」。

春宿左省　杜甫

宿，直宿。左省，公爲左拾遺，屬門下省，而門下省在東，故曰左省。

花隱中書省植薔薇花。花隱者，花影向暮而漸漸隱藏也。**掖垣**中書省掖門垣。**暮，啾啾**《廣韻》：「小聲也。」《說文》：「小兒聲也。」**棲鳥過**。**星臨**照臨。**萬户**宮中有千門萬户。**動**，星彩搖動。**月傍九霄**帝王所居。**多**。曰「臨」、曰「傍」，共言星月近逼，見夜之深。**不寢聽金鑰**，終夜不寢，卧聽開户扃之金鑰而知將曉。鑰，鎖也。**因風想玉珂**。珂，朝馬飾也，因風傳玉珂響，想早朝之人。**明朝有封事，數問**

夜如何。《詩經》字。明朝將上封事，故數問夜也。《唐志》：補闕、拾遺掌供奉諷諫，大事廷爭，小事上封事。時公爲左拾遺。

秦州雜詩　杜甫

秦州，天水郡，屬隴右道。按《秦州雜詩》十首，乾元元年公論房琯事，貶華州司功，屬關輔饑，弃官去，客秦州，遂有此作。

鳳林戈兵戈。**未息**，河州有鳳林縣，北有鳳林關，唐時陷于吐蕃。**魚海**縣名，河州衛。**路常難**。**候火**斥候烽火。**雲烽峻**，設候火于險阻所。**懸軍幕井乾**。幕下井中水枯乾，山中無水故也，言征人苦。懸軍者，所謂「鄧艾伐蜀，懸軍深入」是也，蓋謂潛軍而凌越山險也。《訓解》引挈壺氏懸井之事，非也。幕井，注引《易·井卦》辭，亦非，當爲將軍幕下井而見。**風連西極**指吐蕃地。**動**，風塵扇動。**月過北庭**地名，本烏孫土，唐立庭州。**寒**。西北共兵象，故風月寒凉。**故老思飛將**，漢李廣事，故老之人能解事，故思得如李廣者而拂盡吐蕃也。**何時議築壇**。漢高祖築壇拜韓信爲大將軍之事，借以嘆當時無拜名將之議，豈此時有人而不用乎？《訓解》曰「子儀退罷，時杜懷之」，或然。

送遠　杜甫

送于遠人也。送，與贈同。

帶甲《史記》：「帶甲百萬。」**滿天地，胡爲君遠行**。胡爲者，怪之詞。哀兵亂中事遠行，別後相憶也，非送別。**親朋盡一哭，鞍馬去孤城**。二句追憶別時。親朋者，指所送人，言如爾親朋盡去于一哭之頃，而爾後復未見親朋，徒追憶昔日乘鞍馬去孤城狀耳。《訓解》爲「親朋相送皆一哭」，如無害，然「盡」與「去」相睨，句中眼，且不謂已，謂他親朋相送，亦不穩，故難從。**草木歲月晚，關河霜雪清**。別後歲月已晚矣。草木變衰，霜雪清肅，馳思關河，哀其寒苦。**別離已昨日**，言憶別離時如昨日，歲月已晚矣，因嘆流光瞬息。**因見古人情**。此句不貼上句，結收全篇辭。言因別離哀而知古人之別情也，意謂不逢別離者奚知別離哀，因知別離哀而始見古人別情深，亦益切。《訓解》說不分明，不可從。

題玄武禪師屋壁　杜甫

何年顧虎頭，晉顧愷之，小字虎頭，善丹青，圖畫尤妙。**滿壁畫滄洲**。仙境。**赤日石林氣**，石林日氣赫赫。**青天江海流**。海接天，共言畫寫真。**錫飛常近鶴，杯渡不驚鷗**。二句蓋因途中有鶴、鷗而言，蓋禪師固無競争心，故錫飛常與鶴群；固無機心，故杯渡海自不驚鷗。翻用誌公、白鶴道人、杯渡師、海上翁之事，以稱禪師德。**似得廬山路，真隨惠遠**比禪師。**遊**。對圖畫之頃似真遊廬山，復言畫寫真。

玉臺觀　　杜甫

公自注：「勝王造。」觀在高處，其中有臺，號曰「玉臺」也。唐高祖子勝王元嬰嘗遊息於此。《一統志》：觀在保寧府城北七里。

浩劫因王造，道書：惟有元始浩劫家。浩劫謂往古，一説殿大階級曰浩劫。此詩「浩劫」與「平臺」相睨，爲大階亦可。**平臺**漢梁孝王臺以比。**訪古遊**。來訪古時遊賞。**綵雲蕭史駐**，蕭史善吹簫，秦穆公妻女弄玉作鳳臺居焉，見《列仙傳》。言望彩雲則疑蕭史來駐。《唐詩解》曰：「蕭史與勝王無關，疑别有所指。又按七律有『嬴女吹簫』之句，則觀中當有公主遺迹。然不可考矣。」**文字魯共留**。魯共王治宫室，欲壞孔子舊宅，以廣聞鐘磬琴瑟之聲，遂不敢壞，復于其壁中得古文經傳云。按此文字者蓋指碑文乎？復以魯共比勝王。留者，留遺蹤也。**宫闕通群帝**，宫高，應通于群帝居也。《山海經》：雲雨之山，有木名曰欒，禹群帝取藥。本集注：「道書云：『天有群帝，五方之帝也。』」**乾坤到十洲**。十洲事見《訓解》，仙境也。言此中便十洲乾坤。二句稱勝王遺蹤。**人傳有笙鶴，時過北山頭**。言有人傳之云：北山頭時時聞笙聲，且見鶴過，豈非勝王之魂來往乎？勝王違世無幾而遺蹤荒廢，則宜然感慨益深。《訓解》解結句「時過」作「今仿佛聞之」，非。串爲「人傳之辭」，可。「笙鶴」爲「用王子晋事」，亦不可。

觀李固請司馬題山水圖[一]　杜甫

李，氏。固請，名。司馬，官。

方丈山名。**渾**潭同。**連水，天台總映雲**。言方丈接水遥，天台入雲高，共圖中所畫。《天台賦》：「涉海則有方丈、蓬萊，登陸則有四明、天台。」**人間長見畫，**羈絆人間中，不能登涉山水，常於畫觀焉耳。**老去恨空聞**。徒聞天台之名山，至老而身未至。**范蠡**越王臣。**舟偏小，**范蠡以爲大名下難以久居，爲書辭勾踐，乘舟浮海以行。舟偏小者，小舟外無餘財也。**王喬鶴不群**。王喬，仙者，乘鶴去人間，出群類。因圖中有舟、鶴而及范蠡功就而去、王喬昂昂不群之事，而公未免羈絆，故羨耳。於觀圖之頃亦寓懷古意，是公千歲獨步。**此生隨萬物，**生涯任萬物之擾擾。**何處出塵氛**。去何處出離世塵。

【校勘記】

[一]觀李固請司馬題山水圖：《全唐詩》卷二百二十六作《觀李固請司馬弟山水圖三首》，此詩爲

其二。

禹廟　杜甫

在忠州。

禹廟空山裏，秋風落日斜。至時日已落，秋風泠涼。**荒庭垂橘柚，**《禹貢》：其包橘柚。小曰橘，大曰柚。見橘柚垂實而憶昔年所貢。**古屋畫龍蛇。**所畫龍蛇，便憶治水時所驅而放之。二句稱禹之功績。《孟子》曰：「禹堀地而注之海，驅龍蛇而放之菹，水由地中行，江、淮、河、漢是也。」**雲氣生虛壁，**雲氣生壁間，言廟屋荒涼。**江聲走白沙。**自禹治水，水有所歸，至今水聲不溢，順流如走。**早知**早知者，謂禹少壯時已知解治水經畫。**乘四載，**四載者，舟、車、輴、樏，見孔氏傳。輴，以板爲之，其狀如箕，擿行泥上。樏，山行所乘，以鐵爲之，其狀似錐，施之履下以行山，不蹉跌。**疏鑿**疏通、開鑿。《孟子》所謂「堀地注之海」是也。**控**控引也。**三巴。**巴縣並巴東、巴西。禹曾鑿峽而控三巴水。禹廟蓋在三峽側，故云爾。

旅夜書懷　杜甫

公去蜀，流落雲安、夔州時所作乎，故詩中多流落嘆。

細草微風岸，危檣獨夜舟。二句對起，寫夜泊趣。避風浪，故繫舟細草微風岸，最不堪獨處夜思。**星隨平野闊，月湧大江流。**今夜星月亮朗，星隨平野之所盡而照，月兼江潮之盈而如湧，平野空闊，大江湧流，無所慰意。**名豈文章著，**著，顯也。當時右武左文，顯名豈在乎文章乎？**官因老病休。**言我辭官而退者，全因老病無所爲而休退耳。未遇以文顯名時，老且病，官亦難達，不遇嘆深一層。蓋曾以房琯之事貶華州，後弃官去。「因老病休」云者，寓微意其中。**飄飄何所似，**生涯飄零，無可比者。**天地一沙鷗。**天地間惟一鷗漂泊，稍似我流落無所依。

舟下夔州郭宿雨濕不得上岸別王十二判官[一]

杜甫

舟下夔州郭宿，句。○本集注「大曆元年春晚自雲安遷居夔州時作」云，此時乃始下，于夔州郭宿止船也。王，氏。

依沙沙岸。**宿**止也。**舸船，**舸，大船也。**石瀨月娟娟。**春月相映，故石瀨亦娟娟美。瀨，湍也。**風起**風忽吹起，催雨。**春燈亂，**燈火明滅于風，故曰「亂」。春燈者，謂燈火盛焰。**江鳴夜雨懸。**江鳴，雨添江聲也。雨懸者，雨脚遥降也。翻手之頃明暗异，興象喜憂易地，己舍別判官意。**晨鐘雲外濕，**聞曉鐘于雲外，聲重如濕。**勝地**勝絶地。**石堂**地名，夔州佳處。**偏。**《訓解》作「烟」，非。言雨中勝景地惟石堂而已，故曰「偏」，而恨身不克至彼。**柔艣輕鷗外，含悽**含悽惻意。**覺汝賢**。柔艣，小櫓也，必竟謂小舟，與起句「舸船」相反。二句言至曉雨未歇，風起浪湧，况大舸不自由，因不克上岸别判官，徒悽惻。而傍見小櫓蕩輕鷗外，而始覺小舟之自由賢於大舸。汝者，指柔艣。賢字妙，説題「不得上岸」意。情興並至，可謂千載絶技。《訓解》爲「因想判官賢」，「賢」字無意義，且「覺」字太不通，解「覺」爲「想」，可謂强解。或説指輕鷗爲「汝」，曰「不如鷗之泛泛得自在」者，「外」字無所貼，且意味不穩，不可從。此句誤解者多，讀者詳悉諸。

【校勘記】

[一]舟下夔州郭宿雨濕不得上岸别王十二判官：《全唐詩》卷二百二十九作《船下夔州郭宿雨濕不得上岸别王十二判官》。

岳陽樓[一]　杜甫

在岳州。《一統志》曰：「在府治西南。」《風土記》：「城西門樓也，下瞰洞庭。」莫詳創始。唐刺史張説嘗與才士登此樓，有詩百餘篇，列於樓壁。

昔聞洞庭水，今上岳陽樓。二句對起，言昔徒聞洞庭湖水空曠耳，今則得臨洞庭也。蓋含嘆因漂泊身上而偶爲斯大觀意。**吴楚東南坼**，洞庭，吴楚分境，故其水勢分坼吴楚地而流。一句言形勝。**乾坤日夜浮**。湖闊而如環海，天地日月浮漂乎此中。一句言空闊。**親朋無一字，老病有孤舟**。二句忽入感慨，言身流落斯遠境，故雖親朋音問絶無。一字者，寸楮亦不至也。况老且病，所恃有孤舟耳。**戎馬關山北**，指吐蕃亂。**憑軒**檻軒。**涕泗流**。暫憑軒之際，傷己之漂泊，哀時之亂離，俄頃涕泗流。公蓋自嚴武卒去蜀，遊雲安、夔州，又去，流落岳陽，亂離未已，故此詩哀傷最甚。

【校勘記】

［一］岳陽樓：《全唐詩》卷二百三十三作《登岳陽樓》。

次北固山下　王灣

次，再宿曰信，過信曰次。北固山下，鎮江府治北，下臨長江，其勢險固。

客路青山外，行舟緑水前。二句對起，山外則驛路，山前則舟路。外者，謂遥隔，前者，謂近臨。**潮平兩岸闊**，潮滿則兩岸闊遠。**風正**風定，故曰「正」。**一帆懸**。謂往來客船也。**海日生殘夜**，海上日出早。**江春入舊年**。江南自冬而發春。二句謂風土异。**鄉書何處達，歸雁洛陽邊**。何處達者，猶曰託何處達，而無所託，但寄書歸雁耳。

考證：按《才子傳》：「王灣，開元十一年榜進士，與學士綦毋潛契切。……後往來吴楚間，多有著述，如《江南意》一聯云：『海日生殘夜，江春入舊年。』詩人以來，罕有此作。張燕公手題於政事堂，每示能文，令爲楷式」云。據是，則此詩遊歷吴楚時作也。而曰「《江南意》一聯」者，題名各有所傳乎？

江南旅情　　祖詠

楚山不可極，歸路但蕭條。言楚山重叠，行路不可極，又去歸吴，則歸路蕭條，無所慰心。全嘆窮途生涯也。**海色晴看雨**，謂旅途所見。**江聲夜聽潮**。謂夜泊趣。**劍留南斗近**，劍留者，謂己留滯。近者，劍氣接南斗也。**書寄北風遥**。洛陽在北遥，臨北風而寄書也。**爲報**爲報者，報答之也。蓋洛陽友人請橘，因寄書答之，故曰「爲報」。**空潭橘**，空者，謂潭清瑩。蓋橘宜水處，洞庭橘類可見，故曰「空潭橘」。仲言「空潭橘」爲「未詳」，非。**無媒寄洛橋**。言空潭橘雖美，無媒寄之，則徒相思耳。無媒者，暗含江南橘逾淮而爲枳意。此註《訓解》不分明，不可從。

考證：按祖詠，洛陽人，後移家歸汝墳間別業，以漁樵自終云。此詩蓋遊歷楚中而答故鄉人，故結句有「爲報」語。

蘇氏別業　祖詠

別業居幽處，卜居幽間。**到來生隱心**。到即發起隱遁心。**南山**終南山。**當**對也。**户牖，灃水**水名，在南山側。**映園林**。**竹覆經冬雪**，竹簧深，餘雪未消，覆藏經冬之雪。**庭昏未夕陰**。草木蔚茂，中庭昏暗，未夕而陰。四句説幽隱趣。**寥寥**謂無人聲也。**人境外**，出人境喧喧外。**閑坐聽春禽**。聽禽鳥聲耳，無人聲。

望秦川　李頎

關中別號秦州，關中東有函谷，南有嶢關，北有蕭關，故曰關中。此詩蓋在京望秦川也。

秦川朝望迥，廖遠也。**日出正東峰**。二句説曉望。**遠近山河净**，秋望净潔。**逶迤**長曲貌。**城闕重**。二句稱秦州形勝地而净者，謂秋色也。**秋聲萬户竹，寒色五陵松**。二句忽入感慨，草木摇落，但萬户竹多秋聲，五陵松聳寒色。五陵，漢諸陵，在長安。**客**自稱。**有歸與**《論語》字。**嘆**，嘆息。**凄其**《詩經》字。**霜露濃**。霜露凄凉，催歸鄉嘆。

宿龍興寺　綦毋潛

在襄陽府。

香刹《釋氏要覽》：刹，音與察同，梵語。中華言竿，即幡柱。《增韻》注：僧寺也。**夜忘歸**，照題「宿」字。**松清古殿扉**。忘歸者，則松影入殿扉而清翠可愛故也。**燈明方丈**故事見《訓解》。**室**，法燈照暝暗，本一燈燃百千燈事。**珠繫比丘衣**。比丘，僧別號。寶珠比佛德，稱僧衣莊嚴。**白日傳心浄**，以心傳心，如白日歷歷。**青蓮喻**比喻。**法微**。微妙。佛經以蓮喻法者多，故云爾。**天花落不盡，處處鳥銜飛**。用諸天雨華事。落不盡者，雨華多也。

胡笳曲　王昌齡

樂府題，咏胡笳。

城南虜胡虜。**已合**，已合者，謂合圍不可解初。「城南」非有所指，「戰城南」，樂府語，故用「城南」字。**一夜幾重圍**。夜中圍益重。**自有金笳引**，曲引。**能令出塞飛**。重圍不可解，但自飛笳聲以却胡人耳，故曰「自」。《出塞》者，曲名。**聽**聞聽之聽，猶曰聲。**臨關月苦，清入海風微**。《關山月》《海風》共曲名，苦辛楚也。微，幽微也。言聲臨關月而辛楚，清和海風而幽微。**三奏高樓曉，胡人掩泪歸**。三奏後不堪笳聲悲，胡人掩藏泣泪，解圍而歸去。全用晋劉琨爲胡騎所圍，中夜奏胡笳，賊流涕欷歔，遂解圍而去事，而賦胡笳感人也。

同王徵君湘中有懷　張謂

八月洞庭秋，瀟湘水北流。瀟湘北流入洞庭，張謂北人，因以羨北流起興。**還家萬里夢，爲客五更愁**。夢中暫爲還家喜，覺來則復爲客。**不用開書帙，偏宜上酒樓**。言廢看書而但以酒，可消客愁也。《訓解》：「五更豈開書帙時乎？」不知何謂。**故人京洛滿，何日復同遊**。張謂，河内人。滿者，誇交遊之多也。謂自弱冠從戎營、朔，方十年，且流滯薊門。後官爲禮部郎，無幾何，出使。據是，在京洛日少，宜念切京洛。

破山寺後禪院[一]　常建

《訓解》：「今虞山興福寺。」然所在未詳。

清晨入古寺，即破山寺。**初日照高林**。説古寺清凉景色。**曲徑**斜徑也。**通幽處**，幽深處。**禪房**指題「後禪院」。**花木深**。**山光悦鳥性**，鳥浴山光，心性和悦。**潭影**山木蔭澄潭。**空人心**。潭底虚明，對之人心亦空虚。空，去聲，虚也。**萬籟此**此地。**俱寂**，**惟聞鐘磬音**。寂静之處，感鐘磬音特深。

【校勘記】

［一］破山寺後禪院：《全唐詩》卷一百四十四作《題破山寺後禪院》。

渡楊子江　丁仙芝

在儀真縣南，經通、泰二州，入于海。魏文帝嘗至廣陵，觀兵臨江，見波濤汹湧，曰：「嗟乎，固天所以限南北也！」即此。

桂楫《楚辭》：桂櫂蘭枻。楫與櫂同，桂、蘭取其香潔。**中流望**，**空波**水波虚明。**兩畔**畔，界也。兩畔者，揚子江、潤州城。**明**。水光映兩畔。**林開楊子驛**，林間看驛亭。**山出潤州城**。山上出潤州城，説「兩畔」。**海盡**謂至海所盡也。《訓解》「海盡」爲「近海」，非。**邊音**［一］謂邊庭騷擾。**静**，静寧。**江寒朔吹生**。二句言方今南海無騷擾，朔吹更生江寒耳。**更聞楓葉下**，**淅瀝**風聲也。**度秋聲**。秋聲渡江來。

結句說秋興。

【校勘記】

［一］音：《全唐詩》卷一百十四作「陰」。

聞笛　張巡

禄山亂，張巡數有戰功，後敗死。此詩在軍中作。

岧嶢山高貌，此謂樓高。**試**窺敵虛實。**一臨**，一登臨。**虜騎附**依也，近也。**城陰**。城北也。謂虜騎兵勢盛而圍不可解。**不辨風塵**謂兵亂。**色，安知天地心**。言決戰而不掃風塵暗暗色，則奚知天地之心在治乎，在亂乎？蓋言欲決治亂于一戰之志也。事見考證。此註《訓解》不分明，不可從。**門開邊月近**，胡虜近逼。**戰苦**此時上皇蒙塵于蜀，朝廷聲聞不通，援兵不至，而張巡守節決戰，故云爾。**陣雲深**。**旦夕更樓**與戍樓同。更，代也，又戍卒也。**上，遥聞横笛音**。胡虜近逼故也。

考證：禄山亂，令狐潮攻雍丘，潮與張巡有舊，於城下相勞苦如平生。潮因說巡曰：「天下事去矣，足下堅守危城，欲誰爲乎？」巡曰：「足下平生以忠義自許，今日之舉，忠義何在？」潮慚而退。圍守四十餘日。潮聞上皇已幸蜀，復以書招巡。大將六人，白巡以兵勢不敵，且上存亡不可知，不如降賊。巡陽許諾。明日，堂上設天子畫像，帥將士朝之，人人皆泣。引六將於前，責以大義，斬之。士心益勸。城中矢盡，巡縛藁爲人千餘，被以黑衣，夜縋城下[一]，潮兵爭射之，得矢數十萬。乃以死士五百斫潮營。潮軍大亂。潮益兵圍之。巡使郎將雷萬春於城上與潮相聞，語未絶，賊弩射之，面中六矢而不動。潮疑其木人，使諜問之，乃大驚，遥謂巡曰：「向見雷將軍，方知足下軍令矣，然其如天道何！」巡謂之曰：「君未識人倫，焉知天道！」未幾，出戰。賊乃夜遁。賊將尹子奇寇睢陽。張巡入睢陽，與許遠拒之有功，而援兵不至，尹子奇久圍睢陽，城中食盡而堅守待援兵。茶紙既盡，遂食馬；馬盡，羅雀掘鼠；雀鼠又盡，巡出愛妾，殺以食士。城中知必死，莫有叛者。城遂陷，巡、遠俱被執。據之，巡忠義可概見。且答令狐潮曰「未知人倫，焉知天道」，此詩前聯曰「不辨風塵色，安知天地心」，其言粗相類。豈在雍丘之軍而賦之乎？

【校勘記】

[一]夜縋城下：底本「縋」後衍「下」字，據《新唐書·張巡傳》删。

岳陽晚景

張均

晚景寒鴉集，向晚鴉栖宿。**秋風旅雁歸**。鴻雁乘秋風來。**水光浮日出**，落日没湖中，故水光浮出。**霞彩映江飛**。晚霞色激射江光，故曰「飛」。二句晚景。**洲**水中可居者。**白**蘆花色。**蘆花吐**，花發如歐出，狀蘆花。**園紅**秋色所染。**柿葉稀**。二句狀晚秋景。**長沙**岳陽，漢屬長沙。**卑濕**《賈誼傳》語。**地，九月未成衣**。南方土地卑下而暑濕多，至秋盡未成寒服，言風土异。

穆陵關北逢人歸漁陽

劉長卿

穆陵關，在青州大峴山上。《左傳》「南至穆陵」者即是。

逢君題「人」字。**穆陵路**，途中相逢。**匹馬向桑乾**。河名，歸漁陽之所經。**楚國蒼山古**，穆陵關屬楚，楚舊國，山色蒼蒼耳。蒼，老貌也。蓋言亂後蕭條也。《訓解》曰「觀楚國，惟蒼山爲舊物」，非。**幽州白日寒**。自是以往幽州間，無人行，白日凜凜耳。**城池百戰後**[一]，**耆舊幾家殘**。祿山亂，漁陽最甚，是以耆舊家多殘滅。**處處蓬蒿遍，歸人掩泪看**。悲亂後，故不耐看。

【校勘記】

[一]池：底本訛作「地」，據《全唐詩》卷一百四十七改。

題松汀驛　張祜

驛之所在未審。

山色遠含空，遠山半入空也。**蒼茫**廣遠貌。**澤國東**。此驛蓋後通山、前臨水，故云爾。**海明先見日**，「海日生殘夜」意。**江白迥**寥遠也。**聞風**。風聲遠相傳。言驛前眺望。**鳥道高原去**，《南中八志》：「鳥道四百里。」特上有飛鳥道耳。**人烟小徑通**。二句驛後眺望。而曰「鳥道」、曰「五湖」，驛蓋在吴、蜀之間乎？**那知舊遺逸，不在五湖中**。言此驛之側宜逸民栖，託是以念彼五湖中固逸民所隱，則今尚奚知無舊遺逸乎？蓋張祜因在松汀驛而得隱趣，念及五湖乎？《訓解》曰：「古時之遺逸，乃有不居五湖中而在此中者。」語意不穩，不可從。而驛之所在不可考，則不可强解。

聖果寺　處默

《一統志》作「勝果寺」，在杭州鳳凰山右。

路自中峰上，盤盤曲。**回**縈回。**出薜蘿**。草木蔚茂，故山下路没，乃見攀躋者出薜蘿，自中峰而上。**到江吳地盡，隔岸越山多**。二句言眺望闊。寺蓋臨錢唐。錢唐，吳越之分境，故云爾。**古木叢**叢，聚也。**青靄**，靄，山氣也。**遥天浸白波**。水天一色。**下方城郭近，鐘磬雜笙歌**。下方笙歌，上方鐘磬，幽中有喧，喧中有幽，言聖果寺勝絶趣。

七言律　上

古意　沈佺期

《古意》，與《擬古》《效古》同，齊梁間有此題。

盧家少婦鬱金堂，梁武帝《河中之水歌》：「河中之水向東流，洛陽女兒名莫愁。十五嫁爲盧家婦，十六生兒字阿侯[二]。盧家蘭室桂爲梁，中有鬱金蘇合香。」鬱金香，草也。起句本於此。**海燕雙棲玳瑁梁**。二句寫「艷妻煽方處」狀，興而比也，以盧家莫愁起興，以海燕雙栖比夫妻歡洽。曰「鬱金堂」、曰「玳瑁梁」，並言居處盛，全述盧家莫愁之歡樂，下入戍婦怨。**九月寒砧**漸逼寒候，砧聲亦寒凉。**催木葉**，此句轉入戍婦詞，言方九月授衣之時，寒候已逼，戍婦急於授衣。况木葉催摇落，秋將盡，是以擣衣急遽，杵聲寒凉，辛苦何如乎，全异盧家歡樂人。按《唐詩紀事》「催木葉」作「催下葉」，「催木葉」辭雅而意稍滯，「催下葉」意圓至而辭稍拙，姑以不失雅爲是。**十年征戍**戍役。**憶**猶曰不忘。**遼陽**。《漢書·地理志》遼東郡遼陽縣：「大梁水，西南至遼陽入遼。」**白狼河**在青州，指夫之所在。**北音書斷**，遠戍所賴者，音書而已，然斷絶，生死難分。言怨恨至切。**丹鳳城南**謂長安城南者，指戍婦所居。**秋夜長**。言長安繁華處，誰苦秋夜長者，耿耿不寢，如有殷憂者，獨戍婦耳。**誰爲**《論語》字。**含愁獨不見**，曲名。含愁者，謂懷抱未抒。因歌《獨不見》以自慰。**更**添一層恨，故曰「更」。**教明月照流黄**。流黄，絹素色，蓋謂帳帷類明月所照，所以益惱殺人也。

考證：按計有功《唐詩紀事》云：沈佺期《古意》贈喬知之。知之，武后時爲補闕。知之有寵婢曰碧玉，知之爲之不婚，爲武承嗣所奪，知之作《緑珠篇》寄之，而末句云「百年離別在高樓，一旦紅顔爲君盡。」寵者結于衣帶，投井而死。承嗣見詩，太恨，知之坐此陷亡云。據是，此詩以「盧家少婦」起興，比寵妾與武承嗣爲海燕雙栖之契，而以「九月寒砧」以下戍婦怨而比喬知之獨夜怨恨，以訴怨爾。解者不深考，徒以爲戍婦詞。凡唐人詩，非無病而呻吟者，此可以見焉。喬知之《緑珠篇》曰：「石家金谷重新聲，明珠十斛買娉婷。昔日可憐君自許，此時歌舞得人情。君家閨閣不曾關，好將歌舞借人看。富貴英雄非分理，驕奢勢力横相干。別君此去終不忍，徒勞掩泪傷紅粉。百年離別在高樓，一旦紅顔爲君盡。」

【校勘記】

［一］十六生兒字阿侯：底本脱，據《樂府詩集》卷八十五補。

龍池篇　沈佺期

龍池，樂章，玄宗時所製也。

龍池躍龍《易》乾卦九四曰：「或躍在淵。」**龍已飛**，乾九五：「飛龍在天。」言躍龍變爲飛龍，比玄宗登極。**龍德**《易》語。**先天天不違**。《易》語。玄宗自潛龍時而禎祥已見，是「先天」也。遂登極，是「天不違」也。**池開天漢分黃道，龍向天門入紫微**。天度爲赤道，日度爲黃道。東井，雍州秦分野，而黃道之所經，直長安。黃道之中有天淵，又東井主水衡，因曰「開天漢分黃道」，言分天之黃道，中淵水而爲龍池，則此池所開鑿非人巧，蓋天意也。**邸第**邸，《說文》：「屬國舍也。」師古曰：漢制，郡國朝宿之舍在京師者率名邸。是玄宗爲諸侯時邸第。**樓臺多氣色，君王鳧雁有光輝**。言玄宗已登極，舊邸之樓臺增氣色。君王每所玩鳧雁，殊被光輝。君王指玄宗。**爲報寰中百川水，來朝此地莫東歸**。此祝登極詞，有萬國來王之意。言百川之水本皆歸於東海，雖然，龍池已有登極瑞，則宜來朝此地，因報告百川之水勿東歸也。

考證：《唐書·禮樂志》曰：「初，帝賜第隆慶坊，坊南之地變爲池，中宗常泛舟以厭其祥。帝即位，作《龍池樂》，舞者十有二人，冠芙蓉冠，躡履，備用雅樂，唯無磬。」又按開元元年，內出祭龍池樂章，編入雅樂。十六年，築壇於興慶宮，以仲春之月祭之。紫微令姚元崇等十人奉和聖製，爲樂章十篇，其詞皆七言律體，而大府少卿佺期一篇格調獨高。

侍宴安樂公主新宅應制　沈佺期

安樂公主，中宗女。

皇家貴主好神仙，言所好不在富貴。**別業初開**言新開鑿山池也。**雲漢邊**。新宅在高處。**山出起於面前。盡如鳴鳳嶺**，山形皆像鳴鳳山。鳳翔府有鳴鳳山。**池成不讓飲龍川**。即渭水也。二句言山池形勝不減長安山川，蓋爲公主優寵异諸公主。**妝樓翠幌教春住，舞閣金鋪**扉上飾。**借日懸**。二句謂仙境，而與起句相應。蓋妝樓之帳幌翠留春色，故四時長春也。扉上之金鋪輝如日，故不辨晝夜也。四時之不知，晝夜之不分，是便神仙境致。**敬從乘輿來此地**，猶曰至如是仙境。**稱觴獻壽樂鈞天**。奏鈞天樂也。

考證：《唐書》曰：「安樂公主，最幼女。帝遷房陵而主生，解衣以褓之，名曰裹兒。姝秀辯敏，后尤愛之。下嫁武崇訓。帝復位，光艷動天下，侯王柄臣多出其門。嘗作詔，箝其前，請帝署可，帝笑從之。又請爲皇太女，左僕射魏元忠諫不可，主曰：『元忠，山東木强，烏足論國事？阿武子尚爲天子，天子女有不可乎？』與太平等七公主皆開府，而主府官屬尤濫。……主營第及安樂佛廬，皆憲寫宫省，工緻過之。嘗請昆明池爲私沼，帝曰：『先帝未有以與人者。』主不悦，自鑿定昆池，延袤數里。言可抗訂也。司農卿趙履温爲繕治[一]，累石肖華山，磴彴横邪，回淵九折，以石瀵水。爲寶爐，鏤怪獸神禽，間琛貝珊瑚，不可涯計。崇訓死，素與武延秀亂，即嫁之。」據是，公主别業盛觀可以見矣。

【校勘記】

[一]趙履温爲繕治：底本誤作「趙温爲結治」，據《新唐書·諸公主傳》改。

紅樓院應制　沈佺期

紅樓院，《訓解》曰：「在長安嘉猷觀中。」

紅樓疑見白毫光，言初入紅樓院，則疑佛親放眉間白毫光也。**寺逼**近也。**宸居福盛唐**。言幸遭遇盛唐，被祥福，故寵近帝居。**支遁愛山情漫切，曇摩泛海路空長**。晋支遁愛剡東印山之事、達摩泛海之事，共見《訓解》。言支遁買山而隱，但漫愛山耳，無所濟于世也。達摩見梁武，亦徒凌絶海而來耳，未見斯榮福。**經聲夜息聞天語**，近帝居故也。**爐氣**佛爐香氣。**晨飄接御香**。佛爐香氣交接御香，亦謂近帝居。**誰道此中**指紅樓院。**難可到，自憐深院得徊翔**。言誰道吾儕難到深院乎，吾今日承恩以一至，徊翔深院也，豈謂吾輩難到乎。是以獨自憐恩遇也。蓋佺期始見許入院，故云爾。徊翔者，徘徊翱翔也。

再入道場紀事[一]　沈佺期

道場，紅樓院。紀事，此時中宗即位，宇宙一新，故題曰「紀事」。

南方歸去再生天，此句全言宇宙一新之意。南方歸去，《訓解》曰：「南方，虛無之地，故佛有『南無』稱號。」此説漫不可從。「南方」字無明解。或以佺期自南中歸解「南方歸去」，然南中與南方有別。若「南方實有未招魂」，則對北方而言之，非南中。按「南方」猶曰南閻浮州，蓋指中華稱南方。其中華稱南方者，本于則天皇后爲南閻浮州主事，説具于考證。言南方已復歸于唐也，人皆爲再生天之想，蓋則天後中宗即位故也。**内殿今年异昔年**。昔年，謂則天朝。今年，謂中宗即位。**見辟乾坤新定位**，初，中宗廢徙于房州，則天主天下，唐室凌夷。後中宗復位，若乾坤新闢。**看題日月更**與「新」字相睨。**高懸**。題日月，猶曰懸日月。《説文》：「題，額也。」**行隨香輦登仙路**，道場非人間境，故曰「登仙路」。**坐近爐烟講法筵**。行則陪從御輦，坐則接近法筵，聽講法。言己恩寵异衆。**自喜**獨自歡喜。**恩深陪侍從**，此句自後聯來。**兩朝**高宗、中宗。**長在聖人前**。聖人，稱佛。

考證：按《唐書》：永昌元年，拜薛懷義輔國大將軍，封鄂國公，令群浮屠作《大雲經》，言神皇受命事云云。又《通鑑》曰：武后天授元年，頒《大雲經》於天下。僧法明等撰《大雲經》上之，言大后乃彌勒佛下生，當代唐爲閻浮提主，制頒天下。尋敕京諸州建寺藏之。《集覽》云「閻浮提」，《佛經》云「郯部」，即此州名，在彌盧山南，故稱南閻浮提。以是觀之，此所謂「南方」稱中華，謂中宗即位，宇宙一新，天下改耳目，再復歸于唐室也。起句述宇宙一新者，於紀事爲得體。且其言「再生天」者，述天下民庶免塗炭，再得其所也。

【校勘記】

[一]再入道場紀事：《全唐詩》卷九十六作《再入道場紀事應制》。

遥同杜員外審言過嶺　沈佺期

大庚、始安、臨賀、桂陽、揭陽，是爲五嶺。五嶺南曰嶺南，唐嶺南道置廣州中都督府，漢置交州，吴置廣州，皆治番禺也。武后時，審言遷繕部員外郎。

天長地闊嶺頭分，言南中地廣寞，峻嶺分隔，道里闊遠而長天茫渺無際。按《舊唐書》曰：其海南諸國，大抵在交州南及西南，居大海中洲上，相去或三五百里[一]，或三五千里，遠者二三萬里。乘船舉帆，道里不可詳。起句先嘆道里渺遠，可以見矣。**去國離家見白雲**。回頭望家國，只白雲滿目。**洛浦風光何**

所似，洛浦，謂洛水，言欲得風光似洛者以慰情也。所謂「逃空虛者，聞人之足音跫然而喜」意。然風光無似者，不聊甚。**崇山**南裔之山。**瘴癘不堪聞**。崇山送瘴氣來，往往不堪。**南浮漲海**在交趾南，所謂嶺南也，其間有乘舶而至者，故曰「浮」。**人何處**，述謫所遼遠，言我則南浮漲海，人亦謫何處耶？「人」指審言。**北望衡陽**漢蒸陽縣，屬長沙，江南西道也。**雁幾群**。衡陽有回雁峰，雁至此不南去。言故鄉音問難達，望之不自堪。**兩地江山萬餘里**，兩地指各自見謫所。沈佺期謫驩州。驩州，漢日南郡，唐屬安南府，寶元年改爲日南郡，後復爲驩州。杜審言謫峰州。峰州，隋交趾郡之嘉寧縣，古夜郎郡。嶺南地有相去萬里者。**何時同謁聖明君**[二]。言還朝難圖。

考證：《唐書》：沈佺期，初除給事中、考功郎，受贓，劾未究。會張易之敗，遂長流驩州。稍遷臺州録事參軍。入計[三]，召見，拜起居郎兼修文直學士。杜審言，神龍初坐交通張易之，流峰州。入爲修文館學士，卒。《訓解》云：「題云『遥同』者，同時過嶺而异道也。」蓋臆説，不可從。「遥同」者便與下所云《遥同蔡起居偃松篇》同意，謂隔地而同賦也。按南海地理，《舊唐書》曰：「五嶺之南，漲海之北，三代已前，是爲荒服。秦滅六國，始開越置三郡，曰南海、桂林、象郡，以謫戍守之。秦亡，南海尉任囂病且死，召南海龍川令趙佗[四]，付尉事。佗乃聚兵守五嶺，擊並桂林、象郡，自稱南越武王。子孫相傳五代九十三年。漢武帝命伏波將軍路博德、樓船將軍楊僕兵逾嶺南，滅之。其地立九郡，曰南海、蒼梧、鬱林、合浦、交趾、九真、日南、儋耳、珠崖。後漢廢珠崖、儋耳入合浦郡。交州刺史領七郡而已。今南海縣即漢番禺縣，南海郡。隋分番禺置南海縣。番山，在州東三百步。禺山，在北一里。貪泉，州西三十里。越王井，州北四里。」

【校勘記】

[一]三五：底本誤作「五三」，據《舊唐書・地理志》改。後文同。

[二]同：《全唐詩》卷九十六作「重」。

[三]計：底本訛作「許」，據《新唐書・文藝傳》改。

[四]川：底本誤作「門」；佗：底本訛作「他」，皆據《舊唐書・地理志》改。後文同。

興慶池侍宴應制　韋元旦

即龍池也。

滄池漭沆語出《西京賦》。漭沆，大水貌。**帝城邊，殊勝昆明鑿漢年**。漢武欲伐昆明國，故作昆明池習水戰。**夾岸旌旗**言隊仗盛。**疏**分也，如疏爵之疏。**輦道**，言侍衛分列輦道也。**中流簫鼓振樓船**。《秋風辭》：「泛樓船兮濟汾河，橫中流兮揚素波。」此句本于此。**雲峰四起迎宸幄**，《周禮》「幕人帷帟」注：「帷幕皆以布爲之，四合象宮室，曰幄。」雲峰送色，似相迎。**水樹千重入御筵**。水畔樹影蔭映筵席，故曰「入」。言益助興也。**宴樂已深**猶曰闌。**魚藻咏**，魚藻，武王宴鎬京詩，其辭曰：「魚在在藻，有頒其首。王在在鎬，豈樂飲酒。」借以比天子制作。**承恩**謂預侍宴應制。**更欲奏甘泉**。言進奏《甘泉賦》也，諷意在其中。

考證：《漢書·揚雄傳》曰：孝成帝時，客有薦雄文似相如者，上方郊祠甘泉泰畤、汾陰后土，以求繼嗣，召雄待詔承明之庭。正月，從上甘泉，還奏《甘泉賦》以諷，其辭曰云云。按甘泉本因秦離宮，既奢泰，而武帝復增宮觀，故云非成帝所造，欲諫則非時，欲默則不能已，故遂推隆之，乃上比於帝室紫宮。又是時趙昭儀方大幸，每上甘泉，常法從，在屬車間豹尾中。故雄聊盛言車騎之衆，又言「屏玉女，却虙妃」，以微戒齊肅之事。以是觀之，其所諷奢泰及女寵也。韋元旦諷意蓋與雄同意耶。

侍宴安樂公主新宅應制[一]　蘇頲

騷騷《詩》：「載驟騷騷。」**羽騎**羽箭也，蓋負箭騎士先驅也。**歷城池**，過帝城溝池而至來。**帝女**指公主。**樓臺向晚披**。言睹羽騎來至，故披樓而待幸，歡宴卜夜，故曰「向晚披」。**露灑旌旗雲外出，風回岩岫雨中移**。宅在高峻，故旌旗攀雲外。岩岫回霽而景色改換，喜歡宴，益有興。**當軒半落天河水，繞徑全低月樹枝**。天河對軒而半在下，即「秋河隔在數峰西」之意。月樹，月桂也。繞徑全低，言月影傾。二句言宴闌至深更。**簫鼓宸遊陪宴日，和鳴雙鳳喜來儀**。《書》：「簫韶九奏，鳳凰來儀。」雙鳳比公主及駙馬。言蘇頲方扈宸遊陪宴日，親見公主及駙馬以宴天子也，宛如鳳凰來儀之盛事也。

【校勘記】

[一]侍宴安樂公主新宅應制：《全唐詩》卷七十三作《侍宴安樂公主山莊應制》。

奉和春日幸望春宮應制

蘇頲

《一统志》云：望春宮，在西安府城東南一十里，滻水岸，隋文帝所建。

東望望春春可憐，「望」「望」「春」「春」相叠，造語奇巧有趣。**更逢晴日**烟花之時，春陰難晴，故喜逢晴日。**柳含烟**。柳色如烟，春霽之趣。**宮中下見南山**終南。**盡**，眺望至南山之所盡。**城上**長安城。**平臨北斗懸**。言宮之高，與長安城上平臨。北斗懸者，長安上直北斗，故杜詩「每依北斗望京華」是也。又一說云：漢初，惠帝更築之，城南爲南斗形，城北爲北斗形，至今人呼斗城。**細草偏承回輦處，飛花故落舞觴前**。言細草濃敷當回輦處，軟柔宜承車輪。飛花亦故故落，似有意勸酒觴。應起句「春可憐」。**宸遊對此歡無極，鳥哢**鳥聲也。**歌聲雜管弦**。人與物相忘，所以歡無極也。

奉和初春幸太平公主南莊應制　蘇頲

太平公主，武后女。

主第第宅。**山門**山莊，故稱山門。**起灞川**，崛起灞水之側。**宸游風景入初年**。風景屬初年，萬象新開，故有遊幸。**鳳凰樓下交天仗**，唐儀衛皆帶刀提仗列侍。**烏鵲橋頭敞**開也，露也。**御筵**。鳳凰樓、烏鵲橋，俱祝公主及駙馬辭。**往往花間逢彩石**，彩石見於《穆天子傳》。**時時竹裏見紅泉**。彩石、紅泉皆仙境物，人間難逢遇。而處處逢之，時時見之，真仙境。彩石，文采之石。紅泉，丹泉。**今朝扈**扈從。**蹕**傳蹕，止人清道。**平陽館**，平陽公主，漢武之女也。武帝祓灞上還，過平陽公主館。安樂公主第宅在灞川，故比平陽館，其地同故也。**不羨乘槎雲漢邊**。

幽州新歲作　張説

説時爲幽州都督，幽屬河北道，置大都督府。

去歲荆南梅似雪，先是，説貶岳州。岳州，山南東道，屬荆州江陵府。**今年薊北**幽州。**雪似梅**。

非戀荆南而厭薊北，蓋言南北風土异，而感去住無定。**共知人事何嘗定**，昨貶謫荆南，今遷幽州都督，人事無定，與風土异感慨並至，故曰「共知」。**且喜年華去復來**。言雖人事無定，而今年稍遷都督幽州，况遇新年乎，故且姑爲喜耳。《訓解》云：「人事無定，而年華去來有常度也。」據之則「喜」字無義，不可從。**邊鎮戍歌連夜動，京城燎火**京師早朝庭燎。**徹明開**。燎火至明旦而煌煌。言邊鎮戍卒歌呼連日，樂新歲。雖然，不見京城朝儀燎火煌煌之盛事，故方新歲而特思京。**遥遥西向長安日**，晋明帝語：「舉目見日，不見長安。」**願上南山壽一杯**。《詩·天保》：「如南山之壽，不騫不崩。」言雖身在薊北而心在魏闕。

考證：按張説初左遷相州，後累貶岳州，遂都督幽州。《唐書》曰：姚元之既爲相，張説懼，乃潛詣岐王申款。他日，元之對于便殿，行微蹇。上問：「有足疾乎？」對曰：「臣有腹心之疾，非足疾也。」上問其故。對曰：「岐王，陛下愛弟，張説爲輔臣而密乘車入王家，恐爲所誤，故憂之。」遂左遷説爲相州刺史。

灉湖山寺

張説

灉湖，在岳州。

空山寂歷蕭索貌。**道心生，虚谷迢遥野鳥聲**。野鳥聲響虚谷。**禪室從來雲外賞，香臺豈是世中情**。二句説山寺幽境。言禪室凡在雲外高山頂者，從來所玩賞，是山寺在湖中而離塵寰也，香臺豈關世中情乎？蓋謂雲外賞有愜也。《訓解》云：「蓋禪室、香臺原自超然塵外」，是二句錯說，禪室、香臺無分別，不可從。**雲間東嶺千重出，樹裏南湖一片明**。東嶺、南湖山水門勝絶，二聯言情至景至。**若使巢由**巢父、許由。**同此意，不將蘿薜易簪纓**。言張説雖嬰簪纓之人，時遊斯幽境，便自足矣。若使巢由輩遊斯境而同此意，則自知簪纓中有隱趣，何拘拘于形骸，果于隱遁乎？故云「不將蘿薜易簪纓」。然釋簪纓而被蘿薜者，固非巢由本事，只設辭，非議果于隱遁之固而已，且爲斥如巢由果于隱之輩詞看亦無妨，讀者勿以辭害意可。《訓解》以此論張説，可謂村學究説詩。王元美詩：「偶然折腰罷，滿路青山看。却笑陶彭澤，何因便去官。」説詩抑巢由，意粗相似。

考證：趙冬曦[一]《澭湖作》序云：巴江南澭湖者，蓋沅汨之餘，淪彙洞庭，澮澮千里，夏潦成湖，秋冬爲野。《爾雅》云：「水返入为澭」，斯名之作，有由焉爾。又尹懋《秋夜遊澭湖》詩序云：「張燕公以司馬初到，趙侍御客焉。聿理方舟[二]，嬉遊澭壑。覽山川之异，探泉石之奇。騁望崇朝，留樽待月，一時之樂，豈不盛歟！」

【校勘記】

[一] 冬：底本誤作「趙」，據《全唐詩》卷九十八改。

[二] 方：底本脱，據《全唐詩》卷九十八補。

遥同蔡起居偃松篇　張説

蔡，氏。起居，官。

清都《列子》云：穆王至化人宮，王實以爲清都紫微，帝之所居。此以比帝都。**衆木總榮芬，傳道**應題「遥」字。**孤松最出群。**都下衆木中孤松特榮，全比蔡出群。**名接天庭**揚雄《大玄》：「排閶闔以窺天庭。」此以比禁庭。**多景色，氣連宮闕借氛氳。**言偃松在都下，切近宮廷，故特稱「多景色」，而香氣亦借宮中氛氳。皆比蔡名聞恩澤。**懸池**懸池謂承霤，懸于屋而承霤，故曰懸池。凡承霤稱池，故漢時以銅爲承霤，曰「銅池」。又《禮記》：「池視重霤」，蓋棺飾有池，象宮之承霤。以是觀之，承霤稱池者明矣。讀爲「懸於池」者，太非。且「懸池」「偃蓋」相對，非謂「懸於池」也。**的的**明也。**停華露，**言宮中懸池之霤停蓄爲松華露，居近宮闕故也，與上「連宮闕」「借氛氳」同。**偃蓋重重拂瑞雲。**言宮闕之瑞雲過來拂蓋也。「拂」猶拂袖之「拂」。**不惜流膏**《漢武内傳》：「藥有松柏之膏[一]。」**助仙鼎，**稱天子鼎。**願將楨幹捧明君。**楨幹，謂松身。言欲蔡獻身爲忠，報榮寵也。

考證：按此篇張説謫居岳州時賦以贈焉，同蔡所賦《偃松篇》，故題曰「遥同」。《訓解》云「説集此下有『莫比冥靈楚南樹，朽老江邊代不聞[二]』」云云。「冥靈楚南樹」以自比，其在岳州所賦可以證焉。

【校勘記】

［一］柏：底本誤作「脂」，據《漢武帝内傳》改。

［二］代：底本訛作「伐」，據《全唐詩》卷八十六改。

奉和春日出苑矚目應令

賈曾

銅龍曉闢問安回，金輅春遊博望開。是玄宗爲太子時問安歸路，出苑矚目也，故多以太子故事稱之。銅龍，門名，《漢書·成帝紀》有上嘗急召太子出銅龍門之事，故借以爲太子出入之門。問安，《文王世子篇》語，文王問王季安否也。博望，苑名，漢武帝爲戾太子置，使通賓客。**渭水晴光摇草樹，終南佳氣入樓臺。**二句苑中眺望。**招賢**《漢書·郊祀志》：「上鄉儒術，招賢良。」「招賢」本于此。**已從商山老，**商山四皓東園公、甪里先生、綺里季、夏黄公從惠帝而遊之事，借比老臣從而羽翼太子。**托乘**「文學托乘於後車」，魏文帝之事。**還征鄴下才。**魏文帝爲五官將，及平原侯曹植皆好文學，王粲與北海徐幹、廣陵陳琳、陳留阮瑀、汝南應玚、東平劉楨並見友善。魏都鄴，故稱鄴下七才子。言玄宗所征則鄴下七才子徒，而令之後乘也。稱玄宗好文學。**臣在東周**指洛陽。《唐詩選》作「東南」，與事實不合，難從。**獨留滯，**言老臣及文學士皆扈從，而己獨留滯洛陽也。時賈曾使在東都，因借太史公留滯周南之事以見志。古之周南，今之洛陽，其地同，故稱「東周」。**忻逢睿藻**稱所賜詩。**日邊**指長安。**來**。

考證：按《唐詩紀事》云：「賈曾，洛陽人，以孝聞。開元初爲中書舍人，與蘇晋同掌制誥，時稱蘇賈。……《奉和春日出苑矚目詩》……時爲太子舍人，使在東都。」《訓解》以爲召拜舍人時作，然據《紀事》，則與太史公留滯周南之事相應，故云「臣在東周獨留滯」，乃憾不扈從也。拜舍人時特賜詩以召，豈有此事乎？當據《紀事》爲説。

奉和初春幸太平公主南莊應制

李邕

傳聞銀漢天河也。**支機石，復見金輿出紫微**。起句稱主第，比天河，言昔人至天河而得織女之支機石之事傳聞焉耳，今親見之，况復天子車輿出紫宫而行幸于此乎。支機石，出于《博物志》。**織女橋邊烏鵲起**，造語，倒「烏鵲橋」言。烏鵲爲架，人至則驚起。公主宛如織女。**仙人樓上鳳凰飛**。造語，倒「鳳凰樓」言。此興也，鳳凰宜飛翔，駙馬亦如神仙。**流風入座飄歌扇**，言翻歌扇則流風宛轉，寫舞態便。鍾嶸《詩品》曰：范雲宛轉清便，如流風回雪。**瀑水當階濺舞衣**。瀑水，瀑布也。瀑布對階，言亭高。**今日還同犯牛斗**，《博物志》曰：至天河之人後問君平，君平曰：「某月某日，有客星犯牽牛宿。」正是此人到天河時也。此句連下讀。**乘槎共泛海潮歸**。天河而言海潮，蓋本於《博物志》，曰：天河與海通，有人居海渚者，乘槎至一處，如城樓狀，望宮中多織女婦。見一丈夫牽牛渚次，驚問曰：「何由至此？」此人問：「是何處？」答曰：「君問蜀嚴君平則知之。」

和左司張員外自洛使入京中路先赴長安逢立春日贈韋侍御及諸公[一]

孫逖

左司，中書省有左右司。洛，隸河南府。京，指東都。天寶元年改東都爲東京。洛、東京具于考證。

忽睹雲間數雁回，起句貼立春，言睹歸雁僅入雲際，已知旅中忽及立春。忽睹者，有「偏驚物候新」之意。**更逢山上一花開**。**河邊淑氣迎芳草，林下輕風待落梅**。二句倒裝造語，河草迎淑氣而芳，林梅待輕風而落。「淑氣」「輕風」言早春陽和，「芳草」「落梅」亦寫時興。**秋憲府中**指韋侍御署。秋憲，稱御使。**高唱入**，張員外賦詩贈韋侍御也。**春卿署裏和歌來**。禮部，春官，故稱「春卿」。孫逖開元十年舉賢良方正，玄宗御洛城門引見[二]，命户部郎，後爲集賢院修撰。此蓋謂户部。**共言東閣**指宰相公孫弘故事。**招賢地**，漢公孫弘起客館，開東閣以待賢。**自有西征作賦才**。《西征賦》，晉潘岳爲長安令所作。言長安蓋東閣招賢地而諸賢應招，君原自有《西征賦》才，則東閣征召必矣。因衆共推之，故曰「共言」。

考證：題所云「洛隸河南府」，《唐書》曰：河南府，隋河南郡。武德四年，討平王世充，置洛州總管府，領河南、洛陽、偃師、鞏、陽城、緱氏、嵩陽、陸渾、伊闕等九縣。其年十一月，罷總管府，置陝東道大行臺。九年，罷行臺，置洛州都督府，權於府置尚書省。東都，周平王東遷所都也。故城在今苑内東北隅，自赧王已後及東漢、魏文、晋武皆都於今故洛城。隋大業元年，自故洛城西移十八里置新都，今都城是也。北據邙山，南對伊闕，洛水貫都，有河漢之象。此題云「入京」者，便指東都也。

【校勘記】

[一]和左司張員外自洛使入京中路先赴長安逢立春日贈韋侍御及諸公：《全唐詩》卷一百十八作《和左司張員外自洛使入京中路先赴長安逢立春日贈韋侍御等諸公》。

[二]洛：底本訛作「法」，據《新唐書·文藝傳》改。

黄鶴樓　崔顥

在武昌，故事見《訓解》。

昔人已乘黄鶴去，此事歷載邈矣，故曰「已」。**此地空**與徒同。**餘黄鶴樓**。**黄鶴一去不復返**，昔人一乘黄鶴去，無復斯人，故曰「不復返」，含晚季無仙骨意。**白雲千載空悠悠**。言惟白雲長在，無復登仙者，空爲悠悠千載之事。自「昔人」至此，四句俱述昔事。**晴川歷歷**明貌。**漢陽**江漢陽。**樹**，言眺望空曠。**芳草萋萋鸚鵡洲**。禰衡作賦處名，迹惟芳草。**日暮鄉關何處是**？何處全是故鄉。**烟波**貼「日暮」字。**江上使人愁**。七、八入鄉思。至日暮，烟波空濛，鄉關不可望，自生愁。蓋旅途作，故結句述鄉思。

考證：此篇全述眼前實景，句句自肺腑中得來，蓋不用意而得之，衝口而吐，故「黄鶴」三叠、「空」字復出不自覺，却爲妙。故云《黄鶴樓》詩，世傳太白云「眼前有景進不得，崔顥題詩在上頭」，遂作《鳳凰臺》詩以較勝負。顧華玉評曰：「此篇太白所推服，一氣混成，太白所以見屈。想是一時登臨，高興流出，未必常有此作。」云其得登臨之頃自流出，故异常調。奇奇怪怪，可以觀焉。

行經華陰　崔顥

在華山之陰，故名華陰。《前漢書・地理志》：「華陰，故陰晋。……高帝八年更名華陰。太華山在南。」

岧嶢《説文》：「山高貌。」《景福殿賦》：「岧嶢岑立。」又作「嶕嶢」。**太華**東曰太華，西曰少華。**俯咸京**，即咸陽。言太華之高，俯見則咸京在目前。**天外三峰**蓮華、毛女、松檜三峰。**削不成**。非人巧之所及。**武帝祠前雲欲散**，漢武帝立巨靈祠。**仙人掌上雨初晴**。華山有仙掌。言高山之頂時時陰雨，便喜今日屬晴，縱目蓋巨靈祠在下，仙掌在上，祠前陰雲飛散，自下而向晴，漸及山上，雨忽晴，仙掌親睹。寫晦明變化象，以見壯觀。**河山北枕秦關險**，華陰東有潼關，歷代爲要地。**驛路西連漢畤平**。言北望則河山絶險，臨秦關；西顧則驛路平坦，連接漢畤。二句言華山形勝爲天下鎮，而達長安之要路。秦關謂潼關。漢畤謂雍五畤。祭處曰畤。漢武元光元年，郊雍，自祠后土，爲五壇。二年，行幸雍祠五畤。五畤，五帝之畤。雍者，右扶風也。又元鼎五年十一月冬至，立泰畤于甘泉。《訓解》引之以爲「祭泰一于甘泉之畤」，然按地理，是當爲雍之五畤矣。**借問路傍名利客**，是處達長安之要路，故奔走名利者多來往。**無如此處學長生**。言長安名利衢自此路達也，故來往皆奔走名利客，因云爾。蓋崔顥晚節悟怵迫名利之無益，而爲唤醒路人詞。豈失意而經過此地，因發不平嘆歟？

登金陵鳳凰臺　李白

宋元嘉中見异鳥集于山，時謂鳳皇，遂起臺于山。

鳳凰臺上鳳凰遊，鳳去臺空江自流。起句言昔，次句言今。江水無情物，今古無變，故下「自」字。此篇三叠「鳳」字，便與《黄鶴樓》同，蓋偶同耳，非模擬《黄鶴樓》。**吴宫花草埋幽徑**，言吴宫爲墟，野花漫草埋没徑路，空餘舊迹。吴宫指三國之吴。吴孫權徙而治秣陵，秣陵即金陵也。《訓解》引吴越之吴，誤。

晉代衣冠金陵，東晉冠冕窟。**爲古丘**。丘陵也。嘆衣冠之貴，彼一時也。**三山**句容三峰，三茅君居，第八洞天也。在金陵西南，三峰排列。**半落青天外**，山勢似自天外落。**二水**秦、淮合流，至金陵分爲二支。**中分白鷺洲**。二水中間挾一洲，曰白鷺洲。二句寫臨眺所及眼前景色，以一轉起下句。**總爲浮雲能蔽日，長安不見使人愁**。陸賈《新語》：邪臣之蔽賢，猶浮雲蔽日。言登臨之頃，心戀魏闕，因一回望長安，則浮雲蔽日，長安不可望。其曰「總」、曰「能」，極言浮雲妨害。蓋白日赫赫，浮雲一掩，讒邪言白變黑，宜相比。李白在宮爲讒者不容，後流落至金陵，故有此嘆也。

考證：《唐書》曰：「帝欲官白，貴妃輒沮止。白自知不爲親近所容，益驁放不自脩，與知章、李適之、汝陽王璡、崔宗之、蘇晉、張旭、焦遂爲『酒八仙人』。懇求還山，帝賜金放還。白浮游四方，嘗乘舟與崔宗之自采石至金陵，著宮錦袍坐舟中，旁若無人。」此詩「浮雲蔽日」句可以證焉。

早朝大明宮呈兩省僚友

賈至

大明宮在皇城東，故曰東內，本永安宮，後改大明。元日、冬至受華夷萬國會，即古之外朝也。兩省，中書兩省。僚友，同官曰僚。

銀燭朝天言早朝。**紫陌長**，禁城總象天之紫微垣，故道路稱紫陌。**禁城**指禁苑，在皇城北。苑城東西二十六里，南北三十里。**春色曉蒼蒼**。言自陌上望禁城，曉色未分，鬱鬱蒼蒼。**千條弱柳垂青瑣**，此説大明宫中景色，言柳條漸長，低垂掩映青瑣門，言春色濃至。青瑣，漢制刻户邊爲連瑣文而青塗也。**百囀流鶯繞**繞，圍也。**建章**。此説宫外景物。鶯聲宛囀，遥自建章宫傳也。**劍珮聲隨玉墀步**，墀，塗地也。《梅福傳》：「願登文石之陛，涉赤墀之塗。」言百官早朝趨進玉墀，劍珮珊珊隨步而遥聞。**衣冠身**身猶曰己。**惹御爐香**。惹者，留御香於衣袖也，與「引」不同。見近侍榮寵與外臣异。**共**僚友及賈至。**沐**沐浴。**恩波**貼「鳳池」字。**鳳池上**，中書省曰鳳皇池，晋荀勖故事。賈至時爲中書舍人。**朝朝染翰**賈至父子相繼，世世掌絲綸。**侍君王**。見榮寵。

考證：《舊唐書·地理志》曰：「京師，秦之咸陽，漢之長安也。隋開皇二年，自漢長安故城東南移二十里置新都，今京師是也。城東西十八里一百五十步，南北十五里一百七十五步。皇城在西北隅，謂之西内。正門曰承天，正殿曰大極。大極之後殿曰兩儀。内别殿、亭、觀三十五所。……東内曰大明宫，在西内之東北，高宗龍朔二年置。正門曰丹鳳[一]，正殿曰含元，含元之後曰宣政。宣政左右[二]，有中書、門下二省，弘文、史二館。高宗已後，天子常居東内……禁苑在皇城之北。苑城東西二十七里，南北三十里，東至灞水[三]，西連故長安城，南連京城，北枕渭水。苑内離宫、亭、觀二十四所。」據是，則禁城謂禁苑，禁城、皇城、東内自有别矣。

【校勘記】

[一]正：底本誤作「三」，據《舊唐書·地理志》改。

[二]宣政：底本脱，據《舊唐書·地理志》補。

[三]東：底本脱，據《舊唐書·地理志》補。

和賈至舍人早朝大明宮之作[一]

王維

絳幘髮有巾曰「幘」。《隋書》：「起於秦人，施於武將，初爲絳袙，以表貴賤。」自漢已下，貴賤通服之。**鷄人**《周禮》有鷄人職，報曉者也。**報曉籌，尚衣**凡主天子之物皆曰「尚」。**方進翠雲裘**。言鷄人已報曉，方此時尚衣，進翠雲裘于天子，天子欲視朝也。**九天閶闔**天門名，稱天子門。**開宮殿**，朝者分色入，故天將曉開宮殿。**萬國衣冠拜冕旒**。旒，冕飾，垂玉也。方宮門初開，曉日未出，宮殿幽邃，天子穆穆，不可近前，惟遥拜冕旒耳。**日色纔**初同。**臨仙掌動**，日初上也。二句述早朝。**香烟欲傍衮龍浮**。衮龍，天子法服也。日出漸睹香烟起。**朝罷**朝儀畢也。**須裁五色詔**，詔用五色紙。**珮聲歸到鳳池頭**。賈至主掌絲綸，故雖朝儀畢猶未退，獨復歸省而裁制詔書，故至之珮聲獨歸向鳳池也。全述舍人榮而結收焉。

【校勘記】

［一］和賈至舍人早朝大明宫之作：《全唐詩》卷一百二十八作《和賈舍人早朝大明宫之作》。

和太常韋主簿五郎温泉寓目［一］

王維

太常韋主簿，太常屬官。温泉，驪山温湯。

漢主離宫接連接。**露臺**，《文帝紀》云：帝欲作露臺，召匠計之，直百金。曰：「百金，中人十家之産，何以臺爲！」乃止。玄宗離宫近露臺遺迹，故借漢主以諷玄宗，以露臺見節儉。**秦川一半夕陽開**。言宫殿覆壓秦川，夕陽半邊開，亦言殿屋奢侈。《訓解》「夕陽」爲樓名，未審。**青山盡是朱旗繞**，宫殿往往據山而建，朱旗圍繞。言富貴狀。**碧澗翻從玉殿來**。言碧水自殿内湧出來。**新豐**漢高徙豐人實之，故曰新豐。**樹裏行人度**，度，過也。新豐特富庶，來往如織。**小苑**宜春苑。**城邊獵騎回**。二句言温泉宫側繁榮。**聞説甘泉**揚雄獻《甘泉賦》諷奢侈，已見。**能獻賦**，能字有意。**懸知**想像斷之詞。**獨有子雲**雄字。**才**。言韋主簿獨今有子雲才，則知應獻賦也。

【校勘記】

[一]和太常韋主簿五郎温泉寓目：《全唐詩》卷一百二十八作《和太常韋主簿五郎温湯寓目之作》。

大同殿生玉芝龍池上有慶雲百官共睹聖恩便賜燕樂敢書即事[一]　王維

大同殿，興慶宫中有大同殿、龍池殿。龍池，殿名。慶雲，《前漢書·天文志》云：「若烟非烟，若雲非雲，郁郁紛紛……是謂慶雲。」

欲笑嗤笑。**周文歌宴鎬**，鎬，鎬京，即《魚藻》詩。**還輕漢武樂横汾**。漢武《秋風辭》。**豈知玉殿生三秀**，芝草也。**詎有銅池出五雲**。言三秀、五雲二瑞，周文、漢武之世亦所未有焉。《訓解》引「漢宣帝神爵元年，金芝産于函德殿銅池中」，然彼銅池只生芝而已，何有五雲瑞乎？詩題曰「龍池上有慶雲」、詩曰「銅池」者，暗含函德殿生芝草之意，以壓漢時瑞而稱當時盛世。**陌上堯尊**堯有罇尊。陌上者，於廣陌賜宴故也。**傾北斗**，傾勺也。斗，星名，斗有柄，象勺。古者罍取象於雷，斗者取象於斗。**樓前舜樂**舜彈五弦琴，歌南風之詩。**動南薰**。即南風。**共歡天意**生芝、出五雲，是天意歡洽。**同人意**，萬民頌禎祥，是人意歡欣。**萬歲千秋**上壽之詞。**奉聖君**。

【校勘記】

［一］大同殿生玉芝龍池上有慶雲百官共睹聖恩便賜燕樂敢書即事：《全唐詩》卷一百二十八作《大同殿柱産玉芝龍池上有慶雲神光照殿百官共睹聖恩便賜宴樂敢書即事》。

奉和聖製從蓬萊向興慶閣道中留春雨中春望作應制［一］

王維

興慶，宫名。留春，閣道中恒留春之謂，稱陽德盛，韓愈詩「大哉陽德盛，榮茂恒留春」可類推，故詩中多言富麗。

渭水自原自。**縈秦塞曲**，渭河出臨洮渭源鳥鼠山，而縈迴秦嶺，逶蛇曲折。**黄山舊繞漢宫斜**。漢武帝廣開上林苑，至黄山側，離宫往往有焉。今惟遺迹，故曰「舊繞」。二句言渭水、黄山秦漢形勝地而觀望特好。曰「曲」、曰「斜」，寫眺望遥。**鑾輿迥出千門**建章宫千門。**柳**，**閣道**複道也，自東内達南内。閣道，秦始皇所造也。**回看上苑**上林苑。**花**。言出去建章宫外千門柳而經途既迥，至閣道而回望，則上苑花色盛發。**雲裏帝城雙鳳闕**，指皇城，在西北隅，謂之西内。**雨中春樹萬人家**。言帝城壯麗重威，民户殷富得所矣。起「行時令」句。**爲乘陽氣行時令**，《禮記·月令》：立春之日，天子自迎春於郊，布德行令。**不是宸遊玩物華**。是天子之春遊而言爲行時令者，見規諷意也。

考證：《唐書·地理志》曰：「南内曰興慶宫，在東内之南隆慶坊，本玄宗在藩時宅也。自東内達南内，有夾城複道，經通化門達南内[二]。人主往來兩宫，人莫知之。宫之西南隅，有『花萼相輝』『勤政務本』之樓。」

【校勘記】

［一］奉和聖製從蓬萊向興慶閣道中留春雨中春望作應制：《全唐詩》卷一百二十八作《奉和聖製從蓬萊向興慶閣道中留春雨中春望之作應制》。

［二］通：底本訛作「道」，據《舊唐書·地理志》改。

敕賜百官櫻桃

王維

櫻桃，果名，一名含桃，一名朱櫻。《爾雅翼》：果熟最先，故仲夏以含桃先薦。

芙蓉闕下芙蓉殿在曲江，苑有宫闕。**會千官**，會聚官人。**紫禁朱櫻出上蘭**。上蘭觀在上林苑中。言仲夏欲賜果，故會聚千官於芙蓉殿。果則上蘭觀所植而生于紫禁中，其爲物可貴矣。**纔**初同。**是寢園**

廟，前曰廟，後曰寢，祭在廟，薦在寢，是薦朱櫻於園陵也，故曰「寢園」。寢園義：秦始皇出寢，起於墓側，漢因秦，上陵皆有寢園。**春薦後**，《月令》「仲夏令」曰：「是月也，以雛嘗黍，羞以含桃，先薦寢廟。」此云「春薦」，蓋以語熟云爾。唐以四月二日内園賜櫻桃云，言令千官嘗新以見榮。**非關御苑鳥銜殘**。言非令啖餘食。**歸鞍**千官退朝。**競帶青絲籠**，言競恩賜也，所盛籠以青絲而爲妝。**中使**宮中承命所頒與之官。**頻傾**言所頒賜衆多，故頻數傾下。**赤玉盤**。後漢明帝宴近臣，大官進櫻桃，以赤盤賜群臣。月下視之，盤與桃同色，群臣皆笑空盤。**飽食不須愁内熱，大官還有蔗漿**蔗，《説文》「藷蔗」，今甘蔗，或作「柘」。《前漢・禮樂志》：「泰尊柘漿。」**寒**。言恩惠之至。

酌酒與裴迪

王維

酌酒與君指裴迪。**君自寬**，酒以消憂，君宜寬胸次。**人情翻覆似波瀾**。今世人情之薄，炎涼難定。波瀾，喻不平，猶曰「等閑平地起波瀾」。**白首相知**與知己同。**猶按劍**，言久要難賴，至白首而猶翻覆。鄒陽書曰：「白頭如新，傾蓋如故」；又曰：「明月之珠，夜光之璧，以暗投人於道路，人無不按劍相眄者，何則？無因而至前也」。此句本于此。**朱門先達**達官者。**笑彈冠**。前漢王陽爲益州刺史，貢禹彈冠待薦。蓋彈冠，意氣之交，而當時弃意氣交態，惟富是視，是以嗤笑彈冠者。**草色**比小人。**全經細雨濕**，

「細雨」比恩澤，言小人却被寵。**花枝欲動**言才發。**春風寒**。「花枝」比君子，言花枝漸長，欲動搖春風而春寒被傷，君子欲達官而小人被妨。二句比也。**世事浮雲**富貴如浮雲。**何足問，不如高卧**謂卧世外也。**且加餐**。

考證：是王維與裴迪言志耳。迪與王維、與宗俱居終南。蓋是時與王維相周旋，故有此言矣。王元美云：「摩詰七言律自《應制》《早朝》諸篇外[一]，往往不拘常調。至『酌酒與君』一篇，四聯皆用仄法[二]，此是初盛唐所無，尤不可學。」

【校勘記】

[一]外：底本脱，據《弇州四部稿》卷一百四十七補。

[二]仄：底本誤作「反」，據《弇州四部稿》卷一百四十七改。

酬郭給事　王維

郭，氏。給事，官。

洞門謂門相當如洞。**高閣靄餘暉**，靄，氛也，象斜暉蔭映高閣。**桃李陰陰柳絮飛**。寫宮中春晚富麗光景。陰陰者，言桃李繁茂而影暗。**禁裏疏鐘**疏，希疏也，謂鐘聲遠聞。**官舍晚，省中啼鳥吏人稀**。言給事顯職，故退朝特遲，聞晚鐘猶在官舍，漸而啼鳥喧嘩，乃知吏人退去，省中無人。二句共述劇務勞以見其榮。**晨摇玉佩趨金殿，夕奉天書拜瑣闈**。青瑣門也。黄門郎日暮入對青瑣闈拜，名夕郎。天書，詔令書也。言郭給事嚴職异數，故自朝至夕猶未退朝。**强欲從君**猶「從大夫後」之「從」，蓋郭給事薦王維矣，故酬答之。**無那老**，老相及。**將因卧病**加以病。**解朝衣**。決隱也。

過乘如禪師蕭居士嵩丘蘭若

王維

嵩丘，嵩山。蘭若，寺曰阿蘭若，梵語也。

無著天親弟與兄，以二佛比禪師與居士。無著、天親弟兄之事，見《訓解》。**嵩丘蘭若一峰晴**。言架蘭若于峻峰也。一峰特秀出，無所蔭蔽，故曰「晴」。**食**食時。**隨鳴磬巢烏下**，言食時鳴磬而寺僧聚，巢烏亦下食。人無機心，故烏與人相忘。**行踏空林**人迹絶。**落葉聲**。落葉不掃，自然境地，是真僧房，异都下寺觀。**迸水**水湧出迸走也。《訓解》引「梁誌公卓錫于地，泉湧」之事，是也。**定**懸斷之詞。**侵香案**山水迸案頭。**濕**，山中多無水，是特潤澤，因二公佛德。**雨華應與石床平**。雨華積而及床，亦稱法德。**深洞長松**此賦所見也，蓋洞前有長松，而洞中安佛座耶，稱無他莊嚴。**何所有**，只長松在，絶無長物。**儼**

然天竺古先生。稱佛也。只設一佛耳，言其所奉專而無他念也。評云「禪師、居士即佛」，是亦通。

奉和聖製從蓬萊向興慶閣道中留春雨中春望之作應制

李憕

別館即稱興慶宮。**春還淑氣催**，三宮《訓解》引「蓬萊、興慶、望春」，未審。《舊唐書》曰：「興慶三宮[一]，謂之三內。有東西兩市。都内，南北十四街，東西十一街。街分一百八坊。坊之廣、長皆三百餘步。」據之則興慶有三宮可知矣。**路轉鳳凰臺**。起句述興慶宮春色漸美，故有遊幸也。次句述閣道中所觀鳳皇臺，即賓王《帝京篇》「複道斜通鳷鵲觀，高衢直指鳳皇臺[二]」是也。秦弄玉、蕭史吹簫之地，漢武鑄金鳳凰於其上。路轉者，三宮鳳臺之交轉折逶迤，言曠覽無窮。**雲飛北闕輕陰散**，春還，陰氣疏散，晴雲飛揚。**雨歇南山**終南。**積翠來**。南山色入閣道來，光景特好。**御柳遥隨天仗**儀衛帶仗。**發**，天仗之所至，柳色映發，故曰「遥」。**林花**上林花。**不待晚風開**[三]。言上林花不待春晚風而特早發者，全恩澤之所被也。起下句。**已知聖澤**天子恩澤。**深無限**，澤及草木。**更喜年芳入睿才**。謂御製。

【校勘記】

[一]興慶三宮：《舊唐書·地理志》作「大明、興慶二宮」。

［二］高：《全唐詩》卷七十七作「交」。
［三］晚：《全唐詩》卷一百十五作「曉」。

送魏萬之京　李頎

朝聞遊子指魏萬。**唱離歌，昨夜微霜初度河**。此蓋魏萬急于仕進赴京，因來告別，故曰朝聞離歌，述今朝卒告別也。次句言所以卒告別者：「昨夜微霜初度河」，秋已深，年光易過，故有此行也。《訓解》爲「途中相別作也」，恐非，辨具考證。**鴻雁不堪愁裏聽**，别愁中聞雁。**雲山況是客中過**。此去客路雲山重叠，望亦不堪。**關城**入京關。**曙色催寒近**，入關而曙光漸寒，逼近于寒候故也。**御苑砧聲向晚多**。此句接上，寒候近，故御苑傍萬户擣衣，旅客感可想。**莫是長安行樂處，空令歲月易蹉跎**。言魏萬入京，急于仕進故也，而彼長安者繁華行樂地，人多耽樂度日，因警之云勿空過歲月也。蹉跎，失時也。

考證：《訓解》云：「此途中相逢而餞之以詩也。言朝來唱歌之遊子，昨夜經微霜而度河者也。」蓋因「昨夜度河」之言而爲此解，而按全篇無途中相逢言，何以必爲途中相別解乎？《訓解》説未審。然送别不知在何地，顧魏萬赴仕進于京乎？然則於鄉里爲别亦未可知。其曰「初度河」者，微霜過河而初降也，若曰「夜來風雪過江寒」，可以並見焉。《訓解》以爲魏萬「初度河」，「初」字無落著，不可從。愚謂卒然告别，故起句曰「朝聞離歌」，而時已向深秋，故昨夜微霜過河降，是所以催行也，「初」字宜屬微霜。且下曰「催寒近」、曰「砧聲多」，亦皆謂漸向歲晚候而感歲月易過，遂終之云「莫是長安行樂處，空令歲月易蹉跎」。

寄盧司勛員外[一]　李頎

盧，氏。

流澌解冰也。**臘月下河陽**，河南府之河南縣。蓋舟行，故曰「下」。**草色新年發建章**。此篇蓋盧員外初入朝，故寄此詩也。言乘臘月解冰時而舟行下河陽，至長安日，應入新年也。**秦地**指長安。**立春傳太史，漢宮題柱憶仙郎**。言員外至京日必當立春時，太史傳謁。立春，天子迎春于東郊，亦應睹此盛事。員外素容儀端正，必當有題柱之盛名如田鳳者，蓋豫稱員外寵遇。仙郎，指員外。《後漢》：「田鳳，字季宗，爲尚書郎，容儀端正，入奏事，靈帝目送，因題柱曰：『堂堂乎張，京兆田郎。』」**歸鴻欲度千門雪**，言宮中初春景。彼建章千門側春雪未消，故歸鴻欲過來也。**侍女新添五夜香**。女侍史護御服，故五夜向曉之頃，執香爐燒燻御衣。蓋言員外郎直宿，深邃清切之臣，而見寵遇。**早晚薦**欲員外引薦也。**雄文似者**，成帝時，客有薦雄文似相如者，見《揚雄傳》。以雄文自比。**故人**自稱。**今已**非昔時雄，今已有其人意。**賦長楊**。楊雄所上賦。

【校勘記】

［一］寄盧司勳員外：《全唐詩》卷一百三十四作《寄司勳盧員外》。

題璿公山池

李頎

遠公晉惠遠。**遁迹**隱遁行迹也。鮑照詩：「遁迹避紛喧。」**廬山岑，開士**開法者。**幽居祇樹林。**須達多長者白佛言：「弟子欲營精舍請佛住。惟有祇陀太子園，廣八十頃，林木鬱茂，可居。」白太子，太子戲曰：「滿以金布，便當相與。」須達出金布八十頃，精舍告成，凡千三百區，亦曰「給孤園」。據是，則因林木鬱茂曰「祇樹林」。言栖遁宜卜幽境，不然必鬱林精舍可居焉，故遠公隱廬山，佛則居祇樹林中。璿公山池兩兼之，山池清潔絶塵可知矣。**片石孤雲窺色相**，言眼前所有，孤雲片石色，色即實相，乃窺得色相悟。《訓解》引「佛紫金三十二相」，恐誤。**清池皓月照禪心。指揮如意天華落**，指揮如意者，揮麈談法之類也。言隨揮如意而天花散落，稱璿公法德。**坐卧閑房**晝坐夜卧，不出房。**春草深。**漫草不掃，任自然。**此外俗塵都不染**，大道本來無所染，但所觀則片石孤雲、天花散落、春草不掃，自然幽境而已，他則一塵無所侵、無所染。**惟餘玄度**許詢，字玄度，與支遁爲方外友。**得相尋。**言己無所染，則莫引世人相逐來。而今如玄度者猶在，因以得容訪尋。言山池絕人迹也。

寄綦毋三　李頎

綦毋三，名潛，字孝通。三者，兄弟排行也。

新加大邑綬仍黃，綬，印綬也。二千石，黃綬。蓋潛自宜壽縣尉兼洛陽縣尉，故曰「加大邑」，而爵如故，黃綬未改。**近與單車向洛陽**。雖加大邑，之洛而唯所乘單車與者，言單車外無盛裝。**顧眄一過丞相府，風流三接令公香**。荀彧爲中書令，好薰香，其坐處常三日香，人稱令公香。言潛或至長安而初過丞相，則應遇顧眄恩，且屢接中書令，則應借其薰灼。二句言潛才當見知執政之人也。《訓解》以爲「潛嘗預丞相顧眄」，「一過」字不穩，可謂誤矣。又云「潛有風流，故李頎三接」，然以令公而比潛者，不穩當，不可從。**南川**地名。**粳稻花侵縣**，政成，致豐年。**西嶺雲霞色滿堂**。言德澤。**共道進賢蒙上賞**，漢高祖曰：「我聞進賢承上賞。」乃封鄂千秋爲安平侯。《訓解》云「潛嘗推賢進士，人皆謂當受上賞也」，是說當，但潛進賢未審所據。**看君幾歲作臺郎**。臺郎，謂尚書郎。「幾歲作臺郎」者，言潛進達有漸，如此竟當經歲而作臺郎，必矣。上曰丞相顧眄、令公交接，下曰進賢蒙上賞，因結之云竟當作臺郎。《訓解》云結句「深惜其留滯也」，蓋《訓解》前聯說誤，故至結句而以爲惜留滯。然前聯已下言進達得媒也，而至結句惜留滯，則前後不相應，不可從。

考證：綦毋潛，開元中繇宜壽縣尉，入爲集賢院待制，遷右拾遺，終著作郎。據是，則《訓解》云「自宜壽縣令又入洛爲縣尉」者，未審。愚謂此篇所云潛爲宜壽尉而新兼洛之縣尉，故曰「加大邑綬仍黄」。其遷爲洛之縣尉者無所見，不可從。

送李回　李頎

知君官官職。**屬**附屬。**大司農**，秦官，治粟内史，掌穀貨，漢更名大司農。言君爲顯職，人人所知也。**詔幸驪山**驪山有温泉宫。**職事雄**。用費皆大司農所主掌，故其屬官者特幹于職事。**歲發**猶徵發之「發」，使民貢貨財也。**金錢供**供給。**御府**，**晝看**看，省也。《訓解》爲「觀覽仙液」，非。**仙液注離宫**。令仙液湧沸注瀉，司農屬官特主掌之。**千岩曙雪旗門上**[二]，《周禮》：爲帷宫，設旗門[三]。蓋行幸之所在，以旗爲門。**十月寒花輦路中**。行幸路寒花往往發焉，蓋温湯之所致，雖千岩含雪，不恐寒也。**不睹聲明與文物**，《左傳》：「文物以紀之，聲明以發之。」今作「聲名」，非。「文物」謂禮樂，「聲明」者，謂和鸞及車旗之象。言李頎不扈從行幸，故不能睹斯盛世。**自傷留滯**本于「太史公留滯周南」之語，是言滯一官。**去關東**。言李頎赴去關東而留滯久矣，是以不得關斯盛事，故自傷而已。「留滯」二字移在「關東」下方通，蓋自去于關東，留滯未還京也。《訓解》云：「我因留滯關東，不得睹此聲明文物，且欲弃官而去耳。」此説「去」字不穩當，全不得解，强解已。

【校勘記】

〔一〕旗：《全唐詩》卷一百三十四作「旌」。

〔二〕旗：《周禮·天官冢宰下》作「旌」。

宿瑩公禪房聞梵　李頎

梵，讚咏聲也。

花宮稱佛寺。**仙梵遠微微**，**月隱**月色隱暗。**高城鐘漏稀**。言投宿禪房，夕聞讚誦聲，其初發也，微微遠聞。于時月色隱暗，城居遥隔，鐘漏稀聞，只寂寥中聞梵聲耳。《訓解》謂：「梵聲微細，聞之于月落漏稀之時。」然前聯「夜」與「曉」相睨，蓋自夕投宿以至曉也。「月隱」已爲説曉，則與前聯重復相侵。且此篇爲自夕徹曉，則布置有序。月隱者，月色隱暗也。**夜**漸至夜深。**動霜林**聲振林木，頌讚聲漸滿也。**驚落葉**，時發時止，如落葉隨風有聲。**曉聞天籟**《莊子》語。**發清機**。曉聞頌讚聲，則真天籟也，因起發清净心機。特稱「曉」者，如《孟子》所謂「平旦夜氣頓」，發清機時故爾。**蕭條已入寒空静，颯沓**衆盛貌，與「蕭條」相反。**仍隨秋雨飛**。言梵聲或斷或起，故俄而蕭條寂静者，梵聲入寒空而滅也，忽爾盛音颯然者，秋雨助聲也。二句寫梵音妙。**始覺浮生**《莊子》：其生如浮。**無住著，頓**「始」「頓」相呼應。**令心地欲歸依**。聞梵始悟浮生無所住，頓令一心歸著佛理也。

贈盧五舊居[一]

李頎

盧，氏。

物在人亡劉向《新序》曰：其器在，其人亡。**無見期**，無再相見日。**閑庭繫馬不勝悲**。言繫馬于閑庭徘徊，惟舊居如故，而主人亡。一思無見期，不勝悲感之切。**窗前緑竹生空地**，緑竹徒生空地，亦可憐。《訓解》：「緑竹生空地，則蕪穢不脩。」何以見「蕪穢」之義乎？不可從。**門外青山似舊時**。言對青山便仿佛舊時賞遊看，故曰「似」。《訓解》云：「青山如舊時，則風景不异。」「似」字不穩，不可從。**悵望青天鳴墜葉**，言每觀物，事事有感，因惆悵望天，則木葉鳴而墜地，爽然喪魂，荒凉悲慘狀在言外。**巑岏**高峻貌。**枯柳宿寒鴟**。巑岏，謂山嶺高峻，借以狀枯柳無枝高聳。曰「枯柳」、曰「寒鴟」，寫蕭條趣。**憶君泪落東流水**，一思之俄然泪落者，嘆東流去而不反故也。**歲歲花開知爲誰**。言無情不知主之存亡，歲歲發花如故，不知將令誰見之乎？蓋寄恨于無情之物，悲感之切故也。此篇不作俊句奇語，以平調行之，却使人一讀爽然，真自肺腑中流出者，讀者勿輕看可。

【校勘記】

［一］贈盧五舊居：《全唐詩》卷一百三十四作《題盧五舊居》。

七言律　下

望薊門　祖詠

薊州所治，古之燕國都，漢爲薊縣，晉置幽州，自至隋，幽州刺史皆以薊州爲治所。唐屬河北道。

燕臺薊州，燕國都也。臺，謂高處，《禮記疏》「兩邊起土爲臺」是也。《訓解》云「臺即黄金臺」，非也。**一去**初至也。**客心驚**，言客寓燕地，見邊地騷擾而心中驚懼。**笙鼓喧喧漢將營**。《訓解》云：「使客心驚讋者，皆戎馬之事也。」愚謂第二句甚有意，言當時將帥不决戰而亡戎，徒鼓聲喧喧耳。《訓解》直以爲「戎馬之事」，非也。具見考證。但笙非軍器，《訓解》無説，姑闕疑。**萬里寒光生積雪**，**三邊**永平、遼東、居庸。**曙色動危旌**。高旌也。邊色浮動，積雪寒光，言所望皆寒苦。**沙場烽火侵胡月**，**海畔雲山擁薊城**。四句貼題「望」字，言邊庭擾亂。雲山擁者，胡兵盛象。《解》云「狀邊庭之景如此」，非也。**少小雖**

非投筆吏，《訓解》引《後漢》：班超投筆嘆曰：「大丈夫當立功异域以取封侯，安能事筆研之間乎！」然投筆之事班超傭書日也，似不可謂「投筆吏」，《訓解》因以爲「非投筆從戎之吏」，可謂窘解也。蓋祖詠文人，非關邊功之事者，故云爾。義具于考證。**論功還欲請長纓**。言祖詠自云：吾固非論邊功吏，然今睹諸將不決戰而悠悠貪戰功，非苟禄者哉？若吾論功，則竊謂若終軍請纓之事，則直擒戎王也，不然豈以足爲功乎？《訓解》妄説甚，具見于考證。

考證：《訓解》云：「此因臨邊而有志於立功也。」此説太誤。此首全諷將非其人爾。蓋當時事邊功，故諸將不決戰，悠悠度日，以戰功爲資，是以諸將蒙敝之害深。祖詠竊傷時敝以寓意，故曰我少小非志邊功吏，雖然，若使吾論功也，則若終軍請纓而羈南越王而致之闕下者，以爲大功矣。其意以爲非伏戎王，奚爲戡亂耶？《訓解》徒爲「戎馬之事」，且以爲祖詠自論立功，故欲效終軍之事。然功者，自他人論戰功也，豈自論功者乎？誤解可知矣。「投筆吏」爲班超之事，按《傳》曰：班超家貧，爲官傭書，久勞苦，投筆嘆曰：「大丈夫當立功异域以取封侯，安能久事筆研之間乎！」據是，投筆時超非吏，因疑「投筆吏」「吏」字有誤。然詩語緩，自有别。「投筆吏」猶曰投筆人，要借投筆事而謂非志邊功徒也。因云吾雖非志邊功徒，而使吾論功，則如終軍直伏戎王者以爲大功乎！深嘆當時諸將貪功蒙敝之害詞也。

九日登仙臺呈劉明府[一]　崔署

仙臺在河南。

漢文皇帝有高臺，一句説破題「仙臺」。言仙臺者，昔漢文帝望祭河上公之所，遺迹今尚有焉。**此日登臨曙色開**。言九日登高日，故侵曙登仙臺也。**三晉**韓、魏、趙。**雲山皆北向**，**二陵**《左傳》：肴有二陵，南陵夏后皋之墓，北陵文王之所避風雨也。**風雨自東來**。言山勢如昔時，而雲山峙立，風雨時時來。**關門**函谷關。**令尹**令尹名喜，字公度，侯氣知真人西遊當過此，果見老子乘薄版車出關。喜曰：「爲我著書。」老子乃作《道德經》二篇。**誰能識**，**河上仙翁去不回**。《神仙傳》：河上翁，漢文時結草庵河上，帝幸其庵，公授素書一卷。二句言羨仙之無益，而戒當時眩惑徒。今所觀三晉雲山、二陵風雨如昔耳，河上仙翁不復返，則雖關門令尹尚在焉，誰能辨識之？蓋謂澆季無仙骨也。**且**辭也，猶曰姑。**欲近尋彭澤宰**，淵明事，比劉明府。**陶然一醉菊花杯**。言神仙不可求而得也，宜與友人如劉明府者，醉菊杯而忘却世念也，是蓋神仙矣。豪放佚蕩以破世俗之迷蒙。

【校勘記】

[一]九日登仙臺呈劉明府：《全唐詩》卷一百五十五作《九日登望仙臺呈劉明府容》。

五日觀妓

萬楚

西施謾道浣春紗，會稽有浣紗石，相傳西施浣紗於此。**碧玉**宋汝南王妾。**今時鬥麗華**。陰麗華也。光武初悦之，又見執金吾車騎盛，嘆曰：「仕宦當作執金吾，娶妻當得陰麗華。」即日立爲后。言昔西施者，自微賤浣紗日既已見稱艷顔，比今日歌妓如碧玉、麗華者争鬥艷顔，何足稱之乎！故曰「謾道」。蓋兩妓，因比碧玉、麗華。**眉黛奪將**助字，無意義。**萱草色**，《説文》：「令人忘憂之草。一名宜男。」周處《風土記》云：花宜懷妊，婦人佩之，必生男。通作「諼」，萱、諼音同，故遂命萱以忘憂之草。**紅裙妒殺石榴花**。二句稱妓奪將者。「緑黛奪得萱草色」，猶紫奪朱之「奪」。謂萱草者，取忘憂之義，言萱草色不及觀妓之忘憂也。紅裙妒殺者，稱裙也。裙，下裳。紅裙紅於榴花，故榴花却似相妒。**新歌一曲令人艷**，僅一曲，人皆好樂也。艷非美艷之義，艷，歆羡也。《詩》：「無然歆羡。」注：「貪樂也。」**醉舞雙眸**兩妓對舞。**斂鬢斜**。因醉態而斂鬢不正，却美。**誰道**「謾道」「誰道」重復不嫌，可見唐人詩法緩。**五絲能續命**，《風俗通》：五月五日，以五綵絲繫臂，名「續命縷」。**却令今日死君家**。言歌妓之妙舞不堪斷腸，殆欲死君家也，雖五絲能續命，不足爲恃。蓋稱舞妓之詞而貼題「觀妓」而已。《訓解》云：「此絲豈真續命者耶？適足令人傷生耳，何可來遊而中其餌乎？」若此解，則全誹謗妓也，豈可爲「觀妓」耶？又云：「天寶間，楊妃姊妹以色取寵，而教坊化之，競爲冶容。故此詩以賤妾碧玉指歌妓，以麗華指貴妃也。下之淫巧誠自上始，何明皇不悟而卒有馬嵬之行？惜哉！」愚謂是經生之談，非解詩者。此詩全言五日興而稱歌妓而已。妓樂之盛，諷意在其中，是詩之道也。《訓解》屑屑理解，不足論焉。

杜侍御送貢物戲贈　張謂

杜，氏。侍御，官。

銅柱漢馬援南征，立銅柱，爲漢之極界。**珠崖**出珠，故名。《詩選》《訓解》共作「朱」，非。珠崖，唐崖州，隋珠崖郡。漢元封元年遣使以爲珠崖、儋耳。唐武德初，拆珠崖郡爲五郡。**道路難，伏波**馬援爲伏波將軍。**横海**横海將軍韓説，西漢人。**舊登壇**[一]。登壇，謂拜將也。言東南夷道舊難通，韓説破東越，馬援征交趾，自是東南夷鄉化，今且道路易通。**越人自貢**不求而自至，南越服化故也。**珊瑚樹，漢使**稱中國使。**何勞獬豸冠**。執法所服冠也。言當時遐方服從，貢獻自至，何用使法吏求之乎？諷杜侍御。**疲馬山中愁日晚，孤舟江上畏春寒**。二句見當時使者勞，言疲馬取路急，故愁日晚。孤舟度江海，寒苦可畏。**由來此貨稱難得**，《老子》：「不尚賢，使民不争。不貴難得之貨，使民不爲盜。」語本于此。**多恐君王不忍看**。難得之貨，君王固所不貴，杜侍御縱得之以送，恐君王不忍玩弄焉。此篇全諷意，故題曰「戲贈」。

【校勘記】

［一］壇：底本訛作「檀」，據《全唐詩》卷一百九十七改。

送李少府貶峽中王少府貶長沙

高適

李，氏。少府，官。貶，貶謫。峽中，夔州。王，氏。長沙，衡陽郡。

嗟君此別意何如，别意不可如之何。**駐馬銜杯**惜别態。**問謫居**。**巫峽啼猿數行泪**，峽中猿聲殊哀，述李少府謫居悲。**衡陽歸雁幾封書**。雁到衡陽不南去，言音書漸稀，述王少府謫居思。**青楓江**在長沙。**上秋天遠**，秋色黯淡，悵望自不堪。述王少府旅途望。**白帝城**在夔。**邊古木疏**。落木蕭蕭下，言李少府旅懷。四句分排謫處，寫出旅愁，工確切至。**聖代即今多雨露，暫時分手莫躊躇**。「雨露」比恩澤。言當時雨露繁多，當有榮枯潤涸日，此别暫時分手而已，何爲躊躇徘徊乎？作相慰語以結收，應起句「此别意如何」。

夜別韋司士　高適

韋，氏。司士，官。

高館張燈言盛筵。**酒復清**，《詩·鳧鷖》篇：「爾酒既清，爾餚既馨。」**夜鐘殘月雁歸聲**。言宴既闌，曉鐘、殘月、雁聲並至，别情切。**只言啼鳥堪求侶，無那春風欲送行**。《詩》：「伐木丁丁，鳥鳴嚶嚶。出自幽谷，遷于喬木。嚶其鳴矣，求其友聲。」此詩「啼鳥」本于此。言高適於韋氏平生久要，相得交歡，猶嚶鳴求友聲，故今臨别偏言之以戀戀然。此行已欲乘春風去也，無由留之，蓋韋氏因承恩奉使以發行乎？其謂「啼鳥」者，含「遷于喬木」意。春風送行，亦見躍然就途意。徒爲餞飲解，似甚疏。**黄河曲**黄河千里一曲。**裏沙爲岸**，只經行黄河沙岸，行路寥寥可想。**白馬津邊柳向城**。黄河、白馬津，共所經歷地。柳向城，亦言寂寥。**莫怨他鄉暫離别，知君到處有逢迎**。蓋奉使赴也，因言君到處當有簞食壺漿相迎者。評云：「此句與『莫愁前路無知己，天下誰人不識君』結意正同。」《訓解》亦云：「君之才名人所共慕，隨處當有逢迎者。」二説未審。評所引，别董庭蘭之作也，庭蘭固絶藝，故曰「天下誰人不識」。此詩只曰「到處有逢迎」，語勢自有别。《訓解》論韋氏才名，然詩中未及才名，難從。余則謂韋蓋奉使至，故處處簞食壺漿，父老相逢迎。讀者當審諸。

和賈至舍人早朝大明宮之作[一]

岑參

雞鳴紫陌曙光寒，先説早朝。曙光寒者，朝尚早也。**鶯囀皇州**稱帝都。**春色闌**。睍睆聲滿帝都，春已闌，而温和富麗，寫太平象。**金闕曉鐘開萬户**，漸比曉鐘萬户開也，亦説早朝。**玉階仙仗擁千官**。帶仗之衛士簇擁于階下也，説朝儀嚴。《增韻》：「官職也。」據是，則「千官」即帶仗士也。**花迎劍佩星初落**，言星沉没初，朝儀起。宮花盛發，似迎劍佩。亦説朝儀早。**柳拂旌旗露未乾**。柳枝低垂，故拂旌旗。露未乾，早朝故也。花迎、柳拂，應「春色闌」句。**獨有鳳凰池上客**，指賈至。「鳳凰池」已見。**陽春一曲**《陽春》，郢中歌，事見《訓解》。是春日早朝作，故比《陽春曲》。**和皆難**。《陽春曲》古來稱和者寡。賈至能屬文，故掌絲綸在鳳池。今《早朝》作即陽春調，此曲和之猶以爲難，然至能賦之，故曰「獨有」。

考證：按乾元二年，肅宗初還京，時岑參爲補闕，杜甫爲拾遺，王維爲右丞，賈至爲舍人，同時唱和云。此詩「和皆難」者可以見焉。賈曾先世爲中書舍人，賈至襲爲中書舍人，父子世掌絲綸，故杜甫《早朝》和云「欲知世掌絲綸美，池上于今有鳳毛」，蓋世擅美，故云爾。此詩曰「獨有鳳凰池上客」，亦竊含鳳毛之事乎？不然曰「獨有」者無意義。

【校勘記】

[一]和賈至舍人早朝大明宮之作：《全唐詩》卷二百一作《奉和中書舍人賈至早朝大明宮》。

和祠部王員外雪後早朝即事　岑參

祠部，官。王，氏。員外，祠部員外。

長安雪後似春歸，言雪如花。**積素**雪色皓潔，如積絹素。**凝華連曙輝**。雪光與日輝相連接。**色**雪色。**借玉珂**馬勒飾。**迷曉騎**，雪色借與於玉珂而玉珂增皓潔，珂與雪不辨，故曉騎迷也。**光**雪光。**添銀燭晃**明也。**朝衣**。**西山落月**比雪。**臨天仗**，**北闕晴雲**復比雪。**捧禁闈**。闈，宫門也。捧，手承也。言遠之則如落月照臨，近之則如晴雲捧出。四句説早朝景。**聞説仙郎**指王員外。**歌白雪**，曲名，比《早朝》作。**由來此曲和人稀**。與前首結句同意。

西掖省即事　岑參

西掖省，右補闕屬中書省[二]，在西，故曰西掖。是岑參爲補闕時所作。

西掖重雲開曙輝，北山疏雨點朝衣。二句賦直日即景，言此日雨初霽，重雲去，曙輝開，但北山雨未全收，時來點污朝衣也。**千門柳色連青瑣，**柳緑而接青瑣色，有「龍池柳色雨中深」之意。**三殿花香入紫微。**三殿，説見五律解。紫微本天帝之坐，因比天子正殿也。愚竊謂「紫微」疑當作「紫薇」，蓋字有誤乎？唐中書省稱紫薇，是中書省即事，則恐當作「紫薇」爲是。花香入中書省，語元穩貼。**平明端笏陪鵷列，**鵷，鳳屬鵷列，謂朝班。古詩：簉迹鵷鷺行。**薄暮垂鞭信馬歸。**二句言早朝晚歸，逐隊隨例耳，無一事所建明也，故曰「陪鵷列」。其意每不自得，自無意氣揚揚態，故曰「垂鞭信馬歸」。**官拙自悲頭白盡，**官拙，謂賤官也。拙，劣也。《訓解》云：「拙于仕宦，思歸隱也。」如此説則當作「宦」。而末又云「尚守微官」，又作「官」。愚謂補闕不可謂微官，作仕宦之「宦」亦可。**不如岩下偃荆扉。**言與守微官，不如岩居自遂志也，是「官拙」爲微官之義也。又作「宦」，則謂我仕宦拙劣之才，故無所建明，禄禄至白頭，不如歸隱而岩下偃荆扉。

【校勘記】

［一］右：底本誤作「左」，據《唐才子傳》卷三改。

九日使君席奉餞衛中丞赴長水　岑參

使君席，使君未審爲何人。衛，氏。中丞，官。長水，地名。

節使節，節旄，狀竹節。命將賜之，故稱節使。**橫行西**長水。**出師**，言中丞賜節爲將。**鳴弓擐**貫同。**甲羽林兒**。羽林，謂宮甲。武帝時，取從軍死事者之子孫，養之羽林，號羽林孤兒。鳴弓者，試弓也。擐甲者，著戎服也。言宮甲梟雄踴躍爲勢，願爲之用也。**臺上霜威**中丞在御史臺，威權如霜。**凌草木**，霜氣凛然，草木凋傷，猶曰衆庶糜然畏服。**軍中殺氣傍旌旗**。殺氣已泛然侵旌竿，無形勝可以見焉。**預知漢將宣威日，正是胡塵欲滅時**。言中丞身未至彼地而威名已宣揚，即日胡兵解散，烟塵一掃，不血刃而退敵，是則可豫知焉。**爲報使君**岑參在太守席上送中丞，故稱使君。**多泛菊，更將弦管醉東籬**。中丞滅胡在掌握，不足爲意，宜酌酒盛行色也。况逢重陽日乎，故泛菊之外更設管弦勸醉也。「多泛菊」猶曰多置酒，重陽酒稱泛菊。

首春渭西郊行呈藍田張二主簿　岑參

渭西，地名。郊行，城外曰郊。藍田，在長安，名勝地。張，氏。主簿，官。

回風度雨過雨也。**渭城西，細草新花踏作泥**。言此日風起雨過，天新晴，但西郊泥濘，草花染泥，早春景蕭散。**秦女峰頭**秦嶺秦女峰，在藍田。**雪未盡**[一]，首春景。**胡公陂上**鄠縣傍有虞思胡公廟。**日初低**。言秦女峰殘雪、胡公陂落日，眺望極名迹，幽興何如乎！春色未滿，而閑敞却可憐。二句述郊行，貼「首春」。**愁窺白髮羞微禄，悔別青山憶舊溪**。二句轉入述懷，言初出故山也，有志于青雲，至老未達，尚且見微禄羈，故每窺見白髮堪自羞。雖然，不能决然翻飛，徒悔別青山舊溪而已。**聞説輞川**藍田勝絶地。**多勝事，玉壺春酒正堪携**。言無聊之餘，思行樂遣悶，無如輞川勝絶。時春酒正熟，郊行懷未抒，欲携玉壺去訪主簿於藍田，因以呈示焉。

【校勘記】

[一]盡：底本誤作「消」，據《全唐詩》卷二百一改。

暮春虢州東亭送李司馬歸扶風別廬　岑參

司馬，官。扶風，地名。

柳嚲果可切，垂下貌，又厚也。**鶯嬌花復殷**，寫暮春景。殷，紅色也。**紅亭**映花紅，故稱。**緑酒送**

君指李司馬。**還**。花染於亭，酒灑緑，此興豈應空乎？二句勸酒語。**到來函谷**在弘農縣，本號郡。**愁中月，歸去磻溪夢裡山**。言昔到來時旅愁中，每對函谷月而夢鄉里磻溪山。今將歸去于所夢之山也，喜可知矣。《訓解》與詩意不諧，不可從。**簾前春色應須惜**，年光易過，但宜惜春而樂目前也。**世上浮名好是閑**。名利如浮，何足問乎！「閑」猶等閑之「閑」，浮名應等閑看過。二句述己所懷，羨司馬歸鄉。**西望鄉關腸欲斷，對君衫袖泪痕班**。司馬還，己未能還，所以泪痕班。

萬歲樓

王昌齡

潤州城上西南隅。

江上巍巍[一]大貌。**萬歲樓，不知經歷幾千秋**。言是樓名「萬歲」也，不知積幾千秋而爲此名乎？蓋昌齡悲世變無常，故羨是樓傳名于不朽也。**年年喜見山長在，日日悲看水獨流**。二句述山水眺望而嘆己旅寓無定。蓋山不動物，年年長在，不如己周流四方也，堪喜見。水流去不止，似己流落無定所也，堪悲看。一喜一憂，眺望有感。**猿狖**猿類。**何曾離莫**與暮同。**嶺，鸕鷀空自泛寒洲**。言猿狖不離嶺，得住所也。鸕鷀浮漂洲上，無定所也。禽獸亦有幸、不幸。**誰堪登望雲烟裏，向晚茫茫**雲烟晚色特哀。**發旅愁**。

考證：按此詩蓋昌齡流落日所作。《傳》云：天寶間知名者王昌齡、崔顥皆位不顯。昌齡，江寧人，第進士，補秘書郎。又中宏辭，遷汜水尉，不護細行，貶龍標尉。以世亂還鄉里，爲刺史閭邱曉所殺。不遇流落可以見焉。

【校勘記】

[一] 魏魏：《全唐詩》卷一百四十二作「巍巍」。

題張氏隱居　杜甫

諸家注爲張叔明，叔明隱于徂徠山，所謂「竹溪六逸」之一人也。然未審，要不必求其人以實也可。

春山無伴獨相求，春山可愛，但訪隱者，無伴侶，是以獨自求張氏所在耳。**伐木丁丁**《詩經》字面。**山更幽**。伐木之響遠聞，乃覺山中幽邃。**澗道**山夾水曰「澗」。**餘寒**澗道冰雪，餘寒特甚。**歷冰雪**[二]，言經歷勞。**石門**石爲門，寫幽居也。或爲地名，非。**斜日至林丘**。言冰雪未融，取路遲遲，比到林丘日已傾。**不貪**上二字，下五字。**夜識金銀氣**，言己到張氏居，幽邃靜閑。張氏固無貪心而道氣深，己亦相對忘貪婪心，是以能辨識金銀氣也，全山中靜閑故而已。《史·天官書》：敗軍亡國之墟，上有金寶氣。**遠害**上二字，下五字。**朝看麋鹿遊**。言張氏遠害而隱，朝朝看得麋鹿遊，真可樂也。**乘興杳然迷出處**，言我初乘興來，山路杳然，忘所去來，故迷出處。《集注》爲「所從來」，是也。「迷」猶迷襄城轍之「迷」。**對君疑是泛虚舟**。與張氏一相對而俗慮頓空，其無心而相偶也，猶虚舟泛泛，無意去來也。「虚舟」出于《莊子》。

【校勘記】

［一］歷：底本誤作「經」，據《全唐詩》卷二百二十四改。

宣政殿退朝晚出左掖

杜甫

按《唐書》：宣政殿在東内。高宗龍朔二年置三門於大明宫，曰丹鳳，正殿曰含元，含元之後曰宣政。宣政左右，有中書、門下二省，弘文、史二館。高宗已後，天子常居東内云。

天門天子之門。**日射黄金榜**，榜，又作牓，門扁也，以黄金塗字。宣政殿者，正衙也，故起句先稱壯麗，言仰望天門則懸黄金榜，而日光映射，故金榜增光。**春殿晴曛赤羽旗**。「曛」字一作「薰」，一作「醺」。按字書：「曛，日入也。」朝在早，不應著「曛」字。醺，醉也，旗非動物，亦難言「醺」。疑當作「薰」。薰，烝也，説見徐氏注。又《分類》作「曛」，即日入餘光也，是因退朝云爾。然此篇起句二句應早朝也，「曛」字不穩。退朝者，七、八句是也。作「薰」爲是。赤羽，謂旗畫，所謂前朱雀也。春氣薰薰，赤羽益赤也。**宮草霏霏承委佩**，《曲禮》：「臣佩委。」言佩委于地，而宮草細軟，宜承佩。**爐烟**御爐香烟。**細細**香烟矗立，言宮中無風吹散。**駐遊絲**。烟如遊絲，有「落花遊絲白日静」之趣。**雲近蓬萊**即謂大明宮，是正朝也。**常五色**，五色瑞雲常不斷，宛如護正朝也，祝休徵。**雪殘**殘，消也，非謂餘雪。**鳷鵲**漢有鳷鵲觀，比當時宫殿。**亦多時**。承初「日射」「晴薰」句，言春日晴薰，是以雪消畢。「多時」謂已久也。**侍臣**公自謂。**緩步歸青瑣**，青瑣，中書省之門也。公時爲拾遺，屬門下，故朝罷歸己省。**退食從容**自得貌。**出**出左掖也。**每遲**。《詩·羔羊》篇云：「退食自公，委蛇委蛇。」結收述晚出，言雖朝儀罷，不能卒退食，姑皈己省而後出左掖，從容自得，有《羔羊》之遺風。此篇全賦殿閣盛景，公蓋肅宗時爲左拾遺，此時當禄山亂後，故盛述樂升平之狀。

紫宸殿退朝口號　　杜甫

紫宸殿，含元殿之北爲宣政，宣政之北爲紫宸，紫宸爲便殿，即古之燕朝也。口號，任口所號吟也。

户外昭容女官，位正二品。唐制，天子坐朝，宫人引至殿上。**紫袖垂**，言昭容出户外，引導天子於御座也。紫袖垂者，寫引之狀。**雙瞻**宫女二人，故曰雙。**御座引朝儀**。邵注云：「雙瞻御座者，面向内而前行引導也，是引御輦面内而前行也。」按引朝儀者，引百僚也，則與「雙瞻御座」自有别。或云「雙瞻御座」爲内向，「引朝儀」爲却行，此説自有差别，近是。蓋「雙瞻御座」者，内向而引天子也；面顧内而却行者，則「引朝儀」之節也，讀者詳味之可也。**香**含烟字，謂御爐香烟。**飄合殿**合，配耦言。**春風轉**，謂轉回也，言宫殿深沉，故不得風暴吹散。寫深宫趣。**花覆千官淑景**淑，和也，美也。景，影同。**移**。唐制，殿中多種花柳。覆千官者，花多掩映。官，署也。淑景移者，謂日高花影之傾側，言侍朝漸久也。**晝漏稀聞高閣報**，紫宸内衙，晝漏時刻必待外廷高閣之報，故稱「稀聞」。此見内廷之深邃。**天顔有喜近臣知**。公爲拾遺，非近臣，則不得密侍，故雖天顔有喜色不能知，惟近臣知耳。復説内廷深邃，不可近前也。此聯邵氏註甚誤。《訓解》云：「公位卑分疏，不得近，故無所建明，隨班碌碌，良可嘆也。」此説似有理，然此篇與前首同，全賦宫中景與事耳，《訓解》太破詩意，不可從。《分類注》爲賦，是也。**宫中每出歸東省，會送夔龍集鳳池**。夔、龍二臣，舜名臣，故比時宰相。東省，門下省也。鳳池，中書省也。唐制，尚書、中書、門下爲三省，唯中書爲尊，故退朝必與三省群僚會送丞相至中書，而後分散。蓋歸東省，歸己省也，而後至中書，會送宰相也，是亦賦省中之事耳，非嘆禄禄滯末僚也。

曲江[一]　　杜甫

曲江，池也。其南有紫雲樓、芙蓉苑，其西有杏園、慈恩寺。唐時以曲江爲勝境。

苑外芙蓉苑也。**江頭坐**坐，無意緒也，猶駐車坐愛之坐，非久坐之謂。**不歸**，夢弼注爲「即縱飲懶朝」，是。起句言曲江勝境，自不能歸也。**水晶宮殿轉霏微**。水晶，謂清明也。諸注「霏微」爲「烟霧蔽之，故水晶宮不明」，似太拘。公別有賦《曲江二首》，其中共述縱飲之意。此篇蓋相承賦之，以是觀之，此首亦言醉中看矣。「霏微」蓋醉中看，故曚曚不可審視也。**桃花細逐楊花落，黄鳥時兼白鳥飛**。言桃花、楊花相與亂墜，如相馳逐，無處不飛花，故曰「細逐」。黄鳥時飛，或兼白鳥並飛，故曰「兼」。俱皆醉中看，貼「轉霏微」句。《訓解》：「桃花句比房琯罷相而已亦黜也，黄鳥句比忠邪混亂于朝廷也。」似太拘，難從。或爲「久坐之看」，亦非。是全謂因醉看而霏微無辨也。**縱飲**謂不拘禮法而耽飲、豪飲之謂，一作「縱酒」。**久拌**[二]方言。楚人凡揮弃物謂之「拌」，俗作「拚」，非。言投弃身於縱飲久也。**人共弃**，言人皆弃捐己而不交己。縱飲而不拘禮法，厭俗禮故也。**懶朝真與世相違**。公自意懶于朝而時時縱酒，宜與世人相違背也。**吏情**宦況也。**更覺滄洲遠**，邵注云：「覺滄洲者，動江湖之興也。遠者，悠長也。惟苦宦況之偪促，故更覺江湖之悠長。」此説近是。《訓解》太誤。愚謂「滄洲遠」者，非遠近之遠，謂遠塵俗而幽邃也。公苦吏情，故轉戀也。**老大**《長歌行》語。**徒悲**悲不至滄洲，徒及老大。**未拂衣**。拂衣，決然違世之狀。謝靈運詩「拂衣五湖裏」是也。

考證：此篇邵注云：「疑論房琯遭譴，怒而作，故甚太息。」《訓解》云：「房琯罷相，甫上疏言：『罪細[三]，不宜免大臣。』帝怒詔三司雜問。……『桃花細逐楊花落』者，房琯罷相而已亦黜也。『黄鳥時兼白鳥飛』者，忠邪混亂于朝廷也。」按此篇雖固發于憤激，而的爲房琯之事者，未審，詩語只有厭世之言耳。且《曲江二首》述生平懷抱，傷春而痛飲，故云「莫厭傷多酒入唇」，次云「酒債尋常行處有，人生七十古來稀」。此對酒，亦一時所作，其趣與《曲江二首》同。此篇特述醉中看，「桃花」「黄鳥」句只寫「轉霏微」意，斥爲房琯事，似太局。

【校勘記】

[一]曲江：《全唐詩》卷二百二十五作《曲江對酒》。

[二]拌：《全唐詩》卷二百二十五作「判」。

[三]細：底本訛作「紬」，據《新唐書·文藝上》改。

九日藍田崔氏莊

杜甫

藍田，屬京兆府，在長安東南七十里。

老去悲秋悲秋，常情也，但至老特甚。「老去」二字，一篇主意。**强自寬**，强自寬，言忍傷老悲秋之意。**興來今日盡君**崔氏。**歡**。言自寬，盡興酬崔氏歡洽。**羞將短髮還吹帽**，翻用孟嘉事而盡九日興也。言我老而髮已種種，儻風吹落帽，則頭顱兀兀，耐自羞。不言「風吹帽」，孟嘉本事明白故爾。**笑**歡笑也。**倩旁人爲正冠**。不自正，倩旁人者，有老益懶，不耐自正態。又孟嘉以落帽爲風流，公以落帽爲羞，復一個風流，應上「興來盡歡」句。**藍水**藍田有洲，曰藍水。**遠從千澗落**，澗水漲，落爲藍水。**玉山**即藍田山也。**高並**山勢相當，如比肩。**兩峰寒**。華山東北有雲臺山，兩峰峥嶸，四面懸絶。藍田山去華山近，故曰「並兩峰」。寒，寒凉，謂玉山懸絶。二句言山水勝。**明年此會知誰健**？**醉把茱萸仔細看**。此句述悲老以收拾，蓋首句「老去」句一篇之主意故也。言少壯幾時，且去住難定，不知明年誰復健而在此會乎？吾生衰老，明年存亡難圖，因把茱萸杯，熟看之。蓋悲難逢此宴而已，故曰「仔細看」。「把茱萸」爲把茱萸酒可也。邵注以「仔細看」爲盡歡，亦未搔癢。

望野[一]　杜甫

肅宗寶應元年在成都作。

西山即雪山，在成都西。**白雪三城戍**，松、維、保三城，置戍備吐蕃。**南浦清江萬里橋**。公草堂在浣華溪，其南萬里橋，則「南浦清江」指萬里橋所在也。邵注「南浦清江」爲浣花溪，「萬里橋」注云「時公寓此」，與諸注不合。《狂夫》詩曰「萬里橋西一草堂」，則邵注誤可見焉。此篇自浣華溪草堂望四野也，遠之則極西山三城戍，近之則眺南浦萬里橋，二句貼「望野」。**海内**四海内。**風塵**謂兵戈擾亂。**諸弟隔**，從兄弟。**天涯涕泪一身遥**。言公望野則遠近蕭索，遂云悲。因風塵與骨肉隔絶而獨身在天涯，是以每一憶之，涕泪忽下，不自堪。**唯將遲暮**《楚詞》：「惟草木之零落兮，恐美人之遲暮。」蓋謂漸將衰老也。**供多病，未有涓**涓滴。**埃**塵埃。**答**猶報。**聖朝**。言公自飄泊以來無建明也，徒生涯向老，供給養病耳。自顧無涓埃報答聖明恩也，非無遺憾矣。**跨馬**寫衰病不堪騎馬之態。**出郊**野外。**時極目，不堪人事日蕭條**。此時西山三城戍役，百姓疲於驅役，田野荒廢一日甚一日矣，故悲人事蕭條日益甚也，因託「野望」而寓意明年吐番没西山諸州。

【校勘記】

[一]望野：《全唐詩》卷二百二十七作《野望》。

登樓

杜甫

諸注云：時吐蕃陷京師及松、維、保三州。時公在蜀。

花近高樓花傍高樓而發，爛熳時。**傷客心**，花時却傷悲客心，何也？下句説其所由。**萬方多難此登臨**。多難中登臨故也。此句説起句，「感時花濺泪」意。**錦江**在蜀。**春色來天地，玉壘**山谷在蜀。**浮**

雲變古今。二句述登臨所見，言錦江春色充滿，來天地如故，但人事變態，似玉壘浮雲。「變古今」者，謂當時治亂也，非謂曠世與今也。諸注不穩當，今不從。**北極**指長安。**朝廷終不改，西山**在蜀。**寇盜**吐蕃。**莫相侵**。二句承上，言浮雲變改治亂爲古今。雖然，郭子儀復京師，乘輿反正，因言吐蕃一陷，京師而立復，可見國祚未衰，蠢爾寇盜豈得相侵乎！**可憐後主還祠廟，日暮聊爲梁父吟**。此因登樓眺望所及而爲感慨也。蜀後主亡國之君，而還見祠廟者，蓋蜀人不忘先生之德澤也。遂感及諸葛氏之忠，故「聊爲梁父吟」以思慕之，至日暮也矣，要感敗興爲鑑戒也。《梁父吟》，諸葛亮作，其中有「二桃殺三士」之言。《集解》因云：「比當時郭元振、魚朝恩輩蔽惑主聽者也，公以自任，故爲《梁父吟》。」此說太拘。愚則以爲是但登臨之次，偶及後主、諸葛氏之事而已。深泥本事而解，非也。

秋興四首　杜甫

在夔州作。

玉露凋傷楓樹林，巫山巫峽氣蕭森。起句貼「秋興」，言楓林凋殘於冷露，巫峽、巫山蕭條森列，故曰「蕭森」。**江間**指巫峽。**波浪兼天湧，塞上風雲接地陰**。言風起波浪湧，秋色陰晦，堪冷看。兼者，波浪抽于天也。接者，風雲連于地也。**叢菊兩開**公去秋至于夔。**他日泪**，至夔經兩秋，猶未能歸。去秋已對菊濺淚，今日見叢菊開，復催他日淚。他日，猶曰向日。**孤舟**謂漂泊孤寂。**一繫**不能去，故曰「一繫」。**故園心**。言自孤舟一繫，留不能去，是以思故園心特切。**寒衣處處催刀尺，白帝城**在夔。**高急暮砧**。刀尺，裁衣具。秋已闌，漸逼寒候，處處急裁衣，故白帝城邊砧聲自高處落，使無衣客傷悲也。亦説秋興。

其二

千家山郭靜朝暉，郛郭千家聚居，不爲不多，然朝暉靜閑，何也？夔全因偏地而秋暉清澈，朝來特爽。一句賞夔朝景。**日日江樓坐翠微**。言戀戀不能去。《爾雅》：「山氣青縹色曰翠微。」坐翠微者，樓倚翠微故也。或説「從樓上以攬山色，一切遠峰如在樓頭，故曰『坐翠微』」，恐非。**信宿漁人還泛泛，清秋燕子故飛飛**。言經宿漁人未去，秋深燕子猶未還，蓋被羈于清景故也。曰「還」、曰「故」，可見有戀戀意，而暗含久客留寓意。**匡衡**漢人，字稚圭。元帝時上疏，上悦其言，遷爲太子少傅。**抗疏功名薄，劉向**漢人，字子政，講五經于石渠。**傳經心事違**。公嘗疏救房琯出貶，故云雖抗疏如匡衡而功名不建。又嘗獻三賦，有劉向傳經之意而不遂，心中事盡違背。**同學**謂同筆硯。**少年多不賤**，新進士。**五陵**在長安，豪貴所居。**衣馬自輕肥**。肥馬輕裘，謂少年富貴態。結句自「傳經心事違」句來，寓憤憤不平意，言如同學少年者，善趨時、好鈎得貴顯者，是以衣馬翩翩相誇，是所以吾心事違也。

其三

蓬萊宮闕大明宮。**對南山**，終南。言宮闕巍然高大，與山勢相對。**承露**漢武作承露盤，高二十丈，大七圍，以銅爲之，上有仙人掌承露，和玉屑飲之。**金莖**銅柱謂之金莖。莖，柱也。**霄漢間**。金莖接高霄也，含玄宗好神仙同漢武之意。**西望瑤池**在昆侖之丘。**降王母**，《列子·周穆王》：命駕遠昇崑崙，遂賓于王母，觴于瑤池上。**東來紫氣滿函關**。用令尹喜望見東來有紫氣浮關，果遇老子事。言宮制巍巍，神仙可致也，是以西望，想周穆觴於瑤池之狀。而函關紫氣東來如故，則今尚老子可待也。或以王母比貴妃者，鑿，不可從。**雲移雉尾開宮扇**，殷高宗有雊雉之祥，章服多用翟羽。唐緝雉尾爲扇翣，以障塵。開宮扇，謂天子將出之狀。**日繞龍鱗**衮衣有龍章。**識聖顔**。二聯賦早朝。曰「雲移」者，謂曉天。日繞者，謂平旦而初見聖顔穆穆狀也。全言宮殿深邃，威儀嚴肅。**一卧滄江**指峽中。**驚歲晚**，言自一卧峽中，還歸未果，客中又遇歲闌，因云「驚歲晚」。**幾回青瑣點朝班**。言公身在夔而心在魏闕，故此首特賦昔時宮中盛，而有戀戀思升平意。爲「徒諷上好神仙」者，非。點者，與「玷」同，點辱之點，謂己污朝班也。

其四

昆明池水漢武帝元狩三年[一]，發吏卒穿昆明池，在長安西南。漢武欲征昆明國，有滇池，故作池象之，習水戰。**漢時功，武帝**漢武。**旌旗在眼中**。此因秋興想昆明池。言此池欲征昆明國所穿，周回渺漫，全以漢時功成矣，豈當時所及乎？今尚想武帝戡亂之勢，旌旗正大，猶在眼目。二句莫大漢武功而諷當時衰弱。**織女機絲**昆明池有二石人，象牽牛、織女。**虚夜月**，織女之機絲，映夜月虚明。**石鯨鱗甲**昆明池有石鯨，每雷雨，鬣尾皆動，常鳴吼。**動秋風**。「動」字用鬣尾動事。言機絲、鱗甲俱如故，而夜月秋風蕭條看耳。**波漂菰米沈雲黑**，菰，一名蔣，一名茭白，至秋結實，爲黑米。**露冷蓮房**蓮子也。**墜粉紅**。二句寫晚秋景。言秋深，菰米多漂水上，望之黯黯如沉雲。蓮子經冷露，墜落如摧紅粉。今無拾菰者，無采蓮人。二聯俱賦昆明池荒凉，兵戈亂離之狀在其中。**關塞極天惟鳥道**，峽中險絶，無蹊路，惟有飛鳥之道，而遥接天欲盡頭。此句一轉述懷，言己流寓險絶地，不能歸，無聊甚也。**江湖滿地一漁翁**。言舉目觀，滿地江湖，惟漁翁泛泛水上，似己漂泊身。蓋言己漂泊無可比者，惟一漁翁耳。

【校勘記】

[一]元狩三年：底本誤作「元符二年」，據《漢書·漢武帝紀》改。

吹笛　杜甫

《訓解》爲在夔州作。

吹笛秋山風月清，乘風月清亮吹之。**誰家巧作斷腸聲**。斷腸，謂笛聲巧妙，不堪思。**風飄律呂相和切**，陽律陰吕相和，適秋風相助飄揚，故聲特凄凉。**月傍關山幾處明**。分風、月二字説之，含思故鄉意。言笛中吹《關山曲》，忽起發鄉思，月光亦傍關山而特清，不知月明能及故園乎否。**胡騎中宵堪北走**，晉劉琨爲胡騎所圍，琨中夜奏胡笳，賊流涕歔欷，遂弃圍去。言笛聲悲，堪走胡騎。**武陵一曲想南征**。後漢馬援南征，門人袁生者善吹笛，援作歌以和之，名《武溪深》。詩作「武陵」者，蓋援征武陵五溪蠻故也。《武溪深》曲曰：「滔滔武溪一何深，鳥飛不度，獸不能臨，嗟哉武溪多毒淫。」此詩後聯説笛聲巧妙而及胡騎北走、馬援南征之事者，公此時在夔州，憂吐蕃亂，故云爾。**故園楊柳今摇落，何得愁中却盡生**。「楊柳」亦曲名，笛有《落梅》《折柳》二曲，今其詞亡，不可考矣云。又梁樂府胡吹歌云：「上馬不捉鞭，反拗楊柳枝。下馬吹横笛，愁殺行客兒。」此亦因《折柳》曲以託興爾。何得者，怪之詞，言今日摇落候，楊柳何得盡生發而起客愁乎？全述笛曲巧，而以羈旅哀結收之。

閣夜　　杜甫

夔州西閣。

歲暮陰陽《分類注》：「日月也。」是也。一説或爲「陰晴」，次句「風雪」作「霜雪」，云「天涯之中忽霜忽雪，霜則陽，雪則陰，更覺轉眄易過」，恐非。**催短景**，謂日影之短也。景，影同。言日往月來，既至嚴冬，日影漸短，有嘆年光易過之意。**天涯風雪霽寒宵**。言閣上所望，目極天涯，歲暮尤寒冽，況霽雪時乎！**五更鼓角**擊鼓吹角。**聲悲壯**，五更，五夜也，謂曉更，亂中急防禦，故侵曉鼓角悲壯。**三峽**《訓解》云：「瞿塘峽在夔州，舊名西陵峽，與巫峽、歸鄉峽並稱三峽。」又《分類》云：「《荆州記》：巴陵有巫峽、明月峽、廣澤峽。」按此在夔州作，則《訓解》可據。**星河影動摇**。謂星河映峽中也。星河，諸注謂星辰，則「河」字帶説耳，宜輕看。影動摇者，言戰伐之中鼓角悲壯，故天象亦騷擾也。諸注引《漢武故事》「星辰摇動，東方朔謂民勞之應」爲説，然似太拘，難從。**野哭千家聞戰伐**，言戰死者多，故千家皆每聞戰伐，哭于野也。野哭者，《訓解》云「哭聲遍野」，邵注云「哭非其所曰野哭」，《訓解》近是。**夷歌幾處起漁樵**。夷歌，蠻腔也。蠻腔者，蠻夷之歌聲，腔猶曰曲。幾處，言少也。言是地舊五溪蠻夷種類雜居，故漁樵之徒習爲夷歌，今戰伐騷擾之中，夷歌起于漁樵者幾處乎？全謂民不聊生也。「千家」言多，「幾處」言少，文法頓挫。諸注誤解，難從。《訓解》云：「夷歌起漁樵，則中國盡爲左衽矣。」此説似無害，然「盡爲左衽」語似太甚，且「幾處」者言少之詞，則解不穩，因改解。**卧龍躍馬終黄土，人事音書漫寂寥**。卧龍謂諸葛亮，躍馬謂公孫述。《蜀都賦》：「公孫躍馬而稱帝。」因夔城中有祠廟而感慨及之。諸注云「諸葛、公孫，忠逆賢否，共歸于黄土」，然卧龍、躍馬共英杰之稱，豈關忠逆論耶？是特嘆英杰一時無復繼者，而人事日寂寥耳。且公流離患難之中，音書亦寂寥，因並感爾。雖然英杰，猶且爲黄土，何足問乎，惟應任其寂寥，故曰「漫寂寥」。諸註不穩，可並考。

返照　　杜甫

摘句中「返照」二字以命題，非專賦返照。

楚王宫北正黄昏，白帝城西過雨痕。楚王宫、白帝城俱在夔州。二句説雨後光景。北則易昏，故曰「宫北正黄昏」。時雨初晴，白帝城西夕霽照雨痕。**返照入江翻石壁**，雨氣暝濛中不見石壁，返照一入江而石壁如故。**歸雲**宿雲歸。**擁樹**簇樹。**失山村**。一片晴，一片陰，言返照趣。**衰年肺病惟高枕，絶**

塞愁時早閉門。諸注云：「公有肺病，易喘，惟高枕可以安之。」太拘，不可從。邵注云：「老且病，惟宜高枕。」説甚穩當。蓋高枕謂不關世事而安卧也。「肺病」字無意義，與「愁時」相對耳。愁時，諸注謂「愁時事」，亦非，愁時指擾亂時也。言我在絶塞邊境，且時蜀中亂，有警，因早閉門。《戰國策》曰：「臣恐其皆有怨心，使邊境早閉晚開。」「早閉門」三字本于此。**不可久留豺虎**比逆節輩。**亂，南方實**猶曰是時。**有未招魂**。《楚辭》：「魂兮來歸，南方不可以止。」語本于此。言我既知不可久留南方豺虎亂中，而不能歸者，每有警，驚失神魂，故欲招放魂收拾而猶未得，是以久留不果歸。蓋自宋玉《招魂》之事拈出來而託興爾。

登高　杜甫

本集作《九日登高》，賦二首。第一首有「重陽獨酌」語，因題曰《九日》。此節第二首，無九日趣，故題《登高》。

風急天高猿嘯哀，渚清沙白鳥飛回。二句布置高秋景物。言秋深風急、木落天高，此句含「落木蕭蕭」意；水澄渚清、秋冷沙白，此句含「長江滾滾」意。而猿嘯哀叫，秋寒也；鳥飛下乘，清景也。**無邊落木蕭蕭下**，寫出落葉趣。**不盡長江滾滾來**。寫水勢不斷勢，而「不舍晝夜」意在其中。**萬里悲秋**鄉國隔萬里，不能遽歸，悲秋特切。**常爲客**，謂長爲客。**百年多病**生涯百年之中多卧病。**獨登臺**。自離鄉國無親友，言久客感，而以起下句。**艱難苦恨繁霜鬢**，言經亂離，艱難久矣，客中遂戴霜鬢，怨恨苦切。**潦倒**謂老病狀。**新停**纔止。**濁酒杯**。言以傷老病而無力舉杯。酒是忘憂物，而今新停，無聊之甚也。

闕下贈裴舍人　錢起

裴，氏。舍人，官。謂贈裴舍人于闕下也。

二月黄鸝飛上林，春城城郭春色已遍。**紫禁**禁内紫氣多。**曉陰陰**。寫出春曉景色。**長樂鐘聲**長樂宫有鐘室。**花外盡，龍池**興慶宫有龍池。**柳色雨中深**。二句述宫闕曉望，言上林花外鐘聲報曉，而宫庭分色，便睹龍池柳色雨中特緑。此句有浴雨露恩意而歆艷之詞。**陽和不散窮途恨**，錢起不遇，窮于途，故曰「窮途恨」。**霄漢長懸捧日心**。言錢起不遇而心每在魏闕，因云如斯陽春和氣時節而恩澤不至于己，窮途恨猶未散。雖然，青雲志不可已，有向霄漢而捧日心。捧日，程昱之事，見《訓解》，比戴仰意。**獻賦十年猶未遇，羞將白髮對華簪**。稱裴舍人。言己老未達，亦何面目而對戴華簪人乎？全有欲舍人引薦意。

和王員外晴雪早朝　錢起

王，氏。員外，官。

紫微晴雪帶恩光，繞仗偏隨鴛鷺行。比百僚行列有次序。言凡在宮中者，何物非帶恩光？是故晴雪亦帶恩光，圍繞天仗，偏隨百僚早朝行列而相照。蓋錢起不第，亦歆羨宮庭詞也。第二句謂「王員外隨行列而朝」亦可，然「繞仗」爲「晴雪繞仗」而穩當，「偏」字亦貼晴雪，則晴雪隨鴛鷺行爲是。**長信**宮名。**月留**謂殘月。**寧避曉，**認雪光爲月影，故至曉不避隱。**宜春**苑名。**花滿**積雪如花。**不飛香。**不香花亦可憐。**獨看**猶曰特堪看。**積素**二字出《雪賦》，凝雪如絹素。**凝清禁，已覺輕寒讓太陽。**此句說晴雪日出。雪初晴，寒威漸辭，陽氣至，故曰「讓太陽」。讓者，猶「斷猿今夕讓沾衣」之「讓」。**題柱盛名**後漢靈帝題田鳳名于柱之事。**兼絕唱，**不啻題柱名，兼有詩名。**風流誰繼漢田郎。**言題柱風流無復繼者，當時惟王員外而已。

自鞏洛舟行入黃河即事寄府縣僚友　韋應物

鞏縣屬河南，與洛水接，故曰鞏洛，自是東流入黃河。府縣，河南府鞏縣。僚友，同官爲僚。韋應物嘗遊宦河南郡。

夾水蒼山路向東，舟行東入黃河。**東南山豁**豁，敞豁也，謂疏通。**大河通**。指黃河。**寒樹依微**因依隱微也，猶曰隱見。**遠天外，夕陽明滅亂流中**。水縱橫，故曰「亂流」。因波浪洶湧，夕日明滅。寫蕭散趣。**孤村幾歲臨伊岸**，謂伊水，言應物嘗宦河南，幾歲對孤村、臨伊岸。《訓解》云：「我與諸君離群，居孤村而臨伊水者幾歲矣。」按伊岸在洛河南，應物與僚友宦之所，而今赴黃河，故曰臨伊岸僻邑，對孤村。《訓解》云似今在黃河孤村，韋河南宦遊經歲。然是詩自鞏洛舟行入黃河途中所作也，則《訓解》可謂拗解矣。**一雁初晴下朔風**。言初秋乘晴雁之下日，已入黃河也。《訓解》泥「一雁」字而爲「始通一書」者，非。**爲報洛橋遊宦侶，扁舟不繫與心同**。言昨在河南，今黃河，飄泊身上如不繫舟。《鵩鳥賦》：泛乎如不繫舟。語本于此。

贈錢起秋夜宿靈台寺見寄[一]　郎士元

石林精舍武溪東，言石間叢林中有一精舍，當虎溪東。一句記寺所在非凡境。武溪，虎溪也，避唐太祖諱。**夜扣禪扉謁遠公**。慧遠比住僧。言中夜扣禪定户扉，强拜謁。**月在上方**時仰見上方月輪高照，謂深更。**諸品静**，夜深群動息，故經聲寂静。**心持半偈萬緣空**。心中僅持念半偈，萬慮頓空虛。二句謂夜坐趣。**蒼苔古道行應遍**，蒼苔不掃，自然境致可賞，故遍經行古道也。**落日寒泉聽不窮**[二]。言泉聲寒涼堪聽，故曰「聽不窮」。曰「落日」者，終日經行至落日也。二句謂晝行趣。**更憶雙峰最高頂**，幽賞未足，猶欲窮登臨，因念一攀峻峰頂。**此心期與故人**指錢起。**同**。

【校勘記】

[一]贈錢起秋夜宿靈台寺見寄：《全唐詩》卷二百四十八作《題精舍寺》（一作《酬王季友秋夜宿露臺寺見寄》）。

[二]日：《全唐詩》卷二百四十八作「木」。

長安春望　盧綸

東風吹雨過青山，却望千門草色閑。此賦長安亂後象。言東風催雨，雨脚忽過時，却望長安千門里則草色閑而已，非昔日觀。**家**家鄉。**在夢中**家鄉惟一夢往來而已，身未能歸。**何日到，春來江上幾人還**。被繫亂中之人總不能還，不惟我思歸，則因可以暫寬我胸中也。**川原繚繞浮雲外，宮闕參差落照間**。言長安只浮雲滿目，望宮闕落照間參差不齊。參差，猶曰朦朧。因回望浮雲外，川原繚繞達故鄉，而身未能至。二句變化「浮雲掩落日」語來，傷國祚傾覆。《訓解》云：「望川原之浮雲而民居蕩盡。」然詩曰「浮雲外」，謂望川原於浮雲外也，「繚繞」亦非蕩盡義，不可從。**誰念爲儒逢世難**，儒生而逢亂世，誰復所欲乎？謂窮途感也。**獨將衰鬢客秦關**。指長安。

考證：《訓解》曰：「此長安遭吐蕃亂，代宗幸陝，綸時在京而作。」按《唐書》曰：「盧綸，字允言，河中蒲人。避天寶亂，客鄱陽。大曆初，數舉進士不入第。元載取綸文以進，補閿鄉尉。累遷監察御史，輒稱疾去。坐與王縉善，久不調[一]。渾瑊鎮河中，辟元帥判官，累遷檢校户部郎中。嘗朝京師，是時，舅韋渠牟得幸德宗，表其才，召見禁中，帝有所作，輒使賡和」云云。據是，此詩不知何時所作。《訓解》定爲代宗時，考本傳無據，難從。

【校勘記】

[一]久：底本訛作「又」，據《新唐書·文藝下》改。

陸勝宅秋雨中探韻同前[一]　　張南史

同人《易》語，謂同心人。**永日**《詩·唐風·山有樞》曰：「子有酒食，何不日鼓瑟？且以喜樂，且以永日。宛其死矣，他人入室。」秋而謂永日者，語本于此。**自相將**，言雖秋日之短，以同人會宴，自爲永日歡。**深竹閑園偶**并同。**辟疆**。晉人顧辟疆有名園，比陸勝園。**已被秋風教憶鱠**，晉張翰見秋風起，乃思吴中菰菜蒓羹鱸魚膾，曰「人生貴適意耳」，遂命駕歸。張南史以此自比。**更聞寒雨勸飛觴**。言我已見秋風起，動歸心。然今日同心相會，聽秋雨勸飛觴，因以暫忘歸留歡，故曰「更聞」。**歸心莫問三江水**，張翰與同郡顧榮語求去意，榮執其手，愴然曰：「吾亦與子采南山蕨，飲三江水耳。」亦因張姓自比，言忘歸心。**旅服從沾九日霜**[二]。言九月未授衣，旅服尚單，每恐秋涼，偶逢同心歡宴，任霜氣透衣。**醉裏欲尋騎馬路，蕭條幾處有垂楊**。言醉中猶念再尋此會。何也？則雨里蕭條垂楊可憐，是特戀戀耳。騎馬路，謂騎馬往來路，蓋道路有垂楊而徑于陸勝園乎，故云爾。欲尋之尋，猶尋盟之尋。《訓解》「尋」解「失」，非，故云「滿目垂楊，歸途如失」，詩不曰「滿目」，可謂蛇足矣。但「騎馬路」爲歸途，因疑「騎馬」「歸馬」轉訛乎？然今不可考，姑爲「騎馬來往路」而解，亦醉中跨馬而歸時所思也。或云「道路蕭蕭，垂楊可以記認而再遊也」，此説亦粗通，但「蕭條」字貼秋雨趣，據是，前説穩貼也。

【校勘記】

[一]陸勝宅秋雨中探韻同前：《全唐詩》卷二百九十六作《陸勝宅秋暮雨中探韻同作》。

鹽州過胡兒飲馬泉

李益

《舊唐書》曰：「鹽州，隋鹽川郡。武德元年，改爲鹽州，領五原。」《訓解》云：「豐州北有鸊鵜泉，胡人飲馬於此。」按《舊唐書》：豐州貞觀四年置都督府，以突厥降附也。鹽、豐共關内道。

緑楊著水草如烟，舊是胡兒飲馬泉。言草蕪平鋪，緑楊茂密低垂泉水，何等光景。顧是地，舊是胡兒飲馬之泉窟，荒凉地而今如斯。蓋邊庭無警，戎馬不侵，故糞壤却爲佳麗，拓邊功可以爲美，因作賞嘆詞。**幾處吹笳明月夜**，土人乘月吹笳，言邊庭寧静。**何人倚劍白雲天**。言今邊庭無警，何人倚劍于白雲渺漫天者乎？我獨年年勞行役耳。自嘆詞也。李益久戍邊庭，故云爾。倚劍者，一劍之外無所賴之意也。**從來凍合關山路，今日分流漢使前**。是亦美拓邊功。言昔也則冰凍合，閉泉窟，關山路險惡；今也則泉水分流于漢使往來前，道途如砥。美惡易地相看，全因當時胡人服化故也。**莫遣行人照容鬢**，形容鬢髮。**恐驚憔悴人新年**。行役經年，人易老，形容憔悴可知矣。因云勿鑒照泉流，我恐一臨而鑒之，驚老衰太早也。蓋傷戍役勞而推己以及人也。

考證：按《傳》：李益，貞元末名與宗人賀相埒。每一篇成，樂工争以賂求取之，被聲歌，供奉天子。至《征人》《早行》等篇，皆施之圖繪。同輩稍稍進顯，益獨不調，鬱鬱去。游燕，劉濟辟置幕府，爲營田副使。憲宗雅知名，召爲秘書少監、集賢殿學士。自負才凌藉士衆，不能堪。諫官因暴幽州時怨望語，詔降秩。俄復舊官，累遷。大和初致仕，卒。據之，李益在邊庭久矣，此詩言久客感而以自述懷者可證。

登柳州城樓寄漳汀封連四州刺史[一]　柳宗元

時子厚柳州、韓泰漳州、韓曄汀州、陳諫封州、劉禹錫連州，皆出爲刺史。漳、汀，閩地。封、連、柳並廣地。各以附王叔文貶，事見《訓解》。

城上高樓自樓觀望。**接大荒**，地接海外。大荒，海外也。**海天愁思正茫茫**。渺茫不堪望。**驚風亂颭**風吹浪動也。**芙蓉水，密雨斜侵薜荔墻**。《訓解》引《楚辭》曰：「貫薜荔之落蕊。」薜荔，香草也。評云：「風蕩新荷，雨侵香草，有讒夫傾正之意。」愚謂二句言閩越瘴厲氣，風雨時時空濛趣，而比興在其中。**嶺樹重遮千里目，江流曲似九回腸**。司馬遷書：「腸一日而九回。」**共來百粵文身地**，越人斷髮文身。**猶自音書滯一鄉**。

考證：按《柳宗元傳》曰：「欲大進用。俄而叔文敗，貶邵州刺史，不半道，貶永州司馬。既竄斥，地又荒癘，因自放山澤間，其堙厄感鬱，一寓諸文。……元和十年，徙柳州刺史。」愚謂宗元多時輩被妒忌，故其言曰：「余雖家置一喙以自稱道，詬益甚耳。」是詩所謂「九回腸」可以證。

【校勘記】

［一］登柳州城樓寄漳汀封連四州刺史：《全唐詩》卷三百五十一作《登柳州城樓寄漳汀封連四州》。

奉和庫部盧四兄曹長元日朝回　韓愈

庫部，官。

天仗宵嚴建羽旄，仗隊嚴肅，自宵建旄衛護。**春雲送色曉鷄號。**宮中向曙光景。**金爐香動螭頭暗，**螭，若龍而無角，殿階欄格刻螭爲飾。螭頭暗，見早朝。**玉珮聲來百官朝。****雉尾**扇也，見上。**高。**言天子臨朝。**戎服上趨承北極，**戎服，武官。上趨于殿迎天子，故曰「承」。「北極」對「東曹」，武官列北故也。**儒冠列侍映東曹。**文官列于東。言文武備。**太平時節身難遇，**昌齡仕于憲宗中興之朝，故其詞如此。**郎署何須嘆二毛。**雖終身下僚，何可嘆老乎？「二毛」出《左傳》。

五言排律　上

送劉校書從軍　楊炯

天將稱將軍。**下三宮**，軍將承命而退也。三宮，《訓解》引「明堂、辟雍、靈台」，甚非也。按《唐書》曰：京師西有大門[一]，興慶三宮[二]，謂之三内。據是，興慶舊有三宮，稱南内是也。**星門**軍門也。**召五戎**。辟召達五兵之士。五戎，五兵也。《禮記·月令》：季秋之月，習五戎，班馬政。注：謂弓矢殳矛戈戟也。**坐謀資廟略，飛檄貯文雄**[三]。二句稱劉才。「坐謀」者，坐帷幄中而決勝千里也。「文雄」者，隋李孝貞詩：「石渠皆學府，麟閣助文雄。」言劉兵略有資，飛檄千里響應，素所貯畜也。**赤土流星劍，烏號明月弓**。二句謂兵器備。《博物志》：「雷煥得雙劍，以西山北岩之下土拭之，光彩艷發。張華以華陰赤土送煥拭劍，倍益精神。」烏號，弓名。明月者，弓形象初月也。共稱兵器精好。**秋陰生蜀道，殺氣繞湟中**。

戍役曰防秋，驕虜乘秋出兵故也，曰「秋陰」、曰「殺氣」，共防秋之義也。湟中在陝西，時征西戎之所過也。**風雨何年別，琴尊此日同**。二句説別意。此別忽爾，如風雨吹散，而不知經幾年歸來，而復同此琴尊乎？二句言別意切。「何年」猶曰幾年，言軍役曠日而以惜別也。《訓解》不解「何年」，是以誤解曰：「何年別彼，共此琴尊乎？」其謬自可見焉。**離亭不可望，溝水自西東**。御溝水東西分流，今對之，不堪望焉。溝水分流，亦惟惱別腸，其别意可知也。

【校勘記】

[一]門：《舊唐書·地理志》作「明」。

[二]三：《舊唐書·地理志》作「二」。

[三]貯：《全唐詩》卷五十作「佇」。

靈隱寺　　駱賓王

在餘杭。故事見《訓解》。

鷲嶺西僧慧理登山嘆曰：「此天竺靈鷲山峰，不知何以飛來？」因命其峰曰「飛來」，山有灵鷲塔。**鬱**

山色鬱蒼。**岧嶤**，峻險。**龍宫**謂佛寺。**鎖寂寥**。鎖于寂寂寥寥之中也，謂閑寂無人境致。**樓觀滄海日**，謂縱目大觀，無所支障也，有「海日生殘夜」趣。**門聽浙江潮**。浙江，相距遠矣，而境地閑，故潮聲遥聞。二句貼「岧嶤」「寂寥」語。**桂子月中落**，浙江姚之騆《類林新咏》引此句，注曰：宋天聖五年中秋[一]，餘杭灵隱寺桂子落，其繁如雨，色各不同。僧式公種之白猿峰[二]。據是，此句蓋述實景矣。**天香**即桂子香氣。**雲外飄**。二句稱地灵。**捫蘿**言攀援勞苦。**登塔遠**，便鷲灵塔也。**刳木取泉遥**。山中無井故也。**霜薄花更發**，無繁霜，嚴冬亦開花。**冰輕葉互凋**。無層冰，故木葉不盡凋。言南方風土温暖也。**夙齡尚遐异**，**披對**披襟向風。**滌煩囂**。遐想异觀，我自早年所好尚，今一披襟，胸中煩惱洗如。**待入天台路**，**看余度石橋**。言賓王將晦迹沈暝也，雖灵隱净境猶未厭意，焉如夫天台石橋也，忘其身然後能濟，故人多不易濟，是則無人絶境而始可以愜夙願焉。蓋賓王左遷，怏怏不得志，弃官去，後流寓南方。蓋適在灵隱而賦焉，對傍人而見志，故有「看余」語。

考證：《靈隱寺》詩，舊傳賓王爲僧在灵隱而續成宋之問詩。王元美辨之，具《訓解》。胡元瑞引本集注云：「但稱『樓觀滄海日，門聽浙江潮』二句爲駱，末云『僧所贈句，乃一篇警策』，即餘皆宋作甚明。『觀』『聽』二字自是垂拱作法，駱果爲僧，未可知也。」元美以爲全篇宋作也。按《傳》，賓王文多散失，後郄雲卿者集以傳於世。《灵隱寺》詩宋之問作，而「樓觀」「門聽」二句賓王所續足，誤入賓王集也，要之拾收散失之所致矣，可以見焉。《傳》曰：文明中，徐敬業於楊州作亂，敬業軍中書檄皆賓王之詞也。敬業敗，伏誅，文多散失。則天素重其文，遣使求之。有兖州人郄雲卿集成十卷，盛傳於世。

【校勘記】

[一]宋：底本誤作「唐」，據《天中記》卷一改。

[二]式公：底本誤作「公式」，據《天中記》卷一改。

宿温城望軍營　駱賓王

灵州，温地，神龍四年置。

虜地寒膠折，《晁錯傳》：「欲立威者，始折膠。」此句本於此。言虜地寒候至，折膠防秋之時。讀爲「寒膠」，非。**邊城夜柝聞**。擊柝警夜。**兵符關帝闕，天策動將軍**。二句言初命將日，特寵异之。天策，將軍號，於帝闕命之，恩寵至也。「關」「動」二字相呼應。帝親關軍事，命將爲「天策上將」，賜兵符，促將軍行，故曰「動」。「動」字有鼓舞之意。《訓解》引《左氏》解「天策」，甚誤。按《唐書·高祖紀》曰：大業四年，加秦王天策上將[一]。天策，將號也。**塞静胡笳徹**，静因笳音寥寥。笳音滿塞，故曰「徹」。徹，通也。**沙明楚練分**。楚練，《左傳》：楚子重伐吴，使鄧廖帥組甲三百、被練三千。被練，練袍。沙白故曰

「明」。素練相映，益分明。言軍容華也。**風旗翻翼影**，旗勢翻風，如翼星動。**霜劍**凜如霜。**轉龍文**。劍鋒閃轉如龍鱗光彩，故曰「龍文」。文，光也。**白羽**《國語》：「白羽之矰，望之如荼。」白羽，矢也。**搖如月**，貼「白」字。鍾氏注：「諸葛孔明每出軍，持白羽扇指麾三軍。」此注於「搖」字爲穩當，但羽扇爲麾，孔明本事，他未聞。爲負矢騎士行動「搖」，可。**青山斷如雲**。山形斷續，如雲披散。軍騎負白羽凌山徑，宛乎如月出没于青雲中。**烟疏疑卷幔，塵滅似消氛**。二句謂無形勝也。言整整陳無敵，未及戰，烟塵滅，因疑烽烟忽疏，如速卷收軍幕。馬塵頓不起，似日晴氛霧消歇。「疑」「似」二字，交互錯用。**投筆懷班業，臨戎想顧勳**。投筆，班超事。蓋言建功夷狄之秋也，是以雖事筆硯之人也起投筆之志，况爲將者，臨戎而可不想念顧勳乎？顧勳，一作「召勳」。按當作「虎」，謂周召公虎也。鍾氏注云：「召勳，一本作『顧勳』。舊注謂周召公虎也。周宣王時，公嘗平淮南夷。」據是「顧」「虎」蓋通韻。此説貼征戎之事，甚可。《訓解》誤引《晋書》顧榮之事，爲書生立功之説，可謂窘解也。顧榮之事豈關征戎乎？其誤不辨明矣。**還應雪漢耻，持此報明君**。時將卒承命赴征，而曠日悠悠，未聞平夷之捷，蓋敝蒙人主而市功，事戎行爲己資。夷狄猾夏，可耻之甚也，宜昭雪漢耻，故曰「雪漢耻」。三字當每服膺不忘，「持此」二字宜如此解。蓋嘆時將非其人而諷焉也，不然非賓王面目也。《訓解》爲賓王志功名之事，甚非。

【校勘記】

［一］「上將」後底本衍「位」，據《舊唐書·高祖本紀》删。

在廣聞崔馬二御史並登相臺[一]

蘇味道

廣，廣州，唐嶺南道。是時味道左遷。門下、中書、尚書，共稱相臺。

振鷺《詩經》字面。**纔飛日，遷鶯遠聽聞**。《訓解》注云：「崔、馬之擢，若振鷺之飛。己宦游方，猶遷鶯之聽。」太非。此時味道謫宦，豈可比遷鶯乎？蓋出幽谷而遷喬木，升進之義也，《訓解》可謂聱説矣。「振鷺」「遷鶯」，比崔、馬並累轉，言振鷺初飛日，鶯亦遷喬，謂同日升進。己獨在遠，得聞焉。下曰「共」、曰「各」，可見同選舉。**明光**殿名。**共待漏**，言早朝。**清覽各披雲**。清，清燕、清切之清，稱之也，清覽咫尺天顔也。披雲，晉樂廣爲尚書郎，衛瓘見而奇之曰：「每見此人，猶披雲霧而睹青天也。」借以喻去暗就明。唐人自御史除省郎爲榮，蓋門下、中書、尚書三省爲相臺故爾。**喜得廊廟舉**，廊廟政事，所喜舉得其人也。稱崔、馬賢才。**嗟爲臺閣分**。三省稱鸞臺、鳳閣，天下所具瞻，而二人相分登臺，可嗟。稱其榮。**故林懷柏悦，新握阻蘭薰**[二]。御史府曰柏臺，此句本御史事。言味道是時坐事左遷，味道初在京，與崔、馬交，親接柏樹，悦懌懷抱難忘。今在廣，聞崔、馬新蒙渥恩，登臺握蘭，而阻隔不相接，徒悲嘆耳。握蘭，省郎故事。《訓解》説不通暢。**冠去神羊影，車迎瑞雉群**。神羊觸邪，爲御史法冠。言去御史登臺日，瑞雉迎車爲群。瑞雉，蕭芝事，見《訓解》。**遠從南斗外，遥仰列星文**。味道左遷在南方，遥仰星文，欽羨也。

郎官上應列宿，故云爾。

考證：按《唐書·蘇味道傳》曰：味道少與鄉人李嶠俱以文辭知名，時人謂之蘇、李。弱冠，本州舉進士。累轉咸陽尉、吏部侍郎[三]。延載初，歷遷鳳閣舍人、檢校鳳閣侍郎、同鳳閣鸞臺平章事，尋加正授。證聖元年，坐事出爲集州刺史，俄召拜天官侍郎。聖曆初，遷鳳閣侍郎、同鳳閣鸞臺三品。味道多識臺閣故事。長安中，請還鄉改葬其父，優制令州縣供其葬事。味道因此侵毁鄉人墓田，役使過度，爲憲司所劾，左授坊州刺史。未幾，除益州大都督府長史[四]。神龍初，以親附張易之、昌宗，貶授郿州刺史。俄而復爲益州長史，未行而卒，年五十八。據是，此首在郿州作乎？味道前後登相臺，其戀相府宜哉。

【校勘記】

［一］在廣閩崔馬二御史並登相臺：《全唐詩》卷六十五作《使嶺南聞崔馬二御史並拜臺郎》。

［二］新握阻蘭薰：底本脱，據《全唐詩》卷六十五補。

［三］按《舊唐書·蘇味道傳》此處當作「累轉咸陽尉。吏部侍郎裴行儉先知其貴，甚加禮遇。」

［四］督：底本脱，據《舊唐書·蘇味道傳》補。

奉和幸韋嗣立山莊應制[一]　　李嶠[二]

莊在驪山。《唐書》曰：「嘗於驪山構别業，中宗親往幸焉，自製詩序，令從官賦詩，賜絹二十四匹。因封嗣立爲逍遥公，名其所居爲清虚原幽栖谷。」

南洛師臣契，莊臨洛水南，中宗特寵爲師，故稱「師臣」。**東岩王佐居**。驪山在長安東。言韋素忝師臣契，而以王佐才好岩居川觀也，可以美賞也。《訓解》云：「帝幸其莊而韋爲主，則座固王佐居矣。」可謂强爲之解也。「王佐」「師臣」，共稱之辭，豈爲斯迂曲解乎？**幽情遺紱冕**，遺，弃也。韋弃紱冕之貴而好僻地幽栖，此句稱韋。**宸眷矚樵漁**。天子愛韋幽情，是以欲眷顧樵漁徑。**制下峒山蹕**，峒山，崆峒山，在鳳翔府平凉縣，黄帝問道於廣成子所。天子尊韋，故云爾。制，命也。蹕，謂行幸。**恩回灞水輿**。言欲幸韋幽居，而嫌天子幸幽僻陋巷，故托幸灞水而觀樵漁，却回輿幸韋居，恩寵之至也。「回」字當如此解，不然「灞水」無意義。**松門駐旌蓋**，旌蓋駐門外，謂隘巷。**薜幄引簪裾**。引衣冠之人而坐蘿幕裏。行幸所，以幕爲居。謂幽趣。**石磴平黄陸**，黄陸，天之黄道。平，平臨。言磴高。**烟樓半紫虚**。架雲烟中。**雲霞仙路近**，**琴酒俗塵疏**。二句言出人境外。**喬木千齡外**，無斧斤憂，故喬木保壽年。**懸泉百丈餘**。**崖深經鍊藥**，岩崖幽邃，想嘗爲仙人鍊藥窟宅，今經幾世，徒遺迹在。**穴古舊藏書**。疑穆天子藏書所。

樹宿搏風鳥，池潛縱壑海也。**魚**。大鳥來宿，巨魚縱鱗，喬木宜栖大翼，懸泉宜振鱗故爾。共言卜居幽僻非人境，稱之辭。《訓解》云：「觀魚鳥飛騰，則韋遇合未可料，故以武侯之事終篇。」蓋此說因孔明臥龍事，誤乎，意義難通。**寧知天子貴，尚憶武侯廬**。二句本蜀先主三顧之事爾。時先主未得勢，三顧孔明也固矣，今以天子貴而顧問韋幽居，蓋貴德之至也。且方亂世也渴望賢才，國家閑暇而遺有德，今天子尊德之甚，何至于此也。以稱天子之辭終篇，應制體宜然。此注《訓解》甚疏，因詳焉。

考證：按《傳》：韋嗣立父韋思謙，垂拱初，遷鳳閣鸞臺三品。二年，代蘇良嗣爲納言。三年，上表告老。永昌元年，卒於家。二子：承慶、嗣立，共以孝聞，議者比晋人王祥、王覽。承慶自鳳閣舍人以疾去職。則天召嗣立，謂曰：「卿父往日嘗謂朕曰：『臣有兩男，忠孝，堪事陛下。』自卿兄弟效職，如卿父言。今授鳳閣舍人，令卿兄弟自相替代。」即日遷鳳閣舍人。中宗、睿宗朝，嗣立特恩，累遷。兄弟俱以孝行齊名。長壽中，嗣立代承慶爲鳳閣舍人。長安中，承慶代嗣立爲天官郎，頃之，又代嗣立知政事。及承慶卒，嗣立又代爲黄門侍郎，前後四職相代。父子三人皆至宰相，有唐以來，莫與爲比。以是觀之，「師臣」「王佐」豈虛乎？因略約傳文以證焉。

【校勘記】

[一]奉和幸韋嗣立山莊應制：《全唐詩》卷六十一作《奉和幸韋嗣立山莊侍宴應制》。

［二］底本脱作者名，據《全唐詩》卷六十一補。

白帝城懷古

陳子昂

《後漢》：公孫述據成都，稱白帝也。

日落滄江晚，是紀行作也。想疒心秋日旅途，故比日稍傾，而既已江上昏暗。蓋言秋日易暮乎。**停橈問土風**。前途雖汲汲，日暮難進，且此地形勝异他，因泊，訪問風土。**城臨巴子國**，唐渝州，周巴子國。**臺没漢王宮**。蜀先主永安宮，臺基没落，惟餘漢王宮名。**荒服仍周甸，深山尚禹功**。王制，千里之内曰甸服。荒服，遠荒之地。言此地舊遠荒之國，而今爲周甸服。惟深山無恙，全因夏后疏鑿功也。**岩懸青壁斷**，言險，貼「深山」句。**地險碧流通**。險流無塞，千載一日也。貼「禹功」二字。**古木生雲際，孤帆出霧中**［一］。**川途去無限，客思坐何窮**。嘆川途之賒也，不覺生客思，故曰「坐何窮」。蓋旅中作，故以客思結收。

【校勘記】

［一］古木生雲際，孤帆出霧中：底本脱此二句，據《全唐詩》卷八十四補。

峴山懷古　陳子昂

秣馬途遠，恐馬足疲，故宿秣養。**臨荒甸**，謂遠荒地。**登高覽舊都**。欲盡於一覽之頃，故登高顯所。**猶悲墮泪碣**，晋羊祜碑，望者墮泪，因號「墮泪碑」。言雖年載邈矣，猶餘墮泪悲。**尚想卧龍圖**。隆中，諸葛孔明隱處。卧龍，孔明事。因地近隆中，而思及三國鼎立圖略。《訓解》引「八陳圖」而解「圖」字，太拘。**城邑遥分楚，山川半入吴**。此地吴、楚分境。**丘陵徒自出，賢聖幾凋枯**。賢聖古墳多，其人與骨朽矣，空餘陵墓别自在高處，故曰「徒自出」。**野樹蒼烟斷，津樓晚氣孤**。言野徑爲墟，人烟斷絶，津樓無人，晚景孤寂，無所問津。謂非昔時風色也。**誰知萬里客，懷古正踟躕**。旅途萬里而踟躕不能去者，戀戀故爾。今少問古者，誰知我胸懷乎？

贈蘇味道　杜審言

北地寒應苦，南城戍不歸。北庭、南庭，共戎狄地，所謂南單于、北單于也。《訓解》引「北地郡」，疏甚。言北地寒苦，南城久戍，民庶苦軍役久矣。**邊聲亂羌笛**，邊聲四起，羌笛振漠，雜亂每在耳，豈堪聞。

朔氣朔風。**捲戎衣**。鐵衣也。言風沙穿甲。**雨雪關山暗**，説亂中象。暗，黑。**風霜草木稀**。言落木蕭條，傷目也。自起句至此，言戍人防秋苦，述邊庭寒苦。**胡兵戰欲盡，漢卒尚重圍**。是時中宗親將出征，故下稱「輿駕」。王師豈有敵之者乎？胡人戰力將盡，漢軍兵勢益熾。**雲凈妖星落**，一洗祲氣，見晴雲。妖星夜落，胡將滅之候也。**秋高塞馬肥**。邊塞軍役休，是以塞馬肥。**據鞍雄劍動，搖筆羽書飛**。時蘇味道從軍草檄。雄劍動，言威容。搖筆，言檄成揮毫，所謂鞍上研墨也。言南北胡虜傳檄服。**輿駕還京邑**，中宗以則天命征契丹，豈謂是時乎？其稱「輿駕」可徵。**朋友滿帝畿**[二]。還駕日，蘇朋友歡迎滿路。**方期來獻凱，歌舞共春暉**。言征行暫時，無幾獻凱，當在春時。豫思爾時以歌舞相共，頌其平蕃功。

考證：按詩中「輿駕」稱天子也。《訓解》無説，疏甚。蓋謂中宗奉則天命征契丹之時乎，事詳五律注解。

【校勘記】

[二]友：《全唐詩》卷六十二作「遊」。

酬蘇員外味玄夏晚寓直省中見贈[一]　沈佺期

省中，尚書省。

並命蘇、沈共爲臺郎。**登仙閣**，中書、尚書二省爲鸞臺、鳳閣。此時蘇、沈爲鳳閣侍郎乎，故曰仙閣。仙，稱之詞。《訓解》引「神仙門」事，難從。**通霄直禮闈**[二]。宮門謂之闈。**大官供宿膳**，大官主膳食。**侍史護朝衣**。大官供給膳具，宿視膳食。侍史執香薰御衣，以供視朝用。言直禮闈，通夜不寢，而傍觀膳食、服具供給，乃知夜既，及早朝。故下句承之，言曉景。《訓解》甚疏，故詳焉。**捲幔天河入**，言夜將曉，捲幔窺之，天河没矣。入者，謂沈没。**開窗月露微**。夜將曉，開窗牖則月色、露光共霏微。此句言曉景。**小池殘暑退，高樹早涼歸**。直宿之頃苦暑，不堪衣冠。向曉而小池發爽，殘暑頓退，涼風自高樹落，覺秋涼早歸。**冠劍無時釋**，言直宿嚴肅。**軒車待漏飛**。朝者夙造門待曉漏，至門開而争朝，故軒車如飛。**明朝題漢柱，三署有光輝**。言朝儀罷，而至明朝天子若稱蘇儀容，題柱，則三署有斯人可以傳焉，乃三署之光輝，而不啻蘇之榮也。蓋爲三署賀之也。《訓解》曰「三署與有光焉」，可謂膚說。題柱，田鳳故事，見《訓解》。

【校勘記】

[一]酬蘇員外味玄夏晚寓直省中見贈：《全唐詩》卷九十七作《酬蘇員外味道夏晚寓直省中見贈》。

[二]通：《全唐詩》卷九十七作「分」。

同韋舍人早朝[一]　沈佺期

則天朝，韋嗣立爲鳳閣舍人。

閶闔連雲起，天門也，象宮門。**岩廊拂霧開**。二句説早朝。言宮門高峻，連曉雲崛起。岩樓，《漢書》字面，岩峻廊也，亦説早朝。**玉珂龍影度**，珂，貝大者，爲馬勒。朝馬徐徐，如游龍。**珠履**《春申君傳》語。**雁行來**。比朝臣列，而述朝儀壯麗。**長樂**鐘室也。**宵鐘盡**，言至曉。**明光**殿名。**曉奏催**。述舍人職出群。**一經**《前漢》韋玄成事，諺曰：「遺子黄金滿籯，不如教一經。」語本于此。**傳舊德**，《易》語。言嗣立兄弟學從父思謙傳，猶玄成於韋賢。**五字擢英材**。《魏志·鍾會傳》注：司馬景王命中書令虞松作表。再呈，輒不可意，命松更定。以經時，松思竭不能及，心存之，形于顔色。會察其有憂，問松，松以實告。會取視，爲定五字。松悦服，以呈景王，景王曰：「不當爾耶，誰所定也？」松曰：「鍾會。」王曰：「如此，可大用。」**儼若神仙去，紛從霄漢回**。言韋之早朝儀容如神仙。儼者，朝天之容嚴整也。紛者，退食分散也。**千春奉休**美也。**曆**，言長奉曆數，祝詞也。**分禁**沈爲功考郎，韋爲舍人。**喜趨陪**。

【校勘記】

[一]同韋舍人早朝：《全唐詩》卷九十七作《和韋舍人早朝》。

奉和幸長安故城未央宮應制　宋之問[一]

隋開皇二年，自漢長安故城東南移十里置新都，今京師是，見《唐書》。

漢王未息戰，猶曰不忘戰，是時天下尚匈匈。**蕭相**蕭何。**乃營**經營。**宮**。未央也。言欲以重威而壓天下匈匈也，是以營壯麗宮，令天下忘干戈。**壯麗一朝盡**，猶曰一旦。**威靈千載空**。二句感慨詞。蕭何治未央，帝見其壯麗，甚怒。何曰：「天子以四海爲家，非壯麗亡以重威。」帝悦。言壯麗重威，一旦灰滅，所謂「藏舟於壑，夜半有力者奪之」也。四句説漢高之本事，下入行幸本意。**皇明**皇，大也。《詩》有《大明》，二字本于此。**悵前迹**，言今天子皇明之君，故問前代未央舊迹，惆悵壯麗功業竟爲墟。**置酒宴群公**。懷昔時宴，故賜酒群臣。**寒輕綵仗**帶仗爲綵。**外**，**春發幔城**行幸處，以帷幕爲居。**中**。二句貼上「置酒」句，言因賜宴而群臣各醉昏昏，幔城中如春色新發，帶仗列士亦如挾纊，是以望帶仗外，特覺輕寒。時屬冬節故云爾，非初春餘寒。**樂思**思，蓋辞，無意義。**回斜日**，以音樂妙音回斜日，用《淮南子》所謂「援戈而揮之，日爲之反」之事。**歌詞繼大風**。漢高後未見大度君，《大風歌》寥寥，繼歌詞在今日也。**今朝天子貴**，本于漢高「吾今日乃知爲皇帝之貴也」語。**不假叔孫通**。言漢高賴叔孫通起朝儀而初知爲天子之貴也，當時天子豈借朝儀力乎，勝漢高遠矣。曰「今朝」者，用「今日乃知」語，見异漢高也。

【校勘記】

〔一〕底本脱作者名，據《全唐詩》卷五十三補。

奉和晦日幸昆明池應制　　宋之問

春豫《孟子》：「一遊一豫，爲諸侯度。」豫，樂也。**靈池會**，昆明爲灵池，故會詞臣，令賦之。**滄波**見昆明漭沆，深大如海。**帳殿**行幸宮。**開**。**舟淩石鯨度，槎拂斗牛回**〔一〕。**節晦蓂全落**，灵地，故瑞草生，蓂莢不違節，記晦全落。以堯瑞祝之。**春遲柳暗催**。時景龍二年正月晦日，春日未覺長，但地出塵外，心閑日亦遲，故曰「暗」。**象溟**池形深大，法象溟海。**看浴景**，景，影也。看，看得之看。言此池如海，故洗浴日影無所障。**燒劫辨沈灰**。漢武鑿昆明池得黑灰之事，見《訓解》。天竺僧法蘭曰：「世界終盡，劫火洞燒。此劫燒之餘灰也。」「燒劫」本于此。言此池洗浴日影，清瑩見底，昔日沈灰不待法蘭而可辨識。稱池水清也。**鎬飲**鎬京宴。**周文樂**，鎬飲，武王事，《詩·大雅·魚藻》篇。因比之。曰「周文」，取和韻。**汾歌**《秋風辞》，漢武作。**漢武才**。比御製。**不愁明月盡**，言晦夜。**自有夜珠來**。言雖節晦也，此池本自有明珠照夜，晦冥亦無妨御宴。昆明池得明珠之事，見《訓解》。

考證：景龍二年正月晦日，中宗幸池賦詩，群臣應制百餘篇，命上官昭陽選一篇爲新翻御製曲，沈、宋二詩相競，事見《訓解》。按《后妃傳》：中宗上官昭容名婉兒，西臺侍郎儀之孫也。中宗即位，令專常掌制命，深被信任，尋拜爲昭容。婉兒常勸廣置昭文學士，盛引當朝詞學之臣，數賜遊宴。婉兒每代帝、長寧、安樂二公主，數首並作，辭甚綺麗。據是，當時數賜宴詞臣，上官昭容之舉也。

【校勘記】

［一］舟凌石鯨度，槎拂斗牛回：底本脱此二句，據《全唐詩》卷五十三補。

和姚給事寓直之作　宋之問

清論滿朝陽，高才拜夕郎。清論之清，猶清切、清燕之清，朝廷議，稱之云爾。言滿朝歸美於姚，是以姚被拜夕郎。「朝陽」比朝廷，本《詩》「梧桐生矣，於彼朝陽」語。夕郎，給事故事，見《訓解》。**還從避馬路**，《後漢》桓典事，見《訓解》，指御史。**來接珥貂**珥，插也。漢制，侍中珥貂。陸佃云：「朔地苦寒，人以其皮溫額。後代效之，因以金璫飾首，前插貂尾。至漢因焉，加以附蟬。」**行**。行，隊也。言自御史臺累遷給事之榮。**寵就黄扉**謂黄門。**日，威迴白簡霜**。言霄御史霜威而近黄門，和日回轉也。黄門密近震居，故曰「就日」。白簡，糾彈文也。蓋美姚或嚴或温，各稱其職，所謂「君子無入而不自得焉」之謂也。**柏臺**稱御史府。**遷烏茂**，姚自御史府累遷給事，猶鶯遷喬木。漢时御史府柏樹朝夕烏來，後柏枯，烏不復來，御史遂廢焉。因轉用，烏雖遷去，柏猶茂全，述姚榮。**蘭署得人芳**。**禁**禁省。**静鐘初徹**，除去也，曉鐘聲斷之初，禁省特閑静。**更疏**疏，遠也，謂秋夜長。**漏**漏刻。**更長**。寓直，故特覺漏聲長。**曉河低武庫**，殿名。**流火**火星西流。**度文昌**。殿名。**寓直光輝重，乘秋藻翰揚**。言姚自遷黄門也，榮寵重，文章益進。寓直夜，乘秋所賦，文藻鷹揚可觀。揚，鷹揚之揚。**暗投**鄒陽書語。**空**猶曰徒。**欲報，下調不成章**。應題「和寓直作」，言姚投詩於我也，所謂暗投也。我欲徒報之，而猶織錦不成章，是以自耻焉。用《詩》所謂「雖七襄而不成報章」語而折「報章」二字。

早發始興江口至虚氏村作　宋之問

始興江口，廣州。《唐書·地理志》：韶州，隋南海郡之曲江縣[一]。武德四年，置番州，領曲江、始興[二]、樂昌、臨瀧、良化五縣。貞觀元年，改爲韶州。天寶元年，改爲始興郡。始興，漢南野縣地，屬豫章郡。

候曉踰閩閩越。**嶂**，嶂，長山也。**乘春望越臺**。越王臺，在廣州。言謫宦旅途每早發，夕自始興至虚氏村，夜未天明。閩嶂險難踰，故暫候曉，待天明。且窮愁之人無意眺望，但爲乘春色，一望越王舊迹。**宿雲鵬際落**，前霄雲未散，向曉而忽散落。鵬翼圖南之際，天初曉。此句述南海曠望。**殘月蚌中開**。天既曉而殘月猶在，蓋南海空曠，蚌珠光映落月故爾。**薜荔摇青氣**，薜蘿蓊鬱，青氣薰，邊地村氣甚。言异故鄉望。**桄榔**《廣志》：「桄榔如椶。」又云：「如栟櫚木，剛如鐵。」**翳**陰翳。**碧苔**。**桂香多露裛**，裛，音揖，書囊；又纏也；又香襲衣也。南土桂多，故云爾。**石響細泉回**。泉石美，可憐。**抱葉**謂猿援葉升木也。**玄猿**老猿玄黑而有赤色。**嘯**，**銜花**應「乘春」句。**翡翠來**。翠，小如燕，毛青黑色，翎深青有光彩，飛水上，食魚。翡，大如鳩，毛紫赤，翎點青不深，無光彩。自「宿雲鵬際」至此，述南方風土异、奇觀多，而稍慰謫官愁，以起下句。**南中雖可悦，北思日悠哉**。雖美非吾土。**鬒髮俄爲素**[三]，窺髮變爲素，初驚，故曰「俄」。**丹心**誠心也。**已作灰**[四]。心、形猶唇齒相須，形衰，心亦從焉。自謂死灰難復然。**何當首**向也。**歸路**，**行**去也，謂逃去人世也。**剪故園萊**。草萊也。若得赦，一向歸路，則無意宦途，去而開故園，草萊中深藏而已。然歸期難圖，故曰「何當」。佺期有悔心[五]，故云爾。

考證：按《傳》：之問再被配流。此詩蓋後配徙欽州，經江、嶺所作乎？《傳》曰：「及張易之等敗，左遷隴州參軍，未幾，逃還，匿洛陽人張仲之家。仲之與駙馬都尉王同皎等謀殺武三思，之問令兄子發其事以自贖。及同皎等獲罪，起之問爲鴻臚主簿，由是深爲義士所譏。景龍中，再轉考功員外郎。時中宗增置修文館學士，擇朝中文學之士。之問與薛稷、杜審言等首膺其選，當時榮之。及典舉，引拔後進，多知名者。

尋轉越州長史。睿宗即位，以之問嘗附張易之、武三思，配徙欽州。先天中，賜死於徙所。之問再被竄謫，經途江、嶺，所有篇咏，傳布遠近。友人武平一爲之纂集，傳於代。」

【校勘記】

［一］「隋南海郡」前底本衍「隨州」二字，據《舊唐書・地理志》删。

［二］輿：底本誤作「江」，據《舊唐書・地理志》改。

［三］爲：《全唐詩》卷五十三作「成」。

［四］作：底本誤作「爲」，據《全唐詩》卷五十三改。

［五］佺期：似當作「之問」。按此詩作者爲宋之問。

同餞楊將軍兼原州都督御史中丞［一］　　蘇頲［二］

原州都督，《唐書》曰：原州都督府，隋平涼郡，武德元年，置原州。貞觀五年，置都督府［三］。天寶元年，改爲平涼郡。御史中丞，楊爲御史臺中丞。

右地接龜沙，原州地形，西接近蜀龜沙，西爲右，故曰「右地」。起句含僻地難化意。**中朝**於外朝而不命焉，寵之也。**任虎牙**。將軍號。二句謂形勝地，任非其人則難爲守，故遣楊都督焉，假中丞威鎮之。

然明方改俗，後漢張奐，字然明，爲武威太守。其俗多妖忌，奐示以義方，風俗遂改。原州近蜀，故云爾。**去病不爲家**。漢武爲霍去病治第，辭曰：「匈奴未滅，何以家爲？」二句言方此時，鎮邊改俗爲先務，則宜在職忘家，因以然明、去病爲鑒，戒諷之。「方」字宜如是看得。**將禮登壇**韓信事。**盛**，將得其人也，宜盛禮。**軍容出塞華**。出塞日，軍容華嚴，兵勢大振。**朔風摇漢鼓，邊月思胡笳**。言晝則摇漢鼓騷擾，夜則向邊月思胡笳悲慘，在邊庭戰苦不遑也。**旗合**謂軍隊屯聚。**無邀正**，《孫子》曰：無邀正正陳[四]，勿擊堂堂陳。此句本于此。凡軍有奇正，正正陳難敵。蓋謂陳隊嚴正。**冠危有觸邪**。**當看**看，望也，觀也。**勞**慰勞。**旋日，及此御溝花**。於城溝傍餞別，寵送之也。楊兵威政化如此，則其功可立成焉，乃歸期及來春御溝花未散時。若過此時，豈當稱楊功烈乎？聊有勉厲意。《訓解》曰：「唐時遣將，一歲而代，故云當及此溝花。」此説徒謂其任無幾時耳，豈可以爲稱功乎？粗甚。

【校勘記】

[一]同餞楊將軍兼原州都督御史中丞：《全唐詩》卷七十四作《同餞陽將軍兼源州都督御史中丞》。

[二]底本脱作者名，據《全唐詩》卷七十四補。

[三]都督府：底本脱，據《舊唐書·地理志》補。

[四]陳：《孫子·軍爭》作「旗」。

奉和聖製途經華嶽[一]　張説

西嶽鎮皇京，西嶽即華山也，北枕潼關，西連驛路，近接咸陽，故曰「鎮皇京」。**中峰入太清**。山峰半入天。二句共言高峻形勝。**玉銮**銮，鈴也，以金爲之而持衡，銜鈴於鑣上，動皆有聲，以爲疾舒之節。**重嶺應**，登重嶺也嶮，故衡銜之鈴相應，節疾舒。言行有節度也。**緹騎**緹，丹黄色。《周禮》「緹衣」注：「古兵服之遺色[二]。」漢官儀，執金吾緹衣二百人。**薄雲迎**。緹衣色猶薄雲送迎。**白日懸高掌**，華山有掌迹，河神以手擘開二華，掌迹具在，謂之仙掌。言仙掌高，似奉白日。**寒空映削成**。華山四面棱棱，如削成，与寒空相映共一色。**軒遊會神處**，**漢幸望仙情**。漢武于華山造望仙臺。言古昔黄帝、漢武遊涉處，則當時遊幸非無由，含結句勸封岱之意。**舊廟**古神廟。**青林古**，看古林而起懷古意。**新碑緑字生**。碑文緑字歷歷，可以記年代，則知新立碑。**群臣願封岱**，封禪岱山。**迴駕勒鴻名**。時東巡，行封禪之禮，故云爾。按《傳》，封禪之儀，説專主張，因具考證。

考證：開元十三年，車駕東巡，行封禪之禮。説自定侍從升中之官，多引兩省録事及己之所親攝官而上，遂加特進階，超授五品。初，令九齡草詔，九齡言於張説曰：「官爵者，天下之公器，德望爲先，勞舊次焉。若顛倒衣裳，則譏謗起焉。今登封霈澤，千載一遇。清流高品，不沐殊恩；胥吏末班，先加章紱。但恐制出之後，四方失望。今進草之際，事猶可改。」説曰：「事已决矣，悠悠之談，何足慮！」竟不從。此詩所云「群臣願封岱」，説自主張登封之議者，可並考。

【校勘記】

［一］奉和聖製途經華嶽：《全唐詩》卷八十八作《奉和聖製途經華嶽應制》。

［二］色：底本脱，據《周禮·春官》補。

奉和聖製早度蒲關［一］　　張九齡

蒲關，即蒲津關，唐河中府，隋河東郡。武德二年，置蒲州。

魏武中流處，魏武侯浮西河而下中流，顧群臣曰：「美哉山河之固，此魏國之寶也。」吳起答云：「在德不在險。」此處便是。**軒皇問道回**。軒皇黄帝。莊子見廣成子於崆峒山，問至道之精。二句言是玄宗登封之歸路，故以黄帝問崆峒之事比仙遊。而過蒲關，則昔魏武中流，自負山河之固，爲吳起見屈處，不可不監「在德不在險」語。起句先發之，聊有諷意。**長堤春樹發**，行幸所過，樹色亦爲春。**高掌華山仙掌。曙雲開**。華山多晦冥，今日雲霧開明，亦爲行幸。**龍負王舟度**，天子舟稱龍舟，《西都賦》「登龍舟，張鳳蓋」

是也。言玄宗所御龍舟，宛如龍負舟護送。《訓解》引「禹王南省，黄龍負舟，人皆失色」之事，難用。**人占**隱度語。**仙氣來**。此承上句，言舟則龍所護送，人則仙侶陪從。蓋從登封，占仙氣來故爾。**河津會日月**，言所幸過河津也，物皆光被，猶會聚日月於此也。人人仰照日月，猶蕭曹贊：「依日月末光。」比天子德輝。**天仗**隊仗。**役風雷**。使風雷清道。**東顧重關**蒲關。**盡**，自關而東，尽于一覽。**西馳**猶坐馳之馳，馳望於四方也。**萬國陪**。萬國山嶽勢，陪侍於此地。二句説曠望。**還聞股肱郡**，漢文帝曰：「河東，吾股肱郡。」此地唐河東道，故云爾。**元首咏康哉**。《虞書》：皋陶乃賡歌曰：「元首明哉！股肱良哉！庶事康哉！」言此地股肱稱，曾余所聞乃股肱、元首，皋陶賡歌之所述，君臣一體之義，則余亦效皋陶，不可不咏「元首康哉」。蓋比和聖製事。《訓解》誤解，云「以四字和平，股肱之郡靡不歌咏『元首康哉』」者，是誤讀「聞」字，以爲聞民之謳歌，則與賡歌之故事相違。「還聞」，猶曰「且聞」，股肱之稱，古來所聞，故云爾。

【校勘記】

［一］奉和聖製早度蒲關：《全唐詩》卷四十九作《奉和聖製早渡蒲津關》。

和許給事直夜簡諸公［一］

張九齡

直夜，直宿。簡，寄。諸公，謂同僚諸公。

未央漢宮殿，借以比。**鐘漏晚，仙宇**稱宮闕。**藹沈沈**。述夕暮景。**武衛**武，威也，勇也。衛所有威，可畏，故曰「武衛」。下與「嚴扃」對，可見非武人衛。**千廬**直宿曰廬。**合**，聚也。**嚴扃**宮門鎖鑰。**萬户深**。言宮幽邃。**左掖知天近**，中書左省宮闕，象天之紫微。左省深邃，接近天子居，故曰「知天近」。**南窗見月臨**。《書·牧誓》：「日月照臨。」應上「天近」句，述夜直景。**樹搖金掌露**，夜深露多，宮樹搖露光。金掌，仙人掌也。**庭接玉樓陰**。樓影交接參差，夜色可賞。**他日聞更直，中宵屬所欽**。直宿，交直五日。二句言他日我聞之與許同僚更直，徒乃其所欽，故於直宿之中宵而時屬思爾。是句含題「簡諸公」之意。**聲華**聲聞榮華。**大國寶**，《左史》：「親仁善鄰，國之寶也。」又善人稱「寶」者，蓋古言。此句稱許。《訓解》以爲「稱所欽之人」，甚誤。九齡宜稱許，豈關所欽之人乎？**夙夜侍臣心**。侍衛臣，特以夙夜匪怠爲先務。許之忠臣如此，所以爲國寶也。**逸興乘高閣**，閣中夜景宜乘興賦焉，謂簡諸公詩。**雄飛在禁林**。文雅出群也。雄飛，謂出禁苑衆雌上。**寧**與何同。**思竊抃者，情發爲知音**。《樂書》：帝嚳令人作唐歌，有抃以爲節。今龜茲樂人彈指爲歌舞之節，亦抃之細。此説見《字書》。「抃」蓋爲樂之節度也。言九齡傍聞許簡諸公之詩，喜而以相和者，猶聞樂而竊抃爲節者。九齡於許也固知音，因以不覺發情素爾。蓋謙詞而稱之，且喜在知己之分也。

【校勘記】

［一］和許給事直夜簡諸公：《全唐詩》卷四十九作《和許給事中直夜簡諸公》。

酬趙二侍御史西軍贈兩省舊僚之作　張九齡

兩省，中書左右省。趙蓋自御史經省郎，今又被命西軍将也，因曰「贈兩省舊僚」也。《訓解》不明白，故辨之。

石室先鳴者，金門待制同。漢制，藏秘書於蘭臺石室，以御史主之。言趙與舊僚曾待詔命於金馬門，而累遷御史省郎，今爲西軍將，故比鬥鷄勝而先鳴。《左傳·襄公二十一年》傳：州綽曰：「平陰之役，先二子鳴。」趙出身初與舊僚同，而今昇進爲將帥已，以先僚友故稱「先鳴」。**操刀常願割，持斧竟稱雄**。《左傳·襄公下》曰：子産言于子皮曰：「吾子愛人則以政，猶未能操刀而令割也，其傷實多。」按「操刀」猶「操舟」之「操」，謂學得使刀之術也。幼學讀爲「取刀」者，和習之陋也，因詳之。《訓解》引黄帝語，是言本出于《兵書》。賈誼疏引黄帝曰：「日中必彗（音衛，暴曬也），操刀必割。」《西征賦》：「制者必割，實存操刀。」皆謂勢之必至也。此言平生習熟使刀而術存已，因欲爲之用也。趙果遂志，爲持斧顯職。「持斧」直指使者事，見《訓解》。**應敵兵初起**，言方寇敵初起，命趙令應之。**緣邊虜欲空**。言自初應敵而遂欲一掃胡虜也，攀去邊庭也。「緣」猶緣木求魚之「緣」，攀援之謂。**使車經隴月，征旆繞河風**。使車經隴山月，思遠征。旌旆纏繞黄河，風難進。**忽枉兼金訊**，謂見贈僚友之詩，枉賜之。**非徒秣馬功**。秣馬勒兵，豫備也。言趙非徒事軍務，且有文雅芳訊。**氣清**清寧。**蒲海**蒲昌海。**曲，聲滿柏臺**御史府。**中**。**顧己塵**汚也。**華省**，金華省。言反顧己身事，不及趙之遠，自知塵汚華省。**欣君震遠戎**。四方戎狄一聞威名震恐，則爲天下欣戴之。**明時獨匪報，常欲退微躬**。言如己薄劣，獨非建邊功而報明時者也，則常懷退職之志耳。此時專事邊戎，九齡因有是言，竊諷玄宗也。

奉和聖製送尚書燕國公説赴朔方軍[一]

張九齡

燕國公説，張説，被封燕國公。赴朔方軍，按説赴朔方，蓋奉使令主和親之事矣。詩中「歌鐘」故事可證焉。

宗臣事有征，尚書職主掌萬機，故稱「宗臣」。蓋尚書非事征戎之職而强命之，故曰「事有征」。**廟算在休兵**。廟廷算略在令説主和親而休兵也。**天與三台座**，三台星，當三公。唐制，尚書、中書、御史三臺要樞署，故比三台座。「天與」者，分與天三台座也，稱説之寵榮之詞，非曰天與之。**人當萬里城**。南宋檀道濟見收，怒曰：「壞汝萬里長城。」又秦使蒙恬築長城防胡。言張説防胡之材，抵當萬里長城。**朔南方偃革**，金革。**河右**黄河西。**暫揚旌**。無形之勝，不用戰而威伏也。**寵賜從仙禁**，出使日，於禁庭有恩賜，寵之。**光華**行裝華美。**出漢京**。**山川勤遠略**，略，巡行也。言經略遠圖，其勞勤可知。**原隰軫**

皇情[二]。《小雅·皇皇者華》，天子勞使臣之詩，其辭云「皇皇者華，於彼原隰」，以「原隰」見之，言天子令歌《皇皇者華》而勞慰使臣張説也。軫，車後横木也，含推轂遣之意；又動也，爲發動可。**爲奏薰琴唱**，謂《南風歌》，其詞：「南風之薰兮，可以解我民之愠。」見和戎狄之意。**仍題珤**寶同。**劍名**。題名賜劍，寵其材德龍泉類，題以表其器，事見《訓解》。**聞風六郡勇**，漢以邊地六郡良家子補羽林郎。言在朔方軍，兵士傳聞威風，增勇。**計日五戎**五方戎狄。**平**。**山甫**周仲山甫。**歸應疾**，仲山甫能服戎狄，諷説如彼。**留侯**張良封留。**功復成**。張良功成而後避穀從赤松子遊，以諷説功成而須退也。蓋此時説專任自居故，九齡恐中傷，因以有諷意。**歌鐘旋可望**，晉悼公賜歌鐘於魏絳，事具《訓解》。魏絳和戎狄，猶樂之和，因賜之。張説宜如魏絳建和親功也，此句稍含諷意。**枕席豈難行**。趙充國屯田，疏曰：「治隍狹中道橋，令可至鮮水，以制西域，信威千里，徒從枕席上過師。」此句本于此，轉用比和親成而易往來。**四牡何時入**，欲講和成而還入京師，渴望甚，因曰「何時」。**吾君聽履聲**。鄭尚書事，見《訓解》。

【校勘記】

[一]奉和聖製送尚書燕國公説赴朔方軍：《全唐詩》卷四十九作《奉和聖製送尚書燕國公赴朔方》。

[二]隰：底本訛作「濕」，據《全唐詩》卷四十九改。

五言排律　下

奉和聖製暮春朝集使歸郡應制〔一〕

王維

按朝集使當爲諸鎮節度使來朝也，事具考證。

萬國仰宗周，周初都鎬京。《王風》序曰：「始武王作邑於鎬京，謂之宗周。」後平王東遷，都洛陽，自是而霸主輔翼周室，而天子共主而已。唐時肅宗以來，藩鎮權威熾盛難制，蓋玄宗失御，京師傾覆，借藩鎮勢而天下安靖，猶周東遷之勢。故起句示玄宗一旦蒙塵，而朝廷復古天下宗之意。豈禄山亂後，諸鎮來朝時作乎？《訓解》不審「宗周」之義，漫解，因辨之。**衣冠**指諸侯。**拜冕旒**。穆穆天子，不可進前。述朝儀肅然不可侵。**玉乘迎大客，金節送諸侯**。玉乘，王之五輅一；金節，虎節、龍節之類，俱見《周禮》。二句俱寵藩國諸侯之辞。**祖席**餞別筵席。**傾**盡也。**三省**，《訓解》云：「唐以侍中、兩令爲三省。」**褰帷**稱太守車，賈琮故事，見《訓解》。**向九州**。各歸郡國。**楊花飛上路，槐色蔭**蔭蔽，鬱茂。**通溝**。御溝也。

二句貼題「暮春」。**來預鈞天樂，歸分漢主憂**。言萬國諸侯因來朝而得聞天樂也，亦未嘗聞者，故比「鈞天樂」。但來聞樂之頃，暫爲樂耳，歸則以天子憂國家而爲己任，故曰分憂爲其職也，可以勞慰焉。二句勞大客之辞。**宸章**稱聖製。**類河漢**，「河漢」謂天漢。聖作文華，與天漢法象相類。**垂象照中州**[二]。頌與聖作於諸侯，猶天象照臨于下也。中州，《訓解》云：「猶中國。」予謂中，滿也，猶曰諸州。「九州」「中州」相侵，唐人詩不拘拘故爾。

考證：《訓解》云「自外入朝與朝班者，曰朝集使」，而不審出處，難信。予謂禄山亂後，西戎相尋爲寇，且禄山與黨尚縱横，是以肅宗以來，借節度使威權以遏寇逆，因以寵節度使甚矣。由是觀之，朝集使者，蓋節度使來朝也。起句述「宗周」者，示天下爲一宗也，壓强禦之專權。曰「大客」、曰「褰帷」，豈尋常郡主之徒乎？《訓解》直爲「外國故來朝」，則稱謂太過，恐非。

【校勘記】

[一]奉和聖製暮春朝集使歸郡應制：《全唐詩》卷一百二十七作《奉和聖製暮春送朝集使歸郡應制》。

[二]照：《全唐詩》卷一百二十七作「滿」。

送李太守赴上洛　　王維

今陜西西安府上洛縣。李時爲上洛太守。

商山漢時四皓隱處。**包楚鄧**，春秋時二國，商山包絡其間。**積翠藹**草木叢雜貌。**沈沈**。沈，深也。言商山四皓隱栖處，其幽邃可知矣。然聞與見异趣。君今一至，則深山跨楚鄧，草木茂密，隱趣自得焉。因以「商山」起下，以「黄綺心」結收，讀者宜詳焉。**驛路飛泉灑**，行行傍山，故山間泉流迸出，飛灑征衣。**關門落照深**。漸至上洛關門，則夕日猶有餘照，故曰「深」，言未及日没而至也。**野花開古戍**，古戍今荒廢，花開而無憐之人。**行客響空林**。適聞行客跫音而迹之，有山中失路之意。**板屋**《詩·秦風》語。此地秦土，有板屋餘風。**春多雨**，山中春雨多，板屋不堪聞雨聲。**山城晝欲陰**。日午忽冥朦，山中陰晴無常故爾。**丹泉**在上洛西南。**通虢略**，古之虢國界。**白羽**在鄧州封内。**抵荆岑**。在西安府，白羽、荆山相抵，當峨峨。二句言山水阻險，且古國也。**若見西山爽，當知黄綺心**。黄季，綺里季、夏黄公二人。舉黄、綺，兼四皓。「西山爽」，晋王子猷「西山朝來，致有爽氣」之事，見《訓解》。言聞與見异趣，君至上洛也，則一見西山爽之日，初應知四皓隱趣也。謂「西山爽」者，便比李之爲傲吏，猶子猷不關官務也。其示「黄綺心」者，勸退隱也。王維固有隱心故爾。

送秘書晁監還日本[一]

王維

事具考證。

積水謂海水。**不可極，安知滄海東**。言環海之漫漫不可際限，況日本在异域，只聞在滄海東耳，安得知海路遠近乎？**九州**非指中華。騶衍所謂「中國爲赤縣神州，内有九州，禹之叙九州是也。中國外如赤縣神州者九」，此詩所謂九州，指環海外也。**何處遠**，謂渺漠無遠近也。言九州外尋其所至極，而無遠近可圖焉。**萬里如乘空**。猶履空虚而行，謂無所泊舟。**向國唯看日**，唯認日出，所以爲日本。**歸帆但信風**。大海風無定，或東或西，復任風而已，但恐歸鄉遲滯。**鰲身映天黑**[二]，**魚眼射波紅**。東海有五山，巨鰲首戴山之事，見《訓解》。又引《隋書》曰：日本有如意寶珠，夜有光，魚眼精也。言彼鰲身時泛映天也，海路忽暗黑，而亦有魚眼精光照夜，無所妨。謂絶海多怪物。**鄉樹扶桑外**，本集序「扶桑如薺」是也。《十州記》曰：「扶桑在碧海中。」言過去扶桑而初見鄉樹，謂其鄉越在絶境。**主人孤島中**。憐其孤絶。**別離方异域，音信若爲通**。异域絶來往，黯然消魂在其中。

考證：按晁監蓋安部仲丸，《舊唐書・日本傳》稱仲滿是也，改姓名曰朝衡。《傳》可以證，因詳焉。

《舊唐書》曰：日本國者，倭國之別種也。以其國在日邊，故以日本爲名。或曰：倭國自惡其名不雅，改日本。或云：日本舊小國，併倭國之地。其人入朝者，多自矜大，不以實對，故中國疑焉。又云：其國東西南北數千里，西界、南界咸至大海，東海、北海有大山爲限[三]，山外即毛人之國。長安三年，其大臣朝臣真人來貢方物。朝臣真人者，猶中國户部尚書，冠進德冠，其項爲花，分而四散，身服紫袍，以帛爲腰帶。真人好讀經史，解屬文，容止温雅。則天宴之於麟德殿，授司膳卿[四]，放還本國。開元初，又遣使來朝，因請儒士授經。詔四門助教趙玄默就鴻臚寺教之，乃遺玄默闊幅布以爲束脩之禮[五]，題云「白龜元年調布」。人亦疑其僞。比題所得錫賚，盡市文籍，泛海而還。其偏使朝臣仲滿，慕中國之風，因留不去，改姓名朝衡，仕歷左補闕、儀王友。衡留京師五十年[六]，好書籍，放歸鄉，逗留不去。天寶十二載，又遣使貢。上元中，擢衡爲左散騎常侍、鎮南都護。貞元二十年，遣使來朝，留學生免勢[七]、學問僧空海。元和元年，日本國使判官高階真人上言：「前遣學生，藝業稍成，願歸本國，便請與臣同歸。」從之。開成四年，又遣使朝貢。

【校勘記】

[一]送秘書晁監還日本：《全唐詩》卷一百二十七作《送秘書晁監還日本國》。

[二]鰲：底本訛作「螯」，據《全唐詩》卷一百二十七改。後文同。

[三]東海、北海：《舊唐書·東夷列傳》作「東界、北界」。

[四]膳：底本誤作「農」，據《舊唐書·東夷列傳》改。

[五]遺：底本訛作「遣」；默：底本脱；幅：底本誤作「帛」，皆據《舊唐書·東夷列傳》改。

［六］衡：底本訛作「衛」，據《舊唐書·東夷列傳》改。

［七］免：按據今標點本《舊唐書·東夷列傳》校勘記，當作「逸」。

送儲邕之武昌［一］

李白

黄鶴西樓月，長江萬里情。黄鶴樓在武昌，下吞長江。登樓月夜，居然馳萬里思。此時李白謫居楚中，不能伴儲邕而至武昌，因徒爲想像之詞耳。**春風三十度，空憶武昌城。**三十度，《訓解》無説，徒爲「身不能至也，日久矣」，疏甚。按《史記》太史公自序曰：十二度、二十四節各有數。度，躔度也。十二度，十二月也。據是，三十度，二年有半也。白謫居以來及二年有半，而不能至於武昌而探風月，爲憾耳。**送爾難爲別，**謫居無友，別意特切，況武昌我遐想之久矣，所以難別也。**銜杯惜未傾。湖連張樂地，**謝朓詩：「洞庭張樂地，瀟湘帝子遊。」又《莊子》：「黄帝張樂於洞庭之野。」蓋稱境地靈。湖，洞庭湖也。**山逐泛舟行。**山色相追隨。説舟中美景。**諾謂**稱謂。**楚人重，**漢季布。楚人諺曰：得黄金百金，不如季布一諾。謂其人杰。**詩傳謝朓清。**謝朓，南齊人，爲宣城内史。宣城，楚之境，故及之。《詩品》稱謝朓詩「清麗」。二句言地依其人爲重也。**滄浪吾有曲，寄入櫂歌聲。**滄浪，漢水之流，在楚，因感及之。且《滄浪歌》論一清一濁，飄泊身上不能無意，是以嘗有擬之作。汝今爲武昌行，故併入櫂歌以示吾志，以送別之也。

【校勘記】

［一］邕：底本訛作「邑」，據《全唐詩》卷一百七十七改。後文同。

陪張丞相自松滋江泊渚宮［一］　　孟浩然

松滋江，在荊州府。渚宮，在江陵，楚襄王驪宮、宋玉之故宅云。此詩說者多不解題意。蓋孟浩然晚年造荊州，寄食張九齡。九齡時爲荊州，題稱「丞相」，後人所加也。《訓解》不審事實，漫解，故難通。事審考證。

放溜溜，水流下也。**下松滋，登舟命檝師**。九齡爲荊州日，方巡行郡縣，而浩然陪從九齡登舟，自命舟師下。自命之詞，浩然代之賦其志也。然《訓解》云：「此張曲江罷相，能以山水自娛也。」此說至「詎忘經濟日，不憚沍寒時」而不可解也。罷相後豈關經濟乎？其非自明矣。**詎忘經濟日，不憚沍寒時**。時維仲冬，沍寒凜冽，猶巡行郡縣，一日未忘經濟，豈可厭寒苦耶？**洗幘豈猶古，濯纓良在茲**。二句九齡勞慰浩然之辞。洗幘，楚陸通高卧，挂幘松頂，有鶴銜去水濱，通洗之，因與鶴同去之事。又荊州有濯纓臺，共楚中故事。因言洗幘之事，豈古人而已乎，今有其人。指浩然高致，稱之。况濯纓之迹尚在兹，則托寓荊州可矣。**政成人自理**，與治同。言政令所成，全在風土清净、人自脩理。**機**心機。**息鳥無疑**。人自治則無争訟，故機械巧心息滅，鳥無羅罔之疑，與人相馴，此本海上翁之子與鷗鳥遊之事。蓋言官地亦有隱趣以慰浩然辞，浩然代九齡而述之。**雲物凝孤嶼，江山辨四維**。此日蓋冬至也。至日，書雲物日，其觀雲氣凝聚而可以試來歲豐耗。《淮南》：「四方之隅曰四維。」又「禮義廉耻[二]，國之四維」，見《管子》。言泛江一望闊然，故觀雲物。四隅江山之固，綱維不弛，一覽可盡矣，故曰「辨」。**晚來風稍緊**，以下起泊渚宫之趣。**冬至日行遲**。稍覺一線之長。**獵響驚**震驚。**雲夢**，楚二澤，狩獵所。響者，獵者群歸，是以喧喧。**漁歌激楚辭**。《訓解》引《楚辭》注：「激楚，清聲也。」「漁歌」蓋《滄浪歌》，應上「濯纓」句。二句説晚興，起下句。**渚宫何處是，川暝欲安之**。日落，川上忽暝。謂冬日易暮，况水烟蒼茫，楚地光景。尋渚宫無處所，有「不知何處吊湘君」趣。

考證：按《浩然傳》云：「張九齡爲荊州，辟置于府。」又云：「開元末，病疽背卒。後樊澤爲節度使，時浩然墓碑壞……澤乃更刻碑鳳林山南，封寵其墓。」據是，浩然後卒荊州，此詩九齡爲荊州時作也，審矣。然《訓解》爲：「曲江罷相，能以山水自樂也。」罷相後豈關經濟事乎？且曲江何隱居荊州乎？解全不通，猶囈語。世之講師不審事實，漫解説，可謂杜撰之甚矣。

【校勘記】

[一]陪張丞相自松滋江泊渚宫：《全唐詩》卷一百六十作《陪張丞相自松滋江東泊渚宫》。

[二]耻：底本誤作「智」，據《管子·牧民》改。

送柴司户充劉卿判官之嶺外[一]

高適

柴，氏。司户，官。充，塞也，滿也。讀爲「柴充劉卿之判官」，然詩中未及斯語，恐非。今讀爲「柴司户從劉卿判官之嶺外」，判官蓋劉卿本官，出使嶺外，柴司户與往也。柴爲劉卿屬官者，非也。

嶺外資助也。**雄鎮**，**朝端**《訓解》爲「朝廷」，或然。端，正也，首也。**寵節旄**。言柴爲司户，雖下僚，而從劉判官被充嶺外使臣也，則其任重。於朝廷承命，寵之，賜節旄爲信，蓋假重其人也。「節旄」見于七律注。**月卿**《書》：「卿士惟月」，故稱「月卿」。**臨幕府**，劉與柴承命造彼，以「月卿」稱之者，重使臣之寵命也。**星使出詞曹**。天文有使星，故使臣稱「星使」。「出詞曹」者，共承命而至中書省，奉綸綍而後發行也。然《訓解》云「月卿宜臨幕府，乃遣星使乎」，不知何謂。蓋「幕府」指嶺外都護營，「月卿」稱使臣也。此句二句一意，言星使出詞曹而造都護幕府，則猶星月照臨，故曰「臨」。**海對羊城闊**，廣州有五羊城。言南海空闊，眺望傷心。**山連象郡高**。言登涉勞。**風霜驅**驅除。**瘴癘**，風霜比判官威烈，言威猛應驅除惡氛。瘴癘，惡氛也。**忠信涉波濤**[二]。《家語》：厲水者曰：「入也以忠信，出也以忠信。」《莊子》：没人曰：「吾無道。與齊俱入，與汨偕出，從水之道而不爲私焉，此吾所以踏水也。」此詩所謂「波濤」，喻世之艱險。没人能踏水，以無私矣，因以比忠信之人能涉艱也。《訓解》漫説，故詳焉。**別恨隨流水**，嶺南道傍海，故云爾。**交情脱寶刀**。呂虔以寶刀授王祥之事。言交情深，堪脱寶刀，且柴德器宜佩寶刀人也。**有才無不適**。柴固有佩刀才器，何任不適。**行矣**《文選・魏文與吴質書》注曰：「行矣自愛。」謂勉行政治，自愛聲譽也。《訓解》云「毋虚此行也」，則解「行矣」爲「去矣」，太失意義，不可從。**莫徒勞**。言須自愛聲譽，以不堪其任，勿憂勞也。

考證：此詩題讀爲「柴司户充劉卿之判官」，非也，蓋因《訓解》誤矣。《訓解》云：「嶺外使劉卿，當行時有所避，則以司户充判官而往。」據是，似以柴爲劉卿屬官判官，詩中無此語，難從。讀爲「劉卿之判官」，亦不成語，因改。予則以爲判官便劉卿本官，當讀爲「劉卿判官之嶺外」也。而柴代劉判官之嶺外，故曰「充」。讀者審諸。

【校勘記】

[一]充：底本訛作「克」，據《全唐詩》卷二百十四改。後文同。

［二］信：底本誤作「臣」，據《全唐詩》卷二百十四改。

陪竇侍御泛靈雲池　高適

具考證。

白露先時降，《月令》：孟冬月，凉風至，白露降，用始行戮。此地近邊，故白露先時早降。按《訓解》引高適《靈雲池》詩序曰：高下其池亭，輝藩落。則侍御蓋爲都護在此矣。**清川思不窮**。言白露降日，將有軍役之事，然清川秋興豈可空乎？述侍宴趣。**江湖仍塞上**，池近塞。仍，因也。水容空闊，如江湖。**舟楫在軍中**。言軍中備水戰具，豈無舟楫乎，暫借以催泛泛興，亦無所妨。《説命》曰：「若濟巨川，用汝作舟楫。」「舟楫」蓋本于此，乃含「舟楫之人在軍中，豈憚巨川艱險乎」意，以稱侍御之德可依賴也。**舞換臨津樹**，終日宴，舞態改换，猶尚堪觀，津樹秋色亦與移向夕陽。此句起下句。然《訓解》云：「舞態炫目，覺臨津樹如换。」此解不知何謂，難從，因改説。**歌饒向晚風**。承上句，言舞態改换，晚興彌增，况晚風助歌聲乎？**夕陽連積水**，晚興凉冷，池水渺如海。積水，海也。**邊色滿秋空**。含邊寇乘秋來意，乃覺稍有妨宴樂。**乘興宜投轄**，此句承上，言雖邊色可愁，而舟楫之人在軍中，亦何恐之有？宜投轄極宴也。投轄，陳遵之故事。**邀歡莫避驄**。今日相迎爲交歡，亂醉亦不妨，何至畏御史糾彈而避匿乎？稱侍御情好。**誰**

憐持弱羽，猶欲伴鵷鴻。言高適未達官，誰人憐愛我欲弱羽而伴鵷鴻飛翔乎？惟侍御容我撫愛而已，是以得猥犯斯盛席矣。解題「陪竇侍御」意。

考證：靈雲池，説者不審所在，《訓解》亦不注。但《訓解》引適《陪侍御靈雲南亭宴》詩序，曰：「『京州近湖[一]，高下其池亭，蓋以耀蕃落也。白簡在邊，清秋多興，況水具舟楫，山兼亭臺，始臨泛寫煩，俄登涉以寄傲。絲桐徐奏，林木更爽。湖天一望，雲物蒼然』，與此詩蓋一時作。」據是，靈雲池蓋在京州乎？竇侍御時爲都護，故序有「威伏蕃國」語，可以證。

【校勘記】

[一]京州近湖：《全唐詩》卷二百十四作「涼州近胡」。

行次昭陵　杜甫

太宗陵，在醴泉縣西。

舊俗指隋末。**疲**疲病暴政。**庸主，**凡庸人，指煬帝。**群雄**此時李密、建德輩起，覬覦天下。**問獨夫。**獨夫，紂，見《孟子》。「問」猶「楚王問鼎」之「問」。**讖皈龍鳳質，**讖，符讖。龍鳳質，太宗方四歲，時書生相之曰「龍鳳之姿，天日之表，其年幾冠，能濟世安民」是也。言時雖群雄覬覦，而天下歸服太宗，如讖語。**威定虎狼都**。言天下皆虎狼，縱搏噬，太宗威服之静，定爲都。**天屬**稱高祖、太宗父子。**尊堯典**，高祖、太宗相承，猶堯禪讓以爲典則，故曰「尊堯典」。**神功**稱太宗功。**協**合也。**禹謨**。典謨，本于《書·堯典》《大禹謨》。太宗功如神，比禹之功。**風雲隨絶足**，「風雲」本于《易》語。「絶足」稱駿馬。言名臣從太宗，風雲從龍虎也。風雲會，君臣感合也。絶足，稱太宗也。**日月繼高衢**。高祖、太宗，明君相繼，猶日月代繼，照於天衢。**文物多師古，朝廷半老儒**。天下定後，輝文而不輝武，物皆尊古，故朝多好古老儒。**直詞寧戮辱**，如魏徵輩，直諫而不批逆鱗，何懼戮辱乎。**賢路不崎嶇**。《萬石君傳》：石慶上書曰：「願歸丞相侯印，乞骸骨，避賢者路。」「賢路」本于此。時能尊賢，賢者無妨害也。**往者灾猶降**，已下轉入當時事。玄宗以來，天下一亂，猶隋末亂，天灾所降。一治一亂，感慨交雜。**蒼生喘**氣息急疾也。《説文》：「疾息也。」**未蘇**。言生民苦軍役。**指揮**揮斥亂賊。**安率土**，**盪滌**振蕩舊染惡俗。**撫洪鑪**。二句因當時亂而感太宗草造功，而戀昔時升平之世也。「洪鑪」，天地也，賈誼《鵩鳥賦》「天地爲爐兮，造化爲工，陰陽爲炭兮」是也。**壯士悲陵邑**，當時爲壯士者，憾不遇太宗之世，向陵悲嘆。**幽人**自稱。**拜鼎湖**。鼎湖，黄帝登仙所，以比太宗陵。欽其功業而拜伏也。**玉衣**廟中所藏御衣。**晨自舉**，言太宗神灵示國步艱難，廟中玉衣自舉出匣。《訓解》引前漢故事。**鐵馬汗常趨**。《蔡寬夫詩話[一]》曰：「禄山之亂，哥舒翰與賊將崔乾祐戰潼關，見黄旗軍數百隊，官軍以爲賊，賊以爲官軍，相持久之，忽不知所在。是日昭陵奏陵内石馬皆流汗。」子美詩用此事也，蓋用實事徵太宗神如在，而以戒之乎。**松柏**廟庭所植。**瞻虛**虛明。**殿**，有殿而無人，嘆荒廢。**塵砂立暝途**。塵砂没途，暝暝。**寂寥開國日**，憶開國功，寥寥無復繼者。**流恨滿山隅**。不惟一時恨，可傳遺恨於千載也，故曰「流恨」。

【校勘記】

［一］寬夫：底本誤作「完之」，據《苕溪漁隱叢話》前集卷七改。

重經昭陵　杜甫

草昧《易》：「天造草昧。」**英雄起**，「草昧」謂天下創造初，是時四海英雄勃起，覬覦天下者多。**謳歌**《孟子》語。**曆數歸**。《書》：「天之曆數在爾躬。」言天運歸復于唐，謳歌太宗，萬民歡抃也。**風塵三尺劍**，提三尺劍而戡亂，猶漢高勢也，比太宗功。**社稷一戎衣**。一戰而征兇徒，建立社稷，猶武王一戎衣而亡殷。戎衣，甲胄也。**翼亮**《書》：「予欲左右有民，汝翼。」又「使宅百揆，亮采惠疇」。「翼亮」本于此。**貞文德**，言治世後，太宗能翼政亮采，天下化文德而無他及，故曰「貞」。**丕承戢武威**。《書》：「丕承哉，武王烈。」言太宗承繼天下而使人忘武威。**聖圖天廣大**，聖，稱讚辞。圖，圖略也。言太宗之德及天下也，猶天之廣大，無所不覆。**宗祀日光輝**。言子孫宗祀之仰戴，若日光輝。**陵寢**丘陵寢園也。**盤**盤屈。**空曲**，曲，山曲也。陵寢在山曲幽邃之中，故曰「空曲」。**熊羆守翠微**。熊羆之士守山陵也。一句言衛護嚴肅，神如在。**再**照題「重」字。**窺松柏**廟庭所植。**路，還見五雲飛**。謂神灵赫赫象。是首全稱太宗之功業。

王閬州筵奉酬十一舅惜別作[一]　杜甫

十一舅，杜舅也。時有吐蕃乱。

萬壑樹聲滿，千崖秋氣高。二句記時候。言時已屬晚秋，萬壑千崖無不秋聲，故曰「滿」。秋氣高，言秋色已闌。**浮舟出郡郭，別酒寄江濤**。時王閬州携杜舅出郭，送別杜甫也。寄筵於江濤者，於曠望處而慰之也。**良會不復久**，言如是良會稱難逢，而己漂泊身，則不能復久滯留罄歡。**此生何太勞**。言暫逢良會而忽爲別，命之薄也，生涯多勞苦。何者，自訝詞也。**窮愁**虞卿事。**但有骨**，亦嘆生涯，言因窮途愁苦而疲羸日增，肉盡有餘骨。**群盜尚如毛**。説窮愁之所由，天下盜多亂國。如毛者，謂多也。**吾舅惜分手，使君**王閬州。**寒贈袍**。憐吾一寒，有綈袍贈也。綈袍，范雎事。**沙頭暮黃鶴，失侶亦哀號**。言沙頭欲暮，黃鶴飛鳴，似失侶哀鳴。物亦關吾別情，所以不堪別恨也，「亦」字宜熟看。

【校勘記】

[一]王閬州筵奉酬十一舅惜別作：《全唐詩》卷二百二十八作《王閬州筵奉酬十一舅惜別之作》。

春歸　杜甫

嚴武初爲子美構草堂於成都。嚴武去蜀，子美之閬州，已而聞嚴武復鎮蜀而還草堂，是時所作也。

苔徑臨江竹，茅檐覆地花。謂落花鋪地。言歸來花竹如故，草堂無恙，喜賦詩。**別來頻甲子**，言自別草堂後，推甲子数年，不知幾甲子，故曰「頻」。**歸到忽春華**。春光也。歸到則終忘寒苦，而節亦春時也，俄心生春，故曰「忽春華」。蓋喜遇春光之澤也，含嚴武能遇子美之意詞也。**倚杖看孤石，傾壺就淺沙**。言萬物中，孤石特不關榮辱，看得可愛。遂出草堂、下淺沙，傾壺忘昔疲。**遠鷗浮水靜**，吾無機心，鷗不驚起，故曰「靜」。**輕燕受風斜**。二句言鷗之泛泛、燕之飛飛，各乘春自得，亦關吾情況。而鷗之浮水靜、燕之受風斜，春日和煦之象如畫。**世路雖多梗，吾生亦有涯**。言世路屯難，梗塞難通。雖然，以有涯生而從無涯事，殆，但在樂餘年而已。**此身醒復醉**，無醒時。**乘興即爲家**。醉中乘興，不知身在他鄉也。全篇述依嚴武而保吾生之意，不惟豪放脱世絆也。

江陵望幸　杜甫

冀望行幸也。上元初，江陵府爲南都，時代宗有幸江陵之議，未果，故有此作。

雄都都會雄於天下。**元壯麗**，形勝壯麗，猶曰人杰地靈。**望幸欻威神**。冀望行幸，欻然見天子威神。威神，出《文選》詩。欻，火起貌，杜工部《夜聞觱栗》詩「三更欻悲壯」是也。**地利西通蜀**，**天文北照秦**。已下四句，言江陵形勝當爲都，稱之。是地西通蜀，地形宜據阻；北望秦，星辰近接。**風烟含越鳥**，**舟楫控吴人**。二句言地通吴越，故人物來集也。風烟中越鳥時至，故曰「含」。江陵，吴人舟路。今江陵爲都則繁華窟宅，故吴人舟楫競凑泊，皆言形勝堪爲都會。**未枉周王駕**，**終期漢武巡**。以周王、漢武而比天子巡幸。終期，慰民之冀望之詞也。**甲兵分聖旨**，**居守付宗臣**。時有吐蕃亂，天子懼長安傾覆，因示杜竊獻策意。云若分兵士護長安，付宗臣而爲留守之策，自聖旨出則孰敢不聽從，然則幸江陵亦何妨之有?「聖旨」字宜如是解。《訓解》云：「今天子臨戎，宗臣居守，正布惠施德之時也。」此説本于代宗幸陜而避吐蕃寇，郭子儀旋復京師，帝以子儀爲留守之事。然代宗蒙塵而避寇而已，非帥兵親將焉。其以郭子儀爲留守者，是時郭子儀獨克復京師，而代宗在陜，因遥授子儀于留守職也。詩所云但幸江陵之日，京師無留守，故懼傾覆，因説分兵護衛，留守付宗臣。「宗臣」謂宗族、世臣已，非指郭子儀留守之事也。且曰「分」、曰「付」，杜竊寓策於詩之詞，其意欲命自天子而出也，故曰「聖旨」。《訓解》徒舉實事，無活用，則無味如嚼蠟。讀者宜詳焉。**早發雲臺**稱宮闕。**仗**，仗見前註。**恩波起涸鱗**。比飢渴民。言民之渴望行幸猶涸水魚，是時若行幸乎，一滴恩波當起枯乾魚鱗必矣，蓋勸行幸舉詞。

奉觀嚴鄭公廳事岷山沱江圖[一]　杜甫

廳事，中庭曰廳事，聽政處。《易》：「南面聽天下。」聽，聽政也，故政事所謂之聽事，後加「广」爲「廳」。岷山，蜀山名。

沱水臨中座，座中也。畫圖逼真，宛如沱水照臨座中。**岷山赴北堂**。一作「此堂」。《淮南子》曰「江出岷山，東流絶漢入海」是也。全篇説畫圖墨妙，稱之。岷山之勢如走，故曰「赴」。**白波吹粉壁**，**青嶂插雕梁**。以下皆言圖中景象逼真，是以如壁上起波、梁間插置長山。**真訝**與怪同。**松杉冷**，應「插長嶂」之句。**兼疑菱荇香**。三角、兩角曰蔆，俗作「菱」，非也。此句應「吹粉壁」句。**雪雲虛點綴**，言雪雲相映虛明，故曰「虛」；仿佛處處有之，故曰「點綴」，結也。**沙草得微茫**。望之所不及，僅得見沙草。**嶺雁**過嶺雁。**隨毫末**，毫末一掃爲雁。**川霓飲練光**。霓垂川流，似飲水勢。練光，水光也。**霏紅洲蕊亂**，蕊，草木叢生貌。**拂黛石蘿長**。青蘿如黛，美好可愛。**暗谷非關雨**，深谷常暗昧。**丹楓不爲霜**。

楓常丹，亦謂畫也。**秋城玄圃外**，聚居曰城。蓋畫中有秋村，特寥寥，玄圃仙境之外亦有斯境致。玄圃，海外神仙所居十洲之一也。**景物洞庭傍**。見景物象，如在洞庭傍。**繪事**《論語》字。**功殊絶，幽襟興激昂**。幽襟，謂懷抱幽思。繪畫殊絶，故激揚幽思，興自昂昂。**從來謝太傅，丘壑道難忘**。言惟畫之巧也乎？主人嚴武從來胸中存丘壑思，併使人感動故爾。謝太傅，謝安事。安雖受朝，寄東山之志始末不渝[二]，丘壑情難忘云，以比嚴武。

【校勘記】

[一]奉觀嚴鄭公廳事岷山沱江圖：《全唐詩》卷二百二十八作《奉觀嚴鄭公廳事岷山沱江畫圖十韻》。

[二]渝：底本訛作「偷」，據《晉書·謝安列傳》改。

冬日洛城北謁玄元皇帝廟　杜甫

祀老子廟也。

配極玄都閟，廟中有五聖圖而配食，故曰「配極」。極，天子之位也。《洪範》：「中極。」又《詩》：「立我烝民，莫匪爾極。」蓋謂民極天子之事也。《訓解》誤解爲北極之極，云「在洛北，故曰極」，非也。若

《訓解》，「配」字不通。配，配食之義也，豈有配食北極之義乎？是說不可從。玄都，仙境也，稱廟。閟，深閉也。**憑高禁籞長**。籞元禁苑之籞也，折竹以懸繩連之，使人不得往來，借以言廟垣長。憑高，謂高顯所。**守祧**遠廟曰「祧」，藏遷廟主。**嚴**嚴整。**具禮**，守祧吏具備禮器嚴。**掌節**《周禮·地官》：「掌節，守邦節而辨其用，以輔王命。」廟有掌節郎。**鎮**與守同。**非常**。「非常」謂闌入者，掌節郎鎮守。**碧瓦初寒外**，廟宇高峻，葺瓦出寒霄上。**金莖**銅柱也。**一氣傍**。亦說高峻。**山河扶繡户**，有山河固而輔佐繡户，故曰「扶」。**日月近雕梁**。言廟高峻，故日月照臨梁間。**仙李盤根大，猗蘭奕葉光**。老子于陳國渦水李樹下剖左腋而生，生而能言，指李樹爲姓，而唐李姓，故稱「仙李」。前漢孝景王后夢日入其懷，以乙酉年七月七日生武帝於猗蘭殿。蓋合二事以述老子之姓氏至唐而繁榮，猶李樹盤根漸漸長大。且玄宗好仙，若漢武也，故以武帝生於猗蘭殿，比玄宗葉葉相繼爲光輝。言唐室子孫之相嗣而不絕，全依老子之德。**世家遺舊史，道德付今王**。司馬遷《史記》列孔子於「世家」，而老子入「列傳」，老子之大德而如此，太史公豈遺忘邪？老子之德晦藏也，尚矣。然至玄宗好道德而尊老子，親注《道德經》，是老子千載之後而付屬之。今王，指玄宗。**畫手看前輩，吴生獨擅場**[一]。言看閱前輩畫工妙手而誰最秀俊者，惟吴道士圖老君可稱擅場也。**森羅移地軸**，與「旁羅」同。言森羅萬象，大地之所有移入圖中來。地軸，指地而言耳，「軸」字無意義。**妙絶動宫墻**。圖畫精神，如飛動於宫墻中。**五聖**廟有高祖、太宗、中宗、高宗、睿宗畫象，配食老子也。**聯龍衮**，衮龍，法服也，龍首卷然，故曰「衮」。五代聖主相聯接，服章見聖德。**千官列雁行**。官人就位署爲列，圖畫如真。**冕旒俱秀出**[二]，五聖之冕冠垂旒，故曰俱秀出群下，而發揮俗態也。**旌旆盡飛揚**。旌旆飛揚，宛如飄風。皆稱畫也。**翠柏深留景**，景，影也。柏樹，廟之所栽，日入而翠光猶照，留日影久矣，故曰「深」也。**紅梨迥得霜**。迥得霜者，染霜久也，故梨樹爲紅。亦稱畫。**風筝吹玉柱**，風筝，挂簷角鈴也，風鈴聲如筝。風吹玉柱，故鈴聲響。**露井**庭中井無屋，故曰「露井」。**冰銀床**[三]。井爲床，銀鏤飾之，故銀光如凝冰也。**身退**《老子》曰：功成名遂而身退。**卑周室**，老子爲周守藏室之史，見周衰，遂弃去，是功成名遂而身退也。**經傳拱漢皇**。漢文帝、景帝尊老子，文帝受《道德經》於河上公也，是「經傳」也。拱者，使漢帝拱而敬禮之。**谷神若不死**，《老子》曰：谷神不死，謂之玄牝。此句本于此語。**養拙知何鄉**[四]，時方士稱老子之靈累降而蔽蒙人主，玄宗特惑神仙不死説，尊老子也甚矣。子美因諷之曰：老子曰「谷神不死」，然則神靈今尚可降矣，而廟中未見神靈赫赫，驗老君之靈不在斯廟，而向何鄉去耶？蓋耻拙于術，而隱而養其拙矣。爲怪之詞，以諷焉。

考證：天寶二十八年[五]，上言玄元皇帝降於丹鳳門通衢，告錫靈符在尹喜故宅。上遣使就函谷關故關喜故宅西，發得之。乃置玄元廟於天盜坊，追尊聖祖大道玄元皇帝。仍詔州郡立紫極宫，畫像事之，五聖則列侍左右。五聖，高祖已下五代主，見註。吴道士所畫。吴道士，陽翟人，善畫。

【校勘記】

[一]獨：《全唐詩》卷二百二十四作「遠」。

［二］出：《全唐詩》卷二百二十四作「發」。

［三］冰：《全唐詩》卷二百二十四作「凍」。

［四］知：《全唐詩》卷二百二十四作「更」。

［五］天寶二十八年：《新唐書·玄宗本紀》作「天寶元年」。

聖善閣送裴迪入京［一］

李頎

《訓解》無注。按聖善閣蓋在長安，京指東京，裴迪此時去長安，入東京，因於聖善閣爲别也，事具考證。

雪華滿高閣，苔色上勾欄。雪華，雪光也。勾欄，曲欄也。二句言雪後景象，荒凉態。此詩《訓解》無明解。按見詩中全述閣之荒凉，疑言亂後荒廢耶？此時裴迪漂泊入京，李頎因送别，故悲亂後象，且末句有慰之語。**藥草空階静，梧桐返照寒**。言閣無人，故藥草漫漫上階，梧桐葉落，漏返照。述寒凉慘淡之景。**清吟可愈疾**，言憂世之浮沈者猶疾在身，疾病可醫，優憂之疾不可藥，但我所賦清吟足稍忘憂也，則疾可立愈。**携手暫同歡**。言今日携手之頃，暫忘憂悶而爲平生歡悦耳。**墜葉和金磬，饑烏鳴露盤**。二句言木葉墜落，撲磬而與落葉聲相應和。饑烏無所求食而鳴空盤。「露盤」蓋謂空盤。二句言閣中全無人也。按禄山之亂陷長安，爾時裴迪漂泊入京乎？詩意悲人物廢絶之狀，豈亂後人未聚居，故閣亦無人之住乎？**伊流惜東別，灞水向西看**。裴迪蓋流落去東京，因言伊水通洛水，是以我憶伊水之東流不返，特惜別切也。裴迪亦在東京而西望長安灞水，而念今日離別之悲也，故曰「向西看」。看者，心不忘之謂。此句《訓解》誤解曰：「裴之行也，東別伊流，西臨灞水。看者，我望之也。」據之，則裴迪時將赴長安也，李頎在洛陽而送別也。《訓解》「看者，我望之也」，然則謂自洛望灞水也。然題「入京」者，指洛陽爲東京，非謂長安。《訓解》所云不可從，因改。**舊托含香署，雲霄何足難**。尚書郎含鷄舌香奏事。裴迪舊爲郎，裴蓋漂泊去長安，故云舊爲雲霄人也，天下一定，則達身何難之有？《訓解》不説漂泊之由，故此詩全篇不可通。

考證：聖善閣，《訓解》不審所在。按「聖善」稱母德，《詩》之《凱風》曰：「母氏聖善，我無令人。」「聖善」稱母德可知矣。然慈恩寺爲母后所建，因號曰「慈恩」。聖善、慈恩，俱稱母德。據之，此閣當在慈恩寺中明矣。《訓解》不審所在，故詩意亦紛説，不可從。

【校勘記】

［一］裴迪，底本訛作「斐廸」，據《全唐詩》卷一百三十四改，後文同。

早秋與諸子登虢州亭觀眺[一]

岑參

《訓解》云：虢州，今河南府陝州。

亭高出鳥外，客到與雲齊。二句言宜臨眺趣。飛鳥却過亭下，客到，席與坐雲齊也。亭蓋虢州後亭，七言律云「送李司馬歸扶風別廬」詩可證焉。岑參久宦此地，微官厭羈絆，因時登臨，暫遣憂悶也。**樹點千家小**，言下方千家編户，樹樹離披，自高處望之，小如點墨。**天圍萬嶺低**。一覽到天之所圍繞，而萬嶺在下方。**殘虹挂陝北，急雨過關西**。二句言僻地暗淡空濛趣。一片則殘虹挂空而照夕，一片則雨脚相連過關，一晴一雨，其景愁慘，初秋之象可厭也。**酒榼**與杯同。**緣青壁**，土地險惡，無坦平之地，携杯緣絶壁下瓜田而爲飲，乃賞初秋瓜已熟。「緣」猶緣木而求魚之「緣」也。**瓜田傍緑溪**。險惡所，闢山隘而爲田，故曰「傍緑溪」也。**微官何足道，愛客且相携**。言岑參宦虢州，官職非貴，因言吾何忝微官，但日携客爲飲，樂今日而已。小官者，失得何足論辨乎？**唯有鄉園處，依依望不迷**。

【校勘記】

[一]早秋與諸子登虢州亭觀眺：《全唐詩》卷二百一作《早秋與諸子登虢州西亭觀眺》。

清明宴司勛劉郎中别業　祖詠

田家復近臣，行樂不違親。起句「復」字難解，「復」字蓋字眼。《訓解》云：「别業在野，故云田家。司勛内侍，故稱近臣。」是惟解字而已。余以爲劉郎中近臣而卜别業於田家，時或遊田家則爲田家人，在朝則爲近臣，能不一其迹。行樂而會親友，相歡不違親親之道，故及吾輩。**霽日園林好，清明烟火新。**唐制，清明日取榆柳之火以賜近臣。劉郎中特不空恩賜，設宴會親友。**以文常會友，惟德自成鄰。**言若室惟遠矣，何得常會文友，惟有德之人爲鄰，故常相會。言劉郎中能好文。**池照窗陰晚，杯香藥味春。**言景色助興也。杯歡及日晚，而窗陰多亦不妨，池上水光相尋而照。藥草當春特榮，香氣入杯酒，有味。**欄前花覆地，**落花鋪地。**竹外鳥窺人。**鳥窺人之有無，説幽興。**何必桃源裏，深居作隱倫。**桃源在武陵，秦時人避世居于此矣，晋太元中捕魚者誤入其境。言隱倫豈在遠乎，此地隱趣足自賞，何必隱桃源而可以稱隱倫乎？全美劉郎中固有避世於墻東王君公意。

奉使巡檢兩京路種果樹事畢入秦因咏歌[一]　鄭審

兩京，長安、東京道路。秦，長安。

聖德周天壤，言天子之惠德周遍天地間。**韶華**謂春光。**滿帝畿**。春光所及，至邦畿千里。承上句述之。**九重承渙汗，千里樹芳菲**。天子有九重門，故禁内稱「九重」。渙汗，綸言也。《易》：「渙汗其大號。」謂其號令如汗之出而不反也。言植果樹事於宫内而命之，其嚴重可知。**陜塞**[二]兩京路達陜西塞，邊界也。**餘陰薄，關河舊色微**。言自植芳菲也，邊界餘陰、關河舊色漸微薄，而關河易往來。**發生和氣動，封植衆心歸**。發生之氣相和勃勃，故曰「動」。因封土植樹之惠澤萬方，衆心歸向戴仰，靡不悦服也。**春露條應弱，秋霜果定肥**。言今方春，弱條不堪裛露，而至秋霜之日，而熟果肥大可知矣。**影移行子蓋，香撲使臣衣**。言樹影連綿，隨逐旅人所行而相映於笠蓋，故曰「移」。香氣紛紛，襲使臣衣，故曰「撲」。共可以慰旅疲。**入徑迷馳道**，果樹遶繞鬱茂，雖馳道坦直，人迷徑蹊。**分行接禁闈**。至馳道，果樹植於兩行，故曰「分」。自馳道接連而達禁門。**何當扈仙蹕**，稱行幸。蹕，止人也。**攀折奉恩輝**。言植樹業成而扈從行幸，攀折果樹奉戴天子恩光也。何當者，豫期之辭。果樹因天子恩惠，故曰「恩輝」。

【校勘記】

[一]奉使巡檢兩京路種果樹事畢入秦因咏歌：《全唐詩》卷三百十一作《奉使巡檢兩京路種果樹事畢入秦因咏》。

[二]塞：底本誤作「西」，據《全唐詩》卷三百十一改。

行營酬吕侍御[一]　劉長卿

行營，行非巡行之義，與「赴」同。蓋劉長卿赴陳營也。

不敢淮南卧，「淮南卧」三字本於《汲黯傳》語。時奔命，故不能安卧。蓋劉長卿奔命，時在淮南地，故云爾。**來趨漢將營**。漢將指時尚書，不審姓氏。**承辭**漢將令命之文辭。**瞻左鉞**，本於武王伐殷，左杖黄鉞之事。瞻者，瞻仰也。劉長卿來承命辭，瞻仰左鉞之嚴威也。**扶疾拜前旌**。言以時尚書寬政之人而百姓敬服，疾者起，被扶持而拜前隊旌也。《訓解》云：「是以不敢高卧，而扶疾以拜前旌。」據是，則當謂「力疾」，不可謂「扶疾」。扶疾者，謂被扶持而起也。以被扶持之疾而豈得勞奔命乎？**井税**貢税寬，故曰「井税」。**鶉衣樂**，言窮民樂其寬政。《荀子》：子夏貧，衣如懸鶉。**壺觴鶴髮迎**[二]。此地曾有水灾、寇難，賴漢將來而治焉，故壺觴相迎也。**水歸餘斷岸**，以漢將之功而洪水有所歸，然諸物漂没，惟餘斷岸而已。**烽至掩孤城**。雖水灾已治也，此地近賊境，烽火時掩映孤城也，土民不聊生，不可不救之。**晚日當千騎，秋風合五兵**。此言漢將勒兵。秋，防寇之候也，因見秋風起而募兵士，特擇一當千騎之勇。又合聚達五兵者，自朝至晚，日試其材藝。**孔璋才素健，早晚檄書成**。魏陳琳，字孔璋，善檄，以比吕侍郎。才素健者，謂書檄元來健筆也。檄當據鞍而草，檄一成乎，四方靡不響應者，賊可克復，其功可立成矣。遲速非所論，故曰「早晚」。

考證：此詩事實不審，然據《訓解》題下注，意粗通，姑從之。《訓解》引公自注云：「時尚書問罪襄陽，軍次漢東境上，侍御以舟鄰賊境，復有水火，迫於征稅，詩以見諭。」余據是考之，蓋禄山餘黨寇漢水東，時爲尚書者鎮襄陽，吕侍御爲其佐，奔命赴之，因詩以寄文房。文房亦時應尚書命而赴營矣。

【校勘記】

［一］行營酬吕侍御：《全唐詩》卷一百四十八作《行營酬吕侍御時尚書問罪襄陽軍次漢東境上侍御以州鄰寇賊復有水火迫於征税詩以見諭》。

［二］觴：《全唐詩》卷一百四十八作「漿」。

送鄭説之歙州謁薛侍郎　劉長卿

歙州，秦爲鄣郡，晋爲晋安。

漂泊來千里，《訓解》曰「文房自言漂泊來此」，恐非。此詩見「漂泊」語，則知鄭説一書生而不遇，故漂零來寄身於薛侍郎也。**謳歌**《孟子》語。**滿百城**。百城，謂處處。此地政平人理，故處處悦服，謳歌其治。鄭説不遠千里而來，則所見愜所聞也。**漢家尊太守**，稱薛侍郎。尊者，寵禮爲太守也。**魯國重諸生**。《叔孫通傳》語。魯，文學之國，故重之。言薛侍郎好學，故慕書生秀者。鄭之來，爲是故爾。**俗變人難理，江傳水至清**。言此地風俗惡，其人難治理也，而薛侍郎爲太守能治之，謡俗一變也。「俗變」宜如斯解。然《訓解》云：「歙俗多變，頗稱難理。」若從之，則「俗變」不成語，似强解爲「多變」，解之「多」字本文所無，難從。因以爲此地謡俗其人難理，而能變者。相傳其地江水至清，地靈則人杰，土人惡俗，有所染而已，人豈難理乎？沈約詩有「新安江水至清，淺深見底」句。**船經危石住，路入亂山行**。二句言鄭説初經行時，跋涉勞可想像。**老得滄洲**仙境。**趣**，老而自得者，只仙趣而已。**春傷白首情**。迎春，覺老益甚。二句長卿自言，言吾老矣，不能從君之遊也，别意在其中。**曾聞馬南郡，門下有康成**。後漢馬融爲南郡太守，以比薛侍郎。鄭玄在馬融門下，因姓比鄭説。言曾聞古馬融門下有鄭康成，今鄭之遊於薛侍郎，可謂得所寄遇矣。

考證：此首事迹不可考。然閲其詩，語意自分明，因逆意注之，亦非强解，事迹不足深考之。

五言古

述懷[一]　魏徵

《唐詩紀事》作《出關》。

中原還逐鹿，《禮記・禮運》曰：「山者不使居川，不使渚者居中原。」「中原」出于《禮運》。《説文》：高平曰原，人所登。「中」猶中林、中谷之「中」，「中原」謂原中也。此中原轉指國都，高平地故也。中原，《解》不詳，因徵之。逐鹿，《蒯通傳》「秦失其鹿，天下共逐」，見《訓解》。《晉書》：趙王勒曰：「朕若遇漢高，當北面事之；若遇光武，當並驅中原，未知鹿死誰手。」此句本于此。隋末天下無主，群雄各峙立，争競以欲得天下也，因比逐鹿事。**投筆事戎軒。**投筆，班超事。軒，《説文》：曲輈轓車也，轓，車厢也。又闌板曰軒。軒非兵車，太夫以上之車也，借用爲戎車。言各效班超投筆之事，專事立邊功。上照起句，下含「功名誰復論」句。**縱横計不就，慷慨志猶存。**縱横，戰國之事。今争鬥如亂麻，定于一之計策不可速成也，然猶慷慨，憂天下之志不能忘。此魏徵自言。**仗策謁天子**，仗策，後漢鄧禹之事，註于考證。以下四句引故事，明諸將忠節。**驅馬出關門**。《唐詩紀事》作《出關》，蓋本于此。時東夷、林邑、新羅入寇，唐將李靖討平之。蓋「驅馬」以下謂諸將忠勞。徵守秘書監，參預朝政，已無出關之勞，惟憶諸將之忠勞而賦之，因題《出關》。然以徵無出關之事，後人改題《述懷》。「仗策」言徵澄清天下之志，故引鄧禹之事。「出關門」已下述諸將之勞，以示己志。**請纓**終軍事，見《訓解》。**繫南粵，憑軾下東藩**。酈食其事。**鬱紆陟高岫**，鬱紆，謂山木鬱蒼。紆，繾也。岫，《説文》：「山穴」；《廣韻》：「山有穴曰岫」。可知高岫者，謂高峻往往有岩穴處。**出没望平原**。自此言征途艱，其地阻隘而坳垤或出或没，漸至坦平處曠望。**古木鳴寒鳥，空山啼夜猿**。四句復説山險辛苦。曰「古木」、曰「寒鳥」，自見空曠寒酸意。猿聲清絶，特不堪聞。**既傷千里目，還驚九折魂**。千里一望，渺寞無色，謂之「千里目」。顔延之詩：「傷哉千里目。」言曠望傷悲，常也，特驚殺心魂者，惟九折之峻坂也。「九折坂」見于《訓解》。自「鬱紆陟高岫」已下六句，共鋪序，言山險辛苦勞。**豈不憚艱險，深懷國士恩**。言雖勇士，豈不憚艱險者耶？惟懷國士之恩遇，辛苦何足憚乎！國士，豫讓之事，見于《訓解》。國，尊稱。《楚世家》曰：「今君已爲令尹矣，此國冠之上。」注：「令尹，尹中最尊，故以國爲言。」可知「國」者蓋尊號也。**季布無二諾，侯嬴重一言**。故事見于《訓解》。二句言知己恩遇，感激以起下句。**人生感意氣，功名誰復論**。上有「投筆」句，「投筆」謂人各志功名，至末終抑功名者，揚意氣者，抑揚屈曲有味。人生，凡受生之人，感在意氣，不在功名。此徵自述忠烈素懷以及人，故曰「功名誰復論」。

考證：按「仗策謁天子」，此徵自言，蓋篇中眼目，因審諸。自徵被知遇於太宗，忠言屢見用焉。定天下功，徵等爲魁。「仗策」之事，見其志爾。《鄧禹傳》云：更始以秀行大司馬事，遣徇河北，所過除莽苛政。南陽鄧禹杖策追秀，及於鄴。秀曰：「生遠來，寧欲仕乎？」禹曰：「不願。明公威德加於四海，禹得效其尺寸，垂功名於竹帛耳。」秀大悦。是知鄧禹不願小仕，志在定天下，知秀其人也。徵之知遇亦然，因引禹之事也。此時新羅、林邑、東夷入寇。初，突厥既强，敕勒諸部分散，有薛延陀、回紇五十部，皆居磧北。唐将李靖討之，襲破突厥於陰山。此詩「出關門」以下謂諸士戰苦忠節也，可以徵焉。

【校勘記】

［一］述懷：《全唐詩》卷十八作《出關》。

感遇　張九齡

感慨值遇。

孤鴻海上來，池潢不敢顧。此九齡罷相退休之後所作也，興而比也。孤鴻離群，鴻以比九齡不群於世也。言鴻雖群飛，無可俱爲行也，故爲孤鴻而飛去。有所畏憚也，故雖小池污澤，不顧而過去。池，池塘也。潢，「潢污行潦」之「潢」。《左傳》服虔註：「畜小水謂之潢水。」**側見**猶側目，謂畏而弗正視也。**雙翠鳥**，翡翠也，比李林甫、牛仙客寵遇。**巢在三珠樹**。三珠樹在赤水上，珍木也，以比三公位。言若夫翠鳥者，以三珠樹之顛固爲己之所住，傲然在其上。謂林甫、仙客之遇也。**矯矯珍木顛，得無金丸懼**。矯矯，高貌。言彼雙翠鳥在珍木顛，以爲無所畏，雖然，不能無金丸彈射之畏，故我退而竊自側見之。謂已退相位而任林甫、仙客也。**美服患人指，高明逼神惡**。美服，謂冠裳之盛服。《楊子法言》：「高明之家，鬼瞰其室。」二句言凡尤物必遭禍，宜避高顯也。**今我遊冥冥，弋者何所慕**。《法言》：鴻飛入冥冥，弋者何所慕。語本于此。蓋示莫欽羡勢位之意，以避李林甫、牛仙客之讒口也。

考證：《通鑑》：初，上欲以林甫爲相，問於九齡，對曰：「宰相繫國安危，陛下相林甫，臣恐異日爲社稷之憂。」上不從。林甫疾之。時上漸奢欲，九齡力爭，上不悅。林甫巧伺上意，日思所以中傷之。至是以所善嚴挺之爲罪人，請屬上，以九齡爲阿黨，罷政。此篇蓋感傷遇，時之不詳也，因以《感遇》爲題。

薊丘覽古[一]　　陳子昂

《訓解》云：「贈盧居士藏用。薊丘，故燕國。」

南登碣石館，《史記》：騶衍如燕，昭王請列弟子座而受業，築碣石館，身親往師之。遺迹猶在。**遥**

望黃金臺。燕昭王置千金於臺上，以延天下之士。鮑照樂府曰：「豈伊白璧賜，將起黃金臺。」「黃金臺」本于此。**丘陵盡喬木**，故國必喬木多，孟子曰「所謂故國者，非謂有喬木之謂也，有世臣之謂也」是也。**昭王安在哉**？言所望盡丘陵喬木而已，昭王霸圖形迹今安在哉？蓋謂昭王之後，尊賢者不繼。興而諷當時之衰也。**霸圖悵**惆悵。**已矣**，「霸圖」指昭王延天下之士事，是尊賢也，此專言昭王之尊賢也。**驅馬復歸來**。《訓解》云：「走馬重遊者，豈非慕其人之豐采耶？」從斯說，則「復歸來」爲重遊，太非也。此言驅馬下山去而復歸來者，不堪覽古之感，不能去意也。非斯說，「復」字不穩。「歸」與「還」同，詩語緩故也，不可拘。

考證：陳子昂事武后朝，怏怏不得意，且悲時世之岌岌，故討契丹之舉，上疏論國大體，語具于五律解。是故聖曆初解官還鄉。此篇全嘆當時之衰而常有懷古志，因戀昭王尊賢之圖略，而發乎憤者自可見焉，讀者不可容易看過。

【校勘記】

［一］薊丘覽古：《全唐詩》卷八十三作《薊丘覽古贈盧居士藏用七首·燕昭王》。

子夜吴歌[一]　　李白

長安一片月，此句人多不解「一片」語，或以爲一様月，或云長安繁華，比屋相駢相覆厭，月影只照一片，俱皆强解，不可從。按王元美《夜半過子相》詩云：「北斗下卓河西流，先生醉歌吟未休。不爲長安一片地，何人能破古今愁。」此言忘愁之地只在長安也，不然不能破愁，故曰「一片地」。此所云「一片月」亦然，明月只長安爲第一，月色一片好故也，故曰「一片月」。讀者詳諸。**萬户擣衣聲**。此句入戍婦怨。言長安一片月异他，然我不暇看此明月，夜夜勞擣衣，欲贈遠征人也。萬户皆然，言别離多。**秋風吹不盡**，秋風雖吹盡木葉，不能吹散我怨恨。**總是玉關情**。玉門關屬敦煌郡，入匈奴關也。言萬户總是憶玉關情。**何日平胡虜**？**良人**指夫。**罷遠征**。謂無罷時也。胡虜未平定，遠征何罷？驕虜可惡也！謂虜之凌寇，不言役夫之勞，此忠情，所以爲佳也。

【校勘記】

[一]子夜吴歌：《全唐詩》卷一百六十五作《子夜吴歌·秋歌》。

經下邳圯橋懷張子房

李白

下邳：秦置下邳縣，縣有沂水，即黃石公授良書處也。○張良事見《史記》。此紀行感慨作，惟賦張良英風爲感嘆而已。

子房未虎嘯，言張良未得志，故無虎嘯之勢。《易》曰：虎嘯風生，謂君臣感遇也。**破產不爲家。**張良本韓人，六國時五世相韓。秦滅韓，良傾財產求客，欲刺秦王。**滄海得壯士，椎秦博浪沙。**東見滄海君，得力士，爲鐵椎，狙椎刺秦皇，誤中副車。是報韓也。**報韓雖不成，天地皆振動。**良報韓之忠謀雖不遂，而其勇可賞。當時秦皇之威烈誰不畏憚者，然良獨欲狙擊之，天地間聞者皆振動驚嘆。**潛匿遊下邳，豈曰非智勇。**方此時，秦苛政猛烈，天下畏伏。令執良，無所避，然良能潛匿。非智者不能不畏勇也，知畏，智也。**我來圯橋上，懷古欽英風。**欽羨英雄風範也。**唯見碧流水**[二]**，曾無黃石公。**「碧流」「黃石」相對爲采色語，言碧流如故而莫黃石公。知良者黃石公也，然則有黃石公而後有張良也。雖末世而有知己者，則必有英雄出焉。此太白所以有此作也，因下及感恨。**嘆息此人**指黃石公，非指良。**去，蕭條徐泗空。**徐泗，下邳地。

【校勘記】

[一]流水：底本誤作「水流」，據《全唐詩》卷一百八十一改。

後出塞　杜甫

朝進東門營，洛都之門也。**暮上河陽橋**。河陽，洛陽也。此言天寶間軍容整整，朝暮望之。明今不及昔時也。**落日照大旗，馬鳴風蕭蕭**。言至落日隊伍不怠，營中不喧，嘶馬蕭蕭。**平沙列萬幕，部伍各見招**。「列萬幕」謂軍容盛，此新所招集之兵卒。**中天懸明月，令嚴夜寂寥**。「中天懸明月」，謂軍中静謐而不喧嘩，此令嚴故也。**悲笳數聲動，壯士慘不驕**。笳聲悲慘，聞之能令壯膽鎮静，以故壯士悲慘無驕氣。田僧超在崔延伯軍爲悲歌，爲此故也。**借問大將誰，恐是霍嫖姚**。軍營嚴肅如此，是將非其人不能。試問，恐是應漢霍去病之輩爲將也。此詩全述軍容整整，號令嚴密，而見爲將之道也。讀之則凛然能使惰夫起也，此所以爲杜子美也。然天寶之間將非其人也，故結句云「恐是霍嫖姚」，外如褒而内譏之也，謂禄山爲將亦不可知也。《訓解》引《唐書》云「禄山稱旨，進驃騎將軍」，因註云：「大將果何人哉，得非漢之嫖姚耶？則亦内寵鄙臣耳。此蓋爲禄山發也。」此説本于《杜詩分類註》。

考證：按《分類註》曰：《前出塞》，乾元二年，公至秦州，思天寶間而作。此時戍交河以備回紇入寇，有謂備吐蕃者，非也。《後出塞》，天寶十四載三月，安禄山及契丹戰于潢水[二]，敗之，故有《後出塞五首》，而出兵起魚陽也。同是乾元二年作。據是，「恐是霍嫖姚」者，譏諷非霍嫖姚也。此時禄山爲將，故云爾。

【校勘記】

[二]潢：底本訛作「漢」，據《分門集注杜工部詩》卷一五改。

玉華宮　杜甫

在坊州宜君縣之鳳凰谷。正殿覆瓦，餘皆葺茅，當時以爲清凉勝於九成宫。此乃公趨鄜州路紀所經見，兼述抵家情况也。宮在今陝西延安府，見《杜詩集註》。

溪回松風長，蒼鼠竄古瓦。宮前有溪曰「醽醁」，取流水如酒色之碧也。惟溪回遠，故松風長吹。首鼠出没畏人，竄伏瓦縫，述宮闕荒凉也。**不知何王殿，遺構絶壁下**。是太宗之宫而謂「何王殿」者，有諷意也。唐祚亡幾，兵亂相尋，雖太宗之宫忽諸，故爲「不知」者。謂「何王殿」者，蓋太宗造業之主而離宫如斯，因爲疑惑辭諷之。**陰房鬼火青，壞道哀湍瀉**。鬼火，燐也。人血爲燐，兵亂象也。房中陰暗處見鬼火青青，宫前道路壞敗，湍聲咽而若哀哭。**萬籟真笙竽**，天風發空穴，盡有聲，故萬籟真似昔時簫竽聲。**秋色正瀟灑**。草木零落，蕭蕭如洗，方此時感傷特甚，故下「正」字。**美人爲黄土，況乃粉黛假**。此句下起人生無何感也。「美人」指太宗，自是入人生無常之感。言人間生死、盛衰無常，雖天子之勢乎，死則爲黄土，貴賤何別？況粉黛之女流，只假而已。特謂「粉黛」者，唐時女寵盛行，故言及之。**當時侍金輿，故物獨石馬**。言當時侍行幸者今皆不存，獨所供石馬而已。石馬，供宫前具也。按《前漢書・郊祀志》：秦祠四時，每用木寓龍一駟，木寓馬一駟。《注》云：「寄生馬形于木也。」據是，似刻馬形於石面也。然雖制石而雕刻造馬耶？其制未之聞。**憂來藉草坐，浩歌泪盈把**。「浩歌」猶曰放歌。不堪愁而歌，泪不堪揮。**冉冉征途間，誰是長年者**？冉冉，《訓解》引《楚辭》：「老冉冉其將至。」冉冉，漸也。宫前征途，來往客冉冉由此道，皆奔走名利之徒也。然人生無常，如上所述也，誰能長年久視者乎？死生，人之所不免，雖天子然。此唤醒世人之言，而杜甫亦自道也。冉冉，往來不絶也。

送别　王維

本集送别詩有數首，皆題姓名。此惟不題姓名，蓋有由，註于下。

下馬飲君酒，馬上未一交言，故下馬就離亭勸酒，而尋問違去之本意。**問君何所之**。「何所之」者，非問所之，但問有何故之去乎。**君言不得意，歸卧南山陲**。此句《訓解》不註，甚疎也。今解者多至「君言不得意，歸卧南山陲」爲去人答之辭，似可通。然按《王維集》評語曰：「承上問答，再反之。謂歸卧獨樂不可言也，極婉轉含蓄。」可謂善説詩也。若「歸卧南山陲」爲去人答之辭乎，「歸卧」不可通。題惟謂「送別」，不謂歸隱之事，故不可强解爲去人歸舊栖也。此詩徒題《送別》，不謂其人姓名，蓋託言送別，見己之決于隱遁也耳。又王維《答張五弟諲》詩云：「終南有茅屋，前對終南山。」此王維暫退隱輞川時所作也。據是，此詩云「南山」即終南也，可知「歸卧南山陲」句屬王維爲是。「君言不得意」句宜爲去人辭，但「歸卧南山」句從此解則似不接上句，然《評註》「不承上句爲妙」，故云「再反之，謂歸卧獨樂不可言，極婉轉」。婉轉，婉曲轉換也，可知其言屈曲而轉於上句也。去人云不得意而之去，王維感得其言，故轉言吾亦歸我南山，不復起。此句不承上句爲趣而已，從《評註》爲正，因詳説焉。**但去莫復問，白雲無盡時**。「但去」者，不反顧之辭也。言君須去而弗復顧，吾亦同去而歸矣。世上悠悠何足問，山中白雲自足自適耳。此篇全言己之決隱而託言送別，故設爲問答語，讀者詳諸。

西山　常建

《一統志》：西山在南昌府城西大江外三十里。王勃《滕王閣》詩「西山雨」者，此地也。

一身爲輕舟，此述常建不得意，役役爲小官而漂泊也。「大曆中爲盱眙尉」云，可見流落小官也。因云一身飄飄無定處，猶輕舟泛泛，則我一身即輕舟。《訓解》云「獨身泛舟」，此不解，漫説也。**落日西山際**。西山，名區，而落日景特好，因此繫舟。**常隨去帆影，遠接長天勢**。言舟行無定所，常追去帆影而争取路，其川路亦邈遠，接天欲盡之勢。**物象歸餘清**，此地物象特清絶，餘清惟限此地，故曰「歸」。清賞宜洗塵穢，所以繫舟，在賞餘清。自此下皆説「餘清」，此句篇中眼目。**林巒分夕麗**。山形長狹者，荆州謂之「巒」。處處林巒分隔，夕日相映，各艷麗。**亭亭碧流暗，日入孤霞繼**。亭亭，聳立貌。言暫焉碧流如聳立而微暗淡，漸而日既没矣，猶尚孤霞，餘光繼而照夕。復説「餘清」。**洲渚遠陰映，湖雲尚明霽**。洲渚漸遠，逼夕也，或見或不見。惟湖上白雲猶在，爲霽色。**林昏楚色來，岸遠荆門閉**。川岸漸遠，及暮也，荆門山忽不見。荆門山如門形，故曰「閉」。**至夜轉清迥，蕭蕭北風厲**。既至深更，轉覺心意清潔而迥遠。《舞鶴賦》：「抱清迥之明心。」深夜蕭蕭，北風嚴勵也。**沙邊雁鷺泊，宿處蒹葭蔽**。川風勵烈，而雁避衝飆宿，蒹葭爲之屏蔽。**圓月逗前浦，孤琴又摇曳**。復説深更時，明月中天不動，此興不克，己雖已彈罷，又聊一彈。**冷然夜遂深，白露沾人袂**。一身覺凉冷，始知夜深也，相顧冷露沾衣袂。此篇全賦清賞，此常建雖役役走風塵中，而心在塵外也。

宋中　高適

《訓解》云：「今河南商丘，古宋地，漢梁孝王都之。」

梁王昔全盛，賓客復多才。謂「昔」者，示今之不爾。賓客，謂司馬相如、鄒陽、枚乘之徒遊梁。**悠悠**《説文》：「憂也。從心，攸聲。」《詩》：「悠悠蒼天。」眇邈無期貌。**一千年，陳迹惟高臺**。言自漢以來歲月悠悠，邈矣，復無斯盛事，惟餘陳迹已。**寂寞向秋草，悲風千里來**。二句感傷語，向秋草而感特切。昔時此地有睢陽城宮觀，複道連屬，今惟聞悲風千里來已。此詩嘆當時諸王無憐才者而賦之也。高適少拓落，不拘小節，耻豫常科云，則其大志可知矣。

與高適薛據同登慈恩寺浮圖

岑參

寺在長安曲江池側。貞觀中，高宗在春宮，爲文德皇后立。後建浮圖於寺西院，六級，高三百尺。浮圖，釋氏也。《後漢》：桓帝祠浮圖、老。注：「浮圖，佛也。」今謂僧爲浮圖。唐太宗復立浮圖也。又塔曰浮圖，亦作浮屠，又作蘇塗。《後漢・東夷傳》：三韓祭天，立蘇屠。注：「有似浮圖。」按浮圖本謂佛也，則塔爲浮圖者，狀佛象而稱之歟。

塔勢如湧出，言此塔殊高峻，其勢勇猛，如自大地湧出。**孤高**是獨自高絶。**聳天宮**。謂天之宮闕。南齊王融詩：「邃業嗣天宮。」**登臨出世界，磴道盤虛空**。登臨觀望，出世界外。塔高險而難攀去，暫盤桓空中。盤，讀作「蟠」，誤也。**突兀**謂高絶。**壓神州，崢嶸如鬼工**。其險絶非人工之所造。**四角礙白**

日，復言塔勢。塔之隅角尖而妨礙白日。礙，《説文》：「止也。從石，疑聲」；《增韻》：「妨也，阻也。」**七層摩蒼穹**。穹，《説文》：「窮也。」《爾雅》：「蒼，蒼天也。」蒼穹，天之所窮也。**下窺指高鳥，俯聽聞驚風**。復説高峻。塔入高空，故窺視下方，稍指飛鳥。上天無風聲，俯頭聽之，驚風起地上。**連山若波濤，奔走似朝東**。山山高低相接連，望之宛如波濤分頃，奔走朝東海。**青松夾馳道**，馳道，行幸御路也，故列樹相夾，而中通徑路。**宫觀何玲瓏**。二句言帝都壯麗。**秋色從西來，蒼然**謂暗淡色。**滿關中**。以下入人生無常感也，述岑參逸念，此篇中之本懷也。關中，即雍州，明陝西也，東有函谷關，南嶢關，西散關，北蕭關，長安在四關中。**五陵北原上，萬古青濛濛**。漢代長安有五陵。漢之繁榮亦一時也，壯麗何足恃，萬古惟北邙原上青草蒙蒙而已。雖漢之重威然，况凡人乎？**净理了可悟，勝因夙所宗**。净理，謂佛理。言岑參自早歲所尊宗，苟欲得勝因緣而悟入佛理也。**誓將挂冠去，覺道資無窮**。言我今日登臨之頃，得净理於觀感也，則此塔爲我勝因緣而資助無窮覺道者，以故欲誓挂冠於此處去也。遂言本懷而結收。

考證：按《本傳》：岑參，役役小官，不得意，或爲小吏在虢州，或從軍多年不遇不達。且其人素放情山水，有逸念云。可知此篇述厭弃人間、奉佛之情者，其素願故也爾。凡唐人詩皆有本事，非今人作詩無病而呻吟者之比也。高適、薛據亦同懷之人，故同題云。

幽居

韋應物

幽，《説文》：「隱也。從山𢆶，𢆶亦聲。」據是，幽居，隱處也。北方幽昧之地亦曰之「幽」者，謂幽僻也。按此詩所述，亦幽僻之「幽」也。

貴賤雖异等，出門皆有營。言人間無貴無賤，不能無所營爲。自賤視貴，其平日安富可羡，然方一出門，而雖貴不能弗屢於權相之門其下者折腰屈膝。此雖异等，皆有營爲。**獨無外物牽，遂此幽居情**。凡被外物拘牽者，無獨操故也。我非有特操，唯欲絶外物之拘牽而退居幽僻地。是以門無車轍，終日不聞跫音，以幽居故，遂隱操而已。題曰《幽居》，是也。**微雨夜來過，不知春草生。青山忽已曙，鳥雀繞舍鳴**。言幽居閑暇，春眠特多。昨夜因微雨而春草纔生，復不知。至今朝聞鳥雀囀而眠初覺，而後知青山既已曙也。**時與道人偶**，偶，相對坐也。**或隨樵者行**。不必擇人，任所逢而足。**自當安蹇劣**，蹇劣，謂弱劣不足用輩。《庾翼傳》：江東時行法，輒施之蹇劣。言吾性蹇劣不爲用，故自退居得安身。**誰謂薄世榮**。此語有味。蔑如世榮達者之事，我豈敢乎？我則弱劣不爲用，故退而自安而已。矯世之傲隱操者之辭，而實自高尚其志也。

南磵中題　　柳宗元

此柳宗元謫居柳州所作也。磵，水谷也。題，題書也。

秋氣集南磵，獨遊亭午時。言秋氣蕭散之處，惟此南磵而已，故曰「集」。蕭晒風色，無人觀者，故雖日中，往來絶。午，日中也。亭，至也。**迴風一蕭瑟，林景久參差**。磵中屈曲，故風勢轉回。林景，林影也。參差，不齊等也。言徘徊已久，日影漸長短不齊，將及晚也。含不能去意。**始至若有得**，此句人多解「始至」爲「始來」，甚非也。按評曰「精神全在『始至』字，遂覺一篇蒼然」，可謂能説詩也。「始至」者，始知己之失意，至于此，而復無念於世也。子厚固忤權相，且讒口不已，今遭南竄，不遇之極也，故放情山澤，則失意却爲得意，若有得也，此「始至」之謂也。**稍深遂忘疲**。感稍深長，遂忘却風塵中勞疲。**羈禽響幽谷**，禽鳥避寒，集於谷中，若見羈束不能出，故謂「羈禽」。響，鳴聲答於谷也。**寒藻舞淪漪**。《詩・伐檀》：「河水清且淪漪。」漪，水文也。《爾雅》：「瀾漪，水波也。」二句謂蕭散景象，副吾得意也。**去國魂已遠**，言别魂既久離去故國，不知幾年。**懷人泪空垂**。「人」謂親友。懷抱不開，徒泣泪已。**孤生易爲感，失路少所宜**。今吾遷謫之身，是以人多回避，故孤獨而無友，動爲感傷，因云「易爲感」。失路，失仕官之要路也，「路」猶當路之「路」，失要地也。子厚及將被大進用而遭叔文之事，俄被貶斥，自是爲失路人也。

自知既失要路，則復稍有所宜，亦數奇也，故曰希。上云「始至」是也。**索莫竟何事，徘徊秖自知。誰爲後來者，當與此心期**。此二句甚難解。《訓解》云：「今斯情既難語人，詩雖留題，誰謂後來者知我心乎？」甚妄説，不可從。其留題詩，本文無此語，可謂强解。又云「誰謂後來者知我心乎」，詩謂「此心」，不謂「我心」，亦强解，不可從。且從《訓解》，則「期」字無落著，爲無用語。其解亦俗意甚。余則謂「爲」字讀爲去聲非也，爲平聲，辭也。蓋言後失意而來於此者，誰人有與吾在斯幽澗而忘世絆之心期者耶？蓋諷莫知至而適者也。此句人多不解，因審諸。

早發交崖山還太室作

崔署

此往還途中作。嵩山三十二峰，東謂太室，西謂少室。

東林氣微白，《訓解》引《漢書·天文志》：「江淮之間，氣皆微白。」起句謂漸催寒候。**寒鳥忽高翔**。禽鳥能知寒候，先避。**吾亦自兹去，北山歸草堂**。《訓解》引《北山移文》，恐非也，是指太室之北也。草堂，謂寓居所也。**杪冬正三五，日月遥相望**。《訓解》不解此句，甚疏漏，不足辨。據《唐詩紀事》，「杪冬」作「仲冬」是也，因今改之。此句本於阮籍《咏懷》詩，人不知出處，漫解，甚非也。《咏懷》詩云：「是時鶉火中，日月正相望。朔風厲嚴寒，陰氣下微霜。」據《左傳》晉亡虢之事曰：「『鶉之賁賁，天策焞焞，火中成軍，虢公其奔。』其九月、十月之交乎？丙子旦，日在尾，月在策，鶉火中，必是時也。」據是，鶉火中，九、十月晦朔之交也。《咏懷》詩謂「日月正相望」，則十月十五日向嚴寒節也，故云「陰氣下微霜」。此詩謂仲冬，故云「日月遥相望」。「遥」者，相懸絶也。又《左傳》日食之事，梓慎曰：「日月之行也，分，同道也；至，相過也。」註云：「分，春秋也。至，冬夏也。二至長短極，故相過。」疏云：「相過，謂絶相懸殊也。」是知「遥」者，謂相懸遠也，《左傳》可徵。此謂冬至無疑，不然，謂「杪冬正三五」，此何謂乎？甚無意義。解詩者未能窮所由，妄説，可謂鹵莽也。此詩特解者絶鮮矣，因審辨正之。**肅肅過潁上，朧朧辨夕陽**。夕陽，《唐詩紀事》作「少陽」，是也。此句解者爲「辨路於夕陽」，「辨」字不穩，非也。且不解「朧朧」辭，可謂强解也。豈謂取路而爲辨耶？因作「少陽」爲是也。此句言漸及冬至，似小春也，是以日月光朧朧，辨識少陽之漏光也。若爲「辨夕陽」，遂不可通。**川冰生積雪，墅火出枯桑**[二]。言雖稍覺小春，川上積雪凝爲冰，凛然冷著。墅，田廬也。田廬火光發於枯桑間，寒光映射。此句起下「窮陰」。《訓解》引《抱朴子》云：「山中夜見火光者，皆久枯木所作，勿怪也。」甚非也，不可從。**獨往路難盡，窮陰人易傷**。獨往，隱者事。言我隱處難定，今暫在此，又去向何路乎？飄泊生涯難到盡，况及斯窮陰而人多易傷乎？**傷此無衣客，如何蒙雨霜**。承上而言。自久離鄉，無授衣者，以斯無衣客而逢雨霜之節，其傷心异於他人。《訓解》「雨霜」爲「雨雪」，引《詩·北風》「雨雪」，以爲避亂之事。此詩固避世難之事，然「雨霜」惟謂窮陰寒苦。「雨霜」爲「雨雪」，强解也，不可從。

【校勘記】

［一］墅：《全唐詩》卷一百五十五作「野」。

七言古　上

滕王閣　　王勃

《唐書・高祖二十二子傳》：滕王元嬰，貞觀十三年始王，實封千户，爲金州刺史。遷洪州都督。滕王閣，在洪州南昌府。

滕王高閣臨承高字。**江渚，佩玉鳴鸞**阮籍詩：「桂旗翠旌，佩玉鳴鸞。」**罷歌舞**。一句興盛衰之感。言此滕王之遺迹，而惟高閣臨江渚而已，昔日佩玉鳴鸞歌舞之全盛，今則亡。「罷」字在「佩玉鳴鸞歌舞」上而始通，置「歌舞」上者，取和韻。**畫棟朝飛南浦雲，朱簾暮捲西山雨**。二句謂朝暮寂寥無人也，是以畫棟、朱簾爲徒設，唯雲雨往來，朝則棟間雲飛散，夕則簾中雨侵入。捲者，非人捲之，任風雨之捲而已，宜活看。**閑雲潭影日悠悠，物換星移度幾秋**。雲影入潭而自幽閑，是以日光亦悠悠。日悠悠，謂日影之遲，讀爲日日悠悠，非也。因盛衰而萬物改换，星曆推移，不知過幾秋也。按自滕王至於今，而唐祚不數世也，然言「度幾秋」，蓋有諷意。上不昵愛親族，故諸王絶緒者往往有焉，此句含感傷也。《訓解》云「此慨繁華易盡也」，膚淺不足論。**閣中帝子今何在**，指滕王子孫。**檻外長江空自流**。

考證：《唐書・王勃傳》：「初，道出鍾陵，九月九日都督大宴滕王閣，宿命其婿作序以誇客，因出紙筆遍請客，莫敢當。至勃，泛然不辭。都督怒，起更衣，遣吏伺其文輒報。一再報，語益奇，乃矍然曰：『天才也！』請遂成文，極歡罷。」又《地理志》：「寶應元年，更豫章曰鍾陵。」《詩藪》云：「初唐短歌，子安《滕王閣》爲冠。長歌，賓王《帝京篇》爲冠。」

長安古意

盧照鄰[一]

古意、古怨，共言夫妻別離之情。而此篇全述長安全盛而諷之，題曰「古意」者，蓋取篇中之一二句而已。此篇至「借問吹簫向紫烟」以下「雙去雙來君不見」句，皆述夫妻離別、婉嬿多情之風流，題曰「古意」，取於此爾。

長安大道連狹斜，《樂府》：「長安有狹斜，狹斜不容車。」謂長安大道連接狹斜谷，以起下句。**青牛白馬**一句謂諸公主相往還，見女寵盛。此時公主各開府，尤貴盛，玉輦來往紛紛，皆過公主第宅。青牛白馬，馬、牛相交駕也。**七香車**。「七香車」見梁簡文詩。《曹公與楊大尉書》注：「以七種香。」王子年《拾遺記》：「魏文帝所愛美人薛靈芸，以文車十乘迎之，車皆鏤金爲輪輞[三]，丹畫其轂，軛加青色之牛，日行三百里。」**玉輦縱横過主第，金鞍絡繹向侯家**。金鞍往來不斷，皆奔趨侯家，言侯家貴盛也。**龍銜寶蓋承朝日**，謂車駕盛飾。《訓解》引《宋書·五行志》曰：「桓玄，四角金龍，銜五色羽葆蓋。」車蓋也，有龍之飾，而若龍口銜蓋，以翳朝日也。**鳳吐流蘇帶晚霞**。《海録》曰：雜采同心，垂若流蘇，即盤線綉繪之毬。又古辭：「庾公還楊州，白馬牽流蘇。」見《韻瑞》。亦車飾也。**百丈游絲**庾信詩：「洛陽游絲百丈連。」**争繞樹**，春陽之烟氣亦盛炎。**一群嬌鳥共啼花**。亦謂富麗之象。**啼花**叠語送句。**戲蝶千門側**，以下謂宫殿富麗。**碧**碧，青玉也。**樹銀臺**仙人所居，以比宫臺。**萬種色**。**複道**架閣空而上下往來。**交窗**窗之所制，相交互而爲雌雄，比夫妻合歡之情也。**作合歡，雙闕連甍**屋上飛檐曰甍。**垂鳳翼**。**梁家畫閣**後漢梁冀之事，借比今將相全盛。**天中起，漢帝金莖**銅柱之事。**雲外直**。**樓前相望不相知，陌上相逢詎相識**。「樓前」「陌上」，「相望」「相逢」，交互而爲辭。蓋言樓多，相對不知誰樓，往來若織，未見熟面人。**借問吹簫向紫烟**，轉入婉情。「向紫烟」者，比當時女流暴貴，致身於青雲也。江淹詩：「畫作秦王女，乘鸞向烟霧」，此句本於此。秦王女，弄玉也。**曾經學舞**學舞，趙飛燕之事。趙皇后本長安宫人，屬陽阿主家，學歌舞，號曰飛燕。以比當時暴貴之女流。**度芳年**。少時以歌舞度日人，俄而有向紫烟之出身。**得成比目何辭死**，東方有比目魚，不比則不行，以比夫妻不相離，歡洽。若成此願，雖死無恨。**願作鴛鴦不羡仙**。言我願惟在爲鴛鴦之契而已，他不羡成仙而向紫烟之徒。暗含蕭史弄玉之事。**比目鴛鴦真可**

羨，疊語送句。**雙去雙來君不見。**此言未成比目之契，來去無幾，互有别離變，是以爲「君不見」嘆。**生憎帳額綉孤鸞，**鸞鳥采縟之美，雖可觀而孤，則有喪偶懊惱之態，可憎厭也。生憎，俗語。綉鸞，假而已，何真怨憎之有，因曰「生憎」。**好取開簾帖雙燕。**取，助字也。帖，《説文》：「帛書署也。」署，《説文》：「部置也。」《廣韻》：「書也。」開簾則其中有雙燕之畫帖，雙飛最可愛玩。**雙燕雙飛繞畫梁，羅帷翠被鬱金香。**二句轉言有得雙燕之契者而栖畫梁，被服盛麗，被寵於鬱金香中，得意人也。**片片行雲著蟬鬢，纖纖初月上鴉黄。**謂額上塗黄，漢宫妝也。行雲，謂玄髮若雲相附著，蟬翼鬢也。初月，謂曲眉也，本於范静妻沈氏詩：「雙蛾擬初月。」**鴉黄粉白車中出，含嬌含態情非一。**言鴉黄、粉白之面貌纔從車中出，則嬌態有所含，不輕靡，多情惱人。**妖童寶馬鐵連錢，**男色亦盛行。**娼婦盤龍**雖娼家婦女，而其釵彫刻盤龍。**金屈膝。**屈膝，與屈戌同，鉸具之金鋪者，北方名爲屈戌，見《訓解》。又田子秇謂：「即今之蝴蝶扇鉸，可屈伸摺叠，故名。」**御史府中烏夜啼，廷尉門前雀欲栖。**當世之客惟奔趨貴戚權門，而御史之府、廷尉之門寂寥無人。烏夜啼，含《朱博傳》「朝夕烏」之事；雀欲栖，翟廷尉之事，共見《訓解》。**隱**砰隱之隱，盛意也。**朱城臨玉道，**朱城、玉道，共稱美之辭。**遥遥翠幰**車帷也。女流之車，故曰「翠」。**没金堤。**謂公主之浮遊於遠郊。**挾彈飛鷹杜陵北，探丸**《訓解》引《漢書・尹賞傳》，據可。探丸，欲爲彈射也。**借客渭橋西。**借客，借交之事。言公主借交於俠客，邀之渭橋西。**俱邀俠客芙蓉劍，**俱者，令從公主之遊以傾俠客、振威權也。芙蓉劍，《越絶書》：昔者，越王句踐有寶劍五，聞於天下。客有能相劍者，名薛燭。王取純鈎示之。薛燭望之，手振拂揚，其華捽如芙蓉始出。觀其釽，爛如列星之行。**共宿娼家桃李蹊**。桃李蹊，謂往還爲蹊徑繁華街。**娼家日暮紫羅裙**，承上，述娼家之遊樂也。**清歌一囀口氤氲**。《易》：「天地絪緼。」注：「交密之狀也。」言歌聲一囀，則天地和合之氣自口而發焉。美歌聲之辭。**北堂夜夜人如月，南陌朝朝騎似雲**。北堂、南陌，共指北里華街，在長安市中。**南陌北堂連北里**，三所相接，而統名稱北里。長安大道之中有娼家街衢，曰之北里，制具於《北里志》。**五劇三條**長安城門前開三條，路縱横。數道交錯曰之「劇」。**控三市**。**弱柳青槐拂地垂，佳氣紅塵暗天起**。**漢代金吾千騎來**，秦曰中尉，漢曰金吾，唐曰御史侍御，共執法之職而顯官，故娼家相待异他客。**翡翠屠蘇鸚鵡杯**。**羅襦寶帶爲君解，燕歌趙舞爲君開**。**别有豪華稱將相，轉日回天不相讓**。上述放蕩淫風、娼家之繁榮，至此一轉，言相國與將軍縱豪華。轉日，《淮南子》「魯陽公與韓遘戰酣，日暮，援戈揮之，日爲之反三舍」之事。回天，《訓解》引《唐書·張玄素傳》：「魏徵曰：『張公論事有回天之力。』」**意氣由來排灌夫，專權判不容蕭相**。蕭相，漢蕭何。言我專權，雖蕭何奚容。**專權意氣本豪雄，青虬紫燕坐生風**。青虬、紫燕，共駿馬，千里長風在蹄下意。**自言歌舞長千載，自謂嬌奢凌五公**。前漢五侯之事。**節物風光不相待，桑田碧海須臾改**。東海三爲桑田，麻姑仙人之語。**昔時金階白玉堂，只今惟見青松在**。變化如斯，豪華不可爲恃，針砭語也。**寂寂寥寥揚子居**，惟己與當世違背，同楊雄守寂寥。**年年歲歲一床書**。**獨有南山桂花發，飛來飛去襲人裾**。言一床書我所友，且桂花有隱趣而來去襲衣。裾，衣盛貌，不可拘「曳裾」。襲，因也，及也。

【校勘記】

［一］底本脱作者名，據《全唐詩》卷四十一補。

［二］輞：底本訛作「輞」，據《拾遺記》卷七改。

公子行

劉廷芝

樂府題。二十一曲之一也。

天津橋下天津橋，《一統志》：在河南府城外西界，隋煬帝建之。**陽春水，天津橋上繁華子**。「橋下」「橋上」相睨，「陽春水」「繁華子」相對。二句言洛陽富麗之媚景。**馬聲迴合青雲外**，言騎馬來往紛紛，馬嘶徹於雲外。此句謂橋上。**人影搖動綠波裏**。此句謂橋下。**綠波清迥玉爲砂**，迥，遠也。本作「迴」，迥，俗字也。此句承上。**青雲離披錦作霞**。此句説橋上。**可憐楊柳傷心樹**，可憐，可愛也。楊柳裊裊，使人傷心。言感情發動。**可憐桃李斷腸花**。言桃李夭夭，惱殺人肝腸斷絶。花有「斷腸」名，因云爾。**此日遨遊**晴日難逢，况此麗景，豈應空乎？**邀美女，此時歌舞入娼家**。時亦盛春，娼家之歌舞可想。**娼家美女鬱金香**，及美女出來，而衣中之薰香先聞。鬱金香生大秦國，二三月有花，狀如紅藍。**飛去飛來公子傍**。娼婦亦懷春之深，心授魂飛起，去來就公子傍。**的的朱簾白日映**，白日，晝日也。的的，明瑩也。**娥娥玉顏紅粉妝**。粉白增美。**花際徘徊雙蛺蝶，池邊顧步兩鴛鴦**。二句言公子與少婦相攜徘徊花際，蛺蝶雄雌亦翩翩相追飛。又公子少婦顧步池邊，池中之鴛鴦亦顧步。情好之至，不欲相離也，故曰「雙」、曰「兩」。雙，一對也。兩，偶相併也。顧步，謂步步相顧，畏相失也。**傾國傾城漢武帝，**李延年艷歌惱殺武帝事。**爲雲爲雨楚襄王**。夢中之契，爲雲爲雨，徒愁殺襄王事。**古來容光人所羡，況復今日遥相見**。漢武、楚襄後而今日見斯人，則足矣。**願作輕羅著細腰，願爲明鏡分嬌面**。言羅帶常細腰之所纏，可羡。又若得分嬌面而認於明鏡，則我所願也。二句述願辭而聊之。**與君相向轉相親**，言常相向對而不厭，情好厚故爾。**與君雙栖共一身**。竟爲夫妻而不變。蘇子卿詩：「況我連枝樹，與子同一身。」**願作貞松千歲古，誰論芳槿一朝新**。如此美人，誰爲路傍一朝之契而止邪？所願在千載之古松。**百年同謝西山日**，生則偕老。**千秋萬古北邙塵**。死則同穴。

代悲白頭翁

劉廷芝

洛陽城東桃李花，飛來飛去隨風，無定所。**落誰家**。**洛陽女兒惜顏色**，桃李之盛無幾時，對之愛惜顏色，女兒之情態。**行逢落花長嘆息。**顏色易移，猶花時無幾。**今年花落顏色改，**花落，比容華之零落。我顏色不如去年。**明年花開復誰在。**言人生無定。至此嘆人間之浮生也。**已見松柏摧爲薪，**忽入人世之變化無常。古詩：「古墓犁爲田，松柏摧爲薪。」此今眼前所見，故曰「已見」。**更聞桑田變成海。**麻姑仙人之語，見《神仙傳》。得之耳聞，故曰「更聞」。**古人無復洛城東，今人還對落花風。**言今人眼前對落花而哀之，亦去而爲古人，古人無復再來，彼此一時也。嘆浮世無常也。**年年歲歲花相似，歲歲年年人不同。**花復再逢春，夭夭郁郁焉，人則不然，容華每年零落。因嘆人之盛時無幾，而下入白頭翁之悲。**寄言全盛紅顏子，**少年不解事，以爲人常盛，不覺老之將至，長欲全盛。此喚醒語，故曰「寄言」。**應憐半死白頭翁。此翁白頭真可憐，伊昔紅顏美少年。公子王孫芳樹下，清歌妙舞落花前。**言雖斯垂死之翁，曾有紅顏之時而交歡公子王孫，一旦傲全盛。**光禄池臺開錦綉，將軍樓閣畫神仙。**《唐詩選註》曰：「光禄池臺、將軍樓閣，只取富麗，不必各所指。」而《訓解》引《漢書》「王根爲光禄大夫」，又《後漢》「梁冀將軍大起第宅，圖以雲氣仙靈」之事，是亦可爲據。謂此白頭翁盛時，被寵權門戚家也。**一朝卧病無相識，三春行樂在誰邊。**言盛時無幾，一旦老而卧病，則雖相識者厭弃之，不相顧，三春徒病裏過耳。「行樂在誰邊」者，爲羡之辭也，以起下句。**宛轉蛾眉能幾時，須臾鶴髮亂如絲。**醒今時全盛之人語。**但看古來歌舞地，惟有黄昏鳥雀悲。**轉入人間之盛衰，今古皆爾。

下山歌　宋之問

此宋之問遭貶南方而登嵩山而所作也。

下嵩山兮多所思，初登涉時，徒欲曠望而已。及下山，則所思紛紛。**携佳人兮步遲遲**。説所以所思紛紛，言佳人難再相携，故遲遲下山。**松間明月長如此，君再遊兮復何時**？

至端州驛見杜五審言沈三佺期閻五朝隱王二無競題壁慨然成咏　宋之問

端州驛，在嶺南。

逐臣北地承嚴譴，嚴命譴責。**謂**《廣韻》：「選也。」**到南中**嶺南。**每相見。豈意南中岐路多**，岐路，《列子》：「亡一羊，何追者之衆？鄰人曰：『多岐路。』」**千山萬水分鄉縣**。嶺南之地渺漠，具見七言律。**雲摇雨散各翻飛**，雲雨喻變化意。同謫所每相見，却分境各翻飛，謂無聊甚也。**海闊天長音信稀**。**處處山川同瘴癘**，嶺南宅土熇暑，有瘴癘氣，人多病而死。**自憐**哀也。**能得幾人歸**？

考證：《唐書·文藝傳》：杜審言，神龍初坐交通張易之，流峰州。沈佺期會張易之敗，長流驩州。

宋之問與閻朝隱、沈佺期傾心，獨附易之，及易之敗，貶龍州。王無競，字仲州，擢下筆成章科，神龍初爲蘇州司馬。張易之等誅，坐常交往，來貶廣州。

烏夜啼

李白

黃雲城邊烏欲栖，黃雲，謂日暮雲昏黑也。聚居謂之城。**歸飛啞啞枝上啼**。歸烏欲栖樹而猶飛匝，啞啞呼暮。此句寫戍婦獨居，日暮最寂寥之情態。**機中織錦秦川女**，竇滔妻蘇氏之事，見《訓解》。借以比夫之音書斷絶，因寄怨之意。**碧紗如烟**窗紗霏霏如夕烟，寫將暮之象。**隔窗語**。獨居對烏，若相語。**停梭悵然**惆悵。**憶遠人**，初惟機中織錦而已，無他念。對烏啼，忽寂寥，因悵傷，俄起遠人不在之怨。**獨宿空房泪如雨**。言今宵復亦空房獨卧，念一及之也，俄然泣下，若暴雨之驟至。

考證：《樂録》曰：宋元嘉年，徙彭城王義康於豫章郡。義慶時爲江州，相見而哭。文帝聞而怪之，召還宅，義慶大懼。妓妾聞烏夜啼，叩齋閣云：「明日應有赦。」及旦，改南兖州刺史，因此作歌。故其詞云：「籠窗窗不開[一]，烏夜啼，夜夜望郎來。」蓋咏其妾也。《師曠禽經[二]》：「哀烏吟夜。」注：「烏失雄雌，則夜啼也。」「烏夜啼」蓋本於此。

【校勘記】

[一] 籠窗窗不開：底本誤作「葱牕不開」，據《舊唐書・音樂志》改。

[二] 曠：底本訛作「廣」，據《文獻通考・經籍考》改。

江上吟　李白

木蘭之枻沙棠舟，木蘭樹、沙棠木，可以爲舟，出處見於《訓解》。以珍异物爲枻、爲舟，欲別人間之遊也。**玉簫金管坐兩頭。**吹簫、搦管之人，多兩兩別而相列坐。**美酒尊中置千斛，**置，貯置也。欲爲斯仙遊也，豫貯千石酒。**載妓隨波任去留。**言有酒而無妓，恐殺風景，此遊欲無所不足。且行程限去留，有所拘束也，惟任意脱然，快闊泛泛，一任水波。**仙人有待乘黄鶴，**乘鶴，仙人之常也，然有待煩。唯我則遺煩而已。**海客無心隨白鷗。**海客固無機心，不必期鷗鳥之遊，而鷗相隨，此吾所欲也。**屈平詞賦縣日月，楚王臺榭空山丘。**屈原著《離騷》，其與日月争光，「縣日月」本於此，蓋謂不朽也。縣者，謂懸遠也，謂懸傳於後代也。然楚爲亡國矣，今惟山丘而已，亦何益之有？此句起下功名富貴無常之意。**興酣落筆摇五嶽，**落筆者，謂悉題了。筆勢岩岩，宛若五嶽摇動。**詩成笑傲凌滄洲。**言乘興之至滄洲仙境。

《杜陽雜篇》：隋大業九年[一]，元藏幾爲過海使判官[二]。風飄至洲島間，洲人云：「此滄洲，去中國已數萬里。」其洲方千里，花木常如二三月，人多不死。**功名富貴若長在**，應屈平楚王之事。**漢水亦應西北流**。言功名富貴如浮雲，不足論。誰能長在乎？漢水西北流，明必無之理也。此李白爲豪放佚蕩之言，遷謫中發乎鬱懷者也。

【校勘記】

[一]九：底本誤作「六」，據《太平廣記·神仙》改。

[二]幾、爲：底本脱，據《太平廣記·神仙》補。

貧交行　杜甫

翻手作雲覆手雨，此諷當時人情之輕薄也。雲雨，謂無定。**紛紛輕薄何須數**。言輕薄之態非一，紛紛不可量數也。**君不見管鮑貧時交，此道今人弃如土**。土塊，人所賤。謂管鮑知己之交，一時也，無復繼之者。今惟就勢利，因有此作也。

短歌行贈王郎司直　杜甫

司直，掌糾刻官僚。樂府有《長歌行》《短歌行》，謂人命長短也。

王郎酒酣拔劍斫地歌莫哀，拔劍斫地，一刀兩斷，見決斷也。《後漢・齊武王傳》：「將軍張卬拔劍斫地〔一〕。」凡古人或投機，或斫地，皆見決斷也。以《莫哀》爲曲名。**我**王郎自言。**能拔**拔擢。**爾**爾，汝，相親辭。**抑塞磊落之奇才**。磊落之奇才遭抑歇，閉塞在下。《晉書》：石勒曰：「大丈夫，當磊磊落落〔二〕。」磊，《説文》曰：「衆石也，从三石〔三〕。」**豫章**橡，通作「豫」。相如賦：「楩楠豫章。」**翻風白日動**，

鯨魚跋浪滄溟開。言我及能拔擢汝也，則汝固豫章大材，爲棟梁之用而顯焉。「白日動」，謂顯也。又有鯨魚之勢，小魚畏避，大海開闊無所障，以比英杰一出而小人避隱。**且脱劍佩**謂爲布衣也。**休徘徊**，言休而栖遲，亦暫時而已。**西得諸侯**西指西蜀，謂王郎自言也。**棹錦水**，成都二江，一名汶江，一名流江，以此水濯錦鮮明，故又名錦江。**欲向何門趿珠履**。言必爲我門客。《史記》：春申君上客皆躡珠履。**仲宣**

樓頭王粲之事，避亂依劉表於荆州，有《登樓賦》。比杜甫飄泊。**春色深**，如何暮年。**青眼**阮籍事，謂知己之交。**高歌**即《莫哀》歌。**望吾子**。我所望在擢吾子，因高歌。**眼中之人吾老矣**。上文皆王郎所述，至末句而杜答之，云：「我已老矣，無復所用於世也。」此一句抑上文幾句，而果然決斷在其中。凡問答作

多然，此首古人未發，特所稀見，非常調也。

【校勘記】

［一］印：底本訛作「卬」，據《後漢書·宗室四王三侯列傳》改。

［二］「磊磊落落」前底本衍「大」，據《晉書·石勒載記》删。

［三］「三石」後底本衍「聲」，據《説文解字》删。

高都護驄馬行　　杜甫

開元末，高仙芝爲安西副都護。《唐書》：高仙芝，高麗人，善騎射。

安西貞觀中初平高昌，以其地置西州，因建安西大都護府。**都護**護南北二道，故謂之「都護」。都護自漢鄭吉始焉。**胡青驄**，全篇説駿馬，以比高仙芝之材。胡青驄，《隋書》：西域吐谷渾有青海，中有小山。其俗至冬水合，輒放牝馬於其上，言得龍種。嘗得波斯馬，放入海，因生驄駒，日行千里，故時稱青海驄馬。此名「胡青驄」，本於此。**聲價欻然來向東**。言曾有千金聲譽，故忽自胡北向東來。高仙芝，高麗人，故云爾。**此馬臨陳久無敵，與人一心成大功**。馬性柔順，故能與人一心。比高仙芝忠順。**功成惠**

養隨所致，千里馬，非千里之養不能致遠。飼不飽，力不足也。**飄飄遠自流沙至**。復説初至時。此馬涉流沙，自遠來，飄然不經意。**雄姿未受伏櫪恩**，《漢書・李尋傳》：「不伏櫪，不可以趨。」注：「伏櫪，謂伏槽櫪而秣之也。」**猛氣猶思戰場利**。欲爲國家用。**踠促蹄高**《相馬經》：「馬腕欲促，促則健步；蹄欲高，高則耐險峻。」**如踣鐵**，踣，踏也。**交河幾蹴層冰裂**。交河在西番。**五花散作雲滿身**，《訓解》引隋《丹元子步天歌》：「五個花文王良星。」王良，馬星也。馬鬣剪爲五花或二花，皆象天文星。**萬里方看汗流血**。漢武太初四年春，貳師將軍廣利斬大宛王首，獲汗血馬來此，謂「汗流血」者是也。言汗血馬在萬里絶域，而今方來此所，稀見。**長安壯兒不敢騎**，雖少年者，不能騎。**走過掣電傾城知**。傾城，百城盡傾伏。城，聚居也。**青絲絡頭爲君老**，《古樂府》：「青絲纏馬尾。」言此馬徒爲高仙芝之御，老矣，惜不爲國家之用。以比仙芝不拔擢。**何由却出橫門道**？《三輔黃圖》：長安城出西第一門，出師門也。

送孔巢父謝病歸遊江東兼呈李白　杜甫

巢父，字弱翁，隱徂徠山。江東，指吳國。白此時在江東。

巢父掉頭《莊子》：「鴻蒙拊髀爵躍掉頭曰：『吾不知。』」借以寫不肯之狀。**不肯住，東將入海隨烟霧**。謂深避隱也。**詩卷長留天地間**，其人去而不還，惟詩卷長存而已。**釣竿欲拂珊瑚樹**。想像歸遊之樂也，悠悠無爲，時垂長竿而深釣，應拂海底珊瑚樹。**深山大澤龍蛇遠，春寒野陰風景暮**。今天下擾亂，龍蛇塞路，因遠其害也。「龍蛇」比安禄山之黨。是故人間中蕭索猶春寒，田野陰暗催暮色，無可慰心者。此句《訓解》以爲「朝廷暮春之風景」，「野陰」比朝廷，强解也。且詩謂「春寒」，非暮春，其非自可知也。**蓬萊織女回龍車**，言巢父固有仙骨，故織女相迎，轉回龍車，誘引歸路。「蓬萊織女」註於考證。**指點虛無引歸路**。**自是君身有仙骨**，此句應上，身有仙骨，故織女相迎。**世人那得知其故**。世上皆俗眼，孰知巢父之故。**惜君**指巢父。**只欲苦死留**，巢父有仙才，可惜是以苦死而懇乞之，欲留滯也。苦死，謂憂苦之切。**富貴何如草頭露**。巢父之高潔，視富貴輕於草露。**蔡侯静者意有餘，清夜置酒臨前除**。此杜甫在蔡侯席而送别也。《訓解》引舊註「静乃蔡侯名」，然未審。謝靈運詩云：「拙疾相倚薄，還得静者便。」静者，辭也。若爲名，則「者」字爲無用，當謂「蔡侯静，意有餘」。蔡侯素與巢父親交，其人静者也，故云爾。静，清静無欲之謂，故與巢父之高潔相合。是以别意有餘，因兹置酒寵送，夜闌臨階除而宴飲。**罷琴惆悵月照席**，月照席，謂深更。於是彈琴罷，各催别愁惆悵。**幾歲寄我空中書**。所恃書信而已，然巢父仙去入虛無，則自空中到書，豈可恃乎？因憶書信，期幾年。**南尋禹穴見李白，道甫問訊今何如**。此時白屬永王璘。璘有反意，故杜甫危之。問訊今如何，甚有味。

考證：此篇「蓬萊織女」，《訓解》漫爲神女，非也。織女非蓬萊仙女，因知江東，值牛女宿，故謂織女。蓬萊指東海也。此篇《訓解》題下注云：「巢父字弱翁，少與李白、韓準、裴政、張叔明、陶沔隱徂徠山，號竹溪六逸。永王璘以從事辟之，巢父察其必敗，側身潛遯，由是知名。白受璘辟，爲府僚。璘敗，白坐流夜郎。」是可以證「道甫問訊」句。

飲中八仙歌

杜甫

李白、賀知章、李適之、汝陽王璡、崔宗之、蘇晉、張旭、焦遂爲酒八仙。

知章《唐書》：賀知章，字季真，性曠夷，善談説。**騎馬似乘船**，晉阮咸醉，騎馬攲傾，人指而笑曰：「此老子騎馬，似乘船行波浪中。」語本於此。**眼花**眼光也。**落井水底眠**。晉王祥醉，憑肩輿，頭不舉，歸。其親戲之曰：「子眼花在井底，身在水中，睡亦不醒邪？」語本於此。所謂「眼花在井底」者，謂凡醉人眼光不外發，漸漸沈没，猶落沈井底，欲上而不能上也。「身在水中」者，謂醉而身體漂摇，猶在水波中也。皆狀醉態語也。然人多不察，爲疑怪焉，不通辭故爾。**汝陽三斗始朝天**，《唐・三宗諸子傳》：讓皇帝憲，子十九人，其聞者璡。帝愛之，封汝陽王。璡眉宇秀整，性謹潔，善射。《訓解》引《唐史拾遺》：「汝陽王璡，嘗於明皇前醉，不能下殿，上命掖出之。璡謝罪曰：『臣以三斗壯膽，不覺至此。』」「三斗始朝天」，語本於此。謂每朝恒飲三斗，而後始朝天宫也。**道逢麯車口流涎**，麯車酒臭不勝撲鼻，津津口生涎。**恨不移封向酒泉**。漢郭弘好飲酒，嘗曰：「得封酒泉郡，實出望外。」郡城下有泉，味如酒。璡不願封汝陽，意與郭弘同。**左相日興費萬錢**，謂日費萬錢食也。晉何曾，字穎考[一]。武帝踐祚，拜大尉，進爵爲公。奢豪，日食萬錢。語本於此。言適之罷相後飲酒豪放，自汚而避林甫妒忌也。**飲如長鯨吸百川**。謂豪飲態。**銜杯樂聖稱避賢**。用李適之詩語，解見五言絶。**宗之**《唐書》：崔宗之爲侍御史，謫金陵[二]，與李白善，詩酒唱和。**瀟灑**風姿拂塵汚如洗。**美少年，舉觴白眼**阮籍事，謂看他世人也。**望青天**，言塵俗非我，偶開雲霧望青天，是我懷抱，因舉觴相迎。**皎如玉樹臨風前**。皎潔如玉樹，夏侯玄事。《晉書》：毛曾與夏侯玄共並坐，謂之蒹葭倚玉樹。此與「美少年」句相應，謂形貌之美异凡俗也。**蘇晉長齋綉佛前**，晉學浮屠術，得胡僧慧澄彌勒佛一本，寶之。嘗曰：「是佛好米汁，與吾性合，吾願事之，他佛不愛也。」彌勒佛，即布袋和尚也。此説註考證。言晉能愛綉佛，入禪門，遺俗慮。**醉中往往愛逃禪**。逃俗，時時爲禪坐也，雖醉中亦然。**李白一斗詩百篇**，謂一斗助詩趣，百篇卒成。**長安市上酒家眠**。**天子呼來不上船**，《訓解》：「白爲供奉。時玄宗泛白蓮池，召白作序。時已被酒，命高將軍扶掖登舟。」然「不上船」三字從此解，則與「天子呼來」語不相屬，意趣亦淺淺，是不解「上船」語故爾。「上船」蓋當時俗語，「不上船」，謂斂衣領，不結束。船，《字書》曰：「船，領也。」上，猶「上關」上，「上關」謂啓關鎖，見於王維詩。據是，「不上船」謂白已醉矣，不能斂衣領而結束也，此與白蓮池之事别也。又白於沈香亭承命進《清平調》三章，此時白宿醉未解，使高力士脱靴云。此篇所云，亦同時歟？**自稱臣是酒中仙**。**張旭三杯草聖傳**，王愔《文章志》：「張伯英臨池學書，池水盡黑，家之衣帛必書，而後練草書，爲世所寶。韋仲將謂之『草聖』。」言三杯後發狂，書之益妙，獨擅「草聖」名。**脱帽露頂王公前，揮毫落紙如雲烟**。《唐詩解》云：「張旭每大醉，呼叫狂走，迺下筆。或以頭濡墨而書，及醒，自視以爲神，不可復得也。因呼曰『張顛』。」「如雲烟」，謂墨痕美。**焦遂五斗方卓然，高談雄辯驚四筵**。《唐史拾遺[三]》：「焦遂口吃，對客不能出一言，醉後酬酢如注射，時目爲酒吃。」

考證：此篇體裁新奇，前無古人，甚有深義。然《訓解》云「此賦八人之豪飲也」，膚淺不可從。杜甫竊以爲八仙各大器而不擢用焉，是以豪放泆蕩，逃俗耽酒，葆光自晦。其志嘐嘐，不遇堯舜之世，爲憾而已。杜甫竊感傷焉，爲天下哀之，因題「飲中八仙」以寓意於其中。杜甫稱詩史，誠有由哉。彌勒佛，布袋和尚也。人皆以爲布袋唐末人而引證晋時之事，可疑，然今尚未見的説者也。余竊意布袋必有所指者也，疑之久矣。偶閲李卓吾《十八羅漢贊》，其中有「拋散酒肉布袋猶然」語，布袋和尚常於市中飲酒食猪頭云，此與「拋散酒肉」合。布袋，號腹脹狀歟？猶然，笑貌也。布袋和尚，十八羅漢中有之乎？亦未可知矣，宜質訪浮屠氏也。姑引李卓吾贊以證之，贊語曰：「十八羅漢漂海[四]，第一胖漢利害。失脚踏倒須彌[五]，拋散酒肉布袋。猶然嗔怪同行，要喫諸人四大。咄！天無底，地無蓋[六]，好個極樂世界。」姑書備考案，達者宜審諸。

【校勘記】

［一］考：底本訛作「孝」，據《晋書·何曾傳》改。

[二]陵：底本誤作「龍」，據《舊唐書·文苑傳》改。
[三]史：底本誤作「詩」，據《集千家註杜詩》卷一改。
[四]漂海：底本脱，據《焚書》卷六補。
[五]失脚踏倒須彌：底本誤作「失却踏倒」，據《焚書》卷六改。
[六]天無底，地無蓋：底本誤作「天無蓋，地無底」，據《焚書》卷六改。

哀江頭　杜甫

本於庾信《哀江南》，悲亂後也。明皇曾與貴妃遊曲江池，亂後荒凉，莫復遊幸。公故有感，賦之。

少陵野老漢宣帝陵在杜陵縣，許后葬杜陵南園，謂之少陵。杜甫家焉，自稱「杜陵老」，亦曰「少陵」也。**吞聲哭，春日潛行曲江曲**。長安陷與賊中，公欲吊曲江而畏人疑之，故潛行，不爲哭聲。曲，限曲也。**江頭宫殿鎖千門，細柳新蒲爲誰緑**。細柳、新蒲，無情物，不知無人見之者，年年徒爲春，尤爲可哀。此段説「哀江頭」。**憶昔霓旌**《上林賦》：「拖霓旌。」**下南苑**，杜陵南苑。**苑中萬物生顔色**。因哀今之荒凉而忽憶昔時之全盛，此以下鋪舒也。外發色謂之顔，言恩澤所至，物皆勃勃爲潤色。**昭陽殿裏第一人**，昭陽，漢宫殿，借用李白《宫中行樂詞》：「宫中誰第一，飛燕在昭陽。」此以飛燕比貴妃。**同輦隨**

君侍君側。言貴妃寵甚，行則同輦，坐不離側。**輦前才人帶弓箭**，才人，女官也。今女流騎射，咄咄怪事，所以媒禍亂也。**白馬嚼齧黄金勒**。謂盛飾。**翻身向天仰射雲**，翻身，聳身傾仰而射雲間飛鳥之狀也。此爲欲調笑貴妃故也。**一箭正墮雙飛翼**。自明皇寵貴妃，朝政日廢，於是禍亂興矣。彼比翼、連理之誓爲一時，則此一箭不啻射雲間飛鳥，併射墜飛翼契。**明眸皓齒今何在，血污遊魂歸不得**。明皇播遷蜀，貴妃賜死於馬嵬，眸齒污血，昔時容貌今何在？魂無所歸，唯遊魂爲變耳，欲招魂不得。**清渭東流劍閣深，去住彼此無消息**。渭水東流，劍閣西流，各自流去而不相通，因比玄宗、肅宗父子睽離之情。此時玄宗幸蜀，肅宗即位於長安，不承玄宗命而自立。此句蓋有諷意。此人之所難道，而以渭水、劍閣各自流去相東西寫之，可謂妙語也。**人生有情泪沾臆，江水江花豈終極**。江水之美、江花之榮無極時，而人代變革如此，可不哀哉。**黄昏胡騎塵滿城，欲往城南忘城北**。言及黄昏欲歸也。城南指杜陵南園，值長安城南，即少陵也，杜甫所住。

韋諷録事宅觀曹將軍畫馬圖引[一]　杜甫

韋諷居在成都，時爲閬州録事。曹將軍名霸。明皇有馬名「照夜白」，嘗命曹將軍霸畫以爲圖，今韋諷之家藏焉。

國初以來畫鞍馬，神妙獨數江都王。霍王元軌之子，江都王緒。言國初以來，畫馬者紛出，獨江都王拔群，特入古來名畫之數列，稱神妙。**將軍得名三十載，**言江都王以來，鞍馬妙畫無聞。相距三十載，而將軍妙絶始有名。《訓解》云「歷三十年而真迹始見」，以爲畫不容易，恐傍出。**人間又見真乘黄。**言江都王以來，於畫中人間復見真乘黄。《詩》：「有駜有駜，駜彼乘黄。」**曾貌先帝照夜白，龍池**興慶池也。**十日飛霹靂。**天馬，龍之媒，故相感。**内府**内府所藏。**殷**赤色。**紅瑪瑙盤，**内府所藏，外國之寶也。《訓解》引《唐書》曰：「裴行儉平都支、遮匐，獲瑪瑙盤。」所謂都支、遮匐者，謂西突厥阿史那都支、别帥李遮匐也[二]。**婕妤**女官。**傳詔才人索。**《漢·外戚傳》：孝元傅昭儀，少爲太后才人。**盤賜將軍拜舞歸，**自府藏索出賜之，見榮寵。**輕紈細綺相追飛。**歸後恩賜，猶重叠馱馬相贈。**貴戚**貴族外戚。**權門**將相威權。**得筆迹，始覺屏障生光輝。**言自霸圖照夜白，其名發聞，貴戚權門求得畫馬筆迹而珍之。自是曹將軍之畫在貴權之屏障，始覺其筆迹生光輝。**昔日太宗拳毛騧，近時郭家獅子花。**郭家，指郭子儀。以下説馬而論天下之盛衰也。**今之新圖有二馬，復令識者久嘆嗟。**今新圖二馬，亦韋諷所藏焉，唯不識者爲等閑看，至識者則驚嘆良久矣。**此皆騎戰一敵萬，**時運盛，馬亦壯。**縞素漠漠開風沙。**縞素上所畫奔馬之勢，宛如開渺漠風沙。**其餘七匹亦殊絶，迥若寒空動烟雪。**迥，寥遠也。烟雪，謂霏雪若烟，亦寫走馬狀。**霜蹄蹴踏長楸間，**《莊子》：「馬，蹄可以踐霜雪。」霜蹄，謂白蹄。長楸，步馬列樹也。**馬官厮養森成列。**馬官，大僕。厮養，薪炊爲養者。森，《説文》：「木多貌。」謂馬官厮養爲列衆。

可憐九馬争神駿，《世説》「支遁愛其神駿」之事，言畫出神駿如真。**顧視清高氣深穩**。骨相雖清高，而其氣深藏，穩貼而能馴人。**借問苦心愛者誰，後有韋諷前支遁**。言人惟愛其骨相驍騰，而不知愛其神駿也，唯支遁能知神駿，而後有韋諷而已。**憶昔巡幸新豐宮**，以下論當時盛衰。**翠華**《上林賦》：「建翠華之旗。」張揖曰：「翠華，以翠羽爲葆。」**拂天來向東**。**騰驤**騰，超。驤，馳也。**磊落**衆多貌。**三萬匹**，謂馬之壯，而見時之盛運。**皆與此圖筋骨同**。**自從獻寶朝河宗**，《穆天子傳》：穆王以玄狢[三]、馬祭河伯。此云「獻寶」是也。《訓解》引沉璧禮河宗之事，此不關馬之事，非也。《訓解》泥「寶」字，因以爲斯説。蓋以穆王周流天下而比玄宗蒙塵播遷蜀之事。**無復射蛟江水中**。元封五年，漢武浮江，親射蛟江中故事。言玄宗今落魄，失天下矣，射蛟之勢亦一時也。**君不見**對人示之辭。**金粟堆前松柏裏，龍媒去盡鳥呼風**。金粟，《訓解》引《長安志》曰：「明皇泰陵，在蒲城東北金粟山。明皇嘗幸睿宗橋陵，見金粟山岡有龍盤虎踞之勢，謂侍臣曰：『吾千秋萬歲之後葬此。』暨升遐，群臣遵先旨葬焉。」龍媒，《天馬歌》：「天馬徠，龍之媒。」言玄宗没後，唐祚漸衰弱，其勢不復振。玄宗之丘陵惟封松柏，中聞鳥雀聲而已。「呼風」者，謂似訴怨恨也。此篇就畫馬圖而感慨及國運之盛衰，杜甫稱詩史，固有由哉。

【校勘記】

[一]韋諷録事宅觀曹將軍畫馬圖引：《全唐詩》卷二百二十作《韋諷録事宅觀曹將軍畫馬圖》。

[二]帥：底本訛作「師」，據《新唐書·突厥列傳》改。

[三]狢：底本訛作「格」，據《穆天子傳》卷一改。

丹青引贈曹將軍霸　杜甫

丹青，謂采畫。

將軍魏武之子孫，於今爲庶爲清門。清，尊稱也，曰清閑、曰清燕是也，此謂曹霸世爲良家也。**英雄割據雖已矣，**割據，謂三國鼎足之勢。魏武據中原，特稱英雄。**文采風流今尚存。**魏武最長於詩，臨陣橫戈賦詩。其文采風流今尚存於曹霸，其善丹青，是繼魏武之文采也。**學書初學衛夫人，**衛夫人，晉汝陰太守李矩妻，善鍾法，能正書入妙，王逸少師之。**但恨無過王右軍。**後出不及於先輩，故霸自知不及右軍也。**丹青不知老將至，**廢書而入丹青，外無他念，謂霸專攻。**富貴於我如浮雲。**《論語》字面，無意釣致富貴。**開元**玄宗紀年。**之中嘗引見，**偶有引進者，見天子。**承**恩恩命。**數上南薰殿。凌烟功臣少顏色，**《南部新書》：「凌烟閣在西内三清殿側，畫功臣皆北面。」**將軍下筆開生面。**面如生。**良相頭上進賢冠，**已下説所畫功臣。《後漢·輿服志》：「進賢冠，古淄布冠也，文儒者之服也[二]。」**猛將腰間大羽箭。**本集註：「太宗嘗自製長弓大羽箭，皆倍常製，以旌武功。」據之，大羽箭蓋太宗所賜，褒公、鄂公所帶斂。**褒公**段志玄。**鄂公**尉遲敬德。**毛髮動**，所畫出，宛如毛髮活動。**英姿颯爽來酣戰**。其姿態颯然爽烈，雖自酣戰歸來，勢尚不撓。**先帝**玄宗。**天馬**稱御馬。**玉花驄**，玄宗有玉面花驄。**畫工如山貌不同**。形容不似花驄。**是日**畫功臣日，直命焉。**牽來赤墀下**，《禮記》：「天子赤墀。」徐曰：「階上地也。」**迥立閶闔生長風**。閶闔，天之門户，比天子之門。言蹄下生長風，有千里之勢。**詔謂將軍拂絹素**，拂者，命立揮毫畫之也。**意匠慘澹經營中**。陸機《文賦》：「意司契而爲匠[二]。」慘，《説文》：「毒也。」《廣韻》：「慼也。」此句寫欲下筆而暫經營之狀，其用意也，或慘戚，或淡薄。《歷代畫品》謂：畫有六法。五曰經營道位。**斯須九重真龍出**，《禮記》曰：「不可斯須去身。」謂少間也，與須臾不同，讀爲須臾，非也。須臾之須，䇞也；䇞，待也。臾，束縛也。須臾，謂被束縛而暫䇞也。須，《説文》：「面毛也。」形少貌。斯須之「斯」，折也，《詩》「斧以斯之」是也。後世「斯」爲「此」，甚非也。須，《韻會》云：「案《説文》，須本須鬢之須。已從彡矣，俗又加彡作鬚，非也。」是可以爲證。且須訓待，䇞也。後世文字混同，是以不分明。**一洗萬古凡馬空**。若一洗滌去垢，凡馬不足觀。**玉花**玉花驄。**却在御榻上，榻上庭前屹相向**。言畫馬與花驄相齊也。**至尊含笑催賜金，圉人**掌養馬者。**太僕皆惆悵**。《説文》：「悵，望恨也。」惆與悵同。《荀子》：「惆然不嗛。」此謂失望爲惆悵。蓋太僕、圉人養御馬，自以爲功也。然今日畫馬却關盛寵，則太僕、圉人所失望也。**弟子韓幹早入室**，本集注：「韓幹，大梁人。善寫人物，尤工鞍馬。初師曹霸。」入室，《論語》字面。**亦能畫馬窮殊相**。**幹惟畫肉不畫骨**，骨相未得。**忍使驊騮氣凋喪**。言幹之畫馬骨力弱，使驊騮之猛氣不發揚也，則不忍觀之也。忍者，謂難忍也。**將軍善畫蓋有神**，入神也。**必逢佳士亦寫真**。非佳士則不畫。至此述霸之善畫，被寵賞於世，而下轉入世運變衰之感。**即今飄泊干戈際**，言世運一變，干戈縱横之際無愛文采風流者，是以若霸者漂泊無所容身，名亦漂没矣。**屢貌尋常行路人**。不能擇佳士，雖常人任其望而圖貌之。**途窮反遭俗眼白**，今霸之畫不入俗眼，白眼而視之，不知霸故爾。此名畫者之窮途也。**世上未有如公貧**。霸以清門之胄而落庶人，畫亦遭亂世而無識者，可謂極貧也。**但看古來盛名下，終日坎壈纏其身**。此慰霸辭也。盛名下，猶曰盛名輩。終日者，謂終身也，非謂終一日也。坎壈，不平也，《楚辭》「坎壈貧士」是也。言貧窮縛身，不克脱之。身非吾身，故曰「其身」，「其」字見非吾身。古言讀如是，宜識察諸。

【校勘記】

［一］文：底本訛作「又」，據《後漢書·輿服志》改。

［二］司：底本訛作「同」；匠：底本誤作「工」，皆據《陸士衡文集》卷一改。

邯鄲少年行　高適

邯鄲城南遊俠千場遊歷客，稱遊俠。**子，自矜**自負同。**生長邯鄲裏**。燕趙自古悲歌慷慨士多，故俠客必稱燕趙。邯鄲，趙地。言我生來邯鄲之人，非僞俠者稱邯鄲者之比也。**千場縱博家仍富**，賭博千場，雖失財，其家益富。**幾處報讎身不死**。雖縷報仇，亦脱厄，身不死。共皆可怪。**宅中歌笑日紛紛，門外車馬如雲屯**。言適竊怪此少年之爲人也，自傍察之，則其宅日日宴樂，歌呼歡笑紛紛，盛矣。且門旋桁馬，此無他，此少年夤緣貴人，株連勢門，故身脱厄，富財。苟爲俠客者，豈結交權貴而傲富貴乎？**未知肝膽向誰是**，適初落魄不得意，且厭世俗之交，姑懷俠者之意氣，但今之俠無是焉。**令人却憶平原君**。應起句，謂趙平原君之事。《訓解》引《漢書》「朱建爲平原君」之事，非也。《傳》云「平原君，趙公子勝也。與魏信陵、齊孟嘗、楚春申号四君。愛士，食客數千人」云，故烈士懷之。**君不見**爲對人辭，歌行套語。**今日交態薄，黄金用盡還疏索**。當時輕薄而交態，惟見金，不然寥寥，君宜見察焉。**以茲感嘆辭舊遊**，「玆」訓「此」，雖可通，其實則「玆」非「此」訓。「此」，後世之俗訓也。今漫爲「此」，於詩則爲「此」亦可也，然從正而讀之，辭義自別而有味，不可不正諸。玆，《説文》：「黑也，从二玄。」作「茲」，草木之茲盛也。故徐曰：「玆，黑也。俗借爲玆，此字。今又訛爲草木之茲矣。」是知「玆」爲「此」，俗訓也。二玄，天之色，天不可知之象也。此所謂「以玆」者，指時事之變不可知之也。俗訓「此」，因指之辭，而姑訓「此」而已。「以玆辭舊遊」者，言適厭時之輕薄而世之變衰不可知，故曰「以玆辭舊遊」，謂今人交態輕薄。**更於時事無所求**。時事皆奔走勢利而已。**且**「且」字，別發端。**與少年飲美酒，往來**交接不絶。**射獵西山頭**。言前所述僞俠者，可厭惡焉。但每事飲酒射獵，弗諂諛權貴。少年可憐焉，因與彼往來，忘落魄不遇也。

人日寄杜二拾遺　高適

人日題詩寄草堂，杜草堂，《杜年譜》：乾元二年，公入蜀，裴冕爲成都尹，爲卜浣花草堂居之。人日，正月七日，祝日也。賈充《典戒》曰：「人日，造華勝相遺，象瑞圖金勝之形。」因祝日而寄詩杜甫，述憶故鄉情也。**遥**高適、杜甫雖共在蜀，其居相隔，故曰「遥」。**憐故人**指杜。**思故鄉**。人日故殊憶鄉，切也。**柳條弄色**柳自嫩黄漸漸爲緑，非一種，故曰「弄色」。**不忍見**，别離所綰，故不忍見。**梅花滿枝空斷腸**。雖好，非故鄉，看徒斷腸而已。**身**晋人謂自己爲「身」。**在南藩**指蜀。**無所預**，適時爲蜀刺史，惟守藩屏而已，於國家政事無所預，與素懷違矣。按禄山亂，拜適爲左拾遺，轉監察御史。李輔國惡其才，數短毁之，出爲蜀、彭二州刺史。此嘆不遇也。**心懷百憂復千慮**。適雖不遇，不忘國家傾危，懷抱常不開，苦心衡慮。**今年人日空相憶，明年人日知何處**。方今轉遷無定，去住難計，不知明年復去在何處。今相憶，亦空而已。**一卧東山三十春**，東山，借用謝安高卧東山之事。適初布衣而落魄不遇，雖然有大志而隱矣。**豈知書劍老風塵**。今帶書劍奔走風塵中，與初志違矣。**龍鍾還忝二千石**，龍鍾，行不進貌；又云竹名，言人衰老之態如竹之枝葉摇曳，不能自禁持也。二千石，漢制，郡守秩二千石。非適本意，適蓋有大志。**愧爾東西南北人**。杜甫不繫禄仕，弃官去，此非風塵中之人也，東西南北任其所適，故曰「愧爾」。

考證：或説曰：「子美入蜀，上元初始有草堂，適寄詩當在此時。」殷璠曰：「適詩多胸臆，兼有氣骨。余最深愛者：『未知肝膽向誰是』，吟諷不厭矣。」據是，此篇亦發胸臆者，可見焉。

登古鄴城　岑參

鄴城，本戰國魏之鄴邑。三國時，魏以長安、譙、許昌、鄴、洛陽爲五都。曹操建三臺於鄴都，前名銅雀，中名冰井，後名金虎。銅雀殊盛觀。曹臨終遺令：朝晡，使宮人歌吹帳中，望吾西陵。

下馬登鄴城，鄴都盛觀，銅雀臺爲最，故下馬先問之。**城空**空曠無所見。**復何見**。**東風吹野火**，**暮入飛雲殿**。飛雲殿在長安，漢宮闕也。此哀鄴城之荒敗而併及漢宮之滅亡，蓋魏武奪漢祚，因感慨及之也。野火，田廬燒原野火也，謂蕭條之看而已。《訓解》引《列子》「人血之爲野火」，然膠説，似拘焉，難從。**城隅南對望陵臺**，魏武殁後，使宮人向陵歌吹也，其迹依然如昔。**漳水東流復不回**。逝水，嘆無限。**武帝宮中人去盡**，銅雀妓今則亡。**年年春色爲誰來**。鶯花爲春，爲誰乎？寄恨無情物，感傷特深。

韋員外家花樹歌　岑參

今年花似去年好，**去年人至今年老**。此喚醒人語。花則年年新，人則年年老，人所遍知也。雖然，役役風塵中不知老之將至，尚爲壯年態者，世多有焉。**始知人老不如花**，岑參曾汲汲仕宦，有青雲志，至今萬事爲灰，因始有悲老嘆，發素懷於歌也。不然，「始知」字無味。蓋奔走風塵罷而始知白頭，有宦情者皆爾。**可憐落花君莫掃**。明年生死難圖，落花可惜。**君家兄弟不可當**，承「君」字，一轉起語。**列卿御史尚書郎**。言君之兄弟皆顯榮也，非吾敵。**朝回花底恒會客，花撲玉缸春酒香**。凡顯榮者，耽奢靡，好淫樂。君家則不然，朝回之暇，唯愛花而已。自愛花而及愛客，是故客恒會。蓋人生無常，明年開花不可期，此愛花者之情也。因謂愛花、會客，與起句相應。撲，猶水拍銀盤「拍」。

胡笳歌送顔真卿使赴河隴

岑參

開元中，真卿以監察御史使河隴。

君不聞胡笳聲最悲，悲，悲壯之悲也。凡邊聲不堪聞，而胡笳最悲壯，故不能堪，悲感之甚。**紫髯緑眼胡人吹**。猛烈之人吹之，笳音最悲壯。**吹之一曲猶未了，愁殺樓蘭征戍兒**。**涼秋八月蕭關**秦北關，在平涼府。**道**，「涼秋」以下，述征人旅況。**北風吹斷天山**祁連山也。**草**。言北風吹盡，草枯山兀，謂凄涼光景。**崑崙山南月欲斜**，山在西域。言曠望極目，及崑崙山曉月欲落時，最不堪情。**胡人向月吹胡笳**。當此時聞胡笳，特難堪。**胡笳怨兮將送君**，此句應題，言今以胡笳怨曲送君者，豫欲令知胡笳之悲也。蓋雖每慣聞笳音者不堪，況初聞之人，魂消魄落可知矣。**秦山**郭仲産《秦州記》：隴山，東西百八十里，山東人行役，升此而顧瞻者，莫不悲思。言秦隴之間雲隔而不能望故鄉，徒懷思耳，是以多愁夢。**遥望隴山雲。邊城夜夜多愁夢，向月胡笳誰喜聞。**向月胡笳，何人喜聞乎？因可知其悲也。此首平平説去，而悲壯在其中，是岑參獨得之妙也。

崔五丈圖屏風各賦一物得烏孫佩刀[一]　李頎

崔五丈圖屏風，崔所圖畫屏風也。

烏孫腰間佩兩刀，《漢書·西域傳》：「烏孫，西域國名，在大宛東北。」此賦烏孫王佩刀，因下言其雄猛。**刃可吹毛錦爲帶。**禪家有「吹毛劍」語，謂吹毛觸劍立斷也。帶，佩刀之帶也。**握中枕宿**枕刀而卧。**穹廬室，**《烏孫公主歌》：「穹廬爲室。」《文選》注：「旃帳也。」**馬上割飛蠮螉塞。**馬上提刀，斷割騰飛，謂縱横無敵。蠮螉，細腰蜂也，塞形似之，因名焉。**執之魍魎**水石之怪鬼。**誰能前，**執之，執持不舍也，是以雖有若魍魎之畏服人者，誰能前向而禦之？**氣凜**拔刀則劍氣凜冽。**清風沙漠邊。**沙場發清風，劍氣之威風也。**磨**磨石也。**用陰山**在匈奴地。**一片玉，洗**淬刃也。**將胡地獨流泉。**獨流河在邊地。言邊庭寒鄉，陰山四時有雪，最寒冽。是以陰山片石特堅實，獨流之清泉爽冽异他，以斯二物而磨洗，其精可知矣。**主人屏風寫奇狀**，主人本自好奇也，故所圖皆然，因言屏風寫出主人奇狀。**鐵鞘金環儼相向**。言鐵鞘金環，劍刀之飾，可嚴憚焉，看之者皆嚴然改容而相向也。**回頭瞪目**仰之，直視不瞬。**時一看，使予心在江湖上**。言若身在席上而心在江湖廣漠之地，宛帶此刀而横行沙漠中也。蓋含崔氏有斯奇骨而未被用之意，讀者察焉。

【校勘記】

［一］崔五丈圖屏風各賦一物得烏孫佩刀：《全唐詩》卷一百三十三作《崔五六圖屏風各賦一物得烏孫佩刀》。

答張五弟　王維

終南有茅屋，茅屋，鄙賤居，是我居，誰復争其處。**前對終南山**。屋前自見南山，不用勞目也。**終年無客長閉關**，待客亦煩，乃欲長閉關而無客至，謂自决隱也。**終日無心**無所營爲。**長自閑**。應上「無客」也。無客，故元來閑也。**不妨飲酒復垂釣**，放縱任意，何妨之有？**君但能來相往還**。君舊同懷之人，往還何妨，客而不客也，故曰「能來」。

孟門行　　崔顥

孟門，山名，在平陽。此篇爲迫於讒諛而作，謂人心反覆，險於孟門。孟門、吕梁，皆水險之處也。《吕氏春秋》：「舜修德而三苗服。孔子聞之曰：『通乎德之情，則孟門、太行不爲險矣。』」

黄雀銜黄花，翩翩傍檐隙。本擬報君恩，如何反彈射。黄雀報恩，後漢楊寶之故事。有「採黄花餧黄雀」之言，因此詩曰「銜黄花」。全篇比也。此篇全言崔顥不遇而新寄食於某人，某食客多有焉，其中有讒崔顥者，主人稍疑崔顥。因云：我來於此，素志昔曾預恩遇，故欲有所報也。**金罍圖雲雷樽。美酒滿坐春，**主人每置酒，能愛客，是以坐客醉爲春。**平原愛才多衆賓。**言平原君會客爲愛才也，是以秀才多聚。衆賓，謂秀士多也。平原君事，見於《史記》。**滿堂盡是忠義士，何意得有讒諛人？**言顥以爲平原君之客也，不容有讒諛人也，然我得斯讒口。**諛言反復那可道，能令君心不自保。**此句一轉論之。言平原固信士也堅貞，雖然，諛言反覆，能令白黑變焉，是故雖平原君不能保其貞矣。「那可道」者，謂不可辨也。**北園新栽桃李枝，根株未固何轉移。**又比諭曉之。凡栽樹，初根株之培養未固，而轉移他處則不成，花實立枯矣。我新客於此，結君未固，而讒諛妨之，君亦不辨，遽疑焉。喻之種樹，猶根株未固而因人之言移易之。**成陰結實君自取，若問傍人那得知。**言君須自裁，若訪咨傍人，則讒諛乘之，使君心迷也，是非那得知之？

七言古　下

贈喬林[一]

張謂

去年上策不見收，今年寄食仍淹留。上策不見收，人多落魄，喬林不然，今年寄食於張謂，淹留，蓋待知己而已。其識量可以欽羨也，因數其特操而賦焉。**羨君有酒能便醉，**有酒，《詩·伐木[二]》曰：「有酒湑我，無酒沽我。」有酒，謂貯酒也。言忘憂無如酒，君能有酒，消遣世慮也。**羨君無錢能不憂。**今苞苴盛行，故無錢不克達志，君唯無錢亦不憂者，不欲受人之薰灼故爾。**如今五侯不待客，**漢成帝時，同日封舅王氏五人爲侯，世謂「五侯」。**羨君不入五侯宅。**不阿諛權貴之人。**如今七貴方自專，**七貴，並后族，見《訓解》。七貴自尊大。**羨君不入七貴門。丈夫會**必也。**應有知己，世上悠悠安足論。**言凡大丈夫立志也，待知己而已。喬林節操，必當有知己者矣。悠悠世上之事，自昔而然，何足論。此張謂示喬林以慰之辭也。

【校勘記】

[一]贈喬林：《全唐詩》卷一百九十七作《贈喬琳》。

[二]伐：底本訛作「代」，據《詩經》卷九改。

湖上對酒作[一]　張謂

此張謂客遊湖中作。篇中有「茱萸灣」，可知湖屬楊州。

夜坐不厭湖上月，晝行不厭湖上山。凡雖勝地絕景乎，初一覽而驚嘆，再而興盡，恒也。此處山與月，晝夜有興而不厭者，不啻山月美也，蓋主人之遇厚故爾。此句含下句。**眼前一樽又長滿，心中萬事如等閑**。所以不厭，全在此句。言主人能愛我，常具酒，故自山歸來，則酒樽在坐，不離側。是以一醉中拋却萬事，塵慮皆空。等閑，空也，若「等閑平地起波瀾」「瀟湘何事等閑回」可以證焉。**主人有黍萬餘石**，有黍，謂登年。黍穀有者，藏蓄也。**濁醪數斗應不惜**。言主人固富，數斗何足惜，日日飲之亦不妨。**即今相對不盡歡，別後相思復何益**[二]。是主人留客辭，以下皆然。言此日此時難再逢，別後徒相思耳，則復何益。**茱萸灣頭歸路賒**，楊州有茱萸村，其地空曠而歸路邈矣，再會難期。**願君且宿黄公家**。主人借黄公自比。晉王戎爲尚書令，過黄公酒壚曰：「吾昔與嵇叔夜、阮嗣宗酣暢此壚。嵇、阮亡後，爲時所羈絏。今視此，邈若山河。」言君但以爲黄公之酒壚，可以留宿也。**風光若此**言風景無如此處者。**人不醉，參差辜負東園花**。凡看花者非酒無興，而對花而不醉，是背看花之趣，因言「辜負東園花」。參差，長短不齊之意。花有興而人無趣，則長短不齊也。辜負，恐被罪於花也。

【校勘記】

［一］湖上對酒作：《全唐詩》卷一百九十七作《湖上對酒行》。

［二］思：底本誤作「憶」，據《全唐詩》卷一百九十七改。

城傍曲　王昌齡

居在郊郭，曰城傍。

秋風鳴「鳴」字見秋殺冷凉意。**桑條，草白狐兔驕**。入秋狐兔特肥，故驕躍而走白草原上。**邯鄲飲來酒未消，城北原平**謂原曠莫。**掣皂鵰**。言邯鄲市中飲酒，來過北郭，則平原可以爲獵場，而市酒未消，乘醉憶獵焉，乃掣皂鵰。皂，黑色。邯鄲，趙之都會。**射殺空營兩騰虎，回身却月佩弓鞘**。歸途過空營，見兩虎騰躍，射殺了，則及夕暮也。却月如弓，與所佩弓鞘相雙焉。想是始獵不得一禽，空掣鷹歸也，勇氣稍橈，忽見兩虎而猛氣奮起，乃射殺爲獲還。全寫出俠少年之態。却月，弦月也，梁元帝詩：「却月半山空。」

洪州客舍寄柳博士芳　　薛業

洪州屬楚，見《滕王閣》題下注。

去年燕巢比燕巢幕上之事。言去年暫留寓休足也，見避亂狼狽。**主人屋，今年花發路傍枝**。言去年主柳博士芳暫留寓，今年又去爲路人，而逢開花時。**年年爲客不到舍，舊國存亡那得知**。今亂中，道路難通，故音問斷絶。**胡塵一起亂天下**，謂禄山之餘黨爲亂，其初小寇而已，遂亂天下也。**何處春風無別離**。此自寬辭，言春風和熙之時而處處哀別離，亂故爾，不惟我獨多別離。

春江花月夜　　張若虛

樂府題。陳后主常與宫中女學士及朝臣相和爲詩，採其尤艷者名《春江花月夜》，見《訓解》。

春江潮水連海平，此篇全逐「春江花月夜」字而述之。起句先言春時潮水漲也，春潮特渺漫，海潮湛湛平也。**海上明月共潮生**。潮水雖漲，非得月無興，潮與月相照。《抱朴子》：「月之精生水。」**灔灔隨波**瀲灔，水動貌。又曰水漲也。「灔灔」亦同何遜《望月詩》「灔灔逐波輕」，謂水月。**千萬里，何處春江無月明**。千江千月，至何處不可憐，此説春江。**江流宛轉**謂曲折。**繞芳甸**，栽花美田。**月照花林皆似霰**。柳惲詩：「春花落如霰。」《訓解》引之，是也。謂花林皆如霰雪也。**空裏流霜**空裏白而如霜。**不覺飛**，月影凝不動。**江上白沙看不見**。白沙與月一色，瞪目看之不分明。此説「花月」。**江天一色無纖塵，皎皎空中孤月輪**。此句錯綜成文，言仰則空中挂月輪而孤寂，是以江水與天一色難辨，望之無點塵。**江畔何人初見月，江月何年初照人。人生代代無窮已，江月年年望相似。不知江月照何人，但見長江送流水**。一轉，入人生無常之感也。錯綜成文，言人之見月、月之照人，不知其初，人生變代無常故爾。但江月如故，望相同，而無古人，不知江月初照何人乎？人去不復還，徒向長江而爲逝水感而已。此段説「夜月」，一轉而下入離别情。**白雲一片去悠悠，青楓浦上不勝愁**。言一片白雲去盡，夜色尚堪催愁思，况青楓浦上秋色特可憐，多情殆難堪。因下句述多情别離之趣。**誰家今夜扁舟子**，月影如雪，扁舟乘興者不知誰家風流子。**何處相思明月樓**。又想像離婦月夜之怨。**可憐樓上月徘徊，應照離人妝鏡臺**。月徘徊，謂月影凝不動。言月影暫徘徊，似有意，是應照離人之妝鏡臺而使之惱殺也。寄恨於無情之物也。**玉户簾中捲不去**，又或宮女失寵對明月，獨居不堪望月，玉户中捲下簾深坐，月光猶穿簾而襲來。謂月明惱人。**擣衣砧上拂還來**。又或成婦擣衣也，月影侵砧上，照衣帛，疑霜，屢拂拭之，復侵來。**此時相望不相聞**，各天一方，隔地相望而已，無復音聞。**願逐月華流照君**。月光無所不到，願我思亦與月光流去，欲照君之傍也。**鴻雁長飛光不度**，言鴻雁雖飛來，無音書。靜夜月光凝而不流，無流光之照君側。謂無聊甚。**魚龍潛躍水成文**。復言月夜清澄，月影入水底而分明見魚龍所潛，鱗鱗水光成文。**昨夜閑潭夢落花，可憐春半不還家**。花時不還家，春恨特甚，因夢向閑潭而既及落花也，此春半未還家故也。**江水流春去欲盡**，江水去不還，今春不再，因有嘆。**江潭落月復西斜**。夜夜望鄉至落月，因曰「復」。**斜月沈沈**承上句言之。**藏海霧**，謂至明。**碣石**海傍山。**瀟湘**二水名，流達於洞庭。**無限路**。謂歸路遼遠。**不知乘月幾人歸**，嘆歸人無幾。**落月搖情滿江樹**。言月既沈，江樹搖歸情猶有餘，故曰「滿」。全篇寫出多情。

吴宮怨　衛萬

是懷古題也。

君不見對人之辭。**吴王宮閣臨江起**，姑蘇臺在吴縣西南姑蘇山上，而前臨吴江。謂營築廣大，風光好。**不捲珠簾見江水**。坐見江水，因高故爾。**曉氣晴來雙闕間**，曉氣快晴，臨江曠望故爾。**潮聲**

夜落千門裏。千門，謂城門多，見其繁榮至此。謂吴王當時榮。**句賤城中非舊春**，《越絶書》：「句賤小城，山陰城也，周二里。」據此處有句賤保障，句賤遂滅吴王矣。因併感吴越倶當時傚全盛，而姑蘇已爲黄塵，越亦尋亡滅，其荒廢非舊春，皆暫時榮而已，是傚豪華之所致。凡爲人主者，厥可不慎諸？少示鑒戒也。**姑蘇臺下起黄塵**。**秖今惟有西江月，曾照吴王宫裏人**。此承「非舊春」而云爾。言昔時全盛物，今唯無有之，只其西江月如昔而是，曾照吴王宫裏人，可不憐乎！實指西施言之，吴王寵西施而亡矣，鑒戒在其中。仲言《解》曰：「此吊古之詩，吴王起宫臨江，極其壯麗，後遂爲勾賤所有。今越非復舊春，而與同爲黄塵。」此説似可通，然膚解淺薄，不得深趣，似是而非也，讀者審諸。

考證：仲言曰：「衛萬，世次無考。觀其詩，仿佛開元天寶間語。然不過步驟《滕王閣》以成篇，尾聯漁獵太白語。于鱗《選》最稱嚴峻，此詩獨見録，幸哉！」愚謂此評不可從。此詩非盛唐，《選》註爲初唐，是也。胡元瑞曰：「衛萬《吴宫怨》，高華響亮，可與王勃《滕王閣》詩對壘。」又曰：「此二詩自是初唐短歌，婉麗和平，極可師法。」按此説可據，此篇全初唐句格無疑。

帝京篇　駱賓王

山河千里國，城闕九重門。唐都城即秦漢故都，故此篇多引用秦漢之故事。千里國，《史記》：留侯曰：「夫關中左殽函、右隴蜀……此所謂金城千里，天府之國也。」九重門，《訓解》引《楚詞》曰「君之門以九重[一]」，謂九門。**不睹皇居壯，安知天子尊**？蕭何治未央宫，帝見其壯麗，甚怒。何曰：「天子以四海爲家，非壯麗亡以重威。」帝悦。「皇居壯」本於此。又叔孫通起朝儀，漢高曰：「吾今日乃知爲天子之貴。」「天子尊」本於此。二句述長安爲王者都也。**皇居**應「城闕九重門」。**帝里**應「山河千里國」。**崤函谷**，所謂關中，左崤函、右隴蜀，宜爲帝里。**鶉野**秦之分野，鶉首之次。**龍山**隋以長安城狹小，改作新都於龍首山。撰作對語。**侯甸服**。《禹貢》五服，《訓解》所引不審，宜據《禹貢》孔安國註。《禹貢》曰：「五百里甸服。」孔傳曰：「規方千里之内謂之甸服，爲天子服治田。」疏云：「服治田，出穀税也。」「五百里侯服」，傳云：「甸服外之五百里。侯，候也[二]，斥侯而服事。」疏云：「侯聲近候，故爲候。……諸言服者，皆是服事也。」姑從此説可也。此篇言「侯甸服」，述帝都廣邈，兼有甸、侯服也。**五緯連影集星纏**[三]，五緯，五星也。星有經星、緯星。漢元年，五星聚於東井。井屬秦分野，長安也。纏星宿也，亦謂帝居嘉瑞也。**八水分流**關内八水：涇、渭、灞、滻、澇、潏、澧、滈。**横地軸**。《括地象》曰：「地有三千六百軸。」地常轉，故以軸言。言此地通川所分，便送運也。**秦塞重關一百二**，**漢家離宫三十六**。《西都賦》：「離宫别館，三十六所。」**桂殿**《三秦記》：「未央宫漸臺西，有桂宫。」**陰岑**陰鬱、高岑，謂其制深邃。**對玉樓**，言桂殿外他玉樓相對。**椒房**皇后宫，以椒塗壁，取温暖辟惡氣，亦取椒實蕃衍之義。**窈窕**謂幽邃。**連金屋**。謂衆妾居。至此謂後宫盛。**三條九陌麗**附也。**城隈**，《三輔舊事》：「長安城中八街、九陌。」言街衢廣連，往來通路之易也。**萬户千門**漢武帝作建章宮，萬户千門。**平旦開**。日出後也，會朝遲遲，不侵曉而入，見太平狀。**複道**架閣於空中，天子所往來。《訓解》曰：「架木空中，以通往來。曰複道，上下有道故名之。」**斜通鳷鵲觀**，在甘泉宮。**高衢直指鳳凰臺**[四]。秦弄玉、簫史吹簫之地。漢武帝鑄金鳳凰於其上，在城之東南。此述複道所望。「斜通」，複道折而斜曲也。「直指」，正面便鳳凰臺，兀乎在高處。**劍履南宮入**，此用蕭何賜劍履入朝不趨之事。**簪纓北闕來**。二句言或寵臣劍履而入，或簪纓之貴臣退朝，謂朝儀之盛。**聲名**自此以下謂當時之繁華。聲明，《左傳》：「鍚鸞和鈴，昭其聲也；三辰旂旗，昭其明也。」又臧哀伯曰：「夫德儉而有度……文物以紀之，聲明以發之。」聲明本於此。今作「名」，誤也。**冠寰宇**，寰宇，猶曰天下。**文物**《左傳》：「火龍黼黻，昭其文也；五色比象，昭其物也。」**象昭回**。《詩》：「倬彼雲漢，昭回於天。」此言物皆全備也，昭回天也。**鈎陳**星名，衛紫微宮。**肅**嚴肅。**蘭戺**，《廣雅》：「戺，砌也。」**壁沼**池也，謂辟雍。**浮槐市**。《三輔黄圖》：「漢元始四年，起明堂辟雍，長安城南北爲會市，但列槐樹數百行爲隊，無墻壁。諸生朔望會此市，各持經書、傳記、笙磬、器物相與賣買，雍容揖遜，或議論槐下。」又《訓解》所引曰：「大學中列槐數百行，諸生朔望會市，門外有水以節，觀者環繞如壁。」據此，大學校前有池，其外有槐市，故曰「浮」。**銅羽應風迴**，《三輔黄圖》：建章宮有玉堂，栖銅鳳屋上，下有轉樞，向風若翔。**金莖**《西都賦》：「抗仙掌以承露，擢雙立之金莖。」注：「金莖，銅柱也。」**承露起**。**校文天禄閣**，《漢宮殿疏》：「天禄、麒麟閣，蕭何造，以藏秘書、處賢才也。」劉向於成帝之末校書天禄閣。此句本於此。**習戰昆**

明水。漢武欲征昆明，習水戰之事。昆明，西南夷國名。二句言文武備也。**朱邸**與「朱門」同，謂諸侯邸第。**抗平臺**，平臺，梁孝王臺，借比諸公子之臺，言朱邸之奢靡與平臺相抗當也。抗，抵也，敵也。**黄扉通戚里**。《訓解》云：「漢制，宮殿門皆黄，以象土德，故云黄扉。」此言外戚之貴寵，故其里近於宮闕。戚里，於上有姻戚者皆居之，故名。**平臺戚里帶崇墉**，《説文》：「墉，城垣也。」此謂平臺戚里之富貴，其垣墉崇高也，顯榮可觀焉。**炊金饌玉待鳴鐘**。炊，爨也。金爲薪，爨之也，謂薪之貴。玉爲饌，《洪範》曰：「辟玉食。」此言貴戚飲食之奢豪非人間也。貴戚之家食客多，故及飯時也，聞鳴鐘會食。戴暠詩：「揮金留坐客，饌玉待鳴鐘。」**小堂綺帳三千户**，小堂蓋衆妾所居，皆設錦綺帳幕。鮑照詩[五]「寶帳三千户，爲爾一朝容」是也。**大道青樓十二重**。漢世祖於樓上施青漆，謂之青樓，後人名倡家爲青樓。又按《北里志》：長安大道街中有青樓。此所云是也。**寶蓋雕鞍金絡馬**，言青樓中往來人多貴人，爲鞍馬盛飾尤驕貴。**蘭窗綉柱玉盤龍**。以木蘭樹爲窗櫺，以綉裹柱，玉盤上雕刻龍形，謂器物盛飾。**綉柱璇題**柱頭以璇玉爲飾。題，頭也。《甘泉賦》：「璇題玉英。」註：「榱椽之頭[六]，皆以玉飾。」皆謂青樓之全盛也。**粉壁映**，映發壁墻，粉色增美。**鏘金鳴玉王侯盛**。此謂親王、諸侯微行於青樓也，其所帶金玉鏘鏘鳴。**王侯**二字叠語，無意義，承上而發語也。**貴人多近臣**，謂官宦寵貴事遊行。**朝游北里暮南鄰**。北里、南鄰，共青樓所在。左思詩：「南鄰擊鐘磬，北里吹笙竽。」至此言青樓遊興，轉入當世歡樂之事。**陸賈分金將燕喜**，**陳遵投轄尚留賓**。轉入當時全盛。漢高時，遣陸賈立南越尉佗爲王。佗送囊，裝直千金。後賈出越囊，分五子而傳食。比當時得意極歡樂人。投轄，陳遵投車轄於井中留客事，比當時耽宴而好客度日人也。**趙李經過密**，趙李，諸説紛紛，因審之。《唐詩選註》曰「阮籍詩注，謂李夫人、趙飛燕」，非也。楊用脩謂：「趙、李二人皆陽翟大俠，王維詩亦有『日夜經過趙李家』，當是此二人。」何元朗又云：「豈有游咸陽而經過陽翟之趙李者？或時偶有此二家，貴富豪舉如金張之輩，與過從耳。」《訓解》云：「《谷永傳》：小臣趙李，從微賤尊寵，成帝常與微行。」按何元朗所難是也，然其説謾，無所指明，難從。《訓解》可爲據。**蕭朱交結親**。蕭育，哀帝時爲執金吾，少與御史大夫朱博爲友，著聞當世。長安語曰：「蕭朱結綬，王貢彈冠。」**丹鳳朱城白日暮**，**青牛紺幰**女流之車，駕青牛。**紅塵度**。風塵揚紅色，靡服粉黛之所映。二句言女寵盛而終日極遊樂。**俠客金彈垂楊道**[七]，言俠客使氣，彈弓爲金飾，遊遨垂楊道，謂不憚御獵場。**娼婦銀鈎採桑路**。娼婦雖非採桑女，而時或有好事之娼婦往來採桑路，籠鈎爲銀飾。二句共譏驕奢。**娼家桃李自芳菲**，桃李成蹊之事，謂繁華。娼家繁昌，故娼婦亦爲遊樂。**京華遊俠盛輕肥**。輕裘肥馬爲盛裝，京師之遊俠故也。**延年女弟雙飛入**，李延年被寵漢武，以女弟故也。雙飛，秦符堅之故事。符堅寵慕容皇后，其弟慕容冲亦以男色進，人爲之歌曰：「一雌復一雄，雙飛入宫中。」「雙飛」本於此。謂延年與李夫人見寵。**羅敷使君千騎歸**。羅敷之事見於《訓解》。羅敷歌曰：「東方千餘騎，夫婿居上頭。」羅敷，王仁妻，而詩其夫婿以動趙王之意，此借以比娼妓嫁貴人以誇其夫婿辭。延年女弟，謂入而爲宫女；羅敷之事，謂嫁而見迎於諸侯。**同心結縷帶**，庾信詩：「一寸同心縷，千年長命花。」**連理織成衣**。連理、比翼之誓，見於《長恨歌》。此言當時繁華，雖衣帶專事風流奢靡，帶則作同心結，衣則織成連理樹。**春朝桂尊**《楚詞》：桂酹兮蘭醬[八]。**尊百味**，謂桂酒外有百品异味。**秋夜蘭燈燈九微**。九微，《訓解》引《漢武内傳》曰：「張雲錦之幃，燃九微之燈。」九微，灯名，漢時外國所貢。此言春秋不孤寂，樂事多也。**翠幌珠簾不獨映**，盛寵不離其側。**清歌寶瑟自相依**。歌瑟常不斷。**且論三萬六千是**，古詩：但使百年終日醉，都來三萬六千場。《訓解》引《李白集註》云：「三萬六千，百年光景。」**寧知四十九年非**。蘧伯玉行年五十而知四十九年之非[九]，此言當時人耽繁華，慣歡樂，惟知眼前是，而不知非從其後來也。**古來名利若浮雲**，「富貴如浮雲」，《論語》字面。**人生倚伏信難分**。《鶡冠子》曰：「禍兮福之所倚，福兮禍之所伏。」謝惠連詩：「倚伏昧前算。」**始見田竇相移奪**，田蚡、竇嬰。《漢書》：竇嬰，字王孫，孝文皇后從兄子也。吴楚反時，拜嬰爲大將軍。七國破，封爲魏其侯，游士賓客争歸之。田蚡，孝景王后同母弟也。竇嬰已爲大將軍，方盛，蚡爲諸曹郎而未貴。武帝即位，蚡爲大尉，士更趨勢利者皆去嬰而歸蚡，蚡日益横。六年，上以蚡爲丞相，嬰益疏不用，無勢。蚡使藉福請嬰城南田。嬰大望曰：「老僕雖弃，將軍雖貴，寧可以勢相奪耶！」不許。蚡乃劾嬰矯先帝詔，論弃死。此比當時貴人以勢相推奪之事，以諷之。昔則聞之，今眼前見其事，因曰「始見」。**俄聞衛霍**衛青、霍去病。**有功勛**。衛、霍因外戚而見寵遇，乃比當時貴人以后族而暴貴者也。衛、霍事見於《史》《漢》矣。**未厭金陵氣**，秦始皇厭金陵王氣事，見於《史記》，謂此時王氣先徵焉。**先開石椁文**。衛靈公卒，葬沙丘。穿塚得石椁，有銘云：「不憑其子[一〇]，靈公奪我里。」此借謂天下之亡兆先發也。**朱門無復張公子**，張公子，漢張安世之子張放也。武帝好微行，詭言張公子。此借謂今天下騷擾，各覬覦，故貴人無微行也。**灞亭誰畏李將軍**。當時以勢相推奪，故勢衰則雖將軍莫敢畏之者，漢李廣是也。李廣廢居數歲，嘗夜從一騎出，從人田間飲，還至灞陵亭。灞陵尉醉，呵止廣。廣騎曰：「故李將軍。」尉曰：「今將軍尚不得夜行，何乃故乎！」**相顧百齡皆有待，居然萬化咸應改**。言人生百年之中，各有所願而欲遂其志也。但萬事無常，居而變改去。**桂枝芳氣已銷亡**，《漢書·外戚傳》：李夫人卒，上自作賦以傷悼之，其辭曰：「秋風憯以淒厲兮，桂枝落而銷亡。」此比賓王所賴之主家俄亡滅。**柏梁高宴今何在**。柏梁臺，漢武時以香柏爲之，嘗置酒其上，詔群臣能爲七言詩者乃得上坐。因比當時設高宴試詩之事。今惟馳名利，無風雅之事，高宴亦何在？**春去春來苦自馳，争名争利徒爾爲**。王粲詩：「惜哉空爾爲。」**久留郎署終難遇**，《漢武故事》：武帝見顔駟龐眉皓首，問何時爲郎。對曰：「臣文帝時爲郎。文帝好文而臣好武，景帝好美而臣貌醜，陛下好少而臣已老，是以三世不遇。」此比當時不遇者，亦自云。**空掃相門**《史記·世家》曹參爲齊相，魏勃掃相門而見知之事，見於《訓解》。此借比屑屑於造門者也。**誰見知**。當時無賢相，誰復知我志。**當時一旦擅繁華**〔一二〕，**自言千載長驕奢**。繁華，一旦而已。有勢者雖自稱千載長有之，亦難賴。**倏忽搏風**《莊子》云：大鵬搏扶搖而上者九萬里。二字本於此。**生羽翼**，比暴貴者。**須臾失浪委泥沙**。暴貴者俄失勢乾没，比大鳥失浪委泥。言當世反覆無常。**黃雀徒巢桂**，《漢書·五行志》：成帝時謡曰：「桂樹華而不實，黃雀巢其巔。故爲人所羡，今爲人所憐。」此句本於此。亦言變化無常。**青門遂種瓜**。秦邵平爲布衣，貧，種瓜長安城東青門之事。以比當時避世者，以自言。**黃金銷鑠素絲變**，劉孝威詩[一二]：「黃金坐銷鑠，白玉遂淄磷。」素絲變，《墨子》所謂悲白絲之染之事。謂人情輕薄，世事變態，多難賴也。**一貴一賤交情見**。翟公之事，見於《史記》。言凡人之交情，於貴則難定交，方其一貴一賤變化之際而不易其交情也，是爲真交也。今人則不然。**紅顏宿昔白頭新**，宿昔紅顏，須臾白頭，言變態之速。應「素絲變」句。**脱粟布衣輕故人**。承上言之。《西京雜記》：公孫弘起家徒步，爲丞相，故人高賀從之。弘食以脱粟飯，覆以布被。賀怨，告人曰：「弘內服貂裘，外服麻枲；內厨五鼎，外膳一肴，豈可以示天下？」於是朝廷疑其矯焉。此言當時人猶公孫弘於高賀也。**故人有湮淪，新知無意氣**。言舊知薄情，不顧故人沈没，新知則難賴，狼狽甚也。**灰死韓安國，羅傷翟廷尉**。《史記》：韓安國事梁孝王，爲中大夫。後坐法抵罪，遭獄吏田甲辱安國。安國曰：「死灰獨不復然乎？」此比當時無罪遭獄者無復免理，因轉用。曰「灰死」者，謂難復然也。「羅傷翟廷尉」之事見前文，此言賤則客散，門外設雀羅。**已矣哉，歸去來**。自此入述懷以收結也。**馬卿**司馬相如，字長卿。**辭蜀多文藻**，相如，蜀郡成都人，後奏賦以爲郎，多文藻。謂以《上林賦》進之事。《訓解》引諭巴蜀之事，是出蔣註，迂甚。**楊雄仕漢乏良媒**。此謂遇、不遇。楊得意推舉相如，楊雄獨無媒介，退而草《太玄》。**三冬自矜誠足用**，東方朔上言曰：「臣年十三學書，三冬文史足用。」言雖三冬學而不遇而難進。**十年不調幾邅迴**。《楚辭》語，不進貌。**汲黯薪逾積**，謂用人無次序也。汲黯見武帝，言曰：「陛下用群臣如積薪耳，後來者居上。」上默然。**孫弘閣未開**。《漢書》：公孫弘開東閣，以待四方賢者。言當時無待賢之政。**誰惜長沙傅，獨負洛陽才**。賈誼，洛陽人。年十八，河南守吴公薦其才，召博士。絳、灌輩嫉之，黜爲長沙太傅。後人稱「洛陽才子」，此謂「洛陽才」是也。此賓王有才能而不調矣，因以謂己之遭媢嫉也，與賈誼之事相似焉，遂嗟嘆結收上文。「已矣哉，歸去來」已下，見己之本意也。

考證：唐初，王、楊、盧、駱謂之四杰。然楊盈川爲文，好以古人姓名連用，人号爲「點鬼簿」。賓王好以數對，如「秦地重關一百二，漢家離宫三十六」，又「小堂綺帳三千户，大道青樓十二重」，又「且論三萬六千是，寧知四十九年非」，人号爲「算博士」。王元美曰：「賓王長篇雖極浮靡，亦有微瑕，而綴錦貫珠，滔滔洪遠，故是千秋絶藝。」此件件皆古人評語，略説以便參考。

【校勘記】

[一]以：底本脱，據《楚辭·九辯》補。

[二]候：底本訛作「服」，據《尚書·禹貢》改。

[三]纏：《全唐詩》卷七十七作「躔」。

[四]高：《全唐詩》卷七十七作「交」。

[五]照：底本訛作「昭」。

[六]頭：底本訛作「類」，據《漢書・楊雄傳》改。

[七]金：《全唐詩》卷七十七作「珠」。

[八]桂醑兮蘭醬：《楚辭》卷二作「奠桂酒兮椒漿」。

[九]伯：底本訛作「白」。

[一〇]「子」後底本衍「止」字，據《莊子・雜篇・則陽》删。

[一一]繁：《全唐詩》卷七十七作「豪」。

[一二]孝：底本訛作「考」，據《樂府詩集》卷三十五改。

餘杭醉歌贈吴山人　丁仙芝

《訓解》云：「餘杭本秦舊縣，今屬杭州。」

曉幕紅襟燕，春城白頂烏。《訓解》引《玄中記》曰：「越燕，紅襟，聲大。」白頂烏見於《世説》。二物皆所稀見，以比吴山人，稱山人爲奇物也。曉幕，含燕之巢幕上意，言吴山人雖向曉而來，只暫而去，不欲久留。**只來梁上語，不向府中趨**。謂吴山人隱操也。「不向府中趨」，本於龐公事。《後漢・逸民傳》曰：「龐公，南郡襄陽人[一]，居峴山之南，未嘗入城府。」**城頭坎坎**《詩》曰：「坎坎鼓我。」**鼓聲曙**，言城鼓坎坎，將向曉。惜別留之辭也。**滿庭新種櫻桃樹。桃花昨夜撩亂開，當軒發色映樓臺。**言此景豈可空歸乎？因以留山人。**十千兌得餘杭酒，**言非酒無興。我所貯有，可以充斗十千美酒。曹植詩：「美酒斗十千。」**二月春城長命杯。**庾信詩：「新年長命杯」**酒後**猶曰醉後。**留君待明月，還將明月送君回。**言欲使君乘月回也，故置酒以留，皆醉中興詞也，因題曰「醉歌」。《訓解》云：「仙芝亦有隱趣，是以時時與吳山人周旋歟？」

【校勘記】

［一］郡：底本誤作「陽」，據《後漢書·逸民列傳》改。